[美] **Syd Field** 著
悉德·菲尔德

{电影编剧}
{创作指南}

最新修订版

经典剧作教程②

The
Screenwriter's
Workbook

魏枫 译

北京联合出版公司
Beijing United Publishing Co.,Ltd.

后浪电影学院 022
POST WAVE FILM ACADEMY

献给所有的先行者和后来者
献给所有伟大的悉达圣徒和大师们——
你们永存我心，永存我思

推荐语

悉德·菲尔德是世界上最受欢迎的讲授电影编剧的老师。

——《好莱坞报道》

在美国电影剧本的研究方面,悉德·菲尔德是最杰出的分析大师。

——詹姆斯·L·布鲁克斯,
《尽善尽美》《母女情深》编剧、导演,奥斯卡最佳编剧奖获得者

从悉德·菲尔德的著作中获得的知识帮助我成功地完成了《情迷巧克力》。此前我一直被剧本的结构所累,而我所获得的学识将我从结构的禁锢中解放出来并将焦点集中在故事本身。

——劳拉·埃斯基韦尔,《情迷巧克力》编剧

当我要写电影剧本时……无论走到哪里,我总会将悉德·菲尔德的著作随身携带。

—— 史蒂文·布奇柯,《纽约重案组》编剧、制片人、导演

悉德·菲尔德的著作是正在成长中的新一代编剧们的"圣经"和"法典"。

——Salon. com

《电影编剧创作指南》是电影编剧行业的规范之一。

——亚马逊网

致中国读者

我们身处于一个变化的时代。

社会、文化、科技、精神、环境的变化遍及我们生活的各个层面,渗入我们呼吸的空气中。

尤其是在国际电影界。在过去的几十年间,电影超越了文化、语言、地域、政治、性别,已经发展成为一种国际性语言,电影编剧的艺术和技艺也不再被局限于某一特定的国家或语言之内,是互联网和数字技术的兴起改变了所有的一切。

我们现在是生活在一个用视觉讲故事的时代。无论你生活在哪里,讲哪种语言,遵循何种生活习俗,越来越清楚的是,国际性的影片似乎已经超越了所有这些种族渊源,成为我们这个时代的通用语言。

我回想起那年在埃塞俄比亚制作一部纪录片时的情形,当时我们正驾车穿越浩瀚的非洲平原。在干枯贫瘠的景象中,突然横空出现了一座电影院。我们停下车,走了进去,当时正在放映什么影片已经无关紧要,这可是一次令人惊叹的经历。

不错,我们也许生活在不同的国度,说着不同的语言,有着不同的肤色,具有不同的文化和习俗,然而,当代电影具有对人文精神兼容并蓄的能力。我们所需要做的就是共同携手,认同我们的差异,理解并分享我们各自独特的人性意识。也就是说,我们应该求同存异。

而且,正是通过电影使得我们能够讲述反映了我们各自的,并在某种程度上包含着人文精神的故事。

因此,我非常高兴受邀为《电影编剧创作指南》的中文译本撰写序言。

因为中国文化拥有如此令人惊叹，并且蕴含着人类历程和人文精神的故事可以讲述。

《电影编剧创作指南》不是一部"入门"书。它只是一位向导或一件工具，从而帮助你能够运用电影剧作的技艺，以电影这一媒介的形式来用视觉讲述你的故事。假如在《电影编剧创作指南》里，你阅读每一个章节并完成该章节后面的练习，当读完这本书后，至少从理论上讲，你将会写完一部电影剧本。

《电影编剧创作指南》引导你摄取一个尚未成形的想法，并将它塑形为某个情节——发生了什么事，和某个人物——涉及什么人。然后向你展示如何去塑造和发展你的人物，并将它构筑到一个具有开头、中段和结尾的戏剧性单元之中，进而引导你完成整个电影剧本的实际创作过程。

在我写作生涯开初的时候，我曾经问过自己在写作方面想要实现怎样的愿望。当时，我真的无法解答，随着时间的推移，我才逐渐形成了一个答案：我想要全世界的电影人创作出能够触发、感动和激励人们的不朽影片。

这一直是我的希望和我的梦想。

我期待你也有着同样的感受。

悉德·菲尔德

美国加州贝佛利山庄

2011 年 7 月 11 日

目　录
Contents

悉德·菲尔德引领我们走出剧作雷区

我以自己的实践验证，这是真正管用的理论

两颗地雷埋在你写作剧本的路上，触雷的危险使你不敢涉足。

十颗地雷埋在你从事编剧的途中，因为你手持着悉德·菲尔德的创作指南，犹如握着扫雷器，可以勇敢前行。

此书的功能就是这样，关于成功的电影剧本的创作要领和实训辅导。不仅对专业的编剧，对于导演、制片、演员、摄影，一切从事电影创作的人和想创作电影的人，都会开卷有益。剧本是电影生命的根源，剧本创作又是一门特别复杂、充满艰难，需要投入精力和献出智慧的冒险活动。因此，悉德·菲尔德这位来自美国好莱坞的剧作家兼剧作教育家，通过自己的实践和研究，出版了针对电影剧本创作方面的专著，最著名的《电影剧本写作基础》《电影剧作问题攻略》以及《电影编剧创作指南》，已译成世界二十四种语言，被全球四百所大学和学院选作专业教材，很多创作者在他具体可行的指导下，写出了优秀的、成功的电影剧本。

他的教材就是路标，一步步引领你进入设计电影的核心；他的教材就是桥梁，一次次指导你构架跨过电影险滩的途径；他的教材就是阶梯，一级级带领你爬上貌似神秘高悬的银幕。我第一次接触到他的剧作法，是二十世纪八十年代由鲍玉珩、钟大丰教授翻译的《电影剧本写作基础》。我虔诚地按照他的教学方法，做过四部电影的提纲卡片，特别是遵循他对人物的要求和"三幕式"结构的设计。悉德·菲尔德的剧作法成为我手里的扫雷器，让我不断越过险区，顺利到达创作的终点。因此，所有前来找我请教剧作技巧或者征求剧本意见者，我总是先问他，看过悉德·菲尔德的剧作法没有？那

是学习编剧不能不看的工具书,我用实践验证,这是真正管用的理论! 比起那些没有写出过剧本也没有投入拍摄的剧本,却写出大量关于剧作理论的教授来说,悉德·菲尔德可以当之无愧地被称为当今电影剧作的教父!

我没有见过悉德·菲尔德先生本人。但是,《电影编剧创作指南》这本书的译者魏枫找到了我,让我为这本书写个读后感想,悉德·菲尔德这个名字就像一个情感的链条把我和魏枫相连了。基于对于电影剧本创作的挚爱,我们很快就从陌生到熟悉。

魏枫是一位智慧的钻研家和发明家,他发明的“汽车平移停车器”在2008年获得了第36届日内瓦国际发明金奖。若是没有编剧从无到有,坐在电脑前为剧本敲出第一个字,为一部电影的出生开始勇敢的发明,就没有后来明星的辉煌、导演的荣誉。魏枫是一个热爱发明、刻苦钻研的人,他怀着中国电影如何才能像美国电影一样发明出好故事、好人物、好形象的愿望,主动联系到了悉德·菲尔德,花费了大量时间翻译原著。这对于更多的从事剧本写作与教学的朋友,对于提升中国电影原创的能力,是一件十分有益的事情!

剧本决定电影的命运,编剧掌握着电影生产的第一把钥匙

悉德·菲尔德是美国好莱坞有关电影剧本病症的权威医生,在大量的成功与失败的电影中,他无情地解剖并科学地做出诊断:“一个导演可以拿到一部伟大的电影剧本拍摄成为一部伟大的影片;他也可能拿到一部伟大的电影剧本而拍摄成为一部糟糕的影片;但是他绝不可能拿到一部糟糕的电影剧本而拍摄成为一部伟大的影片。绝对不行。”

剧本决定了电影的命运。因此,这本有关如何写好剧本的创作指南就更不可轻视。

我和魏枫谈起了2007年美国电影编剧的大罢工,这场轰动世界的编剧罢工,使好莱坞电影工业全面瘫痪,向世界演绎了一个不争的事实:编剧掌握着电影产业的第一把钥匙,没有编剧笔下的文学形象,再先进的科技手段,再大的投资,再大腕的明星也无用武之地。“剧作使导演有了工作,剧本使演员有了角色,剧目使投资者找到项目,没有剧本就没有电影的一切。”世

界文化产业特别尊重和推崇个人的创意思维,电影产业以"内容为王,创意制胜",电影剧本作为拥有著作权的文学创意,是拉动这个产业的火车头,编剧是这个产业的第一生产力。

写到这里,让我想起了 2010 年 9 月 26 日参加中宣部召开的影视座谈会,刘云山部长对剧本的作用和功能做了精辟的论断:"剧本是打造影视精品的基础。剧本,剧本,一剧之本。对影视作品来说,剧本是源头、是根本,故事情节、人物形象、思想内涵等,都首先来自剧本的创意设计,必须高度重视剧本创作,为二度创作打下坚实基础。"(引自《坚持思想性艺术性观赏性有机统一,创作更多深受群众喜爱的影视精品》)。这是新中国的电影创作发展至今,中央高层领导首次给予剧本在影视创作中以科学性的定位,可以称作电影剧本的"八十一字定律"。这对于那些所谓的电影理论家发表的"电影是导演的艺术"、"影视剧本可以不是文学"等论调,都是一个有力的驳斥,一切排斥剧本功能和贬低编剧作为的荒谬理论,都是违反科学实践的,都应该放到冰箱里冷冻起来!

无论是美国还是中国的电影实践都证明了,电影的精品出自于剧本的精品,剧本的精品出自于剧作的精英。任何轻视编剧和忽视剧本的陈腐观念,任何把编剧看作制片商的打工仔和导演的文秘的人,在悉德·菲尔德完整的剧作理论体系和高深的创作思维面前,均被照测出其无知的灵魂。

美国电影称雄于世,就在于高度重视维护作家编剧的权益,并给予高度的礼遇和荣誉,奥斯卡奖给编剧设立两个金像奖——"最佳原创剧本奖"和"最佳改编剧本奖",褒奖剧本是首先对于原创的激励,也是对于编剧的智力成果和拥有版权的尊崇。

如何编创出一个好故事,指南就摆在眼前

正如美国电影艺术和科学学院主席希德·甘尼斯所说:"尽管电影艺术制作技术一直在不断变化,但'讲故事'的原则没有变,从古希腊时代起,人们就一直在'讲故事',电影还是要遵循'讲故事'的原则,还是要讲究如何打动观众,要依靠讲故事的技巧牵动人们的喜怒哀乐!"如何编好一个故事?当你翻开这本书时,悉德·菲尔德就站在你眼前,一切隐藏在剧本中的雷区

和难题,都可以从中找到排除和解决的办法,引导你去完成心中的表达。

《电影编剧创作指南》在理论和实践两个方面总结了好莱坞电影剧本的创作经验。因此,无论你是在校学习影视的学生,还是电影编剧的自学者,我建议,除了他提到的影片必须认真研究观摩外,最好是比照你手中正在写作的剧本,按照他的方法,逐步逐条地进行检验、修改,这样学习起来,就会更为得法。学习陶艺若没有动手参与实践,仅仅懂得一些理论,那永远不得真谛。心须从练泥开始,拉坯、造型、上釉、进窑、烧制,最后,你得到的不仅是一件陶器,而是一件作品永久的创作经验。写作剧本也是如此,将你的思维入窑烧制一次,转化出成果才能取得真经。

好故事的核心是人物,创造鲜活的、有别过往的人物形象是编剧的宗旨,也是永久的难题。我真正使用悉德·菲尔德的理论是在我写《鸽子迷的奇遇》和《我只流三次泪》剧本时开始的,一直到写作《离开雷锋的日子》、《蒋筑英》、《建国大业》等等,我将悉德·菲尔德提出的"构成人物的四个要素"像 X 射线一样用于透视我笔下的人物:"(1)需求产生动作;(2)观点产生冲突;(3)态度改变抉择;(4)转化完成性格。"我在把控笔下人物时,确定了需求、观点、态度、转化,人物才能做得扎实。他要求的"结构故事的四根支柱",其中反复强调写作必须预知剧本的"结局、开端、情节点Ⅰ、情节点Ⅱ",这些看来都是编剧的基本思路,但往往最易忽略而成为前进的障碍。在编剧用画面叙述故事的手段中,他的"晚进早出"理论,是电影编剧区别于小说和其他叙事文学的特殊手艺,这是从事编剧工作必须学会的基本手段。然而,令我痛苦的是,我的一个获奖电影剧本,被一个连"晚进早出"都不懂的导演,拍成了面面俱到、交代过程、展览人物的电视剧! 使用"晚进早出",故事的节奏会更加简明紧凑,这属于编剧的基本功,也是导演必修的理论。

悉德·菲尔德的书是可以作为工具随时使用的。因为,编剧本身就是自我设计难题,布设险情雷区,而又要自我解决出路的人。主人公的障碍越难以逾越,故事越引人入胜。然而,编剧们常常容易作茧自缚,陷入沼泽、障碍中找不到出路,被剧本的病症和苦恼纠缠得寝食难安。悉德·菲尔德如同临床医生,开出多种药方,只要对症下药都有解决的办法。不过,每个编剧都有自己的认识事物的方法和表达的手段,悉德·菲尔德的剧作法作为独立的体系而存在,因为他是建筑在好莱坞剧本创作和研究的基础上,他的教材针对剧作中普遍存在的问题,有着普及性的原理,但也并非包容一切,不是万能指针。

创新是电影的鲜血,求奇是电影的生命。观众消费的是一个极有趣的好故事,正如我们吃的是月饼,而不是包装月饼的盒子。在内容为王,创意制胜的竞争之势下,别人的成功,即是你的坟墓,不抄袭、不克隆、不随后,有了好故事,好剧本,才有了电影开工的蓝图。没有好故事和好角色,再大腕的明星出演也是竹篮打水,电影市场无数次验证了那些仅靠明星而惨败的票房结局。那么判断一个好的故事的必要的原则是什么? 在学习悉德·菲尔德剧作法和自己的实践中,我概括为六条原则:(1)一个主要的人物。(2)这个人物的目标需求和方向。(3)一个困难的情景。(4)反对者或者对立体。(5)一个带有威胁性的可怕的危机。(6)特别精彩意外的结局。

我说过,用文字语言编好一个故事是编剧要尽的职责,用视听手段讲好一个故事要看导演的功力。同样是贝多芬作曲的《命运》,卡拉扬的指挥会让你心神激荡,而换个指挥则有可能令你昏昏欲睡,这不是作曲家的问题。同样是曹禺的话剧《雷雨》,看北京人民艺术剧院的演出和另外剧团的演出,一定会得出异样的评价。正因为电影剧本少有再拍、不能比较,那些抱怨剧本不好、不懂装懂的导演,曲解剧本原旨、任意篡改剧本,不仅是制片人的痛苦,也是编剧的悲哀。在当今数字影像盛行的时代,电影制作不再神秘,我特别提倡,学习剧本写作的年轻人,走自编自导的道路,准确地、完整地传达自己的发现与思考吧。

巧妇难为无米炊,米是决定因素

悉德·菲尔德在有关实训辅导中,主要讲剧本怎么写,对于写什么的问题,如何去发现新形象和发掘新能源,没有做具体的辅导和指示。虽然他谈到了剧本创意产生,也涉及了调查事件的过程,不过并没有着重强调。在解决如何写作剧本的同时,一个要害的问题就是,编剧创作素材的能源从哪里而来?

巧妇难为无米之炊。我见过不少在大学里讲授影视专业的教授和博导，他们精通剧作的理论，然而他们自己并没有写出成功的剧本。其主要原因是"巧妇"被"无米"所碍，在弄懂了悉德·菲尔德的剧作法之后，"米"就成了决定成败的因素。"米"在哪里？目前中国出现一窝蜂地改编老电影，翻拍旧故事，用别人煮熟的米再来炒回锅饭，拆别人的毛衣重织一遍的现象，暴露了我们电影原创力的不足。这是因为深入生活的编剧少了，闭门造车的多了，用别人的生活感受代替自己对生活的发现。

因此，缺少好剧本的危机，主要是编剧缺少对于新题材、新人物的发现。创新的能源在生活，生活日新月异，新奇的内容层出不穷。当创新能源枯竭之时，编剧要走向生活，贴近群众，贴近了才有感情，贴近了才有思想，而情感和思想才是我们创作的动力和能源。我是坚持现实主义创作方向，坚持原创为目标的编剧，坚守"生活是创作的源泉"，电影剧本是"用脚写出来的"原则——到生活里去充电，去寻找素材和发现细节，必须看到那个景，那个人生活过的环境，才敢下手。

巧妇无米不能成炊，这是硬道理。是闭门造车还是深入生活？这是决定剧本成败的要害问题。巴金先生说过："我主要的一位老师就是生活，中国社会的生活，我在生活中的感受使我成为作家。"

当然缺好剧本也是世界电影共同的危机。电影产品说到底是创造形象的工程。做活一个形象，养育一个市场，创造一个人物，拉动一个产业。英国女作家罗琳笔下的哈利·波特形象，没想到一连拍摄八部电影，打造了全球电影产业奇迹。日本人用二十六年拍摄了四十八部寅次郎的电影，寅次郎的形象成为日本家喻户晓、老少喜欢的人物，日本的东京还建立了寅次郎的文化村。近年来，中国动漫出现了喜羊羊和灰太狼的形象，这是一个可喜的成果。但是，在世界电影产业竞争中，我们还没有中国自主的品牌形象的输出，匮乏能够走向世界的电影形象。

世界上没有任何东西能代替持之以恒

我和魏枫先生特别欣赏悉德·菲尔德在《电影剧本写作基础》一书结束之时引用的一个广告词："世界上没有任何东西能代替持之以恒；才华不能

代替,最常见的是失败的天才;天才也不能代替,没有成果的天才只能当成笑料;教育也不能代替,这个世界充满了受过教育的废物。只要持之以恒并且坚定决心,才能有无上权威!"写剧本最能考验一个人的意志,半途而废者太多了,没有持之以恒的毅力是做不了电影编剧的,写作剧本的毅力比智力更为重要。我和魏枫同属一代人,文革时间断了学路,下乡插队,学历不高,他的英语完全靠自学的,我从事编剧也同样,唯有"持之以恒"的路基,铺就了我们眼前的道路。

不管当今传媒手段发生怎样翻天覆地的变化,电影在各种媒介围剿中怎样挣扎地生存着,请相信悉德·菲尔德的见解:"电影编剧们和用视觉讲故事的方式将会有无限的发展和成功的机会!"

王兴东
中国电影文学学会会长
2011 年 7 月 25 日

引　言

电影是什么？

——让·雷诺阿

"电影是什么？"它是艺术？还是文学？

这是我的良师益友，伟大的法国导演让·雷诺阿（Jean Renoir）经常向我们提出的问题，当时他正担任加利福尼亚大学伯克利分校的访问艺术家。我与他的见面是在《浮石记》（又名《沃采克》[Woyzeck]）的一次演出之后。这是表现主义艺术家格奥尔格·毕希纳（Georg Buchner）创作的戏剧，我在其中担任了主要角色。我被告知雷诺阿正打算主持推出他的戏剧《卡罗拉》（Carola）的全球首演，我被邀请参加出演戏剧的面试。

几天以后，我被雷诺阿录用，在剧中出演第三号人物康潘——一位法国舞台监督。这样就开始了我与他之间亦师亦友的关系，从那一时刻起他将从根本上奠定我对电影的认知和我今后的人生。此后的第二年，我与这位伟大的导演建立了更直接、密切和私人性质的关系。当时我对电影知之甚少，不知道它是什么或它能做些什么，正是雷诺阿为我开启了这方面的知识和洞察力的聚宝盆。他与我分享了他对电影的个人观点："电影是一项新印刷术——又一项运用知识使世界完全改观的壮举。"他将卢米埃尔（Lumière），这位早期电影放映机"活动电影机"的发明者，比作"另一位古登堡"[①]。

---

① 约翰内斯·古登堡（Johannes Gutenberg，约 1400—1468）是国际公认的第一个发明印刷机的人，1455 年，古登堡发明了铅活字版机械印刷机，沿用了 300 年之久。这种印刷工艺技术是用铅、锑、锡三种金属按比例配比熔合而铸成字母，用机器印刷，也称之为凸版印刷技术。——译者注

雷诺阿坚持认为电影具有成为文学的潜力，但是绝不能认为它是一门纯艺术。当我问他确切含义时，他回答说纯艺术创作有赖于纯个人的视觉幻想，而这正好与周密筹划的电影制作过程相互矛盾。他解释说制作电影所需要的技能是不可能单独由一个人全部掌握的，一个人可以像查理·卓别林（Charlie Chaplin）那样自己编写剧本、执导影片、拍摄它、剪辑它，以及为它谱曲配乐，但是一个电影人不可能扮演所有的角色，录制所有的音响，操作所有的灯光设施，以及承担那些制作一部影片所需要的其他大量细节性的辅助工作。他说："艺术需要向观众提供与创作者一起感悟的机会。"

　　我们作为年轻的大学生从大师那里接受教诲，我们真的是拜坐在他的脚边并向他提问，与他分享或讨论我们对人生和艺术的想法。他会回答我们所有的问题，我们提出的每个问题，即使是最愚蠢无知的，也会获得认真且受尊重的回答。当有人问他"我们需要怎样去真实面对我们的艺术"时，他和我们分享了他自己的人生哲学："艺术就是实践。"

　　一个言简意赅的答案，它涵义深刻、切中关键且真实准确。他解释说只有在工作实践中亲身经历——不论是执导一部影片，创作一首歌曲，写一个剧本，画一幅油画，或者任何其他可能的工作实践——一个人才能进行"艺术创作"。不是口头上说着要去做什么，也不是头脑里想着或做白日梦似的去做什么，而是实实在在地去实践。只有那些已经完成的作品并且在向观众展示了以后，它才有资格被确认是否为"艺术"作品。如果你自认为是"艺术家"并只是坐着等候那灵感涌现时刻的光临，那么你将会等待到永远。

　　在过去二十五年的时间里，在我走遍世界各地，为专业和业余的电影编剧们开办巡回讲座时，我一直在思考着雷诺阿的话。自从我的这本书初版问世至今，已经过去了二十五年，当我顺着我的脚印回顾我的人生，我看到电影剧本的创作——既作为一门艺术也作为一门手艺——已经发展成为一种注重于视觉表现的国际性语言。

　　当前，我们正站在电影新前沿的出发点上，而且不存在什么能做或者什么不能做的规定。这是一个进化或革命的时代，一个已经将戏剧舞台技术融入数字技术新纪元的变化的时代。我们所看到的和我们怎样去看的方式都已经改变了。

故事的表现是通过展示而不是告诉;人物的揭示是通过行为而不是对白;时间的存在和流逝是通过引人入胜的故事讲述手法而呈现。正如东方哲言所说:内外合一。存在于我们头脑内部的那些思想、感受和情感造就了我们的经验构成。本质上,你就是你自己酿造的酒。

一部电影剧本是一个特殊的形式。它是一个用画面来讲述、用对白和描写来表现的故事。现代技术的冲击促进了经典传统叙事方式的转变。线性的故事线,例如影片《卡萨布兰卡》和《教父》采用过的很长的解释性场景,已经转变为更视觉性风格化的表现方式,例如影片《杯酒人生》、《木兰花》和《断背山》中所采用的。非线性的故事叙述方式,在过去的几十年里几乎还是稀罕之物,现在已经被认为是电影语言库中理所当然的组成部分,如影片《谍影重重 2》、《记忆碎片》和《不朽的园丁》都是由七零八碎的记忆碎片结构而成的,现在已经成为电影编剧们的必备语言。

雷诺阿多年以前提出的问题:"电影是什么?"仍然像我当年初次听到时一样,与当前电影的重大问题密切相关。我们怎样对电影艺术进行定义?我们怎样对它进行分析?我们怎样精心打造我们的影片以使它看上去显得不仅仅是一连串在银幕上闪现的图像,而是如雷诺阿所说的"艺术高于生活"?

现在,我们生活在一个用视觉讲故事的时代。无论你想讲述一个在大银幕上放映的故事或写一部可以下载到手机、iPod 或 PDA 上观看的电视剧;无论你想创作一个电子游戏或短片、一份商业计划或一份宣传未来配送系统的 PPT 演示讲稿,你都必须学会用视觉讲故事的手段和规律。这就是《电影编剧创作指南》的全部内容。

《电影编剧创作指南》探索研究电影剧本的写作过程,那就是用视觉讲故事。我将本书称作"怎样做的读本",意思是假如你有个关于一部电影剧本的创意,但却不知道怎样具体地去进行创作,这本书就能够指导你一步一步地完成剧本的创作过程。无论它是一部剧情片、短片、商业片或其他视觉形式,这本书都可适用。仔细阅读每个章节,认真做好每章结尾处的练习,这样在读完本书以后你将会完成一部电影剧本。电影剧本创作过程能适用于用视觉讲故事的任何形式。

《电影编剧创作指南》是建立在我在世界各地举办的电影剧作创作讲习班基础之上的。我设计并组织这些为期七周的创作讲习班，学员们在前面的四个星期为创作作准备，在后面的三个星期进行写作。讲习班的目标(我特别注重目标)是写作并完成剧本的第一幕(篇幅大约在二三十页之间)。

来参加创作讲习班的学员都带来一个有关他们剧本的短小的创意想法。例如："我的故事讲的是关于一位妇女正在夏威夷度假，期间她与一位男青年相遇并与之发生了某种暧昧关系，然后只是知道在她返程回家时这种关系已经不复存在了。"

就是这么简单。

在第一节课上我们讨论的内容是电影剧本的主题、情节和人物——实际上，就是发生了**什么**事和发生在**谁**的身上——以及讨论戏剧性结构的本质特性。他们在下课后的首个作业是将他们的创意条理化，然后写一个四页的剧本阐述，重点聚焦于结尾、开端、情节点Ⅰ和情节点Ⅱ。我将此称作为"踹屁股"练习，因为学员们是带着一个未成形的想法而来并且想试着让它成形。这很可能是学员们所写的最困难的几页练习。

第二个星期我们谈论的内容是有关人物，以及怎样通过写一个人物传记来建立主要人物的一段历史，即从人物出生直到故事开始这段时期内人物的生活历史。他们同时也大致勾画了人物的职业生活、个人生活和私人生活。他们第二周的课后作业是给他们的主要人物以及一到两位重要人物写人物传记。第三个星期我们借助于3×5英寸的卡片构筑故事线，以及写一个背景故事，其内容是在故事开场前一天或一周或一个小时发生了什么。在第四个星期我们写剧本的前十页，创作讲习班的其余课程是用于写作剧本，大约每周十页。在这个七周的课程结束时，学员们将会完成他们剧本的第一幕，其篇幅大约会在二三十页之间。

我们在经过了短暂的休息后，紧接着就进入了创作讲习班的第二幕的创作课程。这个为期七周的培训课程的目标是写作并完成剧本的第二幕。在创作讲习班的第三个七周的培训课程中，学员们完成了他们的第三幕并且修改了这份初稿。

到了这三个阶段的课程结业时，我的学员中大约有百分之八十能完成他们的剧本。很多学员更有惊人的收获:安娜·汉密尔顿·费伦(Anna Hamilton Phelan)在班上完成了《面具》(*Mask*,1985),紧接着又写了《雾锁危情》(*Gorillas in the Mist*,1988);约翰·辛格顿(John Singleton)着手创作了《街区男孩》(*Boyz n the hood*,1991),然后又写了《写诗的贾斯廷斯》(*Poetic Justic*,1993);迈克尔·凯恩[①](Michael Kane)写了《金钱本色》(*The Color of Money*,1986);在里约热内卢我举办的创作讲习班里乔·伊曼纽尔·卡耐偌(João Emanuel Carneiro)着手创作了《中央车站》(*Central Station*,1998);贾纳斯·塞尔康(Janus Cercone)在课程中创作了《天降神迹》(*Leap of Faith*,1992);兰迪·梅耶姆·辛格(Randi Mayem Singer)写了《窈窕奶爸》(*Mrs. Doubtfire*,1993);卡曼·卡尔福(Carmen Culver)写了《荆棘鸟》(*The Thorn Birds*,1983);在我于墨西哥城举办的课程期间,劳拉·埃斯基韦尔(Laura Esquivel)根据自己的小说改编完成了《情迷巧克力》(*Like Water For Chocolate*,1992);而且在同一个讲习班上,卡洛斯·卡隆(Carlos Cuarón)着手开发了他的一个创意并最终成为影片《你妈妈也一样》(*Y tu mamá también*,2001)。其他的事例还有:托德·格拉夫(Todd Graff)及其影片《寡妇三弄》(*Used People*,1992)和《一往情深》(*Angie*,1994);凯文·威廉姆森(Kevin Williamson)及其影片《惊声尖叫》(*Scream*,1996);托德·罗宾森(Todd Robinson)及其影片《巨浪》(*White Squall*,1996);和人道主义奖获得者琳达·埃尔斯塔德(Linda Elstad)的影片《离婚大战》(*Divorce Wars*,1982),以及许多其他学员及作品。

有几位学员的电影剧本和电视剧剧本获得了制片公司的选定[②],我的学员中还有一些成为制片厂和电影公司的职业制片人。

这本书的设计和编辑与我创作讲习班的程式相同。学习完一章,然后做章节后面的练习,这样在读完这本书后,你就能够完成一个电影剧本的创作过程——至少在理论上是如此。《电影编剧创作指南》是一项步步为营的

---

① 根据官方资料影片编剧为理查德·普莱斯。此处疑为作者误。——编者注

② 选定(option),也称选定合同(option contract),是一份具有法律约束力的承诺文书:产权所有人同意他人在规定的期限内以商定的价格购买其产权的特权。在好莱坞电影行业内,是指创作家与制片方之间的此类书面协议书。据此制片方就某一文学产权(剧本)支付给所有人(编剧)一定费用从而取得在规定期限内独享投拍或转售该作品文学产权的权利。——译者注

写作方案,跟着它你就能从一个突发奇想的念头开发完成一个电影剧本。它是一张地图,一个导航系统,能引导你成功穿越剧本创作的整个过程。关键是知道这个创意素材是否会产生效果。

将每一个章节后面的练习作为学习方法和手段,它给你提供了拓展和提高你对电影剧本写作过程的认识的机会。我希望你从这个角度考虑你的剧本创作所经历的整个过程。你必须容许自己犯错误,否则你不可能学到任何东西,不奏效的东西和老朽八股都要尝试着去做。

你愿意这么去做吗?你愿意去尝试一些不奏效的事情吗?你愿意去写几页讨厌糟糕的东西吗?你愿意迷失在疑虑和不安、恼怒和担心、不知道你的素材是否奏效的状态之中吗?

这是一本从经验中学习的书。它是经验之谈。你做得越多,收获也就越丰厚,这就和学游泳和骑自行车的情况一样。

读完这本书,然后,当你准备好着手写作你的电影剧本时,再仔细阅读每个章节。这是一种步步为营的练习过程,你或许用上一个星期或一个月的时间完成一个章节,这根本没有关系。你必须投入足够的时间去完成每个练习里的项目。

《电影编剧创作指南》的目的是厘清、扩展和提升你在电影剧本方面的知识、理解力和技能,以及在电影剧作方面的艺术素养和手艺。《电影编剧创作指南》使你能够教会自己写作完成一部很专业的电影剧本所需要的技能和手艺。

不要去期待完美无缺。正如让·雷诺阿一贯提醒的那样:"完美无缺只存在于头脑里,而不是在现实世界中。"

请专注于讲述你的故事。

致　谢

感谢让·雷诺阿为我指明了穿越丛林的方向,米开朗基罗·安东尼奥尼和山姆·佩金法领我前行,杰出的编剧托尼·吉尔罗伊慷慨地让我分享了他的真知灼见和创意精神,以及我那些遍及全球的学生们,他们教会了我所需要的一切。

Part 1

创作准备

《巴顿·芬克》（*Barton Fink*,1991）

Chapter 1

空白稿纸

写作最难的事情就是知道要写些什么内容。

不久前,我和一群朋友聚餐,如同往常那样,话题自然地就转到了电影上。我们谈论看过的影片,我们所喜欢的和不喜欢的影片,这些影片中我们喜爱或讨厌哪些东西,其中涉及了从演员表演到剪辑,从摄影到音乐和特效等等,范围极广。我们谈及了电影里那些最美妙的瞬间,那些永驻我们心中的精美对白。有意思的是,在大家兴趣盎然且令人兴奋的交谈过程中,我却惊奇地发现居然无人谈及电影剧本。就好像剧本根本就不存在似的。而当我指出这点时,所获得的唯一反应也只是"哦,对,这倒是个一流的剧本",仅此而已。

我立刻注意到谈话停顿了片刻,然后,另有位客人,一位女演员兼电视脱口秀节目主持人,提起她已经写好了一本书,而一些朋友希望她将此书改编成电影。她坦承自己觉得需要一位"合作者",帮助将她的小说也即她自己的故事改编成电影剧本。

当我问及原因时,她解释说她害怕"面对"空白的稿纸。我的反应是,既然她已经写好了小说,怎么会害怕将它改编成电影剧本呢?难道是剧本的形式向她提出了挑战?是画面的视觉性描述,简洁的对白,还是剧本的结构使她感到惊恐？我们讨论了这些问题，当她竭力地诉说她的感受时，我意识到很多人会有相同的恐惧。即便她已是位发表了作品的作家，她仍然害怕应付空白的稿纸，她不能确切地知道应该做些什么和如何着手去做。

这种情形并不少见。许多人都曾涌现过一个电影剧本的奇思妙想，而当他们真地坐下来去写它时，就会被某种担忧和不安所掌控，因为他们不知道如何着手进行真正的写作。

电影剧本的创作是一门特殊的手艺，除非明确地知道你的目标在哪里，否则就极易迷失在空白稿纸的迷宫里。写作最难的事情就是知道要写些什么内容。如果连你都不知道你的故事讲了些什么，那谁还会知道呢？我经历了多年电影剧作的教学工作，无论在国内或国外，每时每刻人们都在与我接触，讲述他们想要写的剧本。他们声称有个一流的主意，或有个壮观的开场，或者一个奇妙的结尾，而每当我问及他们的故事都讲了些什么时，他们就目光呆滞，眼神游移向远处，告诉我说这些都会从故事中自然生成。这就像在影片《杯酒人生》（Sideways，2004）里，迈尔斯竭力向玛雅描述自己的小说都说了些什么那个场景一样。

当你坐下来并对自己说打算写一个剧本，从哪儿开始呢？就像在影片《青春年少》（Rushmore，1998）中麦克斯（詹森·舒瓦兹曼饰）幻想自己（在课堂上）的英雄表现？像在《奔腾年代》（Seabiscuit，2003，由加里·罗斯编导）里，用一些静止的照片向我们显示你的故事发生在大萧条时期？或者像《洗发水》（Shampoo，1975，罗伯特·唐尼和沃伦·比蒂编剧）开始的那样，在昏暗的卧室里，时钟低沉地滴答作响和两人正激情做爱并不断呻吟？

假如你对自己说打算写一个剧本，然后立誓要投入数周、数月甚至数年去写它，你将如何面对这空白的稿纸呢？作者从哪里开始写呢？这是我在工作室和各地创作讲习班里时刻听到的问题。

作者是从一个人、地方、片名、情形或主题开始写的吗？他或她是否需要写个剧本阐述，对剧本进行概略规划？或者先写本书然后再写剧本？问题，问题，问题。所有这些问题其实都归结为这个问题：你如何将一个尚未成形的想法，一个模糊的概念，或一股强烈的感受转化成一个约一百二十页，由词语和画面构筑成的剧本。

　　电影剧本的写作是一个过程——是个随着写作阶段的推移而不断变换，成长和发展的有机活体。电影剧本的写作是一门偶尔才会上升到艺术层面的手艺。与其他人文学科相同，无论是小说或非小说，戏剧或小故事，在作家的写作过程中必然会经历一个灵感闪现的时刻，无论你以何种文体写作，创意过程是相同的。

　　当你坐下来写作电影剧本，面对着空白稿纸时，你必须知道你打算写一个什么样的故事。你仅能用一百二十页来讲述你的故事，当你开始动笔写作时，这一点立刻就会显现出来，可供你施展的空间十分有限。与小说和戏剧相比，电影剧本和诗歌更为相似，写作小说和戏剧你可以跟着故事的感觉走，而创作电影剧本和诗歌则需要反复推敲。

　　爱尔兰伟大的作家詹姆斯·乔伊斯[①]曾写道，写作经历犹如攀爬一座山，当你在攀登山峰时，你所能见到的仅仅是你眼前的岩石和你身后的岩石。你不可能看到你的目的地和你的出发点。电影剧本写作也遵循同样的原理，当你写作时，你只能看见你眼前的东西，也即你正在书写的稿页以及你已经写就的那几页，除此之外你就什么也看不见了。

　　你想写的是些什么？你知道你有个极好的创意，由此可以产生出一部美妙绝伦的电影。那么，从哪儿开始呢？你是打算着重于人物塑造的挑战性写作吗？你计划写一段对你人生具有极大影响的个人经历吗？或许你认为在某著名杂志或报纸上读到的一篇文章能酝酿出一部极好的影片。

　　在我最近一期的编剧创作讲习班里有位已有著述的作家，她曾经是一家重要出版公司的编辑，但还从来没有写过电影剧本。她向我坦陈对写作电影剧本她总是有点惊恐和不安。

　　当我问及原因时，她回答说她无法搞清楚她的故事是否足够视觉化。她的剧本是有关一位个性充满活力的中年妇女遭受到巨大的人身伤害，作者始终感到疑虑的是在第二幕的大部分时间里这位主要人物将被限制在医院的病床上。这又直接引出了另一重疑虑：这位主要人物是否太过消极被

---

　　① 　詹姆斯·奥古斯汀·阿洛伊修斯·乔伊斯（James Augustine Aloysius Joyce，1882—1941），爱尔兰作家和诗人，20世纪最重要的作家之一。代表作包括短篇小说集《都柏林人》(1914)、长篇小说《一个青年艺术家的画像》(1916)、《尤利西斯》(1922)以及《芬尼根的苏醒》(1939)。——译者注

动？深陷于如此的境况之中，主要人物的重要作用是否可以借助十分有限的视觉行动来支撑。所有这些都是有根有据，亟待考虑的重要因素，需要极富创意的对策。

在她的材料准备阶段，我们进行过数次讨论，探讨的内容主要涉及是否可以利用医院中具有视觉功能的设备——诸如脑电波测试仪、电脑断层造型扫描、正电子放射断层显像扫描以及 X 射线设备等——作为开场，这些动作被急诊病人的抵达所打破，在现场同时还配合有许多忙忙碌碌的护士。我还追问在主要人物住院治疗的这段时期内，她的生活中又发生了哪些事情？我向作者建议或许可以借由梦境和追忆，并将它们编排贯穿在闪回里，点点滴滴地透露这位妇女过去的人生经历。由于主要人物在第二幕里处于如此停滞的状态，作者应该往故事线里加入一些有关这位妇女的想法和感受等较为视觉化的元素。

当感到较有把握后，我的学生开始准备她的写作材料了。她进行了调查研究，借助卡片①构筑了第一幕，写就了背景故事，设计好了开场的段落②。作为一位小说家，她总是循序渐进地对她的创意构思进行仔细推敲，也只有通过实际的写作过程她才能寻获到她的故事和人物。她告诉我说，她并不打算知道得"太多"，因为以她的写作经验，她期待借由故事自身的引导来到达她想去的地方。我的回答是，你在写小说或戏剧时可以这样做，但是，当你在写电影剧本时这样绝对不行。电影剧本有它自身的特性，它的长度约为一百二十页，而且通常电影剧本写作的首要步骤总是要知道结尾。在写一部长达四百五十页的小说，或是一出有一百页的戏剧时，你可以跟着"感觉"走，但是写电影剧本时这行不通。

电影剧本严格遵循一条明确、精炼、紧凑的情节叙事线，并有确定的开场，中段和结尾，当然并非一定要按这样的顺序。电影剧本总是朝着故事的

---

① 这是好莱坞电影编剧们在构筑电影剧本时经常采用的方法，作者对此方法进行了系统性的归纳，并运用在自己的创作实践和讲习班的教学中，具体请参看本书和《电影剧本写作基础》的有关章节。——译者注

② 原文为 sequences，含义是"戏剧、电影和小说等故事类作品中任何一个完整的情节段，它由具单一思想的一系列'场景'组成"。——译者注

结局推进发展，即使它是以闪回的方式进行叙述，像是《谍影重重 2》(*The Bourne Supremacy*，2004，托尼·吉尔罗伊编剧)，或是《美国美人》(*American Beauty*，1999，艾伦·鲍尔编剧)那样的影片。一部电影剧本沿着一条单一的情节线，所以每个场景，每个视觉动作信息片段，必定将你带往某处，并按照故事的发展将叙事向前推进。

对我的这位学生来说要理解这一点倒的确有些难度，因为这毕竟和她之前的写作经验大相径庭。不过当她明白了故事的结构并完成了一些人物背景的功课时，她已经准备好开始动笔写作了。她开始写作第一幕，着重描写她这位主要人物的职业生涯，这是一位活力四射、干劲十足地应付职场挑战的女性，她精力旺盛且为人正直。作为一位职业妇女，很明显她的特征是活泼可爱和充满魅力。

可是在第一幕的结尾处，随着主要人物遭受了严重创伤入院治疗，故事的氛围就发生了转变。现在主要人物被困在了医院的病床上，故事的叙述有好几页都在个人的思绪中反复缠绕。意识到故事逐渐变得令人生厌，我的学生也不安起来并着手寻找新的电影元素，而不是聚焦在这位主要人物身上。一天她在电话里告诉我说她正在写一个有关医生和护士们的场景，接着她告诉我，她有个突然闪现的灵感，欲将主要人物的女儿引进场，这位身为行政官员的女儿在与诸如医生这样带有男权主义象征的人物的相处上似乎总是麻烦不断。我告诉她就照此尝试着去做。说到底，如果这样做奏效，它就管用，而如果不奏效，它就不管用。她顶多也就牺牲了三天的写作时间而已。

这样她就着手在第二幕里写作女儿这个新的人物，另一个新的问题随即浮现出来：这位女儿变成了主控人物。而作为主要人物的母亲，现在似乎在病房里的某处消失了。通过在故事里赋予这位女儿支配力或话语权，我的学生变换了故事线的焦点。现在变为讲述一位女儿承担照顾母亲病情和令其康复的故事了。

这样又产生了另一个问题。现在故事紧紧扣在这样一个主题上："一个女儿为了母亲的康复而坚持自己的治疗方案"——一个在医疗方面令人感兴趣的戏剧性前提。这位女儿被要求替她无能为力的母亲选择治疗方案。

医生告诉她有两个选项：采用电击疗法把她的母亲从严重的沮丧状态中惊醒过来，或是服用一种抗忧郁药物进行治疗。医生解释说两种治疗方案都有可能引发灾难性的副作用。女儿将会作出何种选择呢？她面对具有男权主义标识的人物，以及她现在处境——必须替她的母亲作出一个生命攸关的决定——而举棋不定。经过多方咨询并且根据自己的直觉，这位女儿决定什么也不做。她想通过等待，看看她的母亲是否有可能最终依靠自己的意志力康复过来。没有接受电击治疗，没有依靠药物，什么也没有。唯有耐心，时间和相互理解，最后，这位母亲以她自己的坚强意志，并在女儿的帮助下，逐渐地回归到她康复和痊愈的轨道上来。

　　这就是我的学生完成她这份落笔初成的文稿的情况，我阅读了这份初稿，很快我就发现这里有两个独立的故事。第一个故事是关于这位母亲从她的创伤中康复过来并重新掌控自己的命运的传奇经历。第二个故事讲的是这位母亲的女儿被迫甚至是违背其意愿地独自担负起排难解困的责任。也正是通过这种直面挑战的洗礼，她克服了自己根深蒂固的对男性威权的恐惧，同时也解决了与母亲以前的情感纠葛。

　　我的学生是从一个故事起头落笔并以另外一个故事收场结尾的。此类情况经常发生而问题却始终存在：这究竟是母亲的故事还是女儿的？抑或是她们两人的？你想讲的是谁的故事？

　　我的学生无法理解。有件事我也是通过多年的亲身经历才明白的，就是当对采取何种行动方案还没有把握时，我就暂时往后退一步。我的格言是"若存疑虑，切忌盲动"。所以我建议她将剧本放在一边暂且等待几个星期，直到她对素材有了新的看法为止。重要的是必须认识到在这个问题上并非涉及诸如写作水准，对话或人物深度，抑或素材是否奏效等方面；问题的症结在于作者到底想要叙述什么样的故事。由于转换到了女儿的场域，作者就改变了她的戏剧性意向，同时也变换了主题。我解释说这并不是好或坏、正确或错误的问题，而是这是否就是她想要讲述的故事。

　　她等待了一段时间，然后，带着几分疑惑和不确定，她将这份落笔初成的文稿交给了她的一位就职于好莱坞文学部门的密友，她的朋友觉得这个剧本还需加工雕琢，不过对戏剧性前提倒是十分感兴趣，并将它交给了办公室里她的一位助理。这位助理阅读了剧本，觉得它"缓慢拖沓"、"枯燥沉闷"，而且"无聊乏味"。这里需要更多的动作。"这是有关这位母亲的故事，"他说道，"我们需要亲眼目睹她接受电击治疗，或许开场要改动一下，让它在事故发生时开始，这样就会使它显得更具动感。"

我的学生怀着懊恼和迷惑的心情来到我这里。她不知道应该做什么。她不断地叙说着需要一个更具动感，电影化的开场，而我也不停地告诉她这都不是问题，她必须创造性地洞悉她要写的是哪一个故事。当她首次坐下来面对空白稿纸时，她是想叙述这位母亲的故事。而当她结束时讲述的故事却是这位女儿克服了与母亲以前的情感纠葛，聚焦于"一个女儿为了母亲的康复而坚持自己的治疗方案"这个中心议题。

她接连不断地问我需要做些什么，我也不停地向她提示说她需要就有关她想写哪个故事作一个创新性的举措。我建议她在进行任何修改以前，从头开始对她的构思再作思考，以便厘清她故事的焦点和方向。她的故事是关于什么人和什么事的。

重要的是要懂得在这种情形下不存在"正确"或"错误"，也没有好或坏的评价。唯一的问题在于它是否奏效。所以，当有天我和她在附近的"香啡缤"连锁店碰面，啜饮自己的白巧克力奶油拿铁咖啡时，我建议她将她的故事更新为母亲与女儿的相互关系，并配以母亲的创伤作为背景衬托，借以展示强有力的爱与理解的纽带是如何将她们紧紧地联系在一起的。

她摇着头告诉我说，这不是她原来设想的故事。故事是关于母亲的。我说，这很好，不过假如她着手写这个她想要写的故事，她就必须聚焦于这个故事并将母亲与女儿的相互关系融入其中。最终，当她离开"香啡缤"连锁店时，与她来时境况毫无二致：失落、迷茫和不知所措。她将剧本搁置了数月，期间也没有感到自己有所进展，最终便将剧本束之高阁。

对你，对我，对所有的人而言，遭遇此种状况也是常情。

什么是故事的中心要点呢？创意性问题是电影剧本写作领域中的一个关键部分。它要么成为拓展你有限技巧的一个契机，要么就成为甘愿接受"这一点儿也不奏效"的后果。尽管我的学生有个真实可信，意味深长的好故事，却仍然不愿放弃她原先的设想。她就是弄不明白她想讲述哪一个故事。她心里想讲一件事情，而她的创意性思维却告诉她另一件事情。

　　她应该怎样去做才能解决此类问题呢？请看一看影片《深海长眠》(*Mar adentro*，2004，亚历桑德罗·阿曼巴导演)，一个同样涵盖了丰富想象，激发情感，以及发人深省的故事。主要人物雷蒙·桑佩德罗(哈维尔·巴登饰)瘫痪在医院病房的床上已经三十年了，并正在为自己的死亡权而抗争。导演亚历桑德罗·阿曼巴以令人窒息的医院病房开场，配之以雷蒙·桑佩德罗正在散步和慢跑，以及在向往爱情的幻想里翱翔的画面，这样故事就显得是以视觉传情且富于表现的方式诉诸我们的想象力了，它是如此的可感可触，使得观众们为之伤情动感。我的学生原本也是有可能以视觉化的方式展开故事，进而实现她的艺术目的的，可她没能做到。

　　《百万美元宝贝》(*Million Dollar Baby*，2004，保罗·哈吉斯编剧)曾赢得奥斯卡最佳影片奖，很多人会认为故事讲的是一个女孩下定决心要成为职业拳击手并且后来也实现了自己的梦想，却不幸在一场拳王挑战赛上遭到致命的伤害。另一些人会说这是个由女性拳击手构筑的故事，但实际上讲述的却是有关个人的死亡权利，以及安乐死在道德和法律层面上的争议。

　　就《百万美元宝贝》的情况而言，两种说法都正确。但是在我看来，故事的"真谛"，即剧本的真正主题，讲的是弗兰基(克林特·伊斯特伍德饰)与麦琪(希拉里·斯万克饰)之间的相互关系。所有构筑这种相互关系的元素——麦琪的坚定信念、弗兰基训练麦琪、弗兰基与埃迪(摩根·弗里曼饰)的口角——都导向了剧本的终极性伦理前提：弗兰基，一位性情刚毅且又笃信宗教的男人，能否蓄意地去协助另一位人类同胞自杀？是将这种行为判定为谋杀或只是安乐死？这里是否存在伦理道德层面上的问题？对弗兰基给麦琪注射药物的行为，有些人会认定为是谋杀，而另一些人则将此看作一种慈悲。无论你持何种观点，这仍然是在讲述一个有关弗兰基与麦琪之间相互关系的故事。

　　每个电影剧本都是讲述什么事或什么人的，而这些话题都会融入到你所叙述的故事里面。你能否明确地说出你正在写的是关于什么事？又是关于什么人的？一部电影剧本大约能写满一百二十页的空白稿纸。正如我们所知，空白的稿纸的确是项令人生畏、艰难困苦的挑战。当你首次踏上这段激动人心的写作历程，你或许仅有关于某个人物或激发事件的一个模糊不清的想法，或是一时兴起尚未成形的念头在自己的头脑里缭绕盘旋。一旦当你着手将这个念头构筑为一个可供操作的叙述提纲时，你会发现仅仅是将你的故事归纳为一条规范的人物和情节的叙事线，就需要耗费数页的自由联想和烦人的书写。而在你厘清你故事的基本元素之前，还需要花数天的时间去苦思冥想和随笔涂鸦。切勿计较时耗的短长，坚持不懈地去做就是了。

在你能够落笔书写第一个字之前，你必须知道你的故事是有关什么事和什么人的。你电影剧本的主题是什么？例如：你故事或许讲的是关于一位职业代理人邂逅了一位已婚少妇并与之坠入情网，进而谋杀了她的丈夫以便两人能苟合在一起。但他其实是中了圈套，到头来还进了监狱，而那位少妇则终获巨款逃往热带天堂。这就是劳伦斯·卡斯丹执导的影片《体热》（*Body Heat*，1981）的主题。而由比利·怀尔德执导的经典黑色电影《双重赔偿》（*Double Indemnity*，1944）也反映了同样的主题。影片《美丽心灵》（*A Beautiful Mind*，2001，阿齐瓦·高斯曼编剧）讲的是一位丧失了对真实的识别能力的物理学家，后来克服疾病的困扰，凭借他在科学上取得的成就而获得诺贝尔奖的故事。行为动作和人物，这个剧本的成功即在于有一条明确的行动线。

当你将行动和人物植入一条有凝聚力的戏剧性故事线时，主题将会成为你可以遵循的行动指南。你将会发现要么是人物发出动作要不就是动作驱动人物，这可以视作一条规律。

故事是关于什么的？这是你经常会被问到的最具挑战性的问题。以我过往的经验，大多数胸怀大志的写手们似乎都对写一部电影剧本的想法情有独钟，但是在与他们交谈以后我就会得出结论：他们其实不愿付出时间和努力去直面自己将会遇到的挑战。写作其实是件苦差事，不会容忍任何错误。

当我初次动笔写作时，我曾经怀着恐惧和不安的心情面对空白的稿纸。当我感到心脏的跳动并得知为写一部剧本自己就需去填满约为一百二十页的空白稿纸，我整个儿地就蒙了。这个我可对付不了。只有在妥善解决并能勇敢面对自己内心的恐惧之后,我才终于懂得了写作就是日复一日,一周五天或六天,一天三到四个小时,一天写上三到四页的一项劳作。而且有些天里比在另些日子里写得要好。假如我对眼下正在写的场景没了头绪就会去为下一步要写什么操心。这根本就是瞎折腾。

空白稿纸的确令人生畏。

如果你知道了你的主题,你就可以拟定一份步骤方案,在电影剧本的写作进程中它将会为你指引方向。如果我们审视一下电影剧本究竟是什么,以及它的基本特性,我们就能将它定义为一个由画面、对白和描叙来讲述的故事,并将这些内容都设置在戏剧性结构的情境脉络之内。

那么,剧作家应从何处入手呢?答案是你可以在任何你所愿意的地方入手。写作一部电影剧本可以从好多方面入手,有时你从一位人物入手,这位身处奇境的强而有力且三维立体的人物,将会以他清晰的思维和卓越的才能将你的故事向前推进。人物是个不错的、稳妥的起始点。

你也可以从一个想法入手,但是一个想法毕竟只是个想法,除非你对其进行了适当的加工处理。你必须充分理解这个想法并对它进行扩展和修饰,让它说出你希望它说的话。"我打算写个关于一个有过濒临死亡经历的人的故事"仅有这些还是不够的,你必须将它戏剧化。法律条文规定:"你不能拷贝某个想法,唯有对其进行表达"。"表达"就意味着明确具体的人物、地点、结构以及行为动作,所有这些就组成了贯通故事的叙事线。

有时你或许打算写一个关于你所知道的某个事件、小插曲或经历的电影剧本,这些就发生在你或你周围某个人的身上。你可以将这段特殊的经历作为你故事的起始点,但是在你进行了素材的准备工作以后,你会发现你很想维持这段经历的"真实性",你想坚守事情或境况的"真相"。大多数人都会觉得要放弃这段经历实在很难,但是你经常会为了对它更有效地进行戏剧化而迫不得已地放弃"真实性"。我将此比作爬楼梯,第一步是实际经历,第二步是增加将故事戏剧化的潜在可能性,而第三步就是融合前面的两个步骤进而创造出一个"戏剧化的真实"。如果你过分地拘泥于这段经历,并以"真实"的顺序排列"某人做了某事",通常的结果就是写成一个缺乏或没有戏剧性撞击力的故事线细弱的故事。不必让自己觉得"有义务"坚守

"真相"。这不会产生效果。事件的"真相"会而且经常会成为让你看不清故事的戏剧性需求的障碍。

我一遍又一遍地告诉我的学生要"放弃"那些原始性素材，而且只写下他们的故事所必需的素材。我将此称之为创造一个戏剧化的真实并且将它比作攀爬最初的三级楼梯。第一级台阶是实际经历，某事实际发生的真实状况。但是为了将它转化为给人深刻印象的一出戏，你必须添加一些实际没有发生的事件或事情。我将此称之为创造一个"非真实"，它会将你带到我称之为戏剧化的真实的第三个台阶。这就是你开始起步的首个台阶，即真实，添加入一些非真实的事件和元素，进而构造成一个戏剧性真实。

这和写一部历史类的电影剧本很相似。你必须永远真实对待历史性事件的时间和地点。你不能改变业已存在的历史性事实。必须维护历史性事件的真实性，但是对那些导致历史性事件发生的情感性或日常事务方面的琐事，你却没有必要去事事较真。看一下影片《总统班底》（*All the President' s Men*，1976，威廉·戈德曼编剧），《灵魂歌王》（*Ray*，2004，詹姆斯·怀特编剧），《永不妥协》（*Erin Brockovich*，2000，苏珊娜·格兰特编剧）和《刺杀肯尼迪》（*JFK*，1991，奥利佛·斯通和扎迦利·斯卡拉编剧）。历史只是起始点而不能是终点。

我的一个学生正在写一个基于真实事件的电影剧本，素材来自于十九世纪早期一位夏威夷妇女的日记。在她的丈夫被诊断出染上了麻风病后，夫妇俩就被逐出家园，随后又被民防团捕获并决意要将他们彻底灭绝。

当我的学生动笔写作时，她所用的句子和对话都是原封不动地从日记里引用的，她忠实地记录了这个岛屿上的一些原始的传统和习俗。但是故事并不奏效，它单调乏味且没有结构，这样也就缺乏故事线和发展方向。

她感到灰心丧气。她搞不明白需要做些什么，以及怎样找到故事的发展方向。所以我建议她编造一些虽然不曾发生但能帮助故事流转的场景，我将此称之为创造性研究。她返回了创作室，一周或稍晚以后她带来了一些有关这些场景的想法。我们挑选了一些并将它们编织到了第二页情节单元的故事线中，然后她又返回继续去写。或许她那些新的场景从未发生过，但是它们的确保持了与原始素材的一致性进而推动了故事的发展。

写作最难的事情就是知道要写些什么内容。

一旦需要，就得放弃真人真事，代之以基于真实的历史性事件的创造性真实，并寻找戏剧性的非真实。必须牢记这是电影，你必须与人物、故事以及事件进行戏剧性的对话交流。以故事的需要为基础编造你的场景，同时又忠实于真实的经历。

曾经有过一段时间，我从某个地点入手由此编织起一条故事线。但是即使你是从一个具体的地方开始入手的，这仍然还是不够的。你必须为你的故事创造一个中心人物及其行为。

许多人对我说他们打算就从一个标题入手。这的确很酷，但是然后呢？你得去创造一个情节，但是这个情节是关于什么内容的？ 情节就是发生了什么事，而且一旦当你坐下来面对一页空白稿纸时，情节则是你最后才轮到考虑的东西。在这种情况下，你会对情节一无所知，那就先忘掉情节吧。我们会到时机成熟时再来对付它。重要的事情要先做。你所要探讨研究的是什么呢？ 你必须得有一个主题。

在我的电影剧本创作讲习班里我总是在向人们提问："你的故事讲了些什么？"我听到的回答也总是一成不变，诸如"我正在写有关两个表亲的爱情故事"，或"我正在写一个有关世纪之交之际一个波士顿的爱尔兰家庭的故事"，或者"我正在写一个有关一群父母由于附近一所学校关门而合力组建他们自己的学校的故事"。

每当我听到诸如此类的想法或含糊不清的概念时，我总是要求作者去做进一步发掘的工作并且找出他或她想写的故事的独具个性的表现方式。然而这并非易事，在大多数情况下我甚至不得不祈求他（她）再详细具体一些，好在过不了多久他（她）就开始聚焦于"这是关于什么人的故事"和"这个故事讲的是什么内容"。这就是起始点：主题，即作者开始的地方。

影片《末路狂花》（*Thelma & Louise*，1991）的创意涌现的时候编剧卡莉·克里（Callie Khouri）正在高速公路上疾驶，这个想法突然闯进她的头脑：两个夺路狂逃的负罪女人。这就是剧本最初的灵感。这样卡莉·克里就坐下来并且自问自答地回答一些最基本的问题：这两个女人是什么人？她们犯了什么罪行？ 导致她们犯罪行为的原因是什么？ 在她们身上最终发生了什么？这三个问题的答案将她引向了主题，即《末路狂花》的故事线最终的结局。这是一部杰出非凡的影片，我将它用作我在全球巡回演讲的教学影片。而所有这些都来自于这样一个创意"两个夺路狂逃的负罪女人"。

你的主题可以简单得如此这般：两个老朋友正穿行在加州圣巴巴拉的原野去作一次葡萄酒品尝之旅，而且其中一人下周就将结婚。这就是影片《杯酒人生》的主题。一旦我们知道了主题，我们就有了足够的素材用来开始问如下的一些问题：这两个老朋友是什么人？他们相识有多长时间了？他们得以维持生计的职业是什么？在这次旅途上发生了什么事情从而开导或影响了他们的生活？通过这次旅行他们在情感、身体状况、心理方面，或是在精神面貌方面是否有所改变？在故事开始时他们在个人情感上或心理上所承受的压力是什么？他们对作一次葡萄酒品尝之旅为什么如此看重？在这个事例中，他们的旅程赋予了他们一种契机去反思他们的人生、他们的友谊、他们的梦想，或许还有他们的孤独。

这就是主题的力量。它使得你能创造一个起始点借以开始清晰地辨认并确定你的故事线的创造性历程。如果连你都不能够清楚地表达你的主题，还有谁能够呢？

电影剧本的写作是一个逐步推进的过程，而且极为重要的是准备工作必须分步进行。第一步，激发你的创作灵感，然后将这个创作灵感分解为主题、人物和情节。一旦你有了主题，通过确定结尾、开端，以及情节点Ⅰ和情节点Ⅱ，你便可清楚地知道如何对它进行构筑。而一旦完成了这些步骤，你便可以通过撰写人物传记来塑造和拓展你的人物，外加其他一些你必须做的调查研究。这样你就可以在十四张3×5英寸卡片上构筑你第一幕的场景、段落和内容。接着是撰写在故事发生的一天、一周或一个小时之前的背景故事。只有在你完成了所有这些准备工作以后，你才能够着手撰写你的电影剧本。

在你完成了这份落笔初成的文稿后，对这份初稿的第二阶段工作就是必须进行最基本的校正，以及任何必不可少的修改，不断打磨和润饰直至为面世做好了准备为止。电影剧本的写作是个一过程，是一个天天有变化的生命活体。正因为如此，你今天所写的东西或许明天就过时了，而你明天所写的东西或许一两天之后也过时了。对过程的每一步你必须清楚了解并且知道你正在做的是什么以及你将前往何方。

如果你正在写的是一部动作片或战争片，你就必须透彻地了解你的主题，因为有太多的不同选项有待探索。影片《拯救大兵瑞恩》（*Saving Private Ryan*，1998，罗伯特·罗达特编剧）、《辛德勒的名单》（*Schindler's List*，史蒂文·泽里安编剧）、《光荣之路》（*Paths of Glory*，1957，斯坦利·库布里克编剧）、《现代启示录》（*Apocalypse Now*，1979，约翰·米利厄斯和弗朗西斯·福特·科波拉编剧）对有关战争的代价表达了令人关注的观点。剧作家大卫·欧·拉塞尔（David O. Russell）的有关海湾战争的杰出影片《夺金三王》（*Three Kings*，1999）也同样如此，剧本探索了战争的本质，重点聚焦于从人道主义的角度来看待战争：即无论对获胜方还是失败方战争的结果是相同的。这个故事是关于战争的代价以及生命和肢体的丧失与残缺的，也是关于严重的心理创伤等情感代价，乃至在文化上被连根拔起的整个生活方式的。

故事发生于战争结束后的那天。三个美军士兵（分别由马克·沃尔伯格、艾斯·库珀和斯派克·琼斯饰）从一名伊拉克战俘那里获得了一份地图，他们的顶头上司（乔治·克鲁尼饰）也入了伙，他们发现用这份地图能够找到藏有数百万美元的科威特黄金的地下储藏室。由于战争已经结束，故事线的开头是这伙人踏上寻找宝藏之路，但是他们所看到的却是伊拉克人民极度渴望得到帮助和获得生活之需的现实。这就是故事的起始点，它在情感和身体的层面上探讨了战争对人心和人身所造成的伤害。

影片《烈血焚城》（'*Breaker' Morant*，1980，乔纳森·哈迪与布鲁斯·贝尔斯福德编剧），摄制于1980年的澳大利亚，改编自肯尼斯·罗斯的戏剧，故事讲的是布尔战争期间（1899—1902）澳大利亚陆军上尉被提交军事法庭，他被指控在战争中采用了"异常残忍和非人道"的方式，也即游击战的策略，或眼下被称之为叛乱战争的方式。焦点问题就是一个士兵在战斗中什么是可以做的什么是不可以做的。在当时，存在某种所谓的战争"公约"，而军事法庭则认定"驯马手"莫兰特上尉违背了军事条例，故事就从这个笑料开始。实际上，上尉是因为政治上的原因而被审判、被判决和被执行的，他成了国际政治棋盘上的一枚弃子。他采取的直接出自于上级的命令（当然，这后来被他的上司所否认）的战术策略及其方式，对他所执行的任务其实没有任何帮助。英国必须向世界澄清他们绝不容许此类异常或"非人道"的战斗，而且这些已在国际舞台上被戏剧性的夸张了。他们需要一只替罪羊，而"驯马手"莫兰特正是个适当的人选。只要看一下伊拉克战争中的监狱丑闻就会明白，这只是在不同的时间和不同的地点讲述相同的故事。

无论你打算讲述什么故事，写作开始的地方只有一个，那就是空白的稿纸。

如果你踏上了写作电影剧本的艰难旅程，不管是写哪种类型的电影——无论是动作片、战争片、爱情故事、罗曼斯、惊悚片、神秘主义电影、西部片、浪漫喜剧，还是其他类型——也不管你对自己正在讲述的故事不很清楚或不太确定，这都将会在剧本中反映出来。不过，一旦你将创意想法勾勒成为一个主题，你就能从中获取情节和人物并且将它构筑在一条戏剧性故事线上。而这就是你的起始点。

然后你就可以着手故事的结构了。

练习

牢牢抓住你的创意想法并从你提取的故事线中离析出情节元素和人物元素。把任何想法和念头直接地随意畅写在纸上。对这个想法进行自由的联想，你可能需要数页的篇幅，以便弄清楚你正在写的是什么？为了使你想讲述的故事更为清楚明晰，不必害怕要写上三至四页或者更多。然后就利用你的自由联想短文离析出情节元素——发生了什么事情以及它们的发生是针对谁的。

一旦在你完成了这个以后，就将它简化为开端、中段和结尾三个独立的段落。着手打磨每个段落并将开端概括为几个句子，明确说明人物以及在电影剧本的进程中在他（她）的身上发生了什么事情。

根据在这个情节中发生了什么以及它又是怎样地影响了人物，将每个段落缩减为一到两个句子。如果你愿意，可以关注一下电视指南上的情节概要，以便对主题的概要是个啥模样有个概念，那就是你所要达到的目标。突出你的主要人物不会显得有问题，不过对情节线的确认或许要略微困难些。结局是什么？你能否将它融入到主题线？你的描述务求通俗而对于情节就不要太具体。

请记住，为了搞清楚你讲述的是什么故事，你或许要腻烦地写上三到四页。只需只言片语地记录就行，在这里无需去追求写出完整的句子。请相信过程。假如你写满了数页，这儿或那儿随意地查看一下，详细审核这些材料并且突出那些有助于你确定情节或人物的关键部分。

请抽出时间来做做这些功课。将你所捕获的模糊不清且笼统的想法转化成几个句子。有些时候这会有助于给你的人物一个称谓以便使他变得更为明确具体。大声地将它读出来，对它作进一步的润色，直至你完全清楚地了解了你的主题并且能够用三或四个句子将它清楚和简洁地表达出来。

这就是电影剧本写作进程的第一步。

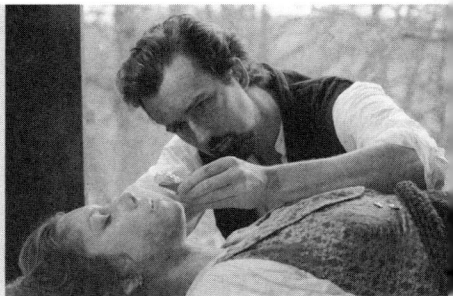

Chapter 2
关于结构

ABOUT STRUCTURE

写作电影剧本很像制作家具。制作家具是一门手艺，家具的部件必须互相适配并且还需具备功能……电影剧作的形式所受到的限制和规定则更为严格。人们谈论的电影剧本的三幕式结构，也就是你怎样写出一部电影以及获取哪些要素。写作电影剧本的诀窍就在于熟练运用这些元素并使它们显得自然和无形。你必须学会它也必须忘掉它，也即你必须牢记它更要漠视它以使得观众绝不会感觉到电影剧作的手法和技巧。

——何塞·里维拉(Jose Rivera)，
《摩托日记》编剧

当我首次开始讲授电影剧本中有关结构的内容时，好多人都以为我讲述的是关于如何找到写作电影剧本的"正确的公式"。如你所知，就是"按数字对号入座"来写作——你为这个写了这么多页，又为那个写了这么多页，以及你将这个情节点按在第二十五页，将那个情节点按在第八十页，这样当你完成了所有的这些操作后，对照一下明确规定了的数目，一个完整的剧本也就大功告成。我倒是希望简单如此。我经常会在半夜三更接到来自学生们的电话，哀诉说他们的情节点 I 被安置在了第三十五页，并啜泣地说："现在我该怎么办?"无论我走到哪里,人们似乎总是在讨论、争辩或者争吵有关结构在电影剧本中的重要性。人们在持续不断地记载有关电影剧作方面诸如此类赞同或反驳的观点。

当年,在我的一个巴黎的电影剧作创作讲习班里,我将结构描绘成电影剧作的基础,可我居然真的被轰下了台。他们将我称之为撒旦并且声称没有人在写电影剧本时会将结构作为故事的组织要领。当我针锋相对地反问他们是如何构筑他们的故事时,他们的回答则是用朦胧笼统的表述和模糊抽象的概念谈及"结构的神秘性"或"充满歧义和不确定性的创意过程"。就好像试图要描绘云雾天里的太阳。

我讲授电影剧本创作的这门技艺已经超过了二十五年,而对于它我谈论得越多,就愈发理解到结构是多么的重要,而且对它还有太多的地方亟待探索。

在初次开始讲学的时候,我将所携带的一块白色教学板夹在胳膊下,在人们的家庭之间穿行。可以坦白地说,在当时我并没有认识到下述这些方面的重要性,即故事线的视觉化;镜头、场景和段落的组织;人物成长变化的轨迹,并且找出能够充分展示在叙事情节的发展进程中她或他在情感和身体方面变化的方法。

就我而言,对结构本质的探索是一项意义深远和富于洞察力的经历。我一直知晓全面掌握和理解结构这门严谨的学问对于写作电影剧本来说是必不可少的。可我就是不知道它究竟有"多么"的重要。我发现世界各地的电影编剧们,无论是职业的或业余的,都仍然不知道结构的内在本质和它与电影剧本之间的联系。

那么,结构究竟是什么?

按照《韦伯斯特新世界词典》(*Webster's New World Dictionary*),对"结构"这个单词有两个定义。结构一词的词根"struct"的含义是(将东西)"集结在一起",它的第一个定义是"构筑某些东西,如一座房子或堤坝;或将某些东西集结在一起"。当我们在谈论"结构"一部电影剧本时,我们就是在谈论有关"构筑"或"集结"所有那些写作电影剧本所必需的材料:场景,段落,人物,动作等等。我们是在构筑或组织"内容"或事件,这将引导我们穿越故事线。

结构一词的第二个定义是"整体与各个部分之间的关系"。下象棋是一个很好的说明实例，如果你想玩下象棋的游戏就需要有四样东西：首先你必须得有块棋盘，它的大小可以根据你的需要而定，既可以像足球场一样大也可以小得犹如火柴盒。下一步，你需要有棋子，如王、后、卒、象、仕和车。第三你需要有棋手，而第四就是你必须懂得下棋的规则，没有棋规也就无法进行象棋游戏。这四个元素或部分构成了一个完整的象棋游戏。如果你移除其中任何一样东西，象棋游戏也就无法成立。这正是整体与各个部分之间的关系。

即使在前不久，仍然流行着一种观点，说是整体等于其各个部分的总和。现在我们已经认识到这是错误的。现代物理学运用一般系统论（General System Theory）反驳了这种说法，并宣称整体要大于其各个部分的总和。有一个古老的有关三个盲人与大象的印度传说可以很好地用来说明这一点。三个盲人被要求描述一头大象，一人触感到了象鼻就说大象像蛇一样是圆柱形、细长且可弯曲的。第二个盲人触感到了象的中段部分就说大象就像一堵墙。第三个人触感到了象尾就说，你们不对，大象就像一段绳索。

谁对呢？大象大于它的各个部分的总和。这就是一般系统论的观点。

这个观点对于电影剧作而言的意义何在呢？意义非同一般。著名电影剧作家威廉·戈德曼（William Goldman）认为："电影剧本就是结构，它是维系你故事的脊椎"。当你坐下来写作一部电影剧本时，你必须将你的故事作为一个整体来处理。如前所述，一个故事是由一些部分——人物、情节、动作、对白、场景、段落、事件、事变——组合而成的，而作为作者的你必须将这些部分有机地组织成为一个整体，并赋予其确定的形象和形式以及完整的开端、中段和结尾。

正因为电影剧本具有如此独特的形式，你就必须以不同的视角对它的形式进行处理。电影剧本是什么呢？我们将一个电影剧本定义为由画面、对白和描述来叙说的故事，并且将所有这些安置在戏剧性结构的情境脉络之中。

它与小说和戏剧完全不同。

如果你察看一部小说并且尝试着去定义它的基本特性时,你就会发现那些戏剧性动作、故事线等,往往是发生在主要人物的脑海里。我们是通过那个人物的眼睛并且以他的观点才看到故事线展开的。我们读者是在偷窥这个人物的思想、感触、情感、言辞、动作、记忆、梦想、希望、野心、见识以及更多的东西。故事人物与读者共同经历情节、分享戏剧和故事的甘苦。我们了解他们的动作和反应,他们有怎样的感受以及他们如何解决问题。如果有另一位人物被引进了故事的叙述中,故事线可能会围绕他们的观点进行,但是故事主线总会回归到主要人物身上,也即故事讲述的那个人身上。在小说里,情节是发生在人物头脑的内部,是内心世界中的戏剧性动作。随便翻开任何一部小说并且阅读一两个章节,你就能领会我的意思。

一出戏剧里的行为动作和故事线是发生在舞台上,即在戏剧舞台的拱形框之下发生的,而观众们就成为了舞台的第四堵墙,偷听人物的生活秘密,他们的所想、所感和所说。他们谈论着他们的希望和梦想,他们过往的经历和将来的计划,探讨他们的需求和渴望、恐惧和内心矛盾。在这种情形下,情节就是发生在语言中的戏剧性动作,是以口头表述的方式描绘感觉、行动和情感。一出戏剧总体上是以词语来讲述的,人物就是讲述者。

一部电影剧本的不同之处在于电影的特性。电影是视觉化的媒介,它会戏剧化地处理一条基础故事线。它所着手处理的对象是图像、画面、一小节和一小段电影胶片:我们看到时钟在滴答运作,在行进的车内驾驶,耳闻目睹雨点击打着遮雨篷。我们看到一个妇女步行在拥挤的街道上;一辆轿车缓慢地拐到街角并在一座大楼前停了下来;一个男人正在横穿马路;一位妇女进入敞开的门道;一扇电梯的门关上了。将所有这些片段,这些视觉化的信息碎片组合在一起,你就可以只要看着它就能领略一件事情或是一种情境。只要看一下这些影片的开场:《指环王 1》(*The Lord of the Rings : The Fellowship of the Ring*,2001,彼得·杰克逊,菲利帕·伯恩斯和弗兰·沃尔什编剧),或《第三类接触》(*Close Encounters of the Third Kind*,1977,史蒂文·斯皮尔伯格编导),或者在影片《肖申克的救赎》(*The Shawshank Redemption*,1994,弗兰克·德拉邦特编剧)中安迪成功地从监狱里出逃的场面。电影剧本的特性就是在与画面打交道。

这就是它的本质特征。

卓越的法国导演让－吕克·戈达尔(Jean-Luc Godard)说过,电影逐步发展形成了一种视觉化语言,而且它取决于我们学会怎样去阅读画面。

几年以前,我在布鲁塞尔开办一个欧洲编剧创作讲习班,在课程结束之后我首次访问了威尼斯。在那里,我参观了阿卡德米亚美术馆(Accademia Museum),美术馆展出了大量的威尼斯早期画作的收藏品。在中世纪,修道院的僧侣们在誊抄圣经时,煞费苦心地放大了每个段落的首个字母(类似的传统一直流传至今,即将每个章节的首个字母用大号字)。在僧侣们将圣经里的场面作为他们誊抄本的插图不久以后,他们就仿照罗马壁画的方式用这些插图来装饰修道院的墙面。此后这些场面被安在斜靠在墙面的木制画板上,后来它们被挂在墙上的绘制于画布上的油画所取代。阿卡德米亚美术馆展出了大量的此类意大利早期画作的收藏品。

正当我在美术馆中四处浏览时,我突然被一幅非常特别的画所吸引,它由描绘耶稣基督生平的十二块独立木制画板组成:一块画板反映了他的诞生,另一块是深山布道,另外一块是最后的晚餐,接着就是被钉死于十字架等等。这幅画中的某些东西抓住了我使我兴趣盎然,但是我不知道为什么。我长时间地凝视这幅画,思考它,然后离开,可诡异的是我不由自主地又转了回来。究竟是什么使得这幅画与其余那些画如此的不同?答案来得很快:这根本不是一幅画。它是由十二幅画组合在一起的一个系列画组,用以讲述耶稣基督从生到死的故事。它就是一个由画面讲述的故事。

这是一次意义深远的经历。每一块画板上的画面与故事之间的相互映照和在一部电影剧本里故事与人物间的视觉关系是相同的。

我凝视着这些画板,突然感悟到了绘画艺术与电影之间的联系。这是令人震惊并肃然起敬的一刻。任何事物都与其他事物之间存在着某种联系,我仍然记得有天下午,我与让·雷诺阿一起散步,当时他的戏剧《卡罗拉》的排练刚结束。我们在雨后天晴的伯克利校园山丘的斜坡上闲逛,他停下步伐注视着一颗长在石头缝隙中间的野花,评论说:"自然界是强大无比的,正是自然的力量驱动着这颗小小的野花穿出了石缝。"随后我们继续散步,他接着说:"学习就是能够发现关联性,即事物之间的相互联系。"

　　我理解他的意思。创意的表现力就像自然的力量驱动微小的野花种子穿透岩石直冲向上一样。伟大诗人狄兰·托马斯(Dylan Thomas)也有类似的表述："力穿绿茎催花开。"

　　当你在创作一个电影剧本时,你是在描述正在发生什么事情,这就是为什么电影剧本是以现在时态写作的。读者看到的即是摄像镜头所见,是对发生在戏剧性结构的情境脉络(context)①中的动作的一种描绘。当你在写一个场景或段落时,你是在描述你的人物的所说和所为——讲述你故事的那些事件和事变。

　　结构是一个脉络框架。它将讲述你故事的零散细碎的片段画面妥帖地"收纳"在一起。框架其实像是将东西收纳于内的一个空间。手提箱是一个框架——无论它是怎样的形状、形式、质地或尺寸,其内部的空间将衣物、鞋类、化妆用具或任何其他你想装入的东西收纳于其中。一个手提箱可以是任何的尺寸、质地和形状,但是它的内部空间是不变的。无论空间大小都一样。空间就是空间,这与一个空玻璃杯的情况类似,一个空玻璃杯内部有一个空间,它能将内容妥当收纳。你可以如愿地将任何东西放入空杯的空间内,而框架不会变化。你可以注入咖啡、茶水、牛奶、橘汁、水或任何东西而空间不会变化。你也可以放入葡萄、什锦干果、果仁等任何与空间相适应的东西,框架总是妥帖地容纳内容。同样的道理,结构也妥帖地容纳了你的故事,无论是线性或是非线性的故事。结构是你故事的骨骼和脊椎。

　　戏剧性结构被定义为"对一系列相互关联的事变、插曲和事件进行线性安排,并最终导致一个戏剧性的结局"。

　　结构是写作过程中的起始点。

　　结构就是脉络。它与自然界的引力相似,引力妥帖地掌握了一切事物。引力不仅影响了宇宙中单独的元素,包括从亚原子物质粒子到反物质的黑洞;它也影响了地球上任何生物物种的身体功能。如果没有自然界的引力,人类就不可能垂直站立,树木和植物也不可能迎着阳光生长,地球也不可能

---

　　① "context"有脉络、背景、前后关系、语境之意,具体针对电影编剧而言,译者选择译作"情境脉络",方便为读者理解。但还要根据文中的上下文关系具体选择译词,比如在论及自然事物时就将它译作"框架"或"脉络"等。——译者注

稳定在围绕太阳的轨道上,太阳也不可能安稳地在银河系中运行。简而言之,电影剧本的结构就像引力一样,因为它将一切东西各就各位地收纳在一起。

电影剧本的结构对你的故事是如此必不可少,与情节和人物是如此的紧密交织血肉相连,以致在大多数情况下我们甚至无法看到它。通常,好的结构就是你剧本的脊椎、基础和无形的凝合剂。它妥善地"掌握"了故事,就像置入螺钉将绘画挂在墙上一样。每一个好的电影剧本都具有一个强有力和坚实的结构基础,无论是线性叙事影片《杯酒人生》(亚历山大·佩恩与吉姆·泰勒编剧),《新世界》(*The New World*,2005,泰伦斯·马力克编剧),以及《教父》(*The God father*,1972,弗朗西斯·福特·科波拉与马里奥·普佐编剧);或者是非线性叙事影片如《时时刻刻》(*The Hours*,2002,戴维·黑尔编剧),《谍影重重 2》,《英国病人》(*The English Patient*,1996,安东尼·明格拉编剧),或《非常嫌疑犯》(*The Usual Suspects*,1995,克里斯托夫·迈考利编剧)都是如此。

电影剧本的结构之所以引起人们如此大的兴趣就在于它集简单与复杂于一身。我喜欢将它与冰块和水之间的相互关系作比较。一块冰有它确定的固态晶体结构,而水则有确定的液态分子结构。但是当一块冰融化在水里的时,你就无法说清哪些分子是属于冰块的,哪些分子又是属于水的。对它们是无法区分彼此的。当我们谈论结构时,我们是在讨论故事自身内在的部分,它们是同一事物的组成部分和片段。

无论故事采用的是直线推进、分段,或是循环轮回的叙述方式,这都无关紧要。我们所看到的以及以何种方式看到都在我们的眼前不断地发展变化。我们可以用新近涌现的科技来认识它:计算机技术的快速成长以及电脑绘图的令人瞩目的影响,MTV 普及的冲击、电视真人秀、Xbox、PlayStation(家用电视游戏机)以及所有其他无线局域网技术等,都对视觉性信息交流的各个方面产生了强有力的撞击。或许我们对此还没有了解透彻,但是我们正处在电影剧作进化或革命的过程之中。

我是在 1995 年才初次理解用视觉讲故事这种方式的变迁的。自从我观看了三部彻底地改变了我的观念的影片之时起,我已经在遍及全球的创作讲习班里讲授结构的特性长达二十年之久了。第一部影片是《低俗小说》（*Pulp Fiction*，1994，昆汀·塔伦蒂诺编剧），尽管在我看来按其内容判断这是一部 B 级片，但我立即就感到它是故事讲述方式的一种新的尝试。无论我走到世界上的什么地方，《低俗小说》总是人们的谈资。在我众多的创作讲习班里，尤为特别的问题就是有关这部片子是否代表了一种新的结构，而且人们想听听我的观点。人们"鼓励"我以我的范式结构去对它进行分析。似乎每个人都觉得《低俗小说》就是它自己，创新的想法、概念和手法，所有的这一切都使它被当之无愧地认为是一部革命性的影片。

几个月以后，我应墨西哥政府要求在墨西哥城开办了一个电影剧本讲习班，当时我应邀观看了一部由墨西哥导演执导的新影片《欲望大街》（*El Callejón de los milagros*，1995，约戈·弗恩斯编剧），这是萨尔玛·海耶克出演的几部重要影片之一。在我看来这部影片似乎更具小说味而非电影味。影片包含了四个故事，每一个故事都围绕着四五位不同的人物，他们全都在同一条街上生活、工作和恋爱，但是这些都被一个摧毁了两个主要人物相互关系——父亲和儿子间关系的关键事件所联系。这个关键事件以不同的方式影响了所有的人物，而且被编排进了结构中以回忆闪回的方式进行人物和事件对自身的回溯，这就更像一部小说。这部影片在观念和手法上新奇别致令人侧目，而且也富含了戏剧性情节。

我对它思考得越深入，就越发感到这两部影片似乎标志或指明了电影剧本未来发展趋势的某种可能的形式。在我研究了这两部影片以后，我对让·雷诺阿称之为"事物之间的联系"有了更进一步的理解，我隐约地感到，在以线性推进的方式设置故事和以非线性推进的方式设置故事这两者之间存在着某种联系。

在我回来后不久，我被邀请观看影片《英国病人》。对它我钟爱有加，我被那种将过去和现在融入一个鲜活的故事中的方式所折服。我问自己，在这三部影片之间有哪些共性呢？

我从显而易见之处入手：尽管它们都采用了非线性风格的手法，它们仍然都具备一个开端、中段和结尾，当然也并非一定要以这样的顺序。我记起了伟大的俄罗斯剧作家契诃夫的戏剧《三姐妹》中的一句台词："生命中最重要的是它的形式,失去了形式也就没有了它自身,这与我们的日常生活也相同。"我一直将它铭记在心。任何事物在其一生中都具有某种形式。每个二十四小时时间段都既相同又不同。一天从早晨开始,然后进入下午,接着夜晚就来临。你可以按这样的方式作进一步的细分:黎明前、傍晚、午夜等等。对于我们称之为年的十二个月时间段也同样如此。它们总是既相同又不同。这同样也适用于我们的一年四季:春季、夏季、秋季和冬季,这是不会变的,它们总是相同又不一样。记得斯芬克斯向俄狄浦斯提出的难解之谜吗?他问:什么东西早晨用四条腿行走,下午只用两条腿,而在晚上则要用三条腿?答案是人类。

所有这些问题使我相信在这些影片里存在某种东西有待我作进一步的探索。我从《低俗小说》着手,我复制了一份剧本。我阅读了标题页,它是这样写的,《低俗小说》其实是"关于一个故事的三个故事"。我翻页读到了两条对"pulp"一词的辞书定义:"某种软性、潮湿和无定形的块状物"和"载有引人关注事件的杂志或书等出版物,并且是特意印在粗糙和未经后处理的纸上"。这无疑是对这部影片的一个准确的描述。但是在第三页,我惊奇地发现了一个目录,我的感觉是这很怪异——有谁会为一部电影剧本写一个目录呢?紧接着我就看到影片被分解成五个独立的部分:第一部分是序幕;第二部分是文森特与玛赛鲁斯·沃拉斯的妻子;第三部分是金表的故事;第四部分是邦尼的处境;第五部分为结尾。

在我研究剧本时,我发现所有三个故事都是由一个关键事件所激发的,即文森特与朱尔斯从四个小伙子那里取回玛赛鲁斯·沃拉斯的手提箱这件事。这样一个事件成了所有三个故事的轴心,而每个故事又都被构筑为一个整体和线性的形式。它始于情节的开端,进入到中段,然后向结尾进发。每一个单元都像一个小故事,并且以不同人物的视角来表述。

假如,的确如我现在所理解的那样,这个关键事件是故事的轴心,那么所有的动作、反应、想法、回忆或闪回都维系在这个关键事件上。整部影片是围绕着它构筑的,并且被分为三个不同方向的分支。

突然间一切都变得行之有理了。理解了"关于一个故事的三个故事"使我将影片看作为一个统一的整体。《低俗小说》是以一个序幕和结尾将三个故事包裹起来，就是电影编剧们称之为"书档式"（bookend）的写作技巧，《英国病人》也运用了相同的手法。同样还有《廊桥遗梦》（*The Bridges of Madison County*，1995，理查德·拉·格拉文尼斯编剧），《日落大道》（*Sunset Blvd*，1950，比利·怀尔德与查尔斯·布拉克特编剧），以及《拯救大兵瑞恩》（罗伯特·罗达特编剧）。

现在让我来分析一下《低俗小说》是如何被集合起来的。序幕是由两个人物"南瓜"和"甜甜兔"（蒂姆·罗斯与阿达曼·普拉莫尔饰）开场的，他们正在咖啡馆讨论形形色色的抢劫。当他们用完了餐并且掏出枪来就地实施抢劫时，影片停格在这个画面并且接切到主题故事上。然后我们切入到朱尔斯（塞缪尔·杰克逊饰）与文森特（约翰·特拉沃尔塔饰）谈话的中间部分，他们正边开车边热烈地讨论着当地和国外的一种大号麦当劳汉堡的优劣。

第一部分序幕建置了整部影片并且告诉了所有我们必须了解的事情。这两个人是受雇于玛赛鲁斯·沃拉斯的杀手，他们的工作，也即他们的戏剧性需求就是夺回那只手提箱。这也是故事真正的开端，照此分析，在第一部分里朱尔斯与文森特到达现场并说明了他们的来意，杀了三个小伙子，并且只是托了上帝的关照他们才带着马文活着离去的这个事件，就是故事的关键事件。他们回去向玛赛鲁斯·沃拉斯（文·瑞姆斯饰）汇报。文森特带着米亚（乌玛·瑟曼饰）外出吃饭并且在米亚意外地过量吸食了海洛因后，文森特救了她的命同时相约不将所发生的事告诉任何人之后，两人互道晚安离去。第二部分是关于布鲁奇（布鲁斯·威利斯饰）和他的金表，以及当他在比赛中打死了对手并赢了拳击赛——而不是照他在第一部分里向玛赛鲁斯·沃拉斯承诺的那样输掉比赛——之后所发生的事情。第三部分讲述了如何清理马文的尸体，整个车厢内溅满了他的血迹——即第一部分的延续段落。紧接着是结尾的一个部分，朱尔斯谈论着他想改变自己的生活方式以及神在关键的时刻对他们命运的关照，然后是"南瓜"和"甜甜兔"正在实施抢劫，即影片开头的序幕部分。

看着《低俗小说》里的那种接切转换，并将它与《欲望大街》和《英国病人》进行比照，促使我进一步认识到发生在电影剧本里的变化正是由于受到了现代技术的影响。在前面各个实例里都存在着某种共有的东西，此外故事建置的方式、特效技术和有趣的创作主题等等，使得这三部影片共同引发了一个情感上的反响。就在那一刻，我意识到无论一部电影是以何种方式构筑的，仍然会如英格玛·伯格曼（Engmar Bergman）曾一再强调的那样，电影语言是直接面对心灵说话的。不管故事的叙述是采用线性还是非线性的形式，不管故事的叙述是运用精妙独创的特效技术，或是被冠以杰出导演执导、演员的精彩表演、壮观的画面或富含诗意的剪辑等等都是如此。当你真正清楚无误地理解了这点，你就会知道只有一样东西能将这些结合为一个整体。

那样东西就是故事。

电影全都与故事有关。"无中不能生有"这是神经错乱的李尔王在神智恢复清醒时说的。无论是何种构成方式、想法、概念、专业术语，或分析评论，无论电影是以直线或循环的方式行进，或是被分解和切割为碎片小段，这点都不会有丝毫的改变。无论我们是什么人，无论我们在哪里生活、是属于哪一个世代，故事独一无二的叙述方式不会改变。从柏拉图开创了利用洞穴墙上的阴影讲述故事开始，这种方法就一直沿用至今从未过时。用画面讲述故事的艺术是不依时间的变化、文化的差异、方言的不同而存在的。步入西班牙埃尔米拉洞穴并观看岩石上的绘画，或者是走进希罗尼穆斯·波希的绘画和早期法兰德斯原始画的世界，或者是徘徊在威尼斯阿卡德米亚美术馆的画廊里，凝视那些美妙绝伦的画板，你就进入了一个用视觉讲故事的壮观境界。

无论故事会怎样进化或变革，或是被怎样地分割和细化，对那些令人难以置信的计算机绘图和技术发明暂且不论，所有的电影剧本都归属在情境脉络的结构之中，这就是电影剧本的根本形式，是它的基础。只要看一看影片《终结者 2》（*Terminator 2 : Judgment Day*，1991，詹姆斯·卡梅隆与小威廉姆·威舍尔编剧），《蜘蛛侠 2》（*Spider-Man 2*，2004，阿尔文·萨金特编剧），《超人总动员》（*The Incredibles*，2004，布拉德·伯德编剧），《谍影重重 2》（托尼·吉尔罗伊编剧），《暖暖内含光》（*Eternal Sunshine of the Spotless Mind*，2004，查理·考夫曼编剧），《满洲候选人》（丹尼尔·派恩与迪恩·乔格瑞斯编剧)等等,它们的讲述方式都是服从于戏剧性结构范式的。

　　我对于自己怎样着手去写一部非线性的影片有些把握不定。当今许多剧本的写作似乎都采用了某种小说的技巧——意识流、闪回、回忆以及旁白评论等——以便能更贴近于主要人物,进入他们的心灵深处。不管这些影片是如何地形形色色,它们都被一个共同的纽带所维系,那就是一个强有力和坚实的结构意识。它们都具备一个开端、中段和结尾,而且故事都围绕着一个关键事件并且由它将故事线固置在一起。影片《生死豪情》(*Courage Under Fire*,1996,帕特里克·邓肯编剧),《非常嫌疑犯》,《小镇疑云》(*Lone Star*,1996,约翰·塞尔斯编剧),《木兰花》(*Magnolia*,1999,保罗·托马斯·安德森编剧),《美国美人》,《记忆碎片》(*Memento*,2000,克里斯托弗·诺兰编剧),以及《土拨鼠之日》(*Groundhog Day*,1993,哈罗德·雷米斯与丹尼·罗宾编剧)都是很好的典范,而且对它们的学习研究可以使你确信这些故事都是围绕着一个关键事件展开的。关键事件是故事的轴心和发动机,它将故事向前推进并且向我们揭示故事的内容是关于什么的。

　　《谍影重重2》所围绕的关键事件是贾森·伯恩(马特·达蒙饰)极力回忆过去,事件发生在柏林,在那儿他杀死了一位政客及其妻子。在《暖暖内含光》里的关键事件是克莱门蒂娜(凯特·温丝莱特饰)通过抹去全部与之相关的记忆来结束她与乔尔(金·凯瑞饰)的关系,这个关键事件将整个故事建置起来并且使我们观众与主要人物在同一时间一起经历所发生的事情。在那失忆的三天时间里所发生的事情是《满洲候选人》整部影片所讲述的内容,它是故事线里的关键事件。

　　在《英国病人》里有两条故事线:一条表现当前,当时奥尔马希(拉尔夫·费因斯饰)刚刚获救但已被烧得面目全非无法辨认了,他的身体被绷带包裹得严严实实。他在前往医院的路途中与他的护士汉娜(朱丽叶·比诺什饰)开始相互了解,他若有所思地诉说着他的过去以及他与已婚之妇凯瑟琳(克里斯汀·斯科特·托马斯饰)之间的恋情,我们也随着闪回和闪进处在过去时间与当前的时间之间,从而见证了这两条关系线的发展。编剧安东尼·明格拉从头至尾构筑了当前的故事,并且从头至尾构筑了奥尔马希和凯瑟琳的故事,只是在适合推动剧情的地方穿插了各种相关段落。这个手法的确非常有效。

如果当结构不起作用时会发生什么情况呢？从根本上说，一个电影剧本没有结构也就没有了方向。它四处游荡，就像一系列片段在寻找着自身。例如一部类似于《21 克》（*21 Grams*，2003，吉勒莫·阿里加编剧）这样的片子，尽管有一个强劲有力且有趣的想法，去描述一个关键事件（一起车祸）对很多人物的生活产生的影响，但是在我看来它并不奏效，因为在影片展开时并没有一个结构性的单元，仅有一系列段落似乎是以不规则且非线性的方式被随意地凑在一起。故事中没有凝聚力。罗伯特·阿尔特曼编导的《婚礼》（*A Wedding*，1978），或是《美国热力唱片》（*American Hot Wax*，弗洛伊德·穆楚斯执导），尽管都有一个不错的创意，但似乎缺乏任何清晰可见的戏剧性动作或发展线，所以无论它是采用怎样的构筑方式，也仅仅是去强调一个戏剧性情境，而缺乏一条故事线。在这些影片中叙述情节的贯穿线似乎像两条永不相交的平行线。

一个好的电影剧本具备一条强劲有力的戏剧性动作线。它从某个地方起头向前推进，逐步向前直到结局。它具有方向性并确定为一条发展成长线。如果你打算作一次旅游或度假，你不会让自己直奔机场，找地方停车后步行到最近的航站楼，查看有哪些适合的航班，然后再作出你要去哪里的决定，你是这样做的吗？当你出门旅行时，你总是要去某个地方，你有一个目的地。你是从这儿启程到那儿终止。

这就是有关结构的一切。它是一个工具供你打造出一个具有最高戏剧性价值的剧本。正如前述，结构就是将所有的东西收纳在一起，即那些构筑你电影剧本的所有的动作、人物、情节、事变、插曲和事件。

诺贝尔奖获得者，加利福尼亚理工学院已故物理学家理查德·费曼（Richard Feynman）曾经指出：自然的法则是如此的简单以致我们根本就看不到它。为了找到它，我们必须提高我们的理解力并不受复杂性的干扰。例如，早在牛顿提出"对每一个作用力都存在一个大小相等方向相反的反作用力"之前四百多年，人类就已经观察到这类自然现象，也即所谓的"牛顿第三运动定律"。

还有什么能比这更简单呢？

练习

这本创作指南的目的是为了使你能够有机会改善你写作电影剧本的能力。试着做一下这个有关结构的小练习。在下述影片中选出两部：《杯酒人生》、《时时刻刻》、《末路狂花》、《英国病人》、《普通人》、《借刀杀人》，以及《谍影重重 2》，看你是否能够分析每部影片的结构。

找一张空白纸并通过自由联想，看你是否能够将每部影片分解成开端、中段和结尾。试着将它全部写下来，不要去想你是否做对了或做错了，只是随手记下你有关故事流程的一些想法、词语以及观点。除了你之外不会再有人去读它但它却会赋予你对于故事发展方向的深刻的洞察力。

然后不假思索地随意写下你打算着手创作的一个电影剧本的任何想法。看看你是否能够将它构造为一个开端、中段和结尾的形式。无需考虑它是以线性或非线性的方式，就这样写上几页，不用担心语法、拼写或标点符号是否运用得正确得当。照这么去做，然后把它束之高阁并逐渐遗忘。

这本创作指南着重于练习实践。你对练习实践投入得越多，回报也就越丰厚。

Chapter 3

范　式

THE PARADIGM

形式从属于结构,结构不从属于形式。

——贝聿铭(I. M. Pei),
美籍华裔建筑大师

　　电影剧本是独具特色的:它用画面来讲述故事,它运用对白和描写推动故事向前发展,它以戏剧性结构的情境脉络将叙事线掌握在其中,并将故事线固置在适当的位置,它具备一个开端、中段和结尾。我们将戏剧性情境脉络视作能妥当地容纳某些东西的"空间",这里所说的某些东西就是内容——所有场景、段落、幕、对白、人物以及更多用来建置故事线的东西。内容会有所变化,情境脉络不会改变。

　　结构就是形式。

　　正如威廉·戈德曼所言:"电影剧本就是结构,除了结构还是结构。"为了说明结构的情境脉络——它看上去是个什么样子——我们建立了一个模型,它类似于一个按比例缩放的建筑物的模型,用以供人们能"看到"这个建筑物会是什么模样。我们通过范式（paradigm）[①]来说明戏剧性结构的情境脉络的构筑状况。我们将范式定义为"一个模型、一个样本或一个概念模式"。它其实是一个工具或指导纲领，一张电影剧作过程中穿越故事的路线图。

我对范式学习研究得越多，我就越发惊奇地感到：它是多么的重要啊！我孕育出这个范式，是建立在完成了九个电影剧本的创作，以及作为故事部门的负责人，在希尼莫比尔影业系统（Cinemobile Systems）阅读了超过两千份的电影剧本，并为了寻找电影素材而阅读了上百本的小说的基础之上的。我所读到的那些东西极大部分都不值一提。事实上，在两千份电影剧本中我仅找到了四十份值得向我们的投资人推荐。自那以后，我已经阅读、分析以及与编剧们共同创造了数以千计的而且是以多种文字写作的电影剧本。

对于所有优秀的电影剧本来说，有一点是共同的，那就是结构。结构就像一个系统。在科学上，系统被认为要么是开放的，要么就是闭合的。一个闭合的系统就像一块岩石——它对周围的环境既不索取也不回馈。无论周围存在的是什么东西，岩石与它们之间没有任何的相互交流。

一个开放的系统就像一座城市：它与周围环境相互作用，而且它们之间进行着某种天然的相互交换过程。城市依赖于其所处周边区域的土地，以获得食物和生产资料；而这个地区的人们依赖于这座城市，以获得工作、贸易和其他各种类型的服务。在城市和它的周围环境之间有一种给予和获取的交换关系。

电影剧本的写作与一个开放的系统很相似。你计划好了你所要着手写的那些内容，例如："格雷斯离开比利的公寓，并且步行了很长的距离穿越这座城市。"——但是这种方式有时并不奏效。格雷斯"告诉"你说：她不打算

---

① 范式：这里是指电影剧本结构的变化表。作者认为"范式"是电影剧本写作过程中排疑解难的关键，也是作者电影创作理论的重要概念和基础。作者以在高速公路开车为例说明：你要在高速公路上开车去某处，首先你必须知道方向、位置和所要到达的目的地，以及沿途情况和有多远。这时你就需要一张标明了一切信息和方位的地图。按照这张地图，你就能够顺利到达你想去的地方。范式就如同上面说的地图一样。在剧本创作过程中你可以按照它找出你的位置，确定故事的发展方向。——译者注（"paradigm"一词又译为"示例"，请参考《电影剧本写作基础》与《电影剧作问题攻略》。——编者注）

步行这么长的距离来穿越这座城市——她就想欣赏音乐，跳跳舞，来一杯苹果马提尼，并被人们簇拥。假如真的发生了这样的情况，你就要注意。这种以自发的火花激发出来的某种意外的画面、想法、段落或对白，就是促成开放系统的创新过程。不过你也必须保持一种开放的态度来接受新的想法，并且欣然接受来自于自我的创新过程。你不能受制于任何先入为主的观念或想法，它会阻碍你在剧本写作进程中寻找新的方向。写作的经历永远应该是一种探险活动，而且对创意过程会以怎样的方式向我们展露它的真容，我们也并不是十分有把握。

这是教学工作的全部内容。教学工作也是一个开放的系统。教师向学生们展示材料，学生们听讲、提问、争论以及吸收任何与他们相关的知识。他们学到的方法可能产生对技能理解方面的某种突破性进展，或对原始素材的扩充，所有这些反过来又会逐渐发展成为故事演进的新方向。如果我们对这一进程保持开放的态度，故事可能会发生某种意外的"转折"，扩展故事线或扩充人物，甚至增加一些新人物或次情节点。甚至有可能引起故事结构的变化。

多年以来，我曾以多种方式对范式进行定义。如果我们能够像挂一幅画那样，将电影剧本挂在墙上，我们就能"看"到它是个什么样子。例如，如果你想说明一张桌子的范式，你会怎样定义它呢？一张桌子是个什么东西呢？一个桌面和四条腿。不过，这已涵盖了很大的范围。有很多种类型的桌子：短桌子、长桌子、高桌子、矮桌子和窄桌子。当然还可以有方桌子、圆桌子、长方形桌子以及八角形桌子。你也可以有不锈钢桌子、锻铁桌子、木制桌子、玻璃桌子、塑料桌子以及其他等等。正如你所看到的那样，作为一个桌子的范式并没有变化，它就是"一个桌面和四条腿"。这就是它的特征，这是一张桌子的模型。

如果你正在建造你的新房子，或装修一间旧房屋，你雇佣了一位建筑师或设计师帮你绘制蓝图、制订初步规划和工作计划。但是，如果你像我那样，仅仅根据一份蓝图，就视觉化地想象在房子完工后会是个什么样子，那你就会遇到麻烦了。绘制在纸上的线条并不真正向你展示墙壁、房门和天花板的实际样子。在我们作出任何审美决定以前，我们中的有些人需要看到一个实际模型。至于这究竟是一所住宅、办公楼、游泳池、网球场,一辆轿车、大客车或是一艘船,则没有任何关系,有时我们就是想亲眼看到它。换一种方式说就是:我们需要一个模型。

同样的道理,一个范式就是一个电影剧本看上去会是个什么样子:一个模型,一个示例或一项概念性纲要。如果我们能够像挂一幅画那样将它挂在墙上,并且对它有个全面的了解,那么它看上去就是这个样子:

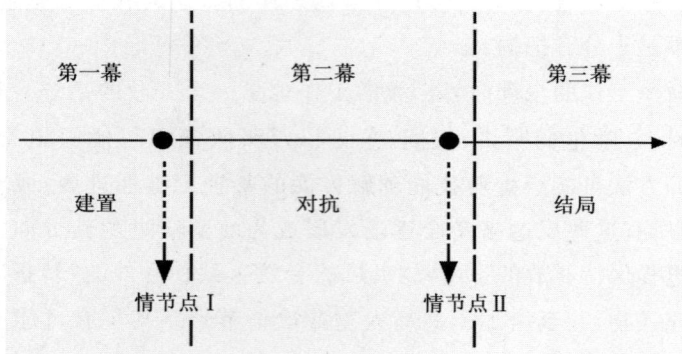

让我们仔细查看这个范式的来龙去脉。它的工作原理是这样的:假如一个电影剧本是"由画面、对白和描述来叙说的故事,并且将所有这些安置在戏剧性结构的情境脉络之中",那么故事是什么? 而且,所有的故事又有什么共同之处呢?

一个开端,一个中段和一个结尾——当然,正如前面已经说过,并非一定要按照这样的次序。因为,我们是在与一种戏剧性媒介打交道,开端相当于第一幕,中段相当于第二幕,结尾相当于第三幕。

一部影片的平均长度大约是两个小时。由于电影剧本的一页大约相当于一分钟的银幕时间,平均起来电影剧本的长度大约会有一百二十页。有些会长些,有些会短些,但是大多数会接近这个长度。今天,好莱坞大部分的主流制片厂和电影公司,在签订合同时明确规定制作的影片长度不能超过一百二十八分钟。而你也不会置身事外。

你可以自行去验证一下。读一个剧本,然后观看这部影片并且对照一下这是否正确。你必须尽可能多地阅读电影剧本，以便你能够电影化地使自己运用视觉性的方式描述故事。如果你对写电影剧本的兴趣是严肃认真的，你就应当阅读所有你能够搞得到手的剧本，并且尽你的能力所及观看所有的影片——可能的话去影院观看。假如不行，就租借或购买 DVD 影碟看。

如果你没有能力得到任何电影剧本，那就上网搜索网页。有好多网站提供电影剧本。在有些网站上，你能够免费下载电影剧本——这些网站如：screemplay. com，或 dailyscript. com 和 Drew's Script-O-Rama.com，你也可以在 Google 或 Yahoo 上搜索"Screenplay"看一下能找到些什么。那儿有太多太多的网站，而且有太多太多的电影剧本可供你下载。

范式是以这样的方式分解电影剧本的：亚里士多德曾经指出有三个情节元素——时间、地点和行动。第一幕是一个戏剧性（或者喜剧性）行为单元，它是以剧本第一页上的开场镜头或段落开始的，一直发展到第一幕结尾处的情节点Ⅰ。它的长度大约有二十至三十页，并且由被称之为建置（set-up）的戏剧性情境脉络紧密地结合在一起。

第二幕是一个从情节点Ⅰ结尾处开始并且发展延伸至情节点Ⅱ的结尾处的戏剧性行为单元，它的长度大约有五十或六十页。它被称之为对抗（confrontation）的戏剧性情境脉络紧密地结合在一起。第二幕充满了冲突、阻碍、对抗和征服。所有的戏剧都是冲突，没有冲突也就没有情节，没有情节你也就没有人物。没有人物你就不会有故事，而没有故事，你就不会去写电影剧本。如果你知道你的人物的戏剧性需求——也就是，他或她想去赢得、得到、获取或成就的某种东西——然后，你就能够设置障碍去阻碍这种需求的实现，而你的故事就成为你的人物去克服重重阻力，以成就他（她）的戏剧性需求。

第三幕也是一个戏剧性或喜剧性行为单元。它是从情节点Ⅱ的结尾处开始，位置大约是在第八十或九十页上，一直发展到剧本的终点，大约是在一百二十页上。它大致上也有二三十页长，并且被称之为结局（resolution）的戏剧性情境脉络紧密地结合在一起。重要的是牢记：结局就意味着了结，而在这个行为单元里你的故事将会结束。过分拘泥于此也没有必要，可以按照你自己选择的任何方式结束故事。在这个准备阶段,或电影剧本写作的筹划阶段,关于你故事是怎样结束的,你必须知道的基本上就是在故事结束时你的人物发生了什么。

你的人物是活着还是死了,是成功了还是失败了,赢得了比赛还是输掉了,已经安全返回家中还是没有,结了婚还是离了婚?结局就意味着了结,而第三幕全都是关于你的故事是如何结尾的。假如你并不知道如何解决你的故事,问一下你自己"我希望它"是个怎样的结局,不要在意它的效果将会怎样,或"别人"——那些就生活在你周围的未知的电影界业内人士——对它是否喜欢。这是你自己的故事,所以你必须弄清楚怎样去结束故事。而且这将会是你的起始点。

当斯图尔特·比蒂(Stuart Beattie)着手准备他的剧本《借刀杀人》(*Collateral*,2004)时,他知道迈克斯(杰米·福克斯饰)必须挺身而出,勇敢地面对那个职业杀手从而挽救自己的生命,同时也找回真实的自我。不然的话,他就会成为横尸在洛杉矶街头上又一个新添的冤魂。这就是迈克斯为了实现他的"将来某天的美梦"所经历的人物发展的轨迹,而且除非他努力让这个美梦实现,否则它是永远不会成真的。斯图尔特构筑的人物成长发展与他处理故事的方式相同。而这正是可以用来说明如何运用范式作为模板的很好实例。

在很多影片里,例如《美国美人》或《谍影重重2》,第一幕总会有十八至二十页长。我们在这里不是在讨论数目,我们是在说明形式(form):开场、中段和结尾。第二幕大约会有五十到六十页,可以多或少上几页,而第三幕有时会有十五至二十页长。记住,范式仅仅是一个模式、一个样板或概念方案,它并不是用来依样画葫芦的东西。事实上,结构的美妙之处就在于它的柔韧性:就像一棵大风中的树那样,它可以折腰但不会折断。

第一幕是建置你故事的一个戏剧性行为单元。在电影剧本最前面的二十到三十页里,你必须建置你的故事。你需要引介你的主要人物,建立你的戏剧性前提(你故事的内容是关于什么),创建戏剧性情境(动作发生的周边环境),并且设置你人物之间的职业生活方面的关系、他(她)的个人生活(人际关系),以及他(她)的私生活(独处的时候和个人嗜好)方面的关系。这些元素中的大多数,如果不是全部的话,都必须在这首个戏剧性行为单元之内建置起来。

第一幕里面的一切都以建置你的故事为中心。你没有必要将时间花费在廉价的把戏,或者小聪明的场景,以及讨巧的对白上,如果这些东西并不有助于你推动故事向前发展、建立人物之间的关系、揭示有关人物信息的话。从第一页、第一个词起,你就必须尽快地建置起你的故事。每个场景的目的要么是为了推动故事向前发展,要么就是为了揭示有关人物的信息。任何不能伺服于这两个目的的东西都需抛弃。第一幕建置了故事,并且将每个场景和段落恰当地结合在一起。请记住,情境脉络就是将内容适当地收纳在一起的空间,即所有那些组成故事的内容——场景、对白、描写、镜头和特效。在这个行为单元里的任何内容都为紧接在后面的一切事情作了准备。

影片《指环王1》是一个极好的实例。在简短的序幕里建立起魔戒的历史以后,我们跟随甘道夫进入了夏尔国。在那儿,我们遇到了弗罗多、比尔博·巴金斯、山姆、梅利和皮平,并且亲眼目睹了霍比特人在夏尔的生活。我们得知比尔博发现了魔戒,他想离开夏尔去写他的书,并且借助魔戒的魔力使自己在生日晚会上突然消失。这样就引发了甘道夫去仔细研究魔戒的历史,而且很快就发现了魔戒会带来的厄运。与此同时,索伦的黑暗骑士已经在夏尔搜寻魔戒。在比尔博失踪以后,弗罗多极不情愿地继承了魔戒,同时甘道夫使他意识到自己必须离开夏尔。这样弗罗多和山姆就出发踏上了他们的征途——去完成他们的使命:穿越敌人的地盘摩多,前往魔戒的诞生地末日山,将魔戒彻底毁灭在末日山的火焰里。现在,弗罗多和山姆离开安宁的夏尔的行动,将我们带进了第二幕,在这里,他们克服了一个个的艰难险阻直到他们的历程终点为止(《指环王》的第二部《双塔奇兵》的情境脉络,都是有关遭遇冲突和征服阻碍的)。一切东西都在这第一个戏剧性行为单元内建立了起来。我们建立了主要人物之间的关系:我们知道了主要人物是谁(弗罗多),故事的内容讲的是什么(将魔戒毁灭在烈焰里),以及戏剧性情境是什么(索伦正依靠他的邪恶势力去毁灭中土世界)。

故事：《指环王 1》

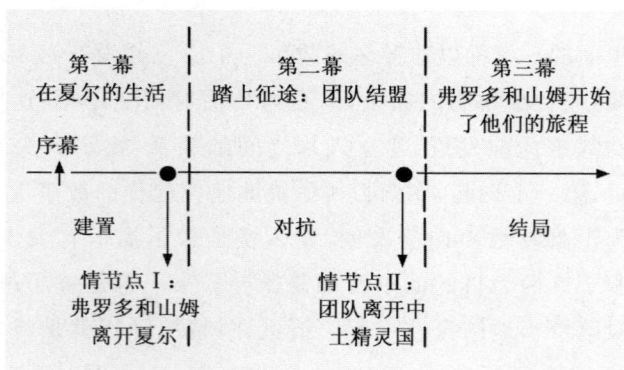

在影片《肖申克的救赎》的第一幕里，开场段落就设置了三条视觉性情节线：我们看到安迪（蒂姆·罗宾斯饰）坐在车内，醉醺醺地掏出一把枪，痛苦地装入子弹。然后，我们转切到对他的庭审现场，他被指控谋杀了他的妻子及其情人，然后我们看到他的妻子与情人正准备做爱。这三条戏剧性情节的视觉线共同将整条故事线建立了起：安迪的妻子及其情人被谋杀了，安迪被判犯有谋杀罪并进入监狱服"两个终身监禁"刑期。我们随安迪一同进入肖申克监狱；我们遇到了另一个服刑的杀人犯瑞德（摩根·弗里曼饰），他通过画外音向我们介绍了自己以及他是怎样结识安迪的；我们和安迪一起听典狱长宣布肖申克监狱的狱规；我们亲眼目睹了安迪被狱警们用水管里的水冲洗、用石灰粉驱除虱子，然后进入囚室。门呼的一声关上了，欢迎来到肖申克。

夜晚降临，同车来的那个胖家伙崩溃了，他被殴打并被送进了医务室。安迪被派发到洗衣房，在那里他被"姐妹帮"——一伙凶残的男同性恋——暴力性骚扰，然后我们看到他逐渐地设法改善自己在狱中的境况。在第一幕的结尾处，安迪在操场偶然遇到瑞德（"我听说你是这里最有办法办成事的人"），然后他们建立了个人间的交往关系。整个故事在第一幕里被建置了起来。

这样就使得我们面临下一个问题：我们怎样通过第一幕——建置，进入

第二幕——对抗呢？进而，我们又怎样通过第二幕——对抗，进入第三幕——结局呢？答案是：分别在第一幕和第二幕的结尾处各创建一个情节点。情节点可以被定义为：任何一个偶发事变、插曲或事件，它"钩住"了情节并将其转向另一个方向，具体到这里，就是转向进入第二幕或者第三幕中。当然，方向就是"发展路线"。我们在推动故事向前发展，从第一幕——建置，进入第二幕——对抗，然后进入第三幕——结局。

多年以来，我已经听到了太多的有关情节点的问题。它是否一定得是重要事件或戏剧性插曲？它可以是一个场景或段落吗？对这两个问题的回答都是：可以。一个情节点可以是任何你所期望的东西。它是故事的一个发展点，它可以是一个很简单的动作，像在影片《与狼共舞》（*Dances with Wolves*，1990，迈克尔·布雷克编剧）里：约翰·邓巴（凯文·科斯特纳饰）抵达荒芜的要塞。它可以是一句对白，或者是完全没有声音的短场景，像在影片《证人》（*Witness*，1985，厄尔·华莱士与威廉·凯利编剧）里：那个在现场目睹谋杀发生的十岁的阿米什男孩，在警署向约翰·伯克（哈里森·福特饰）指认照片上的凶手。它可以是一个动作段落，像在影片《谍影重重2》里：贾森·伯恩从那不勒斯的海关逃脱。它也可以像在《末路狂花》里：塞尔玛和路易丝驾车前往山区度周末，但是在路边酒吧的一次短暂停留引发了一起强奸未遂事件，进而导致了一起凶杀案，最终将两位妇女送上了不归之路。

由保罗·马祖斯基（Paul Mazursky）编剧和执导的影片《不结婚的女人》（*An Unmarried Woman*，1978），是我钟爱的教学影片。在影片的第一幕里建置了艾瑞卡（吉尔·克雷伯格饰）的婚姻状况：她和丈夫马丁（迈克尔·墨菲饰）一同慢跑锻炼，送女儿上学校，接着与丈夫共享一次"速爱"；她前往做兼职工作的艺术画廊上班，画家查理（克里夫·戈尔曼饰）用言语对她性挑逗，她与她的闺密女友们共享午餐；在她们用餐期间，我们得知她们大都已经离异、不幸福而且对男人们充满怨恨，她们宣称羡慕艾瑞卡长达七年的婚姻。马祖斯基运用有关她是谁和她想要什么这样的视觉性的点滴信息，在第一幕里构筑了艾瑞卡的人物特征。

从外表上看，艾瑞卡的婚姻很美满。然后，大约影片在经过了二十或三十分钟以后，她的丈夫突然崩溃了并且大哭起来。

"发生了什么?"艾瑞卡担心地问道,"哪里不舒服?"

马丁转过脸来面对她说:他邂逅了另一位女人并坠入了情网,而且想要离婚。一个场景,一句台词,而整个故事却转到了另一个方向。她不再已婚,现在她已经离了婚,是一个单身女人。这是故事真正的开始。

这是用一个实例来说明的一个情节点——一个偶发事变、插曲或事件,它"钩住"了情节并将其转向另一个方向。在这个实例里,方向就是第二幕。它将故事向前推进。第一幕将她设置成一个已婚妇女;第二幕揭示她为一个单身女人,并且显示了她是如何应付这种局面的;而在第三幕则戏剧化了她的生活,使她成为一个独立自主的人,她能够以自己的意愿生活,而无需求教或依靠某个男人。

从范式的角度上这个故事看上去是以下的样子:

故事:《不结婚的女人》

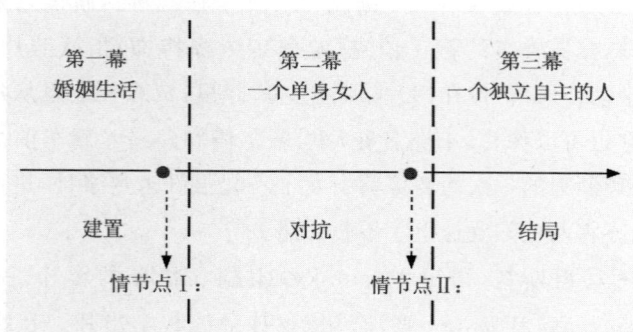

情节点Ⅰ是你故事真正的开始。一个情景点可以是任何你所期望的东西,只要它能推动故事向前发展。它的一个基本功能就是带领我们从第一幕进发到第二幕,或从第二幕进发到第三幕。需要提请你注意的是,在你的电影剧本里可以有许多情节点。但是在写作过程的这个阶段,也即准备阶段,我们仅重点关注情节点Ⅰ和情节点Ⅱ。它们是妥当地安排你故事线所有元素的定位参照点。

在你打算开始写你的第一个字以前,你就必须知道四件事情:你的结尾、你的开端、情节点Ⅰ和情节点Ⅱ。只有在你清楚知道了这四件事情以后，你才能够着手"建置"或构筑你的故事。

第二幕也是戏剧性或喜剧性的行为单元，它是由被称为对抗的情境脉络所紧密连接。第二幕从第一幕结尾处的情节点Ⅰ处启程，发展到情节点Ⅱ的结尾，它大约会有五十至六十页长。在你剧本的这个部分，你的人物为了实现他或她的戏剧性需求，将会面对无数艰难险阻的挑战。如果你知道你人物的戏剧性需求——在你的电影剧本的进程中，你的人物想要赢得、获取、得到或成就的是什么——然后你就可以创造出一些必要的阻碍，而你的故事也就成了你的人物不断克服一个接一个的阻碍，去成就他（她）的戏剧性需求。正如前述，所有的戏剧即是冲突——没有冲突，也就没有行为动作；没有行为动作，也就没有人物；没有人物，就不会有故事；当然，没有故事，你也不会有电影剧本。阻碍可以是内在性的（对某种冲突的忧虑）和外在性的（像在《借刀杀人》里，杰米·福克斯陷入了一个危险的境地）。绝大部分的冲突都同时具有这两种性质。

第二幕通常都是最难写的，因为它是剧本里最长的一个单元（根据本书新准备的材料，第二幕将被分解为更易于处理的两个行为单元）。在第二幕里，你写的每个场景，你描述的每个镜头，你设计的每个段落都被对抗这个戏剧性情境脉络紧密地结合在一起。在《末路狂花》里，两个妇女从她们的犯罪现场慌忙出逃，因为她们惊恐而且不知道应该做些什么。一旦踏上了逃亡之路，她们就遭遇了一个又一个的苦难：她们从犯罪现场出逃；她们没有足够的钱；汽油也已所剩无几；而且她们已经被吓坏了。她们遭遇了各种各样的障碍，既有内在性的（对她们已犯的罪行以及将会面临何种命运感到害怕和不安）也有外在性的（警察想逮捕她们归案）。

《不结婚的女人》的第二幕是将艾瑞卡塑造为一个单身的女人，这是在她刚刚经历了七年自认为是"美满"的婚姻生活之后。她必须学会适应并安排她的新生活。她感受到背叛、被抛弃、愤怒和痛苦。这对她而言是天大的变化，而且她感到自己很难去适应、调整。她去接受了心理治疗，试着学做一个独立自主的人，克服她对男人们的怨恨（针对她丈夫的同类——所有的男人，而不单是她丈夫），并且开始去进行性生活方面的体验。

在第二幕接近尾声的时候，在她工作的艺术画廊里，她遇到了艺术家绍尔(阿兰·贝茨饰),还与他发生了性关系。但是,她拒绝了再次见面,她声称自己只是试着玩玩并不想发展为任何形式的男女关系,尤其是某种正式的关系。她强调说:"我对事不对人,并不针对你个人"。几天以后,她在一个聚会上再次遇到了他,他们交谈并且相互之间都很满意,这样他们决定一同离开聚会现场。尽管她在那次一夜情后说的话很伤人,她仍然很喜欢他,而他也喜欢她。而且很快,她对于花更多的时间与他在一起感到了足够的自信。在第二幕结尾处的情节点是:他们决定一同离开聚会现场。这大约发生在影片的第八十或九十分钟,正是这个事件"将情节转向另一个方向"——在这个具体实例里,方向就是第三幕。第三幕将重点集中在艾瑞卡与绍尔的新关系上。从范式的角度上这个故事看上去是以下的样子:

故事:《不结婚的女人》

在第二幕结尾处的情节点"将情节转向了"第三幕。正是这个插曲、偶然事件或事变"钩住"了行为动作并且将戏剧行为导向了第三幕——结局。

在《肖申克的救赎》里,安迪·达夫伦终于得知真正谋杀了他的妻子及其情人的凶杀是谁,而为了这起谋杀他被判有罪并已经服刑多年。他想要典狱长帮助他寻求一次重审的机会,他已经为了一项他并没有犯的罪行服刑了十九年。典狱长出于个人的私利想让安迪继续留在监狱里,并且为了实现这一点,他安排人杀害了那个告诉安迪谋杀真相的年轻囚犯。安迪意识到,现在他已经没有出狱的可能了,除非他能够着手做些什么,否则他只能在肖申克监狱度过他的余生。他感到内疚——不是作为一个杀人犯,而是作为一个不称职的丈夫,就是为了这个,他已经付出了高昂的代价。如果要问《肖申克的救赎》是关于什么的,那就是关于希望。

所以,安迪选择时机并且准备越狱——我们知道安迪已经为此计划了多年。越狱的段落是影片中最精彩的时刻,这是第二幕结尾处的情节点。在他越狱以后,我们就需要着手结束故事。瑞德获得了假释;他找到了安迪留给他的那块石头;他违反了假释条例;他搭乘汽车前往墨西哥。"我希望能够顺利地越过边界。我希望见到我的知己并紧紧握住他的手。我希望太平洋的海水如我梦中一般的蓝……我希望着。"

情节点 Ⅱ 的功能是为了推动故事的发展进程。如同情节点 Ⅰ 一样,情节点 Ⅱ 既可以是一个决定、一段对白、一个场景,也可以是一个动作段落——可以是任何你所期望的东西。在《末路狂花》里,主人公们已经遭遇了许多的艰难困苦,眼下到了这样的境地:她们被狠骗了一把;警察正在追捕她们;她们正在朝墨西哥进发,而整个州贴满了缉拿她们归案的布告。在整个第二幕里,我们听到由汉斯·季默(Hans Zimmer)精心编配的管弦乐曲,乐曲反映并强化了两位人物的情感状态。现在,她们驾车穿过新墨西哥州和亚利桑那州的荒原,路易丝意识到这或许是她们活在世界上的最后的一个夜晚。她意识到她在第一幕结尾时,枪杀哈兰的行动或许会付出她们两条命的代价。

心情被这种意识所掌控的路易斯正疾驶在犹他州雄伟壮观的山谷间的平原上。这是一个绚丽动人的夜晚,月儿满圆,高原呈现出光和影的明暗轮廓。路易丝驶离路面凝视着这美丽的景色,或许这是她最后一次驶过这条路了。音乐停了下来,留在声轨上的唯有大地寂静的回响,以及轻拂的微风伴随着夜晚的山谷声。寂静的效果好极了,此时无声胜有声。

路易丝走出轿车,步行几步离开公路,凝视着眼前美丽得令人惊叹的壮观景色,正如她随后所说的,她现在懂得了枪杀哈兰或许就是她们走向死亡的真正起因。

塞尔玛走到她的身后,"发生了什么事?"她的提问打破了片刻的寂静。

"没什么。"路易丝答道。

一个瞬间，短暂，无声，既无对白也无音乐，却是对她们无法避免且即将来临的归宿的顿悟的一瞥。这是情节点Ⅱ的瞬间。从这时起一直到剧本的结尾，塞尔玛和路易丝一直在和时间和周围的环境赛跑。她们不是在逃往墨西哥，她们只想尽可能到达科罗拉多大峡谷的边缘。正是在这里她们意识到了自己的宿命。前面横着大峡谷，后面是亚利桑那州特警队的精英们，两位女人知道，她们不想让自己余下的有生之年耗在监狱里，也不想吃枪子。与其放弃选择，她们宁愿将生死的选择攥在自己的手里。她们紧挽着手，路易丝将变速杆推到顶，她们一同冲入了大峡谷的深渊。

以下是从范式的角度上看这个故事的样子：

故事：《末路狂花》

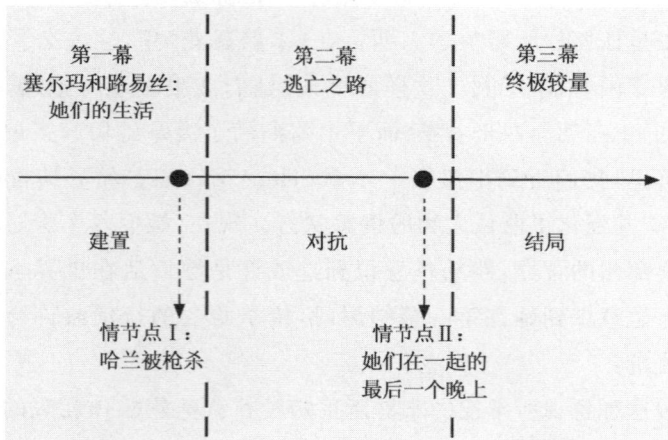

第一幕 塞尔玛和路易丝： 她们的生活	第二幕 逃亡之路	第三幕 终极较量
建置	对抗	结局
情节点Ⅰ： 哈兰被枪杀	情节点Ⅱ： 她们在一起的 最后一个晚上	

所有的影片都有情节点吗？"出彩"的影片有一个强有力的有机的结构将情节点清晰地编织并且固置在故事的情境脉络之中。

情节点Ⅱ将我们带入了第三幕。第三幕是一个戏剧性行为单元，长度大约是三十页，它开始于第二幕结尾处的情节点并一直发展到剧本的结尾。第三幕是处理结局这个情境脉络的。你故事的结局是什么？你的人物是活着还是已死去，是成功了还是失败了，出去旅行了还是没去成，得到了提升还是没得到，结婚了还是离婚了，经受住了考验还是没扛过去，安全地逃脱了还是没能逃脱？你必须知道你故事线的结局是什么。我的意思并不是指在剧本结尾处具体特定的场景或段落，而是指发生了什么事情从而由此解决了戏剧性冲突。如果连你都不能结束你的故事，那还有谁能呢？

最近我有机会与来自国家喷气推进实验室（JPL）和美国国家航空航天局（NASA）的一些科学家一起工作，我注意到设计一枚火箭与构筑一个电影剧本所遵循的原理是相同的。在一个科研团队中，他们要做的第一件事就是申明什么是他们的共识，即阐明他们的目的，清晰地界定他们想要成就或得到的是什么。例如，他们打算向火星发送一个载人实验舱，获取并送回土壤密度分析数据，或者研究木星的一颗卫星"Io"的大气层的组织成分。每一个项目的展开都有明确的目的和既定目标。与此相同，你需要知道你故事的结尾——结局，也即你要去的是什么地方，那就是你的目的地。

当你接近情节点Ⅱ时，通常在你的故事里还有两到三件事情有待解决。这是些什么事情？你能清楚地解释并表述它们吗？在主要人物身上将会发生什么事情？在《末路狂花》里，有两件事有待解决：其一，她们安全地逃到了墨西哥没有；其二，她们活下来了还是死了。第三幕通过一个接一个的场景向我们展示：她们是如何走完自己人生的最后历程以及她们怎样选择了一起结束自己的生命。在《肖申克的救赎》的情节点Ⅱ里，当安迪·达夫伦成功越狱后，我们需要知道在他身上接着发生了什么——他安全地出逃了吗？当瑞德收到了来自墨西哥的明信片后，我们知道安迪已经彻底成功了。但是，瑞德的命运又会是怎样呢？故事的这两个情节点在第三幕里得到了解决。在《不结婚的女人》的第三幕里，艾瑞卡学会了做一个独立自主的人并且实现了自我身份的认同。

正如你所见，故事的结构戏剧性地建立了部分和整体之间的联系。每个部分都是戏剧性行为完整和独立的单元。第一幕既是一个整体，也是一个部分。作为一个整体，它有一个开端，一个中段和结尾，它从开场开始并在第一幕结尾处的情节点Ⅰ结束。第二幕既是一个整体，也是一个部分，它从情节点Ⅰ的结尾开始，一直发展到情节点Ⅱ结束为止。第三幕既是一个整体，也是一个部分，从情节点Ⅱ的结尾开始，一直进展到你的剧本结束为止。建置、对抗、结局是将你的故事紧密融合在一起的情境脉络。它是你电影剧本的结构基础,是"对相互关联的一系列偶然事变、插曲和事件进行线性安排,并且导致一个戏剧性的结局"。

练习

在你能够戏剧化的表述你的故事之前,你必须知道四件事情:(1)结尾;(2)开端;(3)情节点Ⅰ,以及(4)情节点Ⅱ。这四个元素是你的电影剧本的结构基础。你将你的整个故事"紧紧缠绕"在这四个元素周围。

它的功用是这样的:假设你获得了一个灵感并且将其提炼成了一个主题。你的结尾是什么呢?举例如下:一个年轻女人,是一位身处不幸福婚姻中的画家,参加了一个艺术进修班并与其老师有了一段暧昧的男女关系。与自己原先的意愿相反,她不仅与他深陷情网,还得知自己已经怀孕。她在丈夫和情人之间犹豫徘徊,最终决定离开这两个人,独自来养育她的孩子。

对你的主题——行为和人物——要做的第一件事情就是构筑它。你故事的结尾是什么?这个年轻妇女去哪里养活自己的孩子?对丈夫和情人这两个人她选择全都离开,这很像易卜生的戏剧《玩偶之家》里的娜拉,这就是结尾。

开端又是关于什么呢?我们必须让观众知道这个年轻妇女在一个不幸福婚姻里的情形,所以我们必须展示这个情形。什么样的场景或段落能够揭示一个不幸福的婚姻状况呢?她丈夫无法与她交流吗?他将她当作其附属品吗?他冷淡和软弱吗?他是否与别的女人有染?有婚外情吗?什么样的场景能够向观众传达这些呢?当他们在床上吗?在一个聚会上?正在准备出席一次晚会?伟大的意大利导演米开朗基罗·安东尼奥尼的影片《蚀》(*L'Eclisse*,1962)的开场是在拂晓时分的起居室里。房间里杂乱无章,窗帘垂落,烟灰缸已满,肮脏的玻璃杯摆在桌上,有一架电扇在显眼的地方不停地呼呼作响。这是房间里仅有的声音。维多利亚(莫尼卡·维蒂饰)和她的情人里卡多(弗朗西斯科·拉瓦尔饰)在沉默中相互对视。他们之间已经没有什么好说的了,要说的都已经说过了。我们也很快就明白他们之间的关系已经走到头了。

寻求一种能利用场景说明或揭示你的戏剧性需求的方式来开场。仔细考虑一下,尝试着利用几种不同的方式并且找出其中最奏效的方式。它是发生在白天还是夜晚?是在职场还是在家中?

在情节点Ⅰ发生了什么事情?如果第一幕构筑了婚姻状况,第一幕结尾处的情节点或许就是这位妇女参加了那个艺术进修班,从而导致了与她的老师之间的那种关系。正是这个情节点将故事"转向"了另一个方向的。

情节点Ⅱ的内容是关于什么?假如情节点Ⅰ是关系的开始,情节点Ⅱ或许就是在她得知自己怀孕了的时候。这个发现触发了最终导致结局的行为动作,即"了结"整个故事:她了结了自己左右为难的窘境——离开丈夫和情人。

一旦你知道了这四个元素——结尾,开端,情节点Ⅰ,以及情节点Ⅱ——就可以绘制这样的范式:

故事梗概:一个年轻女人,是一位身处不幸福婚姻中的画家,她参加了一个艺术进修班并与她的老师有了一段暧昧的关系。与自己的意愿相反,她不仅与他深陷情网,还得知自己已经怀孕。她在丈夫和情人之间犹豫徘徊,最终决定离开这两个人并由自己独自来养育她的孩子。

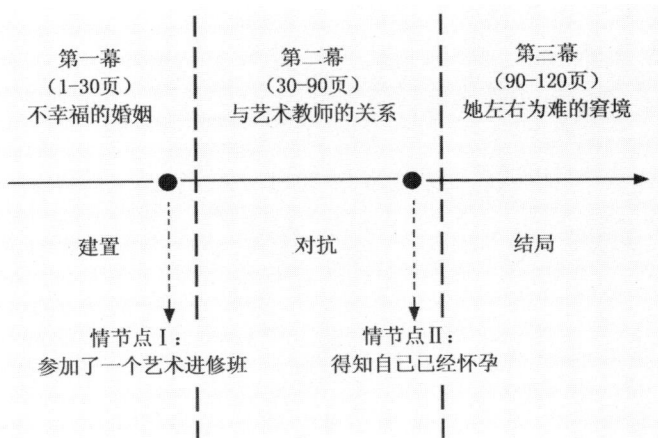

第一幕 (1-30页) 不幸福的婚姻	第二幕 (30-90页) 与艺术教师的关系	第三幕 (90-120页) 她左右为难的窘境
建置	对抗	结局
情节点Ⅰ: 参加了一个艺术进修班	情节点Ⅱ: 得知自己已经怀孕	

　　这就是你的创意在被构筑之后它大致的"外观"。请记住,范式是一个概念性的工具,使你能够清楚的"看到"你的故事线。它给了你一个总体概观。

　　你无须过于确切详尽,只需在图版上画个大概图形。你可以在以后对它进行补充。

　　设计这个练习是为你构筑你的故事做热身准备,以便你能顺利进入电影剧本写作过程的下个阶段。

　　这是你电影剧本准备阶段的第一步。

Chapter 4

四页的剧本阐述

FOUR PAGES

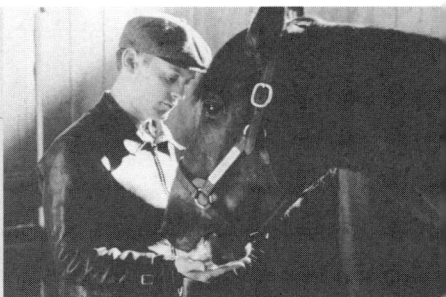

> 有一个终点作为旅程的目标的确很好,而正是因为旅程本身才使终点显得重要。
>
> ——厄苏拉·勒奎恩(Ursual K. LeGuin),作家

就在不久前,我和一位电视演员参加了一个瑜伽班。我们开始交谈,一如以往,过不了一会儿话题就转到了电影,进而又谈到了写作电影剧本。他告诉我说自己有一个电影剧本的极好的创意。

"它的内容是有关什么的?"我问。

"是这样,"他开口说,"这是关于一个家伙在撒哈拉沙漠里的事情。我们以太阳升起开场,配以大沙漠尘土飞扬的长镜头,然后我们看到疾驶的一辆吉普车正在穿越沙漠,突然发动机噼啪作响发出刺耳的噪音然后就熄火了。那个男人爬出了吉普车,查看了周围,猛地拉开了发动机罩盖。然后,我们听到了一阵猛烈的嘈杂声从远处的沙丘后面传来。突然,一群飞奔的骆驼越过沙丘奔袭而来。那群人看到他后停了下来。他们相互对视着,周围一片寂静。"

他极为热切地看着我说:"这个想法不错吧?"

"这的确是个不错的开场,"我回答说,"那么,接着发生了什么?"

"这个我现在还没有想好,不过,所有的这些东西在后面的情节里都会有的。"

的确,这类事情以前你听过好多次了吧? 是什么情节?

我表示理解地点点头,是的,当然。

我已经无法说清楚,自己从那些胸怀大志的编剧们那里到底听到过多少诸如此类的电影脚本了。毫无疑问,有关故事的内容,他们是无法告诉你更多的了,因为他们自己也没有弄清楚这些东西。

它是关于什么的? 简短地,以故事线的方式来描述:你故事的内容是关于什么的? 以及它是关于什么人的? 你能详细阐述它吗? 你能用几句话将它表达清楚吗? 这些东西就是我在创作室和讲习班里不厌其烦地一再强调的。

"如果连你都不知道自己的故事,谁还会知道呢?"

写作一个电影剧本,过程本身比最终结果还要重要。它是一个不断向前,每天不断在自我更新的过程。你对素材的准备工作是分段或逐步进行的。首先,你需要有个创意想法,它将被分解为主题、行为和人物。这样,当你有了主题后,利用将你的故事紧紧连接在一起的四个固置点:结尾、开端、情节点Ⅰ和情节点Ⅱ,你就可以通过范式来构筑你的主题了。在你知道这四个东西以前,你的写作根本不可能有任何程度的确定性。它们是你故事线的基础,是将你的故事结合在一起的黏合剂。

只有在你知道了这四个元素之后,你才可能以叙事的方式讲述你的故事。事实上,单词"叙事"就意味着实际上或意念上的一种安排,一种事件或事变的序列,同时隐含了某种方向性。故事的进程从开端直到结尾。记住,方向是一条发展线。

将你的故事在纸上写下来是非常重要的,因为这是充实和发展你的创意想法的必要步骤。至于五六个月以后剧本的终稿和它的准确一致性会达到怎样程度,以及它的优劣性判断,都与现阶段毫无关系。

这就是我为什么认为很有必要写一个短故事——四页的剧本阐述——

的原因。我们将剧本阐述定义为你的叙事梗概(narrative synopsis)①。其中也可以包括一些对白，用来清楚地突显你人物的生活状况。我让学员们撰写四页的剧本阐述，因为这有助于清楚地表达和界定那些将故事紧密结合在一起的结构性事件。

为什么这个很有必要呢？因为它能使你将那些尚未成形的，零碎片段的想法在你的头脑里周转运行并且将它们写在纸上。它使你故事的细节变得更为明朗，并且使你考虑的那些关系更加清晰。

我把这称之为"踹屁股"练习。因为你已拥有一个尚未组织成形的想法或念头，并试图让它成形。在电影剧本的写作过程中这是极为重要的一步。

这里有必要介绍一下好莱坞的情况，任何类型的剧本阐述都仅仅是作者的一个工具，它只是电影剧本写作进程中的一个部分。希望写一个剧本阐述就能将它卖出，那只是一个不可能实现的妄想。剧本阐述不是电影剧本。不要期望你写的剧本阐述会被买走或被选定，尤其是当你还只是一位新手或踌躇志满的编剧。在电视剧方面，情况则有所不同，在那里剧本阐述、情节列表、剧情简介等或许可以与制作单位和电视网共同开发完成。但是，我们在这儿谈的是电影剧本，而在好莱坞只有一个完成了的电影剧本才能出售给制片厂和电影公司。

在欧洲和一些拉丁美洲国家，这方面的情况又有所不同。例如在欧洲，一个剧本阐述往往会被电影委员会或文化行政部门的官员们购买或选定，而作者会象征性的得到一笔钱用来将剧本阐述发展成一个电影剧本。当然，至于这个剧本被写好以后的最终结局会是怎样，则谁也说不准。有时，一个被选定的剧本阐述被写成一个电影剧本，然后它就被搁在文件柜的某个角落里积累灰尘，可以有各种的理由这样做——没有合适的导演，素材不受人欢迎，预算太高，电影委员会里的某项政策或某个成员有了变动等等，什么样的理由都有。从一些欧洲和拉丁美洲国家的编剧那里，我已经听到了太多太多这样的情况了。凡此种种，不一而足。

---

① 亦称剧情梗概，电影剧本创作前的概要描述。它的基本内容包括主要人物、时间、地点、情节发展和结局等。电影制片厂在物色剧本的阶段，往往先要剧作者交出一个故事梗概，作为评断和取舍的依据。——译者注

　　写一个四页的剧本阐述并非是你必做的功课。但是，如果在准备你的材料时你能适当地对此花一些时间，在实际写作的过程中你就会得到回报。

　　我是从自己的一段艰难的经历中感悟到这点的。在我担任大卫·沃尔泊（David L. Wolper）的助手时，我是一个写作文员，我负责撰稿、制作、指导、调查研究，并且与125个电视网协同工作。在四年以后，我感到该是自己有所改变的时候了，我离开了沃尔泊公司并到电影制片公司去找一份工作，目标是成为一位制片管理人员。但是我却一无所获。当时的境况很棘手。这样，在几个月以后，我被叫去改写一部片名是《狂欢》（*Spree*，1967）的纪录影片，导演沃伦·格林（Walon Green）曾是我在沃尔泊公司时的同事，现在他是电视系列剧《法律与秩序》（*Law & Order*）的执行制片人。沃伦·格林曾经与山姆·佩金法（Sam Peckinpah）合作完成了影片《日落黄沙》（*The Wild Bunch*，1969）。于我而言，山姆·佩金法这位编剧兼导演则是亦师亦友，在我对电影的理解方面他起了很大的作用。

　　在写完了《狂欢》以后，我意识到自己已经有可能成为职业的电影编剧了，一边还在等候某份制片的工作。这样，我就成了一名以给电影编剧谋生的自由作家——这儿打打工，那儿打打工，刚好能够维持生计。就像这样又过了七年，在这段时期内我完成了九部原创剧本，其中两部已经投拍。我写的另外四个剧本被选定——也就是说，制片人向我支付了一笔钱，以便他（她）在一段时期内获得投拍这部电影的专有权，这段时期通常为两年。过了这段时期后，著作权又会重归于我。我写的其余三个剧本就不知去向了。曾经有过许多人告诉我说他们是多么喜欢这些剧本，但是他们没有进一步的动作而剧本则仍旧躺在我的书架上。小说作家多萝西·帕克（Dorothy Parker）曾经说过："好莱坞是唯一能让你带着梦想去世的地方。"

　　我的工作方式颇为简单。在我有了一个创意之后，我会进行调查研究——从图书馆借阅有关的书籍，与人一起对它进行探讨，直到我对素材感到满意为止。然后，我就着手进行人物方面的工作：写人物传记，与更多的人交谈，看相关的照片并且阅读任何来自于那个时期的日记等第一手的资料。在此之后我会坐下来并开始写作。我习惯于将此称之为"用我的脑袋敲击打字机"。我总是能够完成一个剧本，但是在身体和精神方面付出的代价也很高昂。这是一个缓慢而痛苦的过程,而且在以这种方式工作了多年以后,我开始将剧本写作看做是我不得不做,而不是我想要做的某项工作。在这两者之间有很大的差别:一个是正面积极的经历,另一个则是负面消极的。然而,认清这两个方面却十分重要,写作是一份太费力,太需要技能和耐心,并被赋予了消极因素和痛苦经历的劳作。

在那段时期里,我为写一个剧本曾有过一段痛苦,但是最终又是很有意义的经历。这是部西部片,内容是有关一个名叫巴林格的家伙,他与布奇·卡西迪和太阳舞小子是一丘之貉,就如佩金法所说他是个"在新时代里的旧时代的顽固分子"。但是,在布奇·卡西迪和太阳舞小子于1902年离开去了美国南部以后,我的人物巴林格仍旧不愿面对已经变化的时代。他仍然在干过时的勾当——实施了数起拦路抢劫,他被逮捕,被判入狱,又越狱逃脱,并且继续干他唯一熟悉的行当:打劫银行。

巴林格是个与自己的时代过不去的人物。一方面,他晚出生了十年;另一方面,他又早出生了十年。这就是基本的着眼点。他是个不属于他所处时代的人物。

在背景故事里,巴林格因抢劫了一家银行而被逮捕,并且被判入狱。我打算用巴林格逃出监狱这样一个激发性段落作为开场,他已经在监狱里服了十年徒刑中的四年刑期。在他出逃以后,通过其年老父母的协助,他将一些年轻成员吸收进了自己的团伙,继续去走他的老路。可是毫无疑问,时代已经变了。银行已经开始使用支票,股票和债券是可以进行安全承兑的,而且运用被称作电话的工具你可以在丹佛和旧金山之间进行交易。可是巴林格根本不懂这些。在对抢劫进行了筹划后,他的期望被挫败了,因为抢劫根本不管用。在一次行动中,他得到了一包支票,以及一份上千美元他无法兑现的借据。另一次勾当后他只得到了数百美元的硬币和一些股票证书。

到了这个地步,他不知道应该做些什么和到哪里去,而且平克顿全国侦探事务所的侦探的追捕也已逼近。巴林格知道自己的日子已经到头了,并打算加入在玻利维亚的布奇·卡西迪和太阳舞小子团伙。他还想最后干一票大买卖,这样,这帮乌合之众骑马前往华盛顿州的普基特海湾岸边的一个镇。他们实施了抢劫,但是在接踵而来的交火中,钱被丢失在了身后。事已至此,巴林格选择了以正面迎战追击而来的联邦海岸警卫队的方式来结束自己的生命。他最后说了这样的一句话:"或许布奇·卡西迪和太阳舞小子的想法是对的。"

这就是当我坐进这个"深坑"并开始写作时,我所知道的所有相关的内容。但是此时,"用我的脑袋敲击打字机"是不管用的,或者,我可以这么说,这只能凑合写上三十页,而在此之后我就陷入了一种迷茫的状态。我不知道发生了什么、应该做些什么和该去哪里,在与故事线争斗了几个星期之后,我遭遇了令人谈虎色变的"作者阻障"。

这实在太糟糕了。为了寻求解脱,我用了好多方法,但总是事与愿违。我不仅没能找到我的故事线,反而离它更加遥远了。我变得愤怒、泄气和沮丧,然后就是处于极度的意气消沉状态。这样的情况持续了几个星期,直至我变得惊恐和害怕,不去碰任何东西,成了一个孤僻冷漠的人。

几天以后,我的一位朋友打来电话,他当时在一家大制片公司担任故事编辑,然后我们一起外出共进晚餐。在用餐的时候我向他讲述了我的遭遇,他就问了我一个简单的问题:"你故事的内容是关于什么的?"

我哑然失声地看着他。我所有的沮丧、痛苦、失落直至我的"作者阻障",全在于我将我的故事丢在了脑后。这是我第一次被要求讲述故事,大声地将它描述出来。

我结结巴巴地说了一会儿,竭力回想故事的内容是什么,并期望着最终能够蹦出自己原始的创意想法。他一边听一边提出一些切中要害的问题,同时还提出了一些建议并告诉我说他想看一些书面的东西。

我同意了,那天晚上在回去以后,我就坐下来写了一个简短的剧本阐述。我简直不相信所发生的事情——一旦我知道了自己的故事,我的作者阻障也随即消逝了。也就在那时,我突然明白了:"写作最难的事情就是知道要写些什么内容"。

这段经历教育我懂得了知道自己的故事有多么的重要。在我遍及美国、加拿大、欧洲、墨西哥和南美洲的所有编剧讲习班和培训课程里,我不厌其烦地强调这样一个事实:在你着手写任何东西以前,你必须知道你的故事。而且它全都开始于在你能够获得四个基本元素——结尾、开端、情节点

Ⅰ和情节点Ⅱ,并将它们构筑到一条戏剧性故事线之时。

为什么是一个四页的剧本阐述,而不是十页或二十页呢?

因为在这个阶段,你对有关你故事的内容知道得并不多。你仅有一个有关行为和人物的大概的想法,以及有关你情节的基本概念和故事线的四个固置点:结尾、开端、情节点Ⅰ和情节点Ⅱ。在现阶段你对自己的故事所知道的一切也仅此而已。你并不知道某个特定场景的意义或它在故事线里所起的作用。你或许连它是否能够推进故事向前发展或揭示人物的有关信息都不知道。在这个阶段,我们大多数人都还没有针对此类问题的答案。我们必须重点围绕故事线,并将它固置在叙事的基础上。

剧本阐述为你实际写作电影剧本打下了基础。所以,在你写作这份仅有四页的短文时,要避免误入过于详尽的歧途。现在往其中加入太多的细节对你的最终目标毫无益处。

你总是能够在后期加入某些具体的内容,进行个性化的处理,诸如:他(她)开的是什么牌子的车,他(她)住的是什么样子的公寓,墙上挂的是什么画,以及为什么他(她)是搭乘火车而不是坐飞机。你现在无需知道这些方面的内容。随后才会轮到它们。

这就是为什么在组织你故事的这个阶段,一个四页的剧本阐述是个合适的长度。它不是你的故事,它只不过是故事的一个内容概要,是电影剧本写作过程的一个起始点。所以,请将你所有的期待、希望和梦想放到你抽屉里的什么地方,在那里它们会处于你的视线之外,你只能坐下来并去写那个剧本阐述。

下面的功课是:你要去写一个四页的剧本阐述,这是你故事线的叙事梗概。在前面的章节里,我们谈论了有关厘清你的创意想法并将它转化为一个主题。简略地说,它描述了你故事的内容是关于什么事情和什么人的。然后,我们运用范式将主题分解,这样我们就知道了结尾、开端 情节点Ⅰ和情节点Ⅱ。范式就成为你的结构性固定架构。

现在将你的故事线的主题——行为和人物——安排到范式的戏剧性结构之中。首先选出你的结尾,然后决定你的开端,再就是选择情节点Ⅰ和情节点Ⅱ。就像你在前面一章中做的结构练习一样去做。

如同亚里士多德所说,我们从开篇开始。你的开篇场景或段落是什么?这里我们需要做个简短的细节说明。它发生在什么地方?让你的人物刚刚抵达飞机场,就像《借刀杀人》里文森特抵达洛杉矶国际机场那样?或者它是发生在一条荒野的公路上、一辆车里或是穷乡僻野?你的剧本是开始于一个梦境、一个闪回,就像在《谍影重重2》里一样?或者,你的开场是在城市拥挤的街道上,或是在空无一人的电梯里,或是在一间卧室里的一个色情的性爱场面,就像在《本能》(Basic Instinct,1992,乔·埃泽特哈斯编剧)里一样?在现在这个时期,你没有必要过于确切和周详,你还没有必要知道所有的东西。只需对你的故事线进行粗略的概括,详细的东西留待后面处理。

如果你的开篇场景或段落发生在办公室里,你的人物正在干什么?是在周一的早上刚刚来上班?在周五的下午下班离去?略微将这个勾勒进去,你知道可以在后面对它进行修改。请记住,这个练习的目的是用四个篇幅来界定和概括你的故事线。书写格式既可以是双空格的,也可以是单空格或半空格。

不是八页,也不是五页——只用四页的篇幅。

一旦你确定了你的开篇场景或段落是什么,我们就可以着手将剧本阐述分解为两个彼此独立的范畴。我将第一个范畴称为场景或段落的戏剧性再创造(dramatic recreation)。它视觉化地描述了行为动作。例如:"夜。一辆轿车在路上慢慢地迂回地穿行。它转了个弯,靠向路边,停了下来。车灯熄了。车停在了一座大楼的面前。等待。寂静。不远处,一只狗在吠。乔坐在车的后座,寂静,在他身旁的座椅上有一只无线电对讲机。他迅速戴上耳机,慢慢地调节旋钮搜寻报警电话。然后他倾听,并且等待着。"

我将这个称之为一种戏剧性再创造,它是一个对行为动作的具体的视觉性描述。请记住,在这儿我们是在设定开篇场景或段落。用半页的篇幅来描述开篇场景的情节。如果需要你还可以用上几句对白。

请记住,这不是你的电影剧本,它还只是一个剧本阐述,是你故事线的一个叙事梗概。

我将第二个范畴称为叙事梗概,它是将你的情节进行概括和粗略的概述。如果你的故事是有关一位最近刚刚离婚的母亲和她十几岁的儿子之间的关系,儿子想去另一个城市与其父亲一起生活,你想概述在第一幕的其余部分里发生了什么。假设你的开篇场景或段落是母亲在一间空旷的屋子里醒来的梦境,第一幕其余的部分就是着手设置和建立他们的关系。例如:"尽管母亲试图与儿子沟通,但他仍然以在学校里的糟糕表现来自毁前程,公然违抗和不尊重老师。儿子不断地指责母亲,抱怨她在体力方面的无能,不会像'男人'一样投掷橄榄球和提重物。母亲很明显地感到儿子的心正在离她而去。她下决心要花更多的时间在儿子的身上,并且将他摆在她自己的工作和个人需求之上。可是她的努力并没有获得儿子多少的尊重和珍惜。母亲不知道自己还能再做些什么以及怎样才能重新赢回儿子的爱。"

叙事梗概是某种概括性的描述,是第一幕其余时间里发生的行为动作的一个概述。如果你将写作开场的此类方式与戏剧性再创造进行对比的话,你会发现开场是特殊且具体的,而叙事梗概则是一般且概略的。这就是我们在这个四页的剧本阐述中所要达到的特有风格。你想让它看上去是一个电影剧本,但实际上只有一条故事线及其四个具体的关键点。它直接引导我们进入下一个阶段——情节点Ⅰ的戏剧性再创造。

在第一幕结尾处的情节点是个什么样的事变、插曲或事件?它是一个动作段落或是个对话段落吗?它是在什么地方发生的?这个场景或段落的目的是什么?它揭示了人物或是推动故事向前发展了吗?请记住,一个情节点永远是塑造人物的一个功能。难道它不能揭示人物性格或推动故事发展走向吗?

下一步,用大约半页的篇幅,以戏剧性再创造的方式写第一幕结尾处的情节点。如果你正在写一部动作片,而你的人物要出发去报仇雪恨,他想知道是谁在自己的背后搞鬼以及为何要去另一个地方。这可以这样简单地进行:"他骑着摩托车面朝东方,整装待发。启动了马达,挂上档位。等待已经结束,是勇士回归战场的时候了。"记住,一个情节点既可以简单到仅是场所的变动,也可以复杂到是一次越狱的全过程。它可以任由你的需要而确定。

还有一些东西需要考虑进去:如果在情节点Ⅰ里你人物的戏剧性需求发生了变化,你就必须将新的戏剧性需求弄清楚。在《末路狂花》里,两位妇女出发去周末度假,但是在枪杀了强奸未遂者后,她们的戏剧性需求就改变了,现在,她们是两位正被赶来的警察要带去问罪的妇女。

仅仅是开场、第一幕和情节点Ⅰ,这三个戏剧性元素就写了四页剧本阐述中的一页半。为了这两个场景或段落,这已经不错了。

我们已经完成了第一幕,所以现在你已经准备好进入第二幕了。第二幕是一个戏剧性的行为单元,它大约有六十页长。它起始于情节点Ⅰ的结尾处并且发展到情节点Ⅱ的末尾。它由一个称之为对抗的戏剧性情境脉络紧紧地结合在一起。如果你知道你人物的戏剧性需求——在电影剧本演进的过程中,他(她)想要赢得、得到、获取或成就的是什么——你就可以针对这个需求制造障碍,而你的故事就变成你的人物克服一个接一个的艰难困苦(或者是无法克服它们)去实现他(她)的戏剧性需求。

记住,所有的戏剧都是冲突。没有冲突就没有行动。没有行动,你就没有人物。没有人物你就不会有故事,而没有故事你也就不会有电影剧本了。

这样就应该仔细考虑一下第二幕的有关情况。你的人物将会遭遇冲突。冲突意味着"去对抗",所以,你的人物遭遇的是什么? 极为重要的是必须指出,这里有两种类型的冲突:外在性的冲突,即存在着一种力量在与人物的戏剧性需求进行对抗,例如:他正被追击或正在追击某人,被敌人俘获,正试图在自然灾害中存活下来,正在与身体上的创伤抗争以及其他等等。然后是内在性的冲突:例如恐惧,无论是对失败的恐惧还是对成功的恐惧,或者是对亲密关系和对所犯罪行的恐惧。一个内在性的冲突可以转变为人物行为的一种阻碍。这是一种人物内心的情感性力量,它会影响他(她)的戏剧性需求。

影片《冷山》(*Cold Mountain*,2003,安东尼·明格拉编剧)是一个很好的例子。由裘德·洛扮演的人物英曼在美国南北战争中受了伤并被送到了战线后方的医院。通过闪回和旁白的讲述,我们耳闻目睹了他和艾妲(妮可·基德曼饰)的关系。她想让他"回到我的身边来",所以英曼就逃离了南部联盟军队并且开始了他回归冷山的历程——这个对他既是身体上又是情感上的历程。冷山这个地方对英曼来说不仅仅是个实体上的空间,更是他心灵深处的情感栖息地。他必须克服所有的艰难困苦——恶劣的气候、敌军士兵、被捕、被南部联盟的民兵射杀等——去实现他的戏剧性需求:回到冷山和艾妲的身边。他在第二幕中所遭遇的障碍既有外在的也有内在的，从而创造了在他竭力要存活下来的归家的历程中一直持续着的戏剧性的张力。

　　艾妲遭遇的冲突也具有内在的和外在的两个方面。她从小是按一位"太太"的技能和禀性的标准方式来培养长大的——她会弹钢琴，能在教会活动中担任女主人，擅长阅读，并且是一位善解人意的伙伴。但是对最重要的事情——怎样在父亲去世后能自我生存下来——却一无所知。她必须学会如何去面对一个内在性的沮丧：不知道怎样生存下去，怎样修补围栏，种植庄稼，甚至是怎样自我保护。

　　在大多数情况下，我们会同时遭遇内在和外在的双重性冲突。所以在你准备描述发生在第二幕里的情节时，对你的人物将会面临的阻碍作一个概略的规划，应该是个不错的想法。

　　首先，另外取一张稿纸，罗列四个你的人物在第二幕里将面临的障碍。你知道它们是什么吗？你能够明确解释并清楚地说出它们吗？它们是内在性的障碍还是外在性的？好好地想一想，而当你准备好后，就将它们罗列出来。问一下你自己：这四个障碍是否在你故事的进程里激发了某种戏剧性的冲突？假如你的故事是关于一个在科罗拉多大峡谷的植物学家，障碍或许会包括来自奔腾激流的危险，炎热致死的威胁，或者诸如严重的关节扭伤或骨折之类的身体上的磨难。它可以是舟艇的翻覆，补给品的失落，或是与另一位人物之间的摩擦。选择四个障碍，既可以是内在的也可以是外在的，或者是两类的某种结合，但是，必须始终明确这些障碍是在与你的人物发生冲突，并且能推动你的故事一直向前发展到第二幕结尾处的情节点。

　　当完成了这些以后，重新回到你的剧本阐述。以戏剧性再创造的方式，利用这四个冲突作为故事线的定位点，用一页的篇幅概述第二幕的情节。在你的人物面对每一个障碍时，要紧紧贴住他（她）写。然后将障碍概略地写上四分之一页。在这一点上，重要的是要激发出素材的某种戏剧化的流畅性。聚焦于你的人物如何面对和克服这些障碍，以概略的方式简单地描述这个情节——也就是发生了什么。如前所述，你会发现如果你将太多的时间花费在具体详细的动作描述上，那么你最终将写满八页而不是四页。

所以，要确保文稿的概括性，在这个阶段，太过详尽是你的敌人。

　　在你结束时，你大约会已经写完两页半，而你也已经准备好了要去着手写第二幕结尾处的情节点Ⅱ。情节点Ⅱ是什么？你能描述它吗？能将它戏剧化吗？以戏剧性再创造的方式，写大约半页的情节点Ⅱ。如果你觉得有必要，你可以写入少许对白的台词。第二幕结尾处的情节点Ⅱ是怎样将动作“转向”第三幕的？保持故事推进的流畅性，不要有人为叙事的痕迹。再次强调，你总是倾向于添加一些细节，所以要对此保持警觉并不要听任它的摆布。当你开始对它考虑得太多时，你是会意识到这点的，因为你会发现自己花了好多的时间试图去确定：它是怎样发生的、人物的具体的动机是什么、他开的是一辆什么牌子的车或者从事何种职业以及利用什么场所来表现。就让这些东西先一边儿去吧。在这个练习里，你不需要太多的特殊性的动机。

　　现在，它将带你进入第三幕，也就是结局。在第三幕里发生了什么？你的人物是活着还是已死，成功了还是失败了，赢得了比赛或是失利了，结婚了还是没结，离了婚还是没离成，杀了那个坏小子还是没杀？你故事的结局是什么？你是否知道必须发生什么才能去结束故事线？结局是什么？无需特别具体，只是一般性的概略。以大约半页的篇幅，写第三幕发生了什么的叙事梗概，并简单地描写结局。

　　现在，我们到了结尾部分。你应该知道结局是什么，所以用戏剧性再创造的方式，写半页篇幅的结尾。它既可以是一个动作段落，例如救援；也可以是一个情感性的场景，例如一个婚礼。无须让它显得完美无缺，而是无拘束地进行任何你想要的修改，将结尾视作后面的工作。在现阶段，结尾的场景或段落还仅是个戏剧性的选择，在实际的写作过程阶段可以对它进行修改、润饰或夸张。在你完成这个练习后，你就已经将你的故事线写完了，并且将它戏剧性地表述在四页稿纸上：

　　现在扼要概括如下：

● 用半页稿纸——对开篇场景或段落进行戏剧性再创造。
● 用半页稿纸——写一个有关在第一幕其余时间里发生了什么行动的叙

事梗概。

● 用半页稿纸——对第一幕结尾处的情节点进行戏剧性再创造。

然后，另找一张稿纸，写四个障碍——既可以是内在性的，也可以是外在性的，或是这两者的某种性质的结合——这些是你的人物在第二幕里将会面临的。然后：

用一页稿纸——写一个叙事梗概，概述第二幕的情节，重点聚焦于你的人物所面临的四个冲突。可以很简单地用几个句子来描写各个障碍。然后，接着写：

● 用半页稿纸——对第二幕结尾处的情节点进行戏剧性再创造。
● 用半页稿纸——写一个第三幕里情节的叙事梗概，也就是结局。
● 然后，用半页稿纸——对剧本结尾的场景或段落进行戏剧性再创造。

这就是四页的剧本阐述。它看上去像一个故事，读起来也像一个故事，但是，它仅仅是有关你故事线是什么内容的一个剧本阐述。你可以用它来在东部或西部的美国编剧协会（Writers Guild of America）注册登记，它是"著作权证书"。你也可以在"www. wga. org"上进行在线注册，只需点击"注册"即可。在写这本书的时候，对非会员的收费是每项二十美元，对会员的收费是每项十美元。对剧本阐述进行登记，使你能据此声称自登记之日起对你的故事拥有著作权（authorship）。没有必要对你的这份文稿进行版权注册。如果你需要，你可以将这个四页的剧本阐述寄给你自己，并要索取一个回执，以此方式来获得证据。但要记住，在你收到此邮件时千万不要将信封拆开。

写这四页的剧本阐述就是我称为"踹屁股"的练习。它们或许是在你整个电影剧本写作过程中最为困难的那几页。你握有一个尚未成形和未被界定的创意想法，任意地选择了一个结尾，并进而构筑成开端、中段和结尾的模式。这的确很困难，因为你确实没有多少素材可供操作。你的人物还没被界定，也没有可以具体细化的余地。如果你真的进行了太多的细化处理，你就会以迷失和困惑作为结果而告终。最终写完你的故事线和将它删编为四页,可能需要写上两到三稿。你的初稿或许会有八页长,你会将它缩减到五页,最后修改成四页。

在写作剧本阐述时,你或许会经历各种自身内在的抵触情绪。你可能会变得愤怒和厌烦,也有这样的情况,即你可能对自己正在写的东西进行很多的判断和评估。你自身的批判之声可能会告诉你:"这是世界上最无聊的故事!"或者"我讨厌它,它单调且愚蠢"或者"这个我早就听到过了"以及"我怎么会认为自己会有能力写这么个玩意儿"。

或许你是对的。在这个阶段出现的情况,很可能是你的故事或许真的令人讨厌。

那又怎么样?这毕竟只是一个四页的剧本阐述。它仅仅是初次落笔写到纸上的练习,再没别的了。你只不过写了四页,这个实际情况你可不能忽略。它就是这个样子。这些文稿不是要拿去刻在碑石上或写在金箔上。你只是写了这个剧本阐述。它并不完美,这样就可以了。

必须记住的是:这个四页的剧本阐述或许对你剧本最终的处理,仅有甚至没有多大的帮助。它只是一个起始点,而不是完稿的作品。在写作的进程中,你的故事将会发生变化、进化和成长,所以不要期待这几页稿纸是完美无瑕的。忘掉你的奢望。你不需要去做太多的批评性的价值评估。将它们留待后面。写作是实践性的——你写得越多,也就越感容易。

最后一点要注意的是:当你写完了这个剧本阐述以后,很可能你会觉得对它是否奏效,或者是否合适没有把握。你或许倾向于去征求反馈意见,以对你业已写就的内容获得某种评价。

千万别这么做。

别让你的夫人、丈夫、恋人、女朋友、男朋友、兄弟或姐妹阅读它。他们都想要读它,这我相信。他们或许会请求和央告着要求阅读你那四页的文稿。不能让他们读。以下就是为什么:我有好多学生曾经将他们的这些稿页让生活圈子里的重要人物阅读,以期获得反馈和评判性意见。一位妇女的情况尤为典型,她有些把握不定而将她的剧本阐述让丈夫看看,正巧她的丈夫又是在电影公司工作。出于对她的爱,出于对她的"以诚相待"——而且他对此也很在意——他对她讲了自己对剧本阐述的真实想法。他的"真实想法"是：文稿枯燥无味，人物不够充实，他最后还补充说这很像是几年以前某部类似影片的一个翻版。无需多说，她是彻底地被击垮了。她不仅将那份剧本阐述放进抽屉打入冷宫，更糟糕的是，她至此就再也没有握笔写作过。她曾有过很好的喜剧潜质，但是她却选择了去听从她丈夫的意见，因为她以为丈夫要比自己懂得多，这样她就再也没能恢复过来。

我已经目睹了这样的情况一遍遍地发生。这就是为什么你必须懂得：这仅仅是一份四页的剧本阐述。它不是你的电影剧本。它仅是一个起始点的练习，而不是终点。

也不要指望你能卖掉你写的这四页稿纸。这是一个帮助你在自己心里弄清你的故事的练习。只是去做这个练习并将故事讲出来。别想试图出售这个剧本阐述，也不要幻想在电影拍成后自己会得到多少钱，不要被这样的想法所蒙蔽。

专注于将你的故事线写到四页稿纸上，不用担心写好以后会发生什么事情。

古代梵语经文《博伽梵歌》是这么认为的："不要对自己的成果沾沾自喜"。

练习

1. 在范式上构筑你的四个故事点。

2. 用半页篇幅，以戏剧性再创造的方式将开篇场景戏剧化。

3. 用半页篇幅，写一个叙事梗概，概述在第一幕里发生了什么。

4. 用半页篇幅，对情节点 I 进行戏剧性再创造。采用你在开篇场景或段落中相同的方式。

5. 在另一页稿纸上，列举你的人物在第二幕里所面临的四个障碍。这些障碍既可以是内在的，也可以是外在的或者是它们任何形式的变形。

6. 用一页篇幅，以叙事梗概的方式，概述人物所面临的四个障碍。

7. 用半页篇幅，以戏剧性再创造的方式，描写在情节点 Ⅱ 里发生了什么。

8. 用半页篇幅，以叙事梗概的方式，描写在第三幕里发生了什么。

9. 用半页篇幅，以戏剧性再创造的方式，描写故事的结尾场景或段落。

10. 绘制范式，以下面那样的方式呈现它的外观模样：

故事：

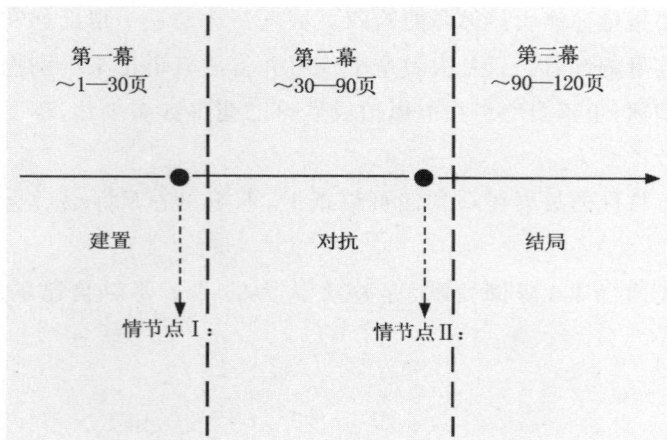

第一幕 ~1—30页　第二幕 ~30—90页　第三幕 ~90—120页

建置　对抗　结局

情节点Ⅰ：　情节点Ⅱ：

Chapter 5

怎样塑造出色的人物

WHAT MAKES GOOD
CHARACTER

沃尔夫:"别以为你是一个人物,就认为自己了不得了。"

——《低俗小说》

　　多年以前,当和一些朋友在意大利旅行时,我去了一个叫阿西西的小镇,它是阿西西天主教圣人——圣·弗朗西斯的家乡。我们搭乘的一辆大巴沿着漫长且蜿蜒曲折的公路上行,前往坐落在山上的教堂和修道院,圣·弗朗西斯曾在那里生活、修行和研习。对他的有关情况我知之甚少,我只知道他创立了天主教圣方济各修会,他撰写了盛赞诗,随笔集和哲学著作。我所看到的绘画和图像,都显示了他周围总是围绕着鸟以及其他各种动物。根据传说,他能够与动物交谈,他的诗歌和著作里充满了自然的和谐与大同,以及所有的生灵都由神灵的意志所统领的思想。他说:所有的生命体——鸟类、树木、岩石、河流、山泉与海洋——我们全体都是神灵的显灵体,作为生命体的我们将生命的力量表现为生生不息的人类。将此称作上帝、大自然或任何你想要的称呼,都无关紧要。它是什么就是什么。

　　我们在教堂和修道院狭小、散布的房屋参观巡游,在山林中蜿蜒陡峭的山路上攀爬,在阳光和树影下漫步穿行,我注意到周围群鸟栖息,啁啾鸣叫发出一种不太和谐的声音。我驻足止步,观赏着这声音和运动的交响曲,内心揣摩着当年圣·弗朗西斯在这同一条小径上漫步的情形,我逐渐感到自己的呼吸变得平缓和安宁,我的内心也有同样的感受,我觉得自己似乎进入了某种沉思冥想的状态。我环顾周围美丽的景观,感到惊异和疑惑,我问自己:我正在经历的这种感受是否是由于和谐的美景?抑或是大地、树木和群鸟灌注了圣·弗朗西斯的神态?或者仅仅是自己沉浸在环境自身的活力中或与之产生了心灵感应?我所感到这种神圣的状态——心灵宁静而感官却异常活跃——是否就是圣·弗朗西斯在他的诗歌和著作里所描述的那种状态?

我思索着,作为人类,我们是否具有同样的潜能来超越我们的世俗凡庸,而进入这种超凡脱俗的状态,正像我刚刚完全融入到自然环境中一样。我不知道自己在小径上站了多久,汲取着自然的活力。这可能只持续了几分钟抑或长达一小时。当我环顾四周,眼见无数的小鸟栖息在附近的树枝上,我从内心深处感悟到它们也在注视着我,似乎正在尝试跟上我涌动的思绪。这是一段多么神奇的经历啊!

我回过神来沿着通向修道院的小路开始下行。在我步行下山时,我发觉自己一直在疑惑:圣·弗朗西斯究竟是一个什么样的人。他是个如此活力四射且威力强大的活体,以致有能力超越自己的凡胎之躯,而融入到这个活生生的自然或共生体之中,成为一个与阿西西的鸟类和动物心灵相通的精灵。换言之,圣·弗朗西斯具有怎样的一种特质使他成为如此无与伦比的一个人。

而这就引发了一个有关人物的问题。无论是作为老师还是学生,在写作和教授有关人物特质时,这都是一个我经常会问自己的问题。

怎样塑造一个出色的人物?

是人物的目标或动机吗?是人物的对白——他(她)所说的话吗?是人物在电影剧本的演进过程中想要获取的东西吗?是人物的洞察力、聪明才智、诚实可靠、值得信赖吗?是他的廉洁正直的品质吗?是他在经历为实现他的戏剧性需求过程中所采取的行动吗?一个人物在他(她)驰骋在电影剧本的疆场上时,必须拥有什么样的品质才足以能够让我们保持对他(她)的兴趣?

　　哲学家们在谈及一个人的一生时，总是以他所有行为的总和来衡量。我们的人生，是由在我们的一生中所做过的，或未做成的事来"衡量"的。亚里士多德说过："人生由行为构成，而且它的终点是一种行为方式，不是一种身份地位。"

　　人物是什么？

　　人物就是行为——判断一个人是根据他所做的，而不是他所说的。

　　在一个电影剧本里，要么是人物发出行为动作，要么就是行为动作驱动了人。例如在《谍影重重2》里，当贾森·伯恩出发踏上他事关生死的历程，去为他女友玛丽的死复仇，并查清究竟是谁在追杀自己以及是为了什么时，这本应是个复仇的故事，结果却成为一个有关发现和救赎的故事。在这种情况下，是人物推动了行动。他了解到在柏林两位中央情报局成员被杀的现场留有他的指纹，而当时他人却在数千英里之外印度的果阿。是谁在追杀他？以及是为什么？影片演到一半，他发现自己涉嫌几年前一位俄国政客及其妻子的被杀案，现在他必须为自己的行为承担责任，并要去找到这两位被害人的女儿。正是他的行为决定了他是怎样的一个人。

　　在《蝙蝠侠前传1：侠影之谜》（*Batman Begins*，2005，克里斯托弗·诺兰与大卫·高耶编剧）里，则是行为驱动了人物。布鲁斯·韦恩动身去为他父亲和母亲被杀害复仇。但是首先，他必须克服自己对蝙蝠的恐惧。总之，《蝙蝠侠前传1：侠影之谜》的故事讲的就是关于这个身披斗篷的蝙蝠侠如何克服自身的恐惧以及为哥谭市带来正义和社会秩序。这两个元素就成了驱动故事发展演进到它的戏剧性结局的戏眼。

　　在由西德尼·卡罗尔和罗伯特·罗森编剧的经典影片《江湖浪子》（*The Hustler*，1961），改编自沃尔特·泰维斯（Walter Tevis）的小说。浪荡仔艾迪·费尔森（保罗·纽曼饰）是个来自奥克兰的言谈圆滑的台球撞球手。他来到芝加哥向"顺序击球王"明尼苏达胖子挑战（杰基·格黎森饰）。或许浪荡仔艾迪是个台球高手，但是按拜特·戈登（乔治·斯科特饰）说法，艾迪的那副德性使他成了"失败者"。在故事的进程中，艾迪从一个失败者转变成获胜者。这就是他的行为，他的人物轨迹。

　　出色的人物是你剧本的心脏、灵魂和神经系统。故事是通过你的人物来讲述的,并由此吸引观众去经历那种融入到我们日常现实中的普世的情感历程。塑造出色人物的目的是为了激发我们人类特有的本性——人性,从而对观众产生触及心灵、打动情感、鼓舞精神的作用。

伟大的英国剧作家和电影编剧哈罗德·品特(Harold Pinter)说:"当你在创作人物时,他们也在急切地看着你——他们的作者。尽管听上去有点荒谬可笑,但我的确一直承受着我的人物带给我的两种痛苦:当自己在情节中对他们进行无情摧毁或肆意曲解时,我亲身见证了他们的苦难;而当他们刻意地回避我时,当他们退缩到虚幻或阴影中时,我则痛苦地感到自己无法适时地贴近他们。

"毫无疑问,在作者和他的人物之间会产生冲突。我想说,从总体上看人物是见证人,而且它也应该如此。当一个作者为他的人物作出了某种规划并且让人物僵化地受此限制,这样的人物就不会有任何违背作者自己意图的机会。而当作者在指挥人物执行指令时,同时也是在自毁人物或毋宁是在终止人物的诞生。"

斯科特·菲茨杰拉德(F. Scott Fitzgerald)曾经在他的日记中这样写道:"当你开始着手一个个体时,你就是在创造一个典型。"当他写作他的第一篇小说《人间天堂》(*This Side of Paradise*)时才年仅二十二或二十三岁,小说描绘了一个光彩夺目的女郎,这是以后来成为他妻子的泽尔达为原型的。小说迅速成了畅销书,而由菲茨杰拉德创造的"典型"也在随后不久的电影里广受关注。此后不久迅速蹿红的以"物质女郎"著称的明星克拉拉·鲍,就是这一典型的实例:全国的女孩争相效仿她,像她那样穿着,做与她一样的发型,甚至举止言谈也效仿她。她将"时尚女郎"典型化了,这是上世纪二十年代的一个真实现象[①]。

其实时尚女郎就是一个典型。同样的,詹姆斯·迪恩(James Dean)也是一个典型,因为他吸引了他人的关注并且令他们去效仿他。六十年代的佩

---

① "物质女郎"(IT Girl),是指西方社会经常现身主流媒体及终日参加聚会的时尚女性。"IT Girl"来自1927年好莱坞的默片电影《它》,由女演员克拉拉·鲍(Clara Bow)饰演一位拥有致命诱惑力的物质女孩。"IT Girl"的着装,"IT Girl"的喜好,都会极大地影响到与她同时代的年轻女孩并令她们纷纷效仿,因此,每个年代的"IT Girl"也都是那个年代的时尚偶像。——译者注

花嬉皮士(flower child)也是一种典型,披头士和鲍勃·迪伦(Bob Dylan)同样也是典型。他们的表现影响了整整的一代人。披肩长发成了时髦,反战示威变成了司空见惯的事,而嬉皮士则无处不在。麦当娜(Madonna)是一个典型,因为她开启了一种新的想法和衣着方式。迈克尔·乔丹(Michael Jordan)是一个典型,不仅因为他是一位伟大的和著名的篮球运动员,而且是一位剃光自己头的球星并影响了别人也照样这么做长达十年之久。

创造一个出色的人物是你的电影剧本成功的基础。这就意味着你要去创造一个"典型"。正如前述,所有的戏剧即是冲突;没有冲突,你就没有行动;没有行动,你就有人物;没有人物,你就不会有故事;而没有故事,你就不会有电影剧本。

当你准备着手创作你的人物时,你必须对他们的内内外外了如指掌。你必须知道他们的希望、梦想和恐惧;他们所喜欢的和所厌恶的;他们的背景情况和言行举止。换句话说,就是你必须有一个人物的个人历史。

创造一个人物是神秘的创作过程中的一个部分。它是一项一直前行永无止境的实践活动。为了真正地解决人物(character)的问题,重要的是要构筑他(她)的生活的基础结构,然后加入一些能够提升和扩展他(她)个人形象的素材。

是什么构成了一个出色的人物呢? 是他们的目标吗? 是他们的动机吗? 是他们必须面对的冲突并战而胜之,或归于失败所采取的行为方式吗? 是他们的对白吗? 问一下你自己,你的人物的哪些素质在电影剧本的演进过程中被典型化了。为了创造一个人物,我们首先必须建立人物的情境脉络,行为举止的品味,就是能使他(她)独具特色——成为某个我们能够赞赏和认同的人。一旦我们建立好了这个,我们可以加上他(她)的一些特性塑造,修饰和润色他(她)性格中各种不同的个性和行为特征。

行为就是人物。十分重要的是要注意:在你的剧本里你的人物必须是一个积极能动的力量,而不是消极被动的。有过太多次,在我读到的电影剧本里人物只是消极被动地对行为、事变和事件作出反应。他(她)不会引发任何事情,这些事件只是针对人物发生。如果你的主要人物太过消极被动,那么他(她)经常会在页面上消失而某个次要人物就会跳向前台将观众的注意力吸引过去。

在我的职业生涯中,我阅读和评估了成千上万的电影剧本。而在所有这些阅读和分析的过程中,我逐步地懂得了在创作一个出色的人物方面,必须具备四项因素:第一,人物必须要有一个强烈和坚定的戏剧性需求(dramatic need);第二,他(她)必须要有一个个人的观点(point of view);第三,这个人物个性化的态度(attitude);以及第四,这个人物总要经历某种形式的变化(change)或转化(transformation)。

这四项元素或这四个基本素质,就是在电影剧本里创造出一个出色人物的支柱。每个主要人物都有一个强烈的戏剧性需求。戏剧性需求被定义为:你的主要人物在剧本的演进过程中所想要赢得、得到、获取或成就的东西。戏剧性需求是他的目的、他的使命、他的动机,是推动他在故事线的叙事情节中穿行的驱动力。

在大多数情形下,你能够用一到两个句子来表达这种戏剧性需求。这通常较为简单并且能够运用对白中的一句台词或人物的动作来陈述。无论你采用何种方式表述它,作为作者你必须知道你的人物的戏剧性需求。如果连你都不知道,那还有谁会知道呢?

在《铁拳男人》(*Cinderella Man*,2005,克里夫·霍林斯沃斯与阿齐瓦·高斯曼编剧)中,詹姆斯·布洛克(拉塞尔·克劳饰)的戏剧性需求是为了维持家庭的生计。而影片就是关于他是如何为此而奋斗的。

经济大萧条使他贫穷潦倒厄运频顾,他的戏剧性需求支撑着他,同时也成了推动他勇往直前的动力,所以他没有放弃。具有讽刺意味的是,在经济大萧条之前,他的左手腕关节所受到的损伤导致他更注重于左手的锻炼。在当码头装卸工时,他使用左手来提拿货物。当他被给予第二次拼搏的机会,他的戏剧性需求给他提供了勇气和意志力,使他在世界重量级拳王挑战赛上赢得了与马克斯·贝尔的巅峰对决。

在《末路狂花》里,主要人物们的戏剧性需求是安全地出逃到墨西哥。就是这个驱动了那两位主要人物穿越了故事线。在《冷山》里,英曼的戏剧性需求是回到家乡他爱人的身边,而艾妲的戏剧性需求是存活下来并且逐步去适应自己周围的环境。在《指环王1》里,弗罗多的戏剧性需求是将魔戒带往末日山并在当初制作它的烈焰中将它熔化。

有些时候在电影剧本的演进过程中，你人物的戏剧性需求会发生变化。如果你人物的戏剧性需求确实发生了变化，这通常会发生在情节点Ⅰ，也即在你故事的真正的开端。在《美国美人》里，莱斯特（凯文·史派西饰）的戏剧性需求是重新回归生活。在故事开始时，他感到自己像一个死人，而正是在遇到他女儿的闺密少女安吉拉（米娜·苏瓦丽饰）之后，才使他找回自我并回归生活。影片的其余部分主要围绕莱斯特学着去回归生活，去欢乐，享受自由以及尽情地自我表现。

戏剧性需求是驱动你的人物穿越故事线的发动机。你的人物的戏剧性需求是什么？你能用少许几个字精确地解释它吗？能简洁清晰地陈述它？知道你人物的戏剧性需求是绝对必须的。在一次与《午夜牛郎》和《荣归》的编剧瓦尔度·绍特（Waldo Salt）的交谈中，这位奥斯卡金像奖获得者告诉我说：在创造一个人物时，他是从人物的戏剧性需求着手的，这将成为构筑故事的驱动力。

绍特强调说，一个成功的电影剧本的关键是素材的准备。如果你知道你人物的戏剧性需求，他说道，对白就变得"作用不定"了，因为演员总是能对台词进行调整以使它更为奏效。不过，他继续强调说，人物的戏剧性需求是绝对不可触犯的。这种不可变动的禁忌是由于它维持和联系了整个故事。他说，将文字书写在纸上是剧本写作过程中最容易的事情，费事的是对故事的视觉化构思。他还引用了毕加索（Picassl）的话："艺术就是剔除多余的东西。"

第二个造就一个出色人物的因素是人物的观点。观点可以定义为是"一个人看待或观察世界的方式"。每个人都有自己独特的观点。观点是某种信仰体系，正如我们所知，我们所相信是真理的东西，就是真理。有一部名为《瑜伽—吠世斯泰》（Yoga Vasistha）的古印度教经文是这样宣称的："世界即你所见"。这就意味着我们头脑里的那些东西——我们的思想、感觉、情感、记忆——都反映在外部世界中，即我们的日常经历中。正是我们的思想，即我们是怎样看待世界的，决定了我们的经验世界。一位圣者曾经这样说过："你就是自己所食面包的面包师。"

　　观点描绘和润色了我们看待世界的方式。你是否曾经听说过或有所感触过诸如这样的说法:"生活是不公平的","你不能与官府作对","人生就是一场碰运气的游戏","朽木不可雕也","命运要靠你自己把握"或"成功就取决于你所知所晓"。这些都是观点。正因为观点是某种信仰体系,我们就以此为真理去行动或作出反应。这就是为什么每个人都有明确、清晰、奇异和独特的观点。这是因为我们的经验世界决定了我们的观点。

　　你的人物是一位环境保护主义者吗? 是一个人道主义者吗? 是一位种族歧视者吗? 是某位相信命运、宿命和占星术的人吗? 抑或你的人物相信伏都教(Voodoo)、巫术魔法,或某种能够借助通灵巫术或超自然的特异功能预测将来? 你的人物是否就像《黑客帝国》里的尼奥那样,相信我们面临的局限性是自我强加的? 你的人物是否信赖医生、律师、《华尔街日报》和《纽约时报》? 你的人物是否信奉大众文化,他信赖《时代周刊》、《人物杂志》、《新闻周刊》、CNN 有线电视网和电视网的晚间新闻?

　　观点是某种个体性或独立性的信仰体系。"我相信上帝"是一种观点。同样"我不相信上帝"或"我不知道是否存在上帝"也是一种观点。这是三种互不依赖且区分明显的观点。它们每一项在各自的经验结构中都是真理。重要的是要意识到,在这里不存在对或错、好或坏,不存在是非判断、正当的理由和价值的评估。观点就像在玫瑰枝蔓上的一朵玫瑰花那样奇特非凡且与众不同。任何两枚叶子、两朵花、两个人都不会是一模一样的。

　　你的人物或许持有这样的观点认为毫无节制的杀戮海豚和鲸鱼在伦理道德上是错误的行为,因为他们相信它们是地球上最具智能的两类生物,或许比人类还聪明。你的人物通过参加游行示威和穿上印有"拯救鲸鱼和海豚"字样的 T 恤衫来支持自己的观点。这是人物塑造的一个方面。

　　每个人都有各自的观点。我的一位朋友是位素食主义者,这表明了她的观点。另有位朋友参加游行示威反对在中东的战争,而且她为此投入了时间和金钱去支持这项运动。这也表明了一种观点。想象一下发生在主张人工流产为合法的人与反堕胎的支持者之间的对峙,这是两种对立观点之间产生的冲突。

　　在《肖申克的救赎》里,有一个发生在安迪和瑞德之间的场景,揭示了他们各自的观点。在肖申克监狱已经服刑了二十多年之后,瑞德已是个愤世嫉俗者,因为在他的眼里,希望(hope)只是四个字母拼成的一个词而已。他的心灵和精神已被监狱系统彻底摧毁,所以他愤怒地对安迪宣称:"希望是个危险的东西。它会让人精神失常,这里没有它容身之地,最好要习惯于此"。但是瑞德的情感经历引导他懂得了"希望是个好东西"。影片以一个有关希望的注解结尾,当时瑞德违反了假释条例并搭乘长途客车去墨西哥与安迪会面,他说:"我希望能够顺利地越过边界。我希望见到我的知己紧紧握住他的手。我希望太平洋的海水如我梦中一般的蓝……我希望着。"

安迪持有一个不同的观点。他相信:"在这个世界上有些东西是无法用灰暗的石头雕刻出来的。在我们的内心深处有一个小小的天地是绝不可能被封闭的,这就是希望。"就是它使得身处监狱的安迪永不放弃;为了它安迪宁愿付出被禁闭一周的代价。正是希望使得安迪能够再次聆听莫扎特的歌剧咏叹调。希望是安迪身上的一个坚强有力的活力源泉。

第三个造就一个出色人物的因素是人物的态度。可以将态度定义为是一种"行为方式或意见",并且反映某个人的个人意见,这种意见是通过理性思考作出的判断。一种态度与一种观点的不同之处在于,决定采取某种态度是出于个人的判断——这是对的,那是错的;这是好的,那是坏的;这是正面积极的或是负面消极的;愤怒或是快乐;愤世嫉俗或是天真幼稚;优良上等或是低劣次差;自由宽松或是因循保守;乐观向上或是悲观失望。

态度包含了一个人的行为方式。你是否认识某位自以为在任何事情上"永远正确"的人士?这就是一种态度。在社会行为或伦理道德方面采取高姿态是一种态度,同样做个"男子汉"也是一种态度。一种政治意见表达了一种态度,同样对世风日下发出抱怨也是一种态度。在职业体育运动里,在球场上说脏话已经成了一种生活方式,这就像大多数说唱音乐的歌词一样,都是一种态度。

出于同样原因,你是否有过这样的经历:你想买某样东西而发现你遇到了一位不满于现状的售货员,并且认为他(她)自己要高你一等?那是一种态度。你是否曾经出席过某个社交集会而自己衣着太考究或太随意,实际上就是没有穿"对"衣服?而有些人或许还会不时地提醒你,表达他们对你的失当礼仪感到惊讶。这种行为举止方面的正派或正统感反映了一个人的态度。他们真切地相信自己是对的,而你则是错的。判断、看法和评价都源自于态度。这是人们作出的理性判断。在伍迪·艾伦的影片《安妮·霍尔》(*Annie Hall*,1977)里艾尔维·辛格是这样说的:"如果那个俱乐部的会员中有和我相同的人,我就绝不会加入。"

知道了你的人物的态度,就使得你能够通过他们的行动和对白来表现他(她)是什么样的人。他(她)热衷于或者厌恶自己的生活和工作职业吗?人们通过态度来表现自身各个不同的方面——例如,有些人认为社会应该对他们的生计负责,或者他们将自己缺乏运气归咎于"你认识什么人"。

有些时候,你可以围绕一个人的态度来建立一个完整的场景。《借刀杀人》是在这方面的一个实例。在情节点 Ⅱ 迈克斯第一次真正地站起来直面文森特时,整个的场景绝大部分都是由这两个人物的态度驱动的——愤怒与反抗,迈克斯问文森特:"你为什么不把我杀了再去找另一个司机?"文森特回答说他们两个人的命运是连着的:"你知道这是机缘巧合,命中注定。"迈克斯说:"你鬼扯,一派胡言!"文森特处于守势,为自己辩解说:"我全是为了清除那些人渣,杀掉坏人。"

所有这些唇枪舌剑都是出于一种态度。两个人物都想通过表达他们的看法为自己的行为辩解。迈克斯责问文森特为什么要杀人,而文森特则回答说:"不为什么,决定一个人死活根本就没什么好理由,坏理由。"文森特说自己根本"不在乎"被他剥夺的那几条人命:"明白这点吧,老弟。百万银河里有千万星辰而只有一个有斑点,那就是迷失在空间中的咱们,宇宙根本不在乎你。那个警察,你,和我,谁又会注意呢?"迈克斯紧盯着他,被吓得目瞪口呆,突然他意识到这样的噩梦是永远不会完结的,除非自己站起来勇敢面对并且采取行动才能挽救自己的生命。

这种唇枪舌剑也揭示了人物,因为文森特触及并戳破了迈克斯的泡沫梦境。文森特认为,迈克斯直到现在为止,一直生活在梦想中,在"将来某天"的境界里:在将来某天他将实现自己的梦想着手去开办一家自己的豪华汽车公司;在将来某天他将会去和他的梦中情人相见;在将来某天他将拥有所有这些并成为一个真正的人。这的确是个了不起的"将来某天"。文森特指出：世界上只有现在，只有今天，只有当下，只有现时此刻。"将来某天"只不过是替自己没有采取行动去实现自己的真实愿望的行为辩解的借口。

在《安妮·霍尔》里艾尔维·辛格（伍迪·艾伦饰）在开场台词中表述了自己的态度，他说："我对生活的看法基本上就是这样，尽管充满了寂寞、痛苦、悲惨和不幸，但又觉得一切都逝去得太快。这是我成年生活的关键笑话它说明了我和女人之间的关系"。这就是影片的基本内容：他和女人之间的关系。电影讲述了他的态度。

有时在区分观点与态度方面会有困难。我的好多学生都会为界定这两者的特征而争论不休，不过我告诉他们说这真的无关紧要。当你在创作你的人物的基本内核时，你就犹如手握一个大的蜡质球般的人物，将它分解成四个部分，这不就成了整体与部分了吗？有谁又会计较哪个部分是观点，哪个部分又是态度呢？整体与部分其实是同一个东西。所以，如果你对具体人物的某项特征究竟是属于观点还是属于态度没有把握的话，请不要为此担心，只要在你心里将这两个概念区别开来就可以了。

第四个造就一个出色人物的因素是人物的变化或转变。你的人物在电影剧本的进程中发生变化了吗？如果发生了，这个变化是什么？你能否清晰地阐述它？能将它解释清楚吗？你是否能够从头至尾地一直把握人物的情感轨迹？在《爱情叩应》（*The Truth About Cats & Dogs*，1996，奥黛丽·威尔斯编剧）里，两位人物都经历了某种变化，从而使他们对自己有了一个新的自我认知。艾尔比最终认识到自己被人所爱的是"她本真的自己"，这样也就完成了人物转变过程的整条轨迹。

从《借刀杀人》的开场起，迈克斯就被描绘成一个软弱的、无用懦弱的人，一个害怕站直了面对公司调度员的人，一个"将来某天"生活在明信片上的梦想天地里的人。简而言之，这个设置于超速驾驶的出租车内的愤怒和困惑的场景，让我们亲身经历了迈克斯从懦弱无用到竭力抗争的内在的转变历程，并由此最终导致了影片的结局。迈克斯成就了自己人物的轨迹。

是否要让你的人物在电影剧本的发展过程里发生转变，取决于这对你的人物是否合适，而并不是绝对必须的。但是，变化、转变似乎是无所不在的——尤其是身处我们现在的文化氛围里。我想我们都有点儿像影片《尽善尽美》(*As Good as It Gets*,1997,马克·安德鲁斯与詹姆斯·L·布鲁克斯编剧)里的麦尔文·尤德尔(杰克·尼科尔森饰),麦尔文或许是个性格复杂和过于挑剔的人,但是他的戏剧性需求总是会在他言谈的最后被说出来:"每当和你在一起的时候,我总想成为一个更好的人。"我想我们每个人也都是这么想的。变化和转变始终在我们的生活中存在,如果你能够在你的人物身上激发出某种形式的情感转变,就能创造出行为的轨迹并且增添表现他(她)人物形象的另一个维度。如果你对人物有关的变化有点含糊,花一些时间写一个一两页的短文,记叙他(她)的情感历程。

在《江湖浪子》里,浪荡仔艾迪的戏剧性需求是击败明尼苏达胖子,并在一夜间赢得一万美元。而整个剧本就是围绕着这个戏剧性行为展开的。当浪荡仔艾迪在第一轮中与明尼苏达胖子交手时,他失败了。骄傲、自负和一副"必输"的德性——他在比赛过程中喝得太多——使他被击败。他不得不被迫接受这样一个事实:他的确是个失败者。当他认识到这点时,他和伯特·戈登(乔治·C·斯科特饰)签约结盟,因为"百分之二十五的东西比百分之百的没有要多得多"。他认清并接受了那个他认为能够帮助他成为胜利者的人。浪荡仔艾迪再次挑战了明尼苏达胖子,而这一次他轻而易举地获得了胜利。他的人物轨迹从一个失败者发展到一个胜利者,这就是他的变化,他的转变。

影片《奔腾年代》是有关人物变化的另一个优秀的实例。影片是改编自一个真实的故事,我们看到了人物是谁以及他们想要实现怎样的目标。来自于旧金山的查尔斯·霍华德(杰夫·布里吉斯饰)身上只带着几美元就来到圣弗朗西斯科,开创他的未来。他是一个对未来充满希望的人。可是不久他年幼的儿子却在一次车祸中丧生,而妻子也就此离他而去,霍华德因此而深深地陷入到忧伤和消沉之中。他遇到了一位年轻女子并和她结了婚,同时开始热衷于马匹和赛马。但是在内心深处,他仍旧在为丧子而悲痛不已。

瑞德·波拉德(托比·马奎尔饰)是在一个富裕的中产阶级家庭的氛围里长大的,周围是书籍和富有才智的言谈。此外瑞德还具有赛马的天分。当经济大萧条降临时,他的家人被迫背井离乡为基本的生存而去拼搏。在大约长到十五岁时,瑞德参加了一些赛马竞赛并且取得了成功——他的成功是"如此之大",以致他的父亲感到自己已经无力再养活他,而将他托付给一位赛马经纪人。瑞德感到自己毫无用处,不受欢迎,他自暴自弃的行为很快就通过他只能以场地赛马勉强维持生计得以证明。

汤姆·史密斯(克里斯·库珀饰)也拥有一个天赋,他能够与动物进行交流。他生活的一个重要动力是他对自由自在生活的追求。在影片开场的一个壮观的短小场景里,汤姆·史密斯骑马驰骋在一片辽阔的大地上,这时他来到了一个被铁丝网围着的场地。正当他查看围栏时,旁白响起,我们听到了查尔斯·霍华德谈论有关未来的声音。

这三位人物的塑造是通过展示说明在他们各自的生活中所失去的东西:霍华德失去了他的爱子;波拉德失去了家庭;而汤姆·史密斯则失去了自由的生活。此外,再看看那匹马的生活——海洋饼干在六个月大的时候就从它的母亲身边被带离了,它被训练,被鞭打,并且被不同的驯马人嘲笑戏弄。很快,它就成了一匹被遗弃的马,被史密斯认作是一匹人们"让它忘了自己的天赋本能"的桀骜不驯的牲口。

在征途上这四个人物团结在一起,并且通过他们的努力奋斗和团队精神,造就了一个激励了整个国家的战斗形象。霍华德将他的团队看做一个家庭;瑞德则将霍华德当作是自己的父亲。汤姆·史密斯睡在室外,沐浴在星光之下。而正是通过海洋饼干传奇般古怪滑稽的姿态让他们紧密地团结起来。正像影片的最后一个场景里瑞德·波拉德所说的那样:"大家都以为,我们发现了这匹劣马并拯救了它,但我们没有……是它拯救了我们。我们每一个人,我想,就某方面来说,我们也可以说是拯救了彼此。"

所有四个人物——霍华德,波拉德,史密斯,以及海洋饼干——都经历了一种变化,一次转变,并且在此过程中,他们也以某种方式诉诸我们的感悟力来触动、感动和激励了我们这些观众。

由埃尔文·萨金特(Alvin Sargent)编剧的《普通人》(*Ordinary People*,1980),改编自朱迪斯·格斯特(Judith Guest)的小说,影片展示了康拉德·杰瑞特(蒂莫西·赫顿饰)经历的一次人生巨变。在影片开始时,他自我封闭,并且由于哥哥的溺水死亡以及父母的疏远,而在情感上遭受了重创。到影片结尾时,他能够敞开心扉表现自己,能够正视失去自己兄弟所带来的情感上的撞击,并且能够释怀负担在自己心中的痛苦和内疚。他已经可以与外界接触,并且能请求来自于父亲和心理医生的帮助,他也找到了一位可以倾诉和信赖的姑娘。

他的父亲是由唐纳德·萨瑟兰扮演的,同样也经历了转变。在开始时,他传统守旧且自我感觉良好。但是后来他学会了怎样去倾听儿子,他变得宽容和体谅,能够随时质疑自己、他的态度和他的婚姻关系。他甚至到自己儿子的心理医生(裴德·赫斯基饰)那里寻求帮助。简而言之,他学会了对自己的价值观念、自我需求和期望提出质疑。

唯一没有改变的一位主要人物是康拉德的母亲,她由玛丽·泰勒·摩尔扮演。在影片开场的解说中将她描述成"礼貌周到和善于掌控"的人,她喜欢她的冰箱——"适于储物,结构良好,没有空闲无用的地方"。她是那种认为外观重于一切的人。她的家里一尘不染,厕所干干净净,而且我可以肯定,假如你打开整座屋子里的任何抽屉的话,里面的一切都会摆放得井井有条。她就是这样一种人。她似乎总是想掌控一切,态度和信念非常坚定,总自信地认为自己是对的。在影片的结尾,父亲和儿子发生了转变而她却没有,家庭就这样分裂了。在最后的场景里,在母亲离家而去之后,父子俩就坐在门廊上,她的离去使得父亲和儿子更加紧密相连了。

尝试一下,看你是否能让你的人物经历某种形式的变化,既可以是情感方面的也可以是身体方面的,只要它能开拓和深化这个人物的某种普世的,并且超越语言、种族、文化和地理环境的价值观念。

如果你知道并且能够清楚地说明人物的这四项基本元素——戏剧性需求、观点、态度和转变——你就掌握了创造出色人物的工具。有时它们会相互交替,就像一种态度呈现为某种观点,或者戏剧性需求发生了变化,而变化又会影响到你人物的态度。如果发生了这类现象,切勿对此感到害怕。有时候,有必要将某样东西分拆开来,以便过后能进行更好的重新组合。

练习

　　确定你的主要人物。他或她的戏剧性需求是什么？在电影剧本演进的过程中，你的人物想要赢得、获取、得到或成就的是什么？是什么样的情感方面或身体方面的力量驱动了你的人物从头至尾穿越了整部电影剧本？精确地解释它，并将它清楚地表达出来。用一两个句子将它写下来。清楚并简要地界定它。

　　对你人物的观点进行与前面相同练习。你的人物是怎样看待世界的？是像一位梦想家或理想主义者那样，以乐观的心态看事物？就像韦斯·安德森导演的杰作《青春年少》的开篇场景那样吗？或者像《美国美人》里的莱斯特·伯哈姆那样，用疲惫沮丧和愤世嫉俗的眼光看待世界？请记住，这是某种信仰体系。搞清你的人物的观点，精确地解释它，并将它写下来。

　　对你人物的态度进行同样的练习。你的人物的行为举止和思想观念是什么？精确地解释它，并将它写下来。

　　有关转变的具体内容是什么？在电影剧本演进的过程中，你的人物经历过任何形式的转变了吗？是什么样的转变？精确地解释它，并将它写下来。

　　你必须要学会能够用几句话精确地解释这四项人物特质。现在所进行的构思过程的意义要比实际的写作过程更为重要。正如我在前面所述，写作最困难的时刻就是知道要写些什么。仔细思考一下构筑一个出色人物的那四项特质，并弄清它们是如何作用在你的人物身上的。

Chapter 6

塑造人物的工具

THE TOOLS OF CHARACTER

叙述者："罗伊·特伦鲍姆在他三十五岁的那年冬天，在射手大街买下了这幢房。在接下来的十年里，他和妻子生下了三个小孩，然后他们夫妻俩就分手了。"

——《特伦鲍姆一家》

正如在第一章里所述，一部小说的行为动作是发生在头脑风暴之中的戏剧性行为；一出戏的情节是借助于对白展开的；而一部电影剧本的故事是通过画面、对白和描写，并且被安置在情境脉络的戏剧性结构之中的。它们的故事线有三种不同的形式，并有三种不同的设置方法。

电影是一门行为艺术。我们是通过人物在特定场合的行为或反应来了解人物的多种信息。画面或图像能够揭示人物的各个方面。例如在影片《末路狂花》里，两位女主人公在着手收拾她们各自的手提箱的方式上反差极大：塞尔玛站在她的箱子面前没了主意，不知道该放些什么进去，因此就一股脑儿乱塞一气；路易丝则是另一种情形，她选了一双鞋，并用塑料袋包好。两件毛衣，两只文胸，三件内衣，两双袜子；然后再细想一下，为了慎重起见她又放入一双袜子。最后，她将一只表面有些裂纹的玻璃杯洗净、擦干、放入箱中，随即起身出门。她们的行为动作揭示了她们的人物特征了吗？塞尔玛可以被称为没有头脑或一个傻瓜蛋，而路易丝则似乎是做事专注有条有理。电影是一门行为艺术。

《奔腾年代》是这方面的另一个实例。汤姆·史密斯正在为他的赛马海洋饼干寻找一位骑手，他看到四个马夫正在为试图制服这匹桀骜不驯的烈马而扭作一团，同时一位骑手尝试着要骑到马上。这匹马激烈地作出各种反抗。由于没能骑到马上，那位骑手使劲跺脚，并咕哝地抱怨自己。正当史密斯摇着头打算离开时，他看到在场地的另一边，瑞德·波拉德正赤手空拳地与四个壮汉搏斗，他勇敢地回击了一个人，又回过头来接着迎击另一个。史密斯看着瑞德的反抗，又转过头看海洋饼干的反抗，他就这样转着头左看右看，我们知道他的头脑在飞速运转。他之所见同样就是我们所见：海洋饼干和瑞德具有同样的拼搏精神。没有对白，没有解说。我们接着就知道，瑞德将会是这匹马的骑手。

人物特征揭示了他是一个什么样的人的深层次的本性，也即他的价值观念、行为操守和信仰。人物通过他们的行为、反应以及他们作出的富有创意的选择，来说明他们自己。另一方面，人物塑造（characterization）则是通过他们的生活细节，他们的生活方式，他们所开的汽车，墙上所挂的画，他们的喜好和厌恶，他们吃的食物，以及其他形式的特征所表示出来的。人物塑造表示了一个人的个人品味和他怎样向外界来表现自己。

人物的创作是一个过程，它将始终与你相随，从头至尾，从淡入到淡出。它也是一个与日俱进的学习过程，一种在你深入发掘你人物的整个人生时不断扩展的经历。

着手进行人物写作的方式有好多种。有些作者对自己的人物要经过很长一段时间的思考和酝酿过程，然后当他们感到自己"认识"了他们以后，马上就投入到写作中去。另一些作者，则会制作出一份详细列出人物特性的清单。有些作者会在3×5英寸的卡片上列出他们的人物生活的主要元素。有些是通过扩充故事梗概或勾画出行为图标进行写作的。有些利用杂志或报纸上的图片，以便帮助他们"看清"他们的人物是什么模样。他们会说："那就是我的人物。"他们会将这些图片贴在他们的工作场所，以便在他们的写作过程中能与他们的人物"待在一起"。有些作者采用一些著名的男女影星作为自己人物的样板。

任何能够使你在人物创作方面更方便和容易的办法都是好工具。选择你自己的方式。这里列举的那些方法，你可以采用一些，可以全用，也可以不用。如果它们奏效就用它，如果不奏效就别用。找到你自己的方法，形成你在创造人物方面自己的风格。最重要的是对你来说它们必须管用好使。

撰写人物传记(character biography)是最富洞察力的人物创作工具。人物传记的撰写是一项自由联想和自动写作的练习，它将揭示你的人物从出生一直到你故事开始时为止的那段历史。它捕捉并聚焦于那些早年作用在你人物的心理上或身体上，以及内在性或外在性的那些因素，那些因素在人物的成长年代里促成了他(她)的人物行为特征。这是揭示人物的一个过程。

现在就从头开始吧。你的人物是男性还是女性？在故事开始时他(她)有多大年纪？他在哪里生活，是哪座城市或哪个国家？他在哪里出生？他是唯一的孩子还是有兄弟姐妹？他与自己的兄弟姐妹具有什么样的关系，关系好、坏，相处融洽还是关系紧张？你认为你的人物曾有的是一种怎样的童年时代？你认为他快乐还是悲惨？是在身体上或精神上与病魔或其他生理问题进行抗争吗？他与他的父母亲的关系怎样，关系好还是不好？他是个顽皮捣蛋的孩子招惹了不少是非，或者他是个安静和聪慧、宁愿待在自己的天地里而不抛头露面的孩子？他固执倔强且顽固任性，而且还与长辈权威有过节吗？你认为他擅长于社交活动，人缘很好，而且与亲戚朋友及别的孩子相处很好吗？你认为他是一个怎样的孩子呢？好孩子还是坏孩子？他对人友好开朗、性格外向，还是腼腆害羞、性格内向又勤奋好学？任由你的想象力带你飞奔。

当你从出生着手构筑你的人物时，你看着你的人物的成长，在身体上的发育、身段上的成形。这是一个过程，切记，那就是在"形成"人物。

她的父母亲是靠什么为生的，他们是穷人，中产阶级，还是属于上流社会？她的父母离婚了吗？你的人物是由单亲抚养长大的吗？是父亲还是母亲呢？这对她产生了不良影响吗？她的父母在身体上或是在口头上对她虐待或辱骂吗？她的祖父母怎么样呢？婶婶和伯伯又如何呢？你的人物在下层生活中滚打过或进过救济站吗？她的父母亲是做全职工作吗？如果是这样的话，这对你的人物产生了怎样的影响呢？她的父母在维持家庭财务收支平衡方面有困难吗？他们必须作出何种性质的牺牲？

　　在多数情况下，我会将我的人物传记分解成：我的人物在第一个十年里的生活，第二个十年和第三个十年里的生活，或者根据需要再往后分。你必须非常认真仔细地发掘这第一个十年，因为这正是个人行为方式的形成期。想象他们学龄前时期的情况，然后跟随进入他们小学的生活年代。尝试一下能否简述他们和朋友、家庭成员以及老师之间的关系。

　　仔细考虑在第二个十年里你人物的生活，从十岁到二十岁，也就是初中和高中时代。在这段成长期里，你的人物受到了何种性质的影响？他（她）的朋友是谁？他或她有什么样的个人兴趣？你的人物按照自己的兴趣参加了某种课外活动，比如辩论会或历史俱乐部了吗？你的人物参加了业余的体育、社会或政治活动了吗？有关两性的经历如何？他（她）的初恋情人是谁？与其他同学之间的关系如何？你的人物在高中期间打过零工吗？兄弟姐妹之间有怎样的关系？遭到过任何嫉妒或敌意吗？它们以某种方式反映在你人物的行为上了吗？在这些年里，你的人物与他（她）的父母之间有一种什么样的关系？

　　他（她）的高中阶段的情况怎样？他（她）和老师之间的关系怎样？你的人物有一个良师益友吗？如果有的话，他是谁？你的人物从他们那里得到了什么有益的帮助和指导？是否有任何痛苦而难忘的创伤性事件发生，从而在情感上对你的人物产生影响？他（她）是否感到自己是个局外人？看一看影片《贱女孩》（Mean Girls，2004，蒂娜·菲编剧）。整部影片都是围绕这点建置起来的。你需要尽可能多地搜集有关你人物在他（她）成长过程中的材料。

　　现在进入你人物生活的第三个十年。他（她）进入大学了吗？如果进了，是哪所大学？他（她）主修的是什么专业？他（她）的梦想、希望和抱负是什么？他（她）是个好学生吗，或者他（她）终日参加派对？他（她）毕业时的平均成绩是几分？他（她）在大学期间是专注于学业，还是兴趣发生了变化？有哪些恋爱的浪漫轶事，有好多次还是仅有一次？在大学期间他（她）是参加全职工作还是打打零工?

在他(她)大学毕业以后发生了什么情况?他(她)找工作容易吗?他(她)结了婚并且安顿下来了吗?他(她)感到失落并且对自己的生活目标感到迷惑了吗?聚焦于他们生活的这段时期是很有意义的,因为这时个人的梦想和期待总是会与现实发生碰撞,有时你甚至可以将整个故事围绕这段时期。继续不断地深挖你人物的生活直到故事开始为止。

人物传记能发挥多大的功效呢?这是一个效果令人惊叹的工具,它深刻且全面地揭示了主要人物的内在特质,同时它也是激发冲突的极好的源泉。

人物传记并不仅仅只是作为你的一种工具,有时根据需要,还可以将这些传记材料的某些部分,甚至全部直接应用到你的剧本里。在《特伦鲍姆一家》(*The Royal Tenenbaums*,2001)剧本的最前面几页里人物就被建立起来了,它采用的是通过叙述者向我们讲述这个家庭历史的方式,我将此称作电影剧作的小说性处理方式。"罗伊·特伦鲍姆在他三十五岁的那年冬天,在射手大街买下了这幢房子。"叙述者是这样开始的,"在接下来的十年里,他和妻子生下了三个小孩,然后他们夫妻俩就分手了……"当叙述者告诉了我们这些信息时,我们看着这些孩子在长大。这就定下了电影的基调,建立了有关这个家庭、衰败和宽恕等影片导演安德森所惯用的主题。

在《安妮·霍尔》里,伍迪·艾伦在剧本开头的前十页里向我们展示了艾尔维·辛格的人物传记。"我以前是个相当快乐的孩子,我想是的。我在布鲁克林长大,那是二战期间"。然后,我们"看到"他早年的成长状况以及他与女人们的关系是怎样影响他的。"我的心理医生说我夸大了我童年的记忆,但是我可以告诉你 我是在过山车下长大的,它位于布鲁克林的科尼岛那一带。或许这造就了我的性格就是有点神经质,我是这么认为的。"

一个人物是他(她)经历的总和。男演员和女演员同样也会运用人物传记来营造和形成人物。我的一个学生是位女演员,曾经为参演马丁·斯科塞斯的一部影片而去试镜。在为试演做准备时,她通过撰写人物传记来揣摩她的角色,然后将分配给她的那段试演场景构筑为开端、中段和结尾。斯科塞斯对她的试镜非常满意,并且给了很高的评价。自那以后,他还请她试镜了三次,其中有两次是与罗伯特·德尼罗合作,他们两人都对她极为欣赏,尽管她最终没有得到那个角色,因为他们确定影片需要"另一种外形"的演员。这就是演艺界的现实,但是也正是她所做的准备工作才使她与既定目标如此地接近。

为了你能真切地知道你的人物,你也必须去做相同的准备工作。这样的人物传记需要写多长呢? 我告诉我的学生说,以自由联想的方式撰写人物传记,长度大约为五至七页,或稍长些。不过这也是我单凭经验和实践作出的粗略估算。我还告诉他们,在我写人物传记时,有时会长达二十五页。我会从我人物的祖父辈和外祖父辈开始写,然后再进一步写我人物的父亲和母亲,再就是写我的人物从诞生一直到故事开始为止。我甚至会写人物的前世奇缘,以及他的生辰八字五行占星命运。我会任凭自由联想驰骋,写得尽可能地多。在我看来,究竟写多少页并无太多讲究——无论是十五页还是二十页,一切取决于我是否对自己的人物有了足够的了解。

假如你在深入你的人物方面遇到麻烦的话,不妨试着以第一人称来写人物传记。例如:"我名叫大卫·霍利斯特,我七月五日出生在波士顿。我父亲是位海运代理人,他似乎总是怀着一股怨气,我不知道这是为什么,但是我总想自己对此能够多少有所作为。他希望我成为某类职业人士,但是我自己却对音乐更感兴趣。"

人物传记的作用是如此的显著,以至于你一旦将它写完,你就会感到你对自己的人物有了真切的了解。在将人物传记写完以后,你就可以将它放在抽屉的某个角落里束之高阁。你已经将所有那些随意的不连贯的思想、感觉和情感从你的头脑里外显出来,并白纸黑字地落实到纸上。当你面对空白的稿纸时,你对人物所做的那些功课,将会帮助你找到你人物所发出的心声。

由于人物传记研究探讨的是从出生一直到故事开始的那段时间里你人物的生活,那么在剧本故事期间,也即从影片淡入到淡出的这段时期里,你人物的生活里又发生了什么事情呢? 也就是在这里,我们将人物生活分成为职业生活、个人生活和私生活三个方面。

首先,是你人物的职业生活:你的人物是依靠什么维持生计的? 他(她)

与自己的老板或顶头上司的关系怎么样，融洽，糟糕，感到被忽略轻视了，被利用了，被盘剥了？你的人物在他（她）现在的职位上干了多久了？你的人物与他（她）的同事的关系如何？他（她）与同事一起参加社交活动吗？他（她）是在何时何地开始自己的职业生涯的，是在邮件收发室里，是通过一个专业培训项目？他（她）是直接在大学里就被录用的吗？

在你的人物和自己的主管之间是否发生了什么事情，从而导致了某种情感上的紧张关系？或许是丢掉了某位主顾？在《美国美人》里，莱斯特已经为他的老板干了十四年，在故事开始时，公司雇佣了一位效率管理专家来评估公司的经营业绩，莱斯特对此非常讨厌。他的妻子凯洛琳是一位房地产经纪人。尽管我们只是通过有限的几个相关场景看到了这些情况，但是对相关人物的了解却是那么的丰富。

对你人物的这些情况的了解是极为重要的。在《谍影重重 2》里，贾森·伯恩是个记忆缺失症患者，而他必须克服各种各样的艰难险阻去发现自己真实的身份，以及他自己过去的历史。写两三页自由联想式的随笔，描写你人物的职业生活。将重点集中在他（她）工作场所会发生的任何种类关系的可能情况，来描述和发掘你的人物的职业生活。

一旦你建立并且界定了你的人物的职业生活，你就可以着手深入探究你人物的个人生活了。在你的故事开始时，你的人物是单身，已婚，已离婚，还是处于分居状态？或许在故事开始之前，你的人物才刚刚与其同居的伴侣分手。或者，这种关系没准已经摇摇欲坠很快就将解体。设想一下，你的人物业已结婚，那么，他（她）已经结婚多久，其配偶是谁？他们是在哪里相遇的？是经由他人安排介绍相识的，是一次偶然的邂逅，还是在某次业务活动上相识的？这是一段美满的婚姻吗？这是那种认为彼此之间是理所当然的婚姻关系吗？在《铁拳男人》里，詹姆斯·布洛克（拉塞尔·克劳饰）与他的妻子（蕾妮·齐薇格饰）间的相互关系就是一个很好的例子。在这部影片里，他们的婚姻经受了各种考验，他们仍然一如既往地相互支持并彼此给予鼓励与信任，而他们的孩子也在某种程度上给人物增添了色彩。与此相同，在《百万美元宝贝》里，法兰基·邓恩（克林特·伊斯特伍德饰）维系与他长期疏远的女儿之间的相互关系只是靠不断地写信，可信还总是被退回

来——使得我们更为深入地洞悉了法兰基与麦琪（希拉里·斯万克饰）之间
的关系。是什么导致了弗兰基与他女儿之间的隔阂？他们之间为什么会有
如此的敌意存在？尽管这种关系状况在影片里只是从侧面提及，但是这却
给弗兰基与他的门生之间的相互关系提供了一种强有力的动机导向。

　　你人物的私生活就是在他（她）独处时的所作所为。他（她）的个人嗜好
或兴趣是什么？慢跑锻炼？参加健身培训？瑜伽气功？参加大学的进修课
程？烹饪、木工技艺培训？整修屋子？绘画，写作，园艺？明确弄清你人物
的私生活对你进行人物的深化和增加维度方面是个极好的方法。

　　在约翰·弗兰克海默(John Frankenheimer)导演的一部影片里，主要人
物是一位侦探，他每周有一个晚上要参加一个法式美食烹饪培训班。他的
梦想是学会怎样能够做出一种特别的蛋奶酥。他正在追捕一名连环杀手，
而当他即将追查到罪犯时的同一天晚上，两人不约而同碰巧都在制作这种
蛋奶酥。这可真是妙笔生花的一触。在《肖申克的救赎》里，安迪的嗜好是
用石头雕刻国际象棋的棋子。后来我们又知道同样是这个嗜好，帮助他挖
掘了逃出肖申克监狱的通道。

　　将你人物有关的职业生活，个人生活和私生活各写上两到三页。运用
自由联想，让材料自己冒出来。明确地界定它，清晰地说明，但是不要对它
进行删减。在你进行此项练习时，必须牢记你正在着手进行的是揭示人物
的一个过程，这只是人物创造工具中的一种方法。

　　能够帮助你拓展人物创作能力的另一项工具是调查（research）。这里
有两类调查：现场调查和文本调查。

　　在现场调查方面，你可以通过对人物的采访，以获取他们的看法、思想、
感受和经验，以及相关背景等材料。假设你正在写一个有关一家汽车车身
修理厂的故事，你想了解这家专门为顾客个性化改装车辆的工厂的具体功
能和运转方式。在你周围的区域里寻找一下是否有类似的厂家。如有必
要，可以搜索一下谷歌，或是翻一下电话黄页。如果你能与管理人员，设计
人员或者是厂家有关人员进行讨论交流，你就能更为深切地了解你的人物
及其周围的环境。

　　将你需要搞清的问题逐条写下来，找一个小型录音机录下你考虑的问

题,并且用一本笔记本写下你的感受。(特别提醒注意:无论是通过电话还是现场进行录音访谈,你务必要征得你的采访对象的同意。在多数情况下,他们都会同意,尤其是在你告诉他们你正在写一个电影剧本或电视剧本时。假如他们向你提出,由于你耽误了他们的时间而需要支付报酬,或是要求预付报酬的话,那你可以另找他人。)大多数人都愿意与你分享他们的专业知识或技能。此外,如果你写了剧本并将它出售,剧本即将进行拍摄,制片人或许会请你担任这部影片某些方面的顾问。

如果你在报纸上读到一个故事,你想对这篇文章的主题进行探讨,致电报社联络这个故事的作者,看看是否可以和他们取得联系。在电话中向他们说明你的兴趣所在,并且提出是否可以安排一次访谈。看看你是否有所收获。我的一位朋友,他由著名的制片公司的主管改行成为作者,写了一个有关一位职业刺客的故事。他在完成了初稿之后告诉我说,他对初稿不太满意并请我阅读它。我读了之后发现,尽管主题很好,故事也很有特色,但是缺乏深度和广度。我问他做了多少调查工作,他的回答令我十分吃惊:"只做了少许。"我告诉他这个缺陷已经显现出来了,因此他在开始修改以前必须对主要人物进行认真的思考和调研。

这碰巧使我回想起几个月以前,在《滚石》杂志上刊登的一篇对某位职业刺客的深入采访,我向我的朋友做了介绍。他随即致电《滚石》杂志,还与文章的作者进行了交谈,他也找到了那位职业刺客,并通过电话对其进行了采访。我的朋友所获得的对职业刺客圈子的了解远远超出了他的预想(与此相同,在《借刀杀人》里,文森特的角色如此逼真的原因就在于,编剧斯图尔特·比蒂做了大量和深入的准备工作)。在我的朋友与那位职业刺客交谈之后,他修改了他的剧本,并且达成了一个协议,如果影片投拍的话作者将高薪聘请这位职业刺客担任特别顾问。当然,他没有权利这么做,但是他可以就此向制片人或导演提出要求。后来,这个剧本被某家制片公司选定,几个月之后剧本被卖给了一家制片厂并被列入了"运作"计划,那位职业刺客也受邀担任了影片的顾问。

最近,我写了一个未来题材的科幻电影剧本,我需要获取有关力量巨大并足以能够影响地球的宇宙现象的信息资料。我电话询问了喷气推进实验室，与公众联络官员做了交谈并且告诉她我想要获取的信息，她向我推荐了两位在"伽马射线暴"(gamma ray burst)领域里搞研究的科学家。我和他们约定了时间，携带了我的录音机，并且录下了他们对相关主题的思想和观点。我甚至在写电影剧本时直接采用了他们的一些观点。这就是现场调查的价值所在。

　　文本调查就是你到图书馆，博物馆或教研机构里去，并从书本，期刊杂志，微缩胶片或陈年报纸中获取信息资料。当年我在大卫·L·沃尔泊制片公司从事文字工作时，我的第一份差事就是做调查，随后我就成了擅长于"找寻"东西的能手。是我首先发现了年仅十七岁，当时还是平面模特儿（后来成了奥斯卡影后）的格蕾丝·凯利；是我发现了一段拍摄到一艘参与臭名昭著的猪湾入侵事件的船只的画面，此后我曾被来自联邦政府的官员盘问过，而联邦调查局想要知道我是怎样和在哪里找到这段胶片的；是我首先发现了一位年轻女演员在一部片子（一部为76燃气连锁公司拍摄的企业短片）中的出色表现，她就是后来著名的影星玛丽莲·梦露。

　　假如你正在为你的主题寻找信息材料，无论它是关于一个人物或是事件，到图书馆查找任何与主题有关的书籍或杂志。如果你发现了一些看上去有吸引力的东西，通过目录来检索内容。它看上去令人感兴趣吗？可以将它运用在你感兴趣的领域里吗？翻阅几个章节。它阅读起来轻松吗？它是否包含足够的有助于说明你主题的事实和细节？三到四本书就可以向你提供充足的材料，也管保你能忙上几个星期。如果需要，你满可以以后再回去找别的一些书籍。你完全没有必要过量地搜集今后不太会用到的信息材料。

　　几年以前，我在进行一项有关一位野外考古学家的主题调查时，想获取一些相关的背景资料。我通过电话与加州大学洛杉矶分校的考古系联系，并且约好采访一位刚好从某考古现场返回的研究生。后来，我又与故事发生所在地的北亚利桑那博物馆进行了电话联系，并与一位资料咨询员通了话，她给了我一份完整记录了相关图书、文章和影视资料的目录，并且提供了一份我需要访谈的人员的名单。这是一个非常宝贵的工具。

　　对杂志和报纸进行检索。可以参考《学术文献读者指南》和《纽约时报目录索引》等,如果你在找寻书籍和期刊方面需要帮助的话,可以向图书馆的咨询台提出请求。你总能获得图书管理人员极大的帮助。对于任何你找到的书籍资料都要查看一下书后的参考书目索引。我都是以这样的方式开展我的每个项目的,无论是某个原创的电影剧本,还是一部纪录片。正是这种方式使我清楚地知道了现有文献对相关主题的研究现状。

在展开和开拓人物和故事这两个方面,调查都是一个极好的工具。《奔腾年代》是个极好的实例,它展示了调查在有效地拓展故事线的历史视野方面是多么的有益。这不仅是在情节设置方面,而且也表现在画面和当时的新闻短片方面。对于捕捉故事发生当时当地的情况以及激发能运用到你的故事中去的事件或事变的灵感来说,调查都是一个妙不可言的好工具。

那么对白怎么样呢? 对白是塑造人物的一种工具。它也是人物的一种功能(function of character)。毫无疑问,在对白描写方面有些作者的确比其他作者更为擅长,但是如果你对自己的人物有了足够的了解,如果你感到自己能自如地活在他(她)的内心里,你写的对白就具有足够的个性,并能恰如其分地捕获那个人物的"内在本质"。你就可以诉说、展现,或者解释这些东西,从而揭示人物。

一个经常会向我提出的问题就是:"我如何才能改善我的对白?"当我问及发生了什么问题时,作者们的回答通常都是:"它显得疲软、呆板生硬、丑陋笨拙、虚假不真实,而且听上去都是一个腔调。"他们或许说得没错。

人们过分纠结于对白的写作,是由于他们不懂得对白究竟是什么,或它的作用是什么。他们过分拘泥于对白的写作了。他们认为好的对白就是剧本的"一切",而当他们着手写作时,他们的对白总是不能符合他们的愿望,他们就变得烦恼忧虑、失去自信,或许有时会发怒和抑郁消沉。很快,他们会发现自己在检讨他们的作品了,对它进行判断和评估并且变得吹毛求疵。如果他们继续处于这种状态之中,他们或许就会全然地停止写作,因为他们没有感到自己的对白写得足够地好。

那又怎么样呢? 对白的写作是实践性的。你写得越多就会越感容易。当你坐下来写作时,你或许会在写了五十至六十页的劣质对白后而终止写作。就让它这样糟糕好了! 在写作的这个阶段,其实这并无大碍。你会在过后对它进行修改,所以要使自己能够欣然乐意地去写一些糟糕的对白。大多数落笔写到纸上的草稿或许都是以这样的方式进行的。没有人一开始就能够落笔成章。写出优美的对白是一种技艺,这就像作画、弹钢琴、游泳和骑自行车一样。熟能生巧。不要在意,它是多么的好或如此的糟糕。要相信过程,它会比你自己更要强大。要让你的人物自己说出话来。不要中断你的写作,只是在心里知道你对文稿的判断和评估,但不要让这些评判影响你的写作。当然,说起来容易做起来难。就心甘情愿地去写一些差劣的对白吧。不要使自己陷入想从第一个字、第一页起就写出完美无缺的对白那样的困境。

对白的目的是什么?对白具有两个功能:它要么推动故事向前发展,要么就是揭示人物。下一次你在看电影时,仔细倾听影片的对白,最好是在家里的 DVD 机子上看,这样你就能对影片进行分析研究。取一张纸对每个场景里面的对白所起到的作用作出标记。如果你愿意,你甚至可以针对每个场景的某些方面,专门就对白的这两个功能进行列表分项。试着做一下,看看我说的是否有理。

告诫自己要甘愿去写上五十到六十页糟糕的对白,在多数情况下,缺陷都会在写作的过程中自然而然地得到消除和改善。你会发现人物对话里某些短语或表述,尤其是韵律或节奏往往会赋予你的人物以个性。在你初次落笔成稿的剧本行将结束时,你自己都会对变化感到吃惊。当你在修改这些文稿时,你的对白将会自然而然地得到改善。对某些人而言,对白的写作是他们与生俱来的才能,但是对我们大多数人来说,这是我们可以发展培养的才能。

有一些工具可以用来帮助你更为有效地进行对白的写作。其中之一是使用盒带或数码录音机,记录下你与某位朋友或熟人之间的谈话。回放并且仔细倾听。注意一下,它是多么的零散琐碎,思想的来回转换是多么的快速。如果你想看看"真实"的对话是什么模样,可以将它以电影剧本的格式打印出来。注意听听其中的言谈习惯和语音的抑扬变化,找出言谈和用词的"风格"。然后设想一下让你的人物以那样的"韵律节奏"或那种"言语"说话。

我有一位学生是个著名的记者,她用自己酝酿了多年的一个想法创作了一部电影剧本。她的写作风格优雅且可读性强。她的对白精美。也就是说,在书面上它"读起来"非常优美——每句话条理清晰、简洁明了,每个观点都得到了完整、周到的表达。语言文字和标点符号也完美无缺。

但是当你大声地将它念出来,它就一点儿也不奏效了。人们不会以巧妙的用词和优雅的韵文来说话。现实中人们是以只言片语、滔滔不绝的句子以及不太完整的想法来说话,他们眨巴着眼睛不断地变换着语气和主题。只要仔细听听人们的谈话,你就会对人们是如何进行谈话的有一个完整的看法。对白绝不是以优美的散文或抑扬的律诗方式说出来的。在这里我们不能按照莎士比亚的方式行事。

在对一个电影剧本进行视觉化以前它是一项阅读体验。如前所述,对白的一个重要功能是推动故事向前发展。就这个方面而言,它必须将必要的事实和信息传达给读者,以便他(她)能够知道在故事线的发展过程中发生了什么事情。

推动故事向前运行就意味着提供必要的解说(exposition),以便读者和角色知道所发生的事情。解说被定义为推动故事向前发展或揭示有关人物所必需的那些信息。解说通常是,但并不总是借由对白实现的。人物谈论所发生的事情是为了建立故事线的下一个发展方向。太多的解说会变得陈腐老套、平淡庸俗和令人生厌。对它你真的不需要用得太多,你只需将情景建置起来就可以了。

《肖申克的救赎》是一个很好的实例。当安迪进入监狱时,第一个场景显示了新来的囚犯走进了一个较大的被容许进入的场所,典狱长做了自我介绍并且颁布了监狱的条例:"我是诺顿,这里的典狱长。你们都被判有罪了,因此他们将你们送到我这里来。规则一,不得亵渎上帝。在我的监狱里不得有人亵渎上帝。其他的条例,你们慢慢就会知道了"。

简洁。明了。这就足以将故事建置起来并且表明接下来将发生什么事情。当其中一个犯人问"我们什么时候吃饭?"时,我们看到他被残暴地击打,因为没轮到他说话。这就是"规矩"。你也可以考虑进行视觉性的解说,就像在《美国美人》里那样。开场的镜头显示了莱斯特所生活的这座城市,这条街道和这所屋子。通过旁白我们听到莱斯特说:"我叫莱斯特·伯哈姆,今年四十二岁,我将会在一年之内死去……那是我的妻子凯洛琳。看到那把修枝剪的柄与她的花园木屐搭配得多么相称吗?这可不是巧合"。

对白的第二个功能是揭示人物。这可以通过好多方法来实现。有些时候,你想直接告白,就像解说;而在另一些时候,你不想直接说出来,也就是有意与场景的走势相反,这就意味着以不易觉察和出乎意料的方式来写对白。事情看上去不错,而且对话交谈或许也很热烈、友好和开诚布公,但是人物所谈的有关内容却难听刺耳且充满了毒言恶语。《美国美人》中餐厅的场景就是这方面的一个很好的例子。莱斯特,他的妻子凯洛琳和他们的女儿简正坐在餐厅的餐桌前共进晚餐。桌上有点燃的烛光,一簇美丽的鲜花摆放得恰到好处,冰镇的葡萄酒伴随着柔和的背景音乐。看上去真是太美满了,一个美国家庭正在一起享用他们的晚餐。

但是场景的内容却都是各种抱怨:"妈妈,难道我们总是要听这些电梯音乐吗?"女儿简发着牢骚。而凯洛琳的回答是:"不一定,我们不听这个也行,只要你煮一顿美味可口的晚餐,你想听什么都行。"这样气氛就急转直下,最终是以愤怒、沉默和内疚收场。

揭示人物的另一种方法是让其他人物通过对白来阐明这个人物。亨利·詹姆斯运用他创立的一个他所谓的"照明理论"(the theory of illumination),提出将故事的主要人物置于故事圈的中心,而故事里所有其余的人物则都在外圈围绕着他。每当某个人物和主要人物发生互动时,他(她)就"照亮了"这个主要人物的某个不同的侧面,就像步入一间黑暗的房间时,人们打开房间里各个角落不同的灯。与此相同,对白照亮并且揭示了有关人物的某些特质。

有时你可以运用潜台词(subtext)来写某个场景,潜台词就是在场景里"没有说出口的内容"。我的一位朋友是个演员,曾出演过许多电视连续剧,现在失业了需要找一份工作。他的一位好友刚巧受雇担任一部大片的导演。在这次重逢之前他们已经好久未曾谋面了,所以他们约好了时间聚一聚。我朋友的需求,毫无疑问,是想寻求在这部影片里担任一个角色。这位导演的需求则不甚明朗。这样,在他们聚在一起进餐的时候,有哪一件事情他们彼此都不会谈及呢？那就是我的朋友需要找份工作。这就是潜台词。

在《安妮·霍尔》里有一个极好的短场景准确刻画了这种情形。艾尔维·辛格刚刚与安妮·霍尔相遇，他们一起回到她的住地去喝一杯。他们走到阳台上，在他们相互交谈时银幕上的字幕闪现了他们实际的想法，而这些内容完全与他们相互交谈的言辞背道而驰。这可是个了不起的场景，它深入且全面地为我们说明了通过运用潜台词所能起到的效果。

戏剧性对抗的局面是写作精彩对白的另一种方法。既然你想要在你的场景里制造冲突，那么要不就借助于某个外在的力量，或者就是来自于人物的内部，你可以制造一个言辞上的冲突。在《杯酒人生》里，迈尔斯（保罗·吉亚玛提饰）和杰克（托马斯·哈登·丘奇饰）不断地在相互攻击，其实他们都是想要些别的东西。迈尔斯想要好好地享受一番品尝美酒的感受，而杰克则是想泡个妞儿。两个持有对立观点的人物使你能够通过对白激发冲突，从而推动故事向前发展，同时又能揭示人物。

对白还是一个很好的转场手段。一个词语或视觉性的转场将一个场景与另一个场景，也即是场景 A 与场景 B 相联结。你可以以某个人物正在说什么事情来结束一个场景，然后切换到一个新的场景并伴随以另一个人物继续同一个对白。例如，你可以让某个人物提出一个问题来结束一个场景，然后在一个新场景里由另一个人物来回答这个问题。这一点在《沉默的羔羊》(*The Silence of the Lambs*，1991，泰德·塔里编剧)和《朱莉娅》(*Julia*，1977，埃尔文·萨金特编剧)里运用得极为出色。你可以写一个蒙太奇段落——一个视觉性的系列场景，由一个单一的构想连接在一起，具有明确的开场、中段和结尾。《美国美人》通过一个真实的房产推销段落，对此作了完美的演绎和说明。凯洛琳想要卖掉一处房产，因此将它介绍给了几位不同的客户。对话在不断进行，剧情在推进，而每个场景中由不同的人物出现在屋子的各个不同的地方，但是整个段落实际上只有一个场景。这是一种压缩时间、地点和动作的手法。

这些就是塑造人物的工具。创作一个完整和多维的人物，并且写出有效和出彩的对白，来说明和揭示人物。

这就是所有相关的一切。

练习

　　替你两至三位主要人物写大约七到十页的人物传记,如果有必要写得更长些也可以。着重围绕他们早年的生活。这位人物是在哪里出生的? 他(她)的父母是靠干什么来维持生计的? 他(她)与自己父母的关系怎样? 他(她)有兄弟或姐妹吗? 他们之间的关系如何——相互友爱和支持,还是怒目相对和冲突不断?

　　详细说明你的人物在他或她人生第二个和第三个十年里的其他的交往关系,并说明这些关系是如何形成了他(她)的个人特性。牢记亨利·詹姆斯创立的"照明理论":每一个人物都必须照亮你的主要人物。

　　在你写作你人物的传记之前,花几天时间仔细思考你的人物,抽出一段时间使你可以不受干扰地连续工作两至三个小时。不接电话,不看电视,不发邮件,不玩网游,也不接待友人。或许调低台灯的亮度,播放一些柔和的乐曲对你会有益处,要不来半杯葡萄酒调节一下情绪。不能再多,不然你就只会写到醉翻为止。然后开始"全身心投入"到你人物的思想、言语和观念中去。设法让这些东西自发涌现,不要在意语法规则、标点符号、单词拼写和潦草的书写。只是尽量使你的思想落实到稿纸上,而不要在意任何其他什么东西。你不会将这些稿页向任何人出示,它只是你用来发现和了解你的人物时使用的一个工具而已。假如你想要在你的电影剧本里引用你人物传记的某些部分,这也可以。但是首先必须让你的人物在稿纸上现身,让你的人物自己来认识他是谁。

　　对你人物的职业生活、个人生活和私生活做相同的练习。写一两页有关你的人物是靠干什么来维持生计的,他(她)的人际关系和个人嗜好如何。你甚至能够着手编制出你人物"生活中的一天",并且写出她的典型一日是个什么样子。从她起床那刻开始直到晚上睡觉为止,她都干了些什么事情。

把这些东西写上一二页，如果你觉得需要，也可以写得更多。如果你认为少写也行，那就少写些吧。

如果你发现自己对你人物生活的某些领域不太有把握或缺乏信心，就以自由联想的方式将它写上一两页。如果必要可以做一些调查。你和你的人物之间的关系就像两个挚友之间的关系一样。你决定你需要什么，然后将它说清楚。

如果你对自己是否需要写某些事情没有把握，那就把它写下来。在写作的这个阶段，不要进行"自我删改"。这是你自己的剧本，你自己的故事、人物和你自己的戏剧性选择。当你完成了你的功课，你就会熟悉自己的人物并将他们当作自己的好友。

Chapter 7

矛盾冲突和人生轨迹

CONFLICT AND THE CIRCLE
OF BEING

> 唯一重要的东西就是故事,以及故事中引发的人物之间的冲突。而你只能通过人物的需求和动机来着手触动和发展冲突,从而将他们纠结在一起,这样他们就会为你创造出故事。
>
> ——弗兰克·皮尔森,
>
> 《热天午后》《铁窗喋血》编剧

你在写作电影剧本时,牢记在你心中最重要的东西就是:所有的戏剧都是矛盾冲突。许多作者似乎都将这一点忘记了。既然一部电影剧本里的场景的目的要么是推动故事向前发展,要么就是揭示有关人物的信息,这样作者有时就会觉得:讲故事就是意味着促使人物不停地行动,就像操纵一枚棋子一样,而无需将重点放在矛盾冲突上。

为什么在写作电影剧本时矛盾冲突如此重要呢?

因为矛盾冲突创造出故事的张力、节奏、悬念,并且将读者,或是观众牢牢地按在他们各自的座位上。一部电影要高于生活,而如果你想要写一部能对社会有所增益的电影剧本的话,你就必须打动观众。那就意味着要激发矛盾冲突。

单词"矛盾冲突"的意思是"相互对立"。作为文学词汇,它通常被定义为"向对立双方的人物及其行为提供力量,以便促成或激发故事的情节"。假如你的人物有一个强烈和坚定的戏剧性需求,那么你就可以替这个需求制造障碍,这样故事就成为你的人物持续不断地克服种种障碍去成就他(她)的戏剧性需求。假如你的人物持有某种强烈和坚定的观点,而你可以让另一位人物持有相反的观点,结果就会在场景里引发一种激烈和持续不断的矛盾冲突。而这就是全部的关键所在,让冲突持续不断,无论是某种情感方面或是身体方面的冲突都可以。

《冷山》是一个很好的例子,它说明了矛盾冲突的多重性和复杂性。导演安东尼·明格拉(Anthony Minghella)改编了查尔斯·弗雷泽(Charles Frazier)写的小说,他将故事设置在美国的南北战争时期,这是一个血腥和残酷的时刻,整个国家按照不同的政治观点和地域而处于激烈的对立状态。

故事聚焦在三位人物身上:英曼(裘德·洛饰)是一位多才多艺却沉默寡言的木匠,艾妲(妮可·基德曼饰)是一位按照南方"佳丽"抚育的年轻姑娘,她的父亲是位东正浸礼会牧师,艾妲擅长阅读、写作、弹钢琴,而且将会是一位完美的"主妇"。露比(芮妮·齐薇格饰)是位好强且性格开朗的流浪女,她教会了艾妲坚强和自力更生,并为艾妲展示了一个自己从不知道或未曾梦想到的世界。这三个人的人生被战争彻底颠覆了,他们必须相互支持经受住身体和精神上的艰难困苦共同存活下来。

还有,就是那被庇护在蓝脊山脉脚下的北卡罗来纳州的小镇——冷山,它象征了某个历史时刻、地点和某种生活方式,这些都已经永远地一去不复返了。冷山其实更像是一座爱的灯塔,是他们内心深处的一处圣地。

《冷山》的全部内容就是关于矛盾冲突,这都是通过戏剧性情境被建置起来的。故事的发生是由于改变美国生活方式的意见分歧,而导致相互对立的各州之间的战争冲突。有变化就会有矛盾冲突。故事以闪回开场,当时联邦士兵在一个南部联盟的兵营地下挖地道,企图将它炸毁。这时影片向我们引荐了英曼,他正在阅读许多艾妲的来信中的一封,她通过旁白向他倾诉着自己的希望和梦想。借此影片已经显示了在英曼与南部联盟军队之间强烈的视觉反差。就在我们聆听艾妲声音的同时,我们看到联邦军队点燃了导火索。地狱之门随即洞开。进攻的联邦军队发觉自己被陷在了一个填埋坑中,而周围站满了用手中的枪械向这群生灵大开杀戒的南部联盟的士兵。故事就这样开始了。

在这段野蛮疯狂和混乱的场面中,影片闪回到两年以前在冷山的一段光阴,我们看到了英曼在回忆当初与艾姐的相遇。在这以前,故事中两股对立的力量已经触发了冲突:南方对抗北方,正义对抗非正义,国家对抗分裂,以及其他等等。

在随后的一次战斗中,英曼耳边又回响起艾姐传来的声音:"回来吧,我的爱人。"这样他就选择了逃离南部联盟军队,并且摆脱这场疯狂的战争。他只想启程回到家乡他所爱的姑娘身边,而正是在他的这种戏剧性需求驱动下他才踏上回归冷山的征途。像荷马的《奥德赛》一样,英曼艰苦的长途跋涉的故事讲述的是一个男人渴望回到家乡,而在他长途跋涉的途中,他克服了各种各样的艰难险阻。他的故事成为某种对勇气、尊严、浪漫的爱情和忠诚的最严酷的考验。他必须东躲西藏地逃避敌军和南部联盟民防队的追捕。他必须忍受饥寒交迫和极度劳累。同时在回归冷山的漫漫长途中,他还必须克服自己内心的恐惧和动摇,这是一条仅能靠步行走完的长达三百英里并且险象环生,有时甚至是不可能通行的地带。这是一次令人惊叹的历程。他回归冷山的每一步都成为直面并克服矛盾冲突的一种仪式。

富有传奇色彩的历程是人类艺术表现中普世和永恒的主题,它所表现和借鉴的东西是超越我们的语言、文化、肤色和地域的。我们都处在这一共同的生活道路上,从出生一直到临终连同我们的行为都是如同在《指环王1》里甘道夫所说的那样:"作抉择就是去执行时代赋予我们的使命。"

在《帝企鹅日记》(*March of the Penguins*,2005)里也表达了这个人类文化共同的有关历程的主题(影片由乔丹·罗伯特改编,法国原著作者是吕克·雅克和米切尔·福斯勒)。在这部经典杰作里,我们随着这群帝企鹅的旅程返回它们在南极洲大陆的繁衍栖息地,途中它们面对危险以及周围环境的艰难险阻。在它们的旅途中我们看到了一切戏剧的情感表达的基本元素:解说,矛盾冲突,纠葛,叙事进展,转化变换,惊奇意外,高潮和结局。

如果我们想要创造矛盾冲突的情境脉络,我们就会发现有两种类型:一种是内部冲突(internal conflict),另一种是外部冲突(external conflict)。英曼选择开小差从而回到艾妲身边,如此恐惧、疑虑、爱情、坚持不懈、决心经受危险而存活,所有这些无论通过行动或是不借助于行动,都展现了内部冲突。外部冲突是从外部作用于人物的力量或势力——危险的战争,恶劣的气候,严酷的地理环境,各种诱惑以及肉体上的痛苦。

在《冷山》里,艾妲是一位在城市养育并受到良好教育的姑娘,受到她父亲(唐纳德·萨瑟兰饰)的百般呵护。紧随着她父亲的意外去世以及英曼的从军,艾妲发现自己压根就无法单独地在农场里生存,而且处于极度危险的境地,根本不知道怎样进行自我照顾和保护。面对着饥饿、骚扰以及英曼或许永远无法归来的担心,艾妲必须学会去适应和依靠农作生活,并且信赖独立自主的露比。露比教会了她怎样种植庄稼,修补和固置栅篱以及如何照料自己。她们相互依靠,从而在凶残和血腥的恶劣环境之中找到了一条生存之道。

发掘你人物的内在的生活,从而去发现并戏剧化电影剧本中的冲突。瓦尔度·绍特曾经告诉我说,一部成功的电影剧本的关键就在于材料的准备。正如我此前提到的,他说,对白是"不稳定的",因为演员会为了使对白产生效果而随时对它进行改动;但是,他进一步强调说,人物的戏剧性需求是神圣的,它将整个故事妥帖地联系在一起。瓦尔度说,将词句书写到稿纸上是剧本写作过程中最容易的事情。

矛盾冲突是创作人物的一个主要元素。在大多数情况下,人物所对抗的那股力量会是内在冲突和外在冲突这两类的混合体。矛盾冲突是你的故事张力的源泉,它驱动了叙事主体在故事线上的运行。

有些时候,矛盾冲突会迫使你的人物在剧本里的一个特殊场景或时刻做出反应。在《红潮风暴》(*Crimson Tide*,1995)里,核潜艇收到一条紧急行动指令,命令它发射所携带的核导弹。紧接着,又接收到另一条紧急行动指令,但是由于接收过程的中断使得指令的完整内容无法辨识。

它的内容是什么? 它是再次确认发射指令吗? 或者它取消了前面那条指令吗? 这条指令引发的做什么或不做什么成了这部影片的主要冲突,直到采取正确和恰当的行动之前,冲突引发的紧张和悬疑的程度不断地在加强。对峙双方达成了一个脆弱的休战协议,直到修好无线电接收机看到确

切的指令为止。然而仅仅经过了几分钟的等待之后，矛盾冲突又由于"什么
也没有说"而再次爆发。这强化并增加了当时的忧虑气氛。分别由丹泽
尔·华盛顿和吉恩·哈克曼扮演的两位主要人物之间的对话，并没有谈及
"指令的问题"。相反，他们讨论的是：维也纳著名的利皮赞纳马究竟是白色
的还是黑色的。这段谈话不仅是表达了这个场景的潜台词，而且也暗示了
或许存在于这两位人物之间的种族之争。这是一个展示了紧张时刻矛盾冲
突的极好的实例。

在《借刀杀人》里，矛盾冲突是由出租车司机麦克斯的戏剧性需求引发
的，一位职业刺客文森特雇麦克斯开整晚的车，送他去实施五项谋杀行动。
当麦克斯发现了文森特的企图时，他理论上已经成了罪犯的一个帮凶，尽管
他数次试图逃跑，但都没有成功。一旦矛盾冲突得以确立，它就会驱动情节
不断向前发展，成为给叙事添加的燃料。就麦克斯而言，外在冲突引发了内
在冲突。十二年以来，麦克斯一直怀有一个梦想，要开一家自己的豪华汽车
服务公司。每个夜晚当他开始了自己的轮班，他进行着个人惯常的程序：他
清洗了车辆，将一张孤岛的小画片插到遮阳板的后背，并且做一番他崭新豪
华奔驰车的美梦。但是到了第二幕的结尾，正如前述，麦克斯认识到他一直
在"将来某天"中生活——"将来某天"他将会有足够的钱去从事自己豪华轿
车的服务；"将来某天"他将离开现在这家出租车公司，并且去做自己想要做
的事情。然而这些"将来某天"的美梦，正如我们所知，是不会实现的。一个
人物的梦想和现实之间的碰撞激发了冲突。韦斯·安德森编导的《青春年
少》（Rushmore,1998）就是这方面极好的一个实例。

这就是矛盾冲突的本质特性。在你着手创造和构筑你的人物时，试一
下自己是否能够创造出有助于你驱动故事向前发展的某种内在或外在
冲突。

切记，场景的目的要么是推动故事向前发展，要么就是揭示有关人物的
信息。而实现这点的戏剧性精髓就是激发矛盾冲突——内在冲突，或外在
冲突。

矛盾冲突能够创造多维性，从而在许多重要的方面全面影响人物和故
事线。在编剧保罗·托马斯·安德森的杰作《木兰花》里，影片的主题和解

与宽恕贯穿了整个故事,同时揭示了父母以前的行为是如何影响并形成了自己孩子的行为的。罹患癌症的伊尔(杰森·罗巴兹饰)即将死去,在他临终的床前他祈求儿子弗兰克(汤姆·克鲁斯饰)的宽恕,因为当年他撇下年仅十四岁的儿子一个人来照顾自己即将去世的母亲。

伊尔遗弃他不久人世的妻子离家出走的事件极度地影响了弗兰克的人生,导致他形成了一种人生态度:将他自己的愤怒转化为说服男性们利用性作为"摧残异性"的武器。当弗兰克最后终于在伊尔临终的床前面对他时,他才能够将自己与不久人世的父亲之间的关系做一个了断。这个场景说明了在人物传记中的某些未经揭示的事实是如何在人物的成长和形成过程中影响其人生的。通过人物传记,你可以塑造你的人物,然后通过在故事线中展示他们是怎样一个人来揭示他们。易卜生的戏剧杰作《群鬼》也涉及了类似的一些主题:父亲的罪孽通过遗传在儿子身上遭到了报应①。

有一种方法能够有助于实现上述目的,这就是做一个我称之为"人生轨迹"(circle of being)的练习。这是一个过程,它使得你能够揭开你人物生活经历中的某些事件,而这些事件将在情感层面上极大地左右你的故事线。这类事件或事变是在你的人物九到十八岁这段年龄期间发生在他(她)身上的。这是人生中一段关键的形成期,某种痛苦难忘的经历或精神创伤或许会根本性地影响这个人物的人生轨迹。这种事件可以是某位双亲或深爱的亲友的亡故,或是因某些身心上受到的虐待或伤害,从而造成某种深刻的精神上的创伤或身体上的伤残,或是移居到一个新的城市或国家。

---

① 易卜生(Henrik Ibsen,1828—1906)是挪威籍剧作家,剧场写实主义的先行者,被后人奉为"现代戏剧之父"。《群鬼》(Ghosts,1881)的内容大要为:埃尔文夫人为了她已故丈夫埃尔文上校的十周年忌日,紧锣密鼓地兴办一座孤儿院。在旁人眼里,夫人的作为是在为她的丈夫树德乡里,但她真正的动机却是欲借此举将得自上校的遗产全数清偿,从此与他划清界限。因为上校虽在当地受人敬重,实则为不忠的浪荡子。为避免儿子奥斯瓦尔德受到父亲的不良影响,她将他自幼便送往巴黎接受教育,不料奥斯瓦尔德在异乡结识了一群坏朋友,生活荒淫无度,又在胎儿时期染上父亲传染母亲的梅毒,健康每况愈下,回到挪威接受治疗。没想到,奥斯瓦尔德回家后竟背着母亲与家中女仆有染,而这女仆正是上校的私生女。在得知痛苦的真相后,奥斯瓦尔德的病症加剧,责怪母亲不该生下他来,求她取回这不被希望的生命。埃尔文夫人虽于心不忍,但百般挣扎后仍接下儿子预先准备的吗啡,替他了结痛苦的一生。因易卜生在《群鬼》中碰触了当时视为禁忌的话题,如私生子、性病、乱伦、不忠和安乐死等,使得此剧在许多国家遭到禁演。——译者注

　　我将这类事件称作"人生轨迹"，这是因为如果你将你的人物绘作一个圆形，然后像切薄饼那样将他（她）生活中所经历的事件切分开来，你可以引发出身体、情感、精神、心理、社会、神秘、政治、外伤以及智慧等各方面的事件或事变，他们生活中经历的这些事件或事变极大地影响了他们的行为举止和人生态度。通过做这样的练习，借由引发人物的情感、思想和感受的手法，你就能扩展和深化你人物的特质从而创造出一个丰满生动的人物。

　　在说明人生轨迹和如何对它进行应用方面，《末路狂花》是一个极好的实例。卡莉·克里的电影剧本并没有直截了当地描述路易丝在她长大的德克萨斯州曾被强奸，而且正义也无法在事后得到伸张。尽管在剧本里对此事有过一两次旁敲侧击的暗示，但是路易丝过去这段严酷的磨难，却在整部影片中影响了她在身体、精神和情感方面的态度和行为。"假如一枪打爆想强暴你的男人的脑袋"，她说，"那么就别选择德克萨斯州，如果你不想被抓的话。"怀着怒火和心病这种身心上的重负，也就最终导致了那件主导了整个故事线的激发事件——在停车场枪杀了企图强奸塞尔玛的家伙。它解释了为什么路易丝毫不犹豫地扣动了扳机，以及为什么她发誓决不再踏进德克萨斯州半步。

　　她立了重誓："我宁愿死也不愿被捕坐牢。"而且，这无疑也是某种预示。从俄克拉荷马到墨西哥而不穿越德克萨斯州的唯一的道路，就要绕很长的路并穿过犹他州和亚利桑那州。正是这个决定，最终为此付出了两条人命的代价，而到了这个地步，她们也不可能有其他的选择。这个人生轨迹事件，我想是由于路易丝在停车场目睹了哈兰企图强奸塞尔玛所触发的。路易丝完全失去了自控并扣动了扳机，枪杀了哈兰。我认为，在停车场扣动扳机的并不是当时在现场的路易丝，毋宁是多年以前在德克萨斯被强奸的那位年轻姑娘。

　　后来，警探哈尔（哈威·凯特尔饰）在电话里告诉她："我知道在德克萨斯发生的那件事。"而塞尔玛在稍后谈及此事时，也猜测地问："这事也曾发生在你身上，对不？"即使到最后，路易丝仍然没有给出答案。

　　为你的人物创造一个人生轨迹事件是一个非常宝贵的工具，它可以用来精心塑造和丰富你的人物。如果你走进你人物的生活中，并且问自己在你的人物处于九至十八岁这段时期,会发生什么样痛苦难忘的经历或产生精神创伤的事件。你甚至可以发掘你自己的人生经历,并且看一看,如果有的话,在你人生的这段时期内,发生了什么难忘的经历或精神创伤性事件。

为什么是九至十八岁这段时期呢? 首先,因为这似乎是一个人的一生中最影响发展的时期,从而形成一种特殊的行为模式并以意识或潜意识的方式留存在一个人的心灵和精神之中。著名的行为学家约瑟夫·希尔顿·皮尔士(Joseph Chilton Pierce)宣称:在人类智能成长或发育方面有四个关键的时期。第一个智力成长时期是发生在孩子大约一岁的时候,这时他们开始学习行走。第二个智力激发期是发生在四岁左右,他(她)知道了自己独特的身份并拥有交流技能。第三个智力成长时期是发生在孩子九至十岁时,处在这个年龄的孩子开始懂得自己有了个别和独特的声音,并开始向长辈提问,形成他(她)自己的是非观,并开始说出自己的想法。这是一个年轻人一生中生命力最旺盛的时期。

人类智力发展的第四个时期,按照皮尔士的观点,或许是最重要的爆发性发育期,是发生在一个人十五六岁——也就是青少年时期。处在这个年龄段的年轻人,对长辈和权威开始有逆反心理,并且试图找到他(她)自己的声音;他或她突然认识到自己的父母不再是世界的中心,他(她)面向外部世界并从中寻找行为举止的榜样。年轻人受其同龄人的影响极大,并且可能会开始标新立异地穿着、染发、文身、穿孔,甚至尝试毒品等等——这都是些受自己同龄人欢迎,但是深受家长和社会厌恶的行为。但是这些行为举止表达了青少年们的个人特质,以及在自己同龄人群体的氛围里他们是怎样的一个人。他们有了自己的身份。看一下你自己的孩子好了,或是侄女和外甥,或者你朋友们的孩子,看看他们的着装,行为和反应。

正是这个对一个人发展产生如此支配性影响的时期,能够在人的心中铭刻上潜意识的印记,从而影响他此后的人生。这很像家具在地毯上留下的印记。花一些时间回顾你自己的人生,检视一下你的这段时期对自己产生了怎样的支配性影响。闭上你的眼睛回到自己同样年龄的那段时期,在九到十八岁期间的任意时刻,审视是否有任何特别的事件或事变对你有特别巨大的影响。是什么样的事件或事变催动了你的心灵? 花一点时间考虑一下：为什么那件事会对你产生影响甚至可能改变你的人生。

如果你回到你人物的生活中，并且创造出成为主要影响力的某个事件或事变，你就能够增加你正在塑造的人物的质感和深度。通过创造一个人生轨迹事件你就能够激发矛盾冲突，或者某个可以扩展你人物维度的复杂情节。

我的一位学生是个著名且活跃的剧作家，他想让自己从戏剧创作转行到电影创作上来。他有一个很有趣的故事，讲的是两位失和多年的姐妹重归于好的事情。故事的开场是作为主要人物的一位牙医正在接受牙科治疗，由于麻醉作用的影响，她闪回到自己还是个年轻姑娘时的情形，她看到了自己的姐姐正被她们的叔父强奸。由于害怕自己被发现，她逃开去了，而且在逃跑过程中，被一块石头绊倒并且磕坏了她的门牙——正是这颗牙齿现在正在作怪。直到现在为止她完全地压抑着那个事件的记忆，并且这件事促使她与姐姐重归于好。这个人生轨迹事件激发了整个故事。重归于好和宽恕这个主题也就成为电影剧本叙事的驱动力。我建议作者在故事展开的过程中视觉化地将这个人生轨迹事件零零碎碎地散落在整个剧本中，从而让大家看到这个事件。他将事件修改成视觉化的片段，从而使得最终的剧本成为非常有力的题材。《谍影重重2》将同样的视觉化的技术手法运用在整个叙事过程中，当伯恩尝试着回忆自己在柏林谋杀政客奈斯基及其妻子的情形时，观众看到的是伯恩片片段段的记忆碎片。这就增强了观影经历中的张力和强度。

这就是人生轨迹的影响力。一旦你创造了能影响你人物生活的某个经历或事件，你就可以将这个事件作为人物情感轨迹的基础，让他（她）面对并且了结（或未能了结）这段经历。它可以成为对人物进行润色、创造一个强有力且持有明确的观点和态度并在其中包含矛盾冲突的充满活力的人物的一种方法。有时可以将人生轨迹作为故事线的基础，从而使它成为整部影片的主题。

昆汀·塔伦蒂诺（Quentin Tarantino）的影片《杀死比尔》（*Kill Bill：Vol.1*，2003）是这方面另一个很好的实例。《杀死比尔》与《杀死比尔2》（*Kill Bill：Vol.2*，2004）所涉及的主题都是报仇雪耻。但正是人生轨迹事件界定了新娘(乌玛·瑟曼饰)和她在《杀死比尔》中的对手石井(刘玉玲饰)的故事。在一个动画段落里,我们看到石井是怎样成为日本地下黑社会首领的。当石井还是个孩子的时候亲眼目睹了双亲被一个日本黑帮杀害的场面。在大屠杀发生时,她在床底下蜷缩成一团并且发誓要进行无情的复仇。几年以后,她引诱了杀害父母的凶手,并且杀死了他及其心腹党羽,亲自报了这段血海深仇。从此以后,她便成为日本最臭名昭著的杀手,并且很快上升为黑社会组织中的最高首领。这最终导致了石井与新娘之间的终极对决,它几乎占据了影片的整个后半部分。我们通过详细生动的画面,看到了人生轨迹事件是如何改变了石井的人生的。

在《沉默的羔羊》里,人生轨迹在克拉丽斯·斯达琳(朱迪·福斯特饰)的成长过程中起到了突出的作用,这位年轻的联邦调查局实习生正在追踪一个连环杀手,同时她还必须努力克服发生在自己孩提时代的一个事件的阴影。这就是她的父亲的死亡,他父亲是一个小镇里的警察,在一起抢劫案中被杀害。这个事件成了她人生的一个主要心结,并且一直在支配着她,使她在潜意识中要寻找一种父亲的形象。

这部由泰德·塔里(Ted Tally)创作的杰出电影剧本聚焦于克拉丽斯·斯达琳和她的三位"父亲"之间的相互关系:她真正的生身父亲,在一次行动中被一个罪犯杀害;联邦调查局行为科学部门警官杰克·克劳福德(斯科特·格林饰),对她关爱但又严厉,而且始终与她保持着一段距离;才智出众但又极度凶残的汉尼拔·莱克特(安东尼·霍普金斯饰),他成了她诚挚和蔼的老师,在追捕一名叫做水牛比尔的连环杀手过程中,莱克特指导并且教会她怎样去寻踪觅迹。随着《沉默的羔羊》故事的逐渐展开,随着克拉丽斯从学生成长为职业警官,她的每位"父亲"从头至尾一直在教导着她。

寻找父亲一直是文学创作的主题。心理学家多次强调,通过其对父亲的寻找能反映出一个人的特质,但是事实上,这毋宁说是在寻找他真实的自我。往往是一个人在求索自己的命运时,命运也在寻找着他们。

克拉丽斯父亲之死是她人生中的人生轨迹事件。正是由于她父亲的死亡,导致她被送到蒙大拿州她的叔叔家生活。一天夜里,她被正遭屠宰的羔羊的尖叫声惊醒,正当她试图解救其中的一只羔羊逃跑时被人抓获,因此她被送进了一座孤儿院。汉尼拔·莱克特迫使她正视这段一直被她屏蔽的情感纠结,并且让她重建这个事件,进而能够从中解脱出来。到了影片的最后,她已经改变了自己的生活。她现在正站在重建新生活的起点上,不仅是她与男性的关系方面,更在于作为一位获得最高荣誉的联邦调查局职业警官。只有在她能够直面自己过去的那个事件时她才真正获得了解脱。

人生轨迹是怎样影响你的电影剧本的?很明显有很多方面,但是在我看来,它的重要性就在于它提供了一个矛盾冲突的源泉,那种你的人物在故事线的进程中必须面对的,无论是内在还是外在的矛盾冲突。

我最钟爱的一个实例是《奔腾年代》。我们看到因为瑞德·波拉德(托比·马奎尔饰)自己的家庭已经无力再养活他而将他托付给了他人。你能否设想一下在你大约十五岁时,由于无力再养活你,父母将你送给他人的情形吗?

这是瑞德·波拉德的人生轨迹场景,尽管这是来自于他生活中的一个真实事件,但是此类事件在人物传记的写作过程中是可以找得到的。在电影里,瑞德正在一次嘉年华会上观看赛马,这时他的父亲走过来,捧着一个装满了他喜爱书籍的袋子。他的父亲看着瑞德,开口说:“我非常抱歉,”他两眼充满了泪水继续说道,“那位教练有座房子,一座真正的房子……在隔壁的房间里甚至还有一架电话,所以我们能够每两个星期与你通电话,让你知道我们在哪里……”“不!”瑞德哭叫着,他的父亲俯下身,紧抱住儿子。

瑞德根本不知道发生了什么。“在这赛马场里你会取得成功的,”父亲低声说着,“你有这个天赋……我们会回来的。”然后他再一次紧抱住自己的儿子,想让他相信自己说的话。“我们会的……我们会的。”他的母亲已经泣不成声。

瑞德仍旧困惑地凝视着父亲,“在他的父亲努力解释时。他看了一下四周灯光渐暗的赛马场兼游乐场的跑道。波拉德先生紧盯着自己的儿子一会儿,这时摄像机开始回拉镜头,并快速地离开他们这一小群人……”然后,镜头切到了下一个场景。

这是一个很短小的场景但却是颇为动情的瞬间。这个打击对瑞德来说是巨大的——正是它影响并改变了他的生活,一种建立在没有自尊和深深的愤怒之上的生活。在情感上，被自己的父母遗弃导致他觉得自己不是个好孩子，而在他的行为举止方面，我们也看到他攻击每个走近他身边的人。

人生轨迹事件是内在冲突的源泉，这是瑞德必须面对的，而且这也关系到他今后的人生。他不觉得自己有任何价值。随着故事的进展，我们看到了他内心里有关自尊和自爱的内在冲突。

我感觉人生轨迹事件也可以应用到动物的身上。正如前述，我认为那匹名叫海洋饼干的马也是这部影片中的一位人物。它在六个月大时就被遗弃，几乎与瑞德·波拉德一样，因为它不符合一匹赛马应该具备的形象。它被训练成败马，不允许去赢得比赛。那么它"忘记了作为一匹马应该具备的东西"也就不足为怪了。

海洋饼干是被它自己实际生活的人生轨迹事件所影响的。叙述人告诉我们说："海洋饼干是名驹'硬饼干'之子，系出伟大的'战神'血统……在它六个月大时，就被送给著名的训练师萨尼·费兹西蒙训练，但他认定这匹马是懒马……它本来就血统强悍，总是凶猛好胜，海洋饼干还爱在白天大睡一番，喜欢长时间地在大树下打滚，所以马主决定就将它训练成其他'良驹'的陪练，逼它跑输，好激发出其他马匹的自信……当马主们终于让它参赛时，它也只会按照它训练的情况跑……它输了……当然，这一切都很合理，冠军马高大，毛色光滑又完美无缺。而这匹马只会按照马主们一直希望的样子跑……"

这就是在你人物的生活中的人生轨迹事件的功力。它能够成为叙事情节线里矛盾冲突的源泉，无论是人类或者动物都一样。电影是一种视觉化媒介——运用画面来讲述故事。正如古代文献《瑜伽—吠世斯泰》所说的那样："世界即你所见。"你的故事是由你的人物及其矛盾冲突紧密地结合在一起的，这样它就成了你的人物（们）面对世间巨大挑战的角斗竞技场。矛盾冲突和人生轨迹是你的人物在穿行故事线时的引燃能源和提供动力的关键。

练习

　　租借或购买影片《冷山》、《奔腾年代》、《末路狂花》或《木兰花》的 DVD 光碟,以矛盾冲突和人生轨迹的角度对它进行研究。如果需要,写一份自由联想的短文,记录下你注意到的矛盾冲突。

　　所有的戏剧就是矛盾冲突。所以当你在构思如何塑造你的主要人物时,非常重要的一点是要考虑如何找到激发矛盾冲突的手段。作用在你人物身上的既有内在的,也有外在的力量,它们都能帮助你在电影剧本发展的过程中,认清和界定你的人物所遭遇到的某些矛盾冲突。

　　一旦你确定了戏剧性情境,看看你能否将冲突的场面分解成内在来源,或外在来源,抑或将内在和外在冲突以任何形式相结合。考虑一下作用于你的人物的外在力量。这些力量是什么?你能精确解释并清楚表达它们吗?将它们写成一份大约一两页的自由联想的短文。

　　回到你的人物传记中,并且考虑你能替你的人物创造出什么样的人生轨迹事件。有时候,一个事件会"突然跳出"到稿纸上;而在另外一些时候,你或许要通过深挖你人物的情感生活才能找到它。即使你没有在自己的剧本创作中实际用到人生轨迹事件,你还是很好地了解了你人物的一段历史,使你可以在写作时利用这段历史。

Chapter 8
论时间和回忆

OF TIME AND MEMORY

贾森·伯恩:"在柏林发生了什么事情?"

——《谍影重重2》

　　伟大的意大利电影作家,米开朗基罗·安东尼奥尼曾经这样说过:"电影是一种语言,它是绕过理智,从而直接与心灵进行对话的。"毫无疑问,他的这段论述渗透在他的几部旨在对人类精神进行探索的伟大影片里:《奇遇》、《夜》、《蚀》、《红色沙漠》、《放大》、《扎布里斯基角》、《过客》以及其他。

　　在《过客》(*The Passenger*,1975)里,由杰克·尼科尔森扮演的大卫·洛克是一位世界著名的新闻记者,他正在北部非洲的沙漠里为一个故事寻找素材,这时他在旅馆里发现一个死于突发心脏病的英国人。在很长的一段时间里,大卫一直在冷静地深思细想,他已经厌倦了自己目前的生活,对采访工作不再抱幻想,以及不满自己婚姻的疏离状况。他突发灵感,他要假扮这个男人来摆脱自己的过去,并且利用这个新的身份来着手假造一个新的生活。当然,他并不知道这将会带给他什么,以及他所假扮的那个男人的使命是什么。他遇到了一名年轻古怪的少女(玛利亚·斯奈德饰),并开始在伦敦、慕尼黑和西班牙履行那个死者的莫名其妙的任务,因为"那人有某些信仰"。直到后来大卫才真的知道那是个贩卖武器的人。

在一个场景里,大卫正驾驶着一辆租来的活动顶篷式汽车,沿着两边种植着高大树木的伦敦郊外长长的乡间公路行驶着。那位玛利亚·斯奈德饰演的姑娘坐在乘客座位上,看着他并问道:"你是为了什么而逃亡?"他的回答是让她转过身去。她观看她的身后,而我们则从她的视角看到了空旷的公路不断地从他们的身后消失。这一刻时间凝固了,我们目睹着他将自己的过去丢到了身后,进入一个毫无拘束的现在,并且走向一个未知的和凶险莫测的将来。这就是电影所能达到的最高境界。

当我急切地抓住这一瞬间的顿悟,我发现它对我产生的是深切、彻底和情感性的影响。没有词语,唯有画面和一连串的认知。我们正穿行在生活的道路上,将自己的过去扔在了身后,就如同扔掉那些无用的行李包袱一样。我不时地要问自己:如果我们抛弃过去并步入直接当下,不再受时间和金钱的制约,那该是多么美好的生活啊。

当我看到了一部我喜爱的影片,我就会在情感和直觉上产生一种迅速的响应。无论我是否喜欢这部影片,无论它是否产生效果。噢,当然,我能够无止境地谈论诸如:导演在视觉化方面的卓越才华;演员们精彩的表演;摄影师宽阔的视野;诗意的结尾;新颖独特的特技效果。但是当我对它进行认真思考时,就只有一样东西能够将所有的元素融合在一起——而它就是故事。

想法,概念,电影术语和分析评论并不代表什么。无论电影的进程是采用一条直线、循环,或以零散碎片的方式,这确实一点区别都没有。电影全都与故事有关。无论我们是什么人、在哪里居住,或属于哪个年龄层,在奇妙无比的讲故事方面却是万变不离其宗。沿用至今的这种方式,是自从柏拉图创造了让跳舞的影姿映照在墙上起就开始了。运用画面来讲述故事的艺术是超越时间、文化习俗和语言的。当步入西班牙埃尔米拉洞穴之中并观看壁上的岩画,或是走进威尼斯阿卡德米亚美术馆,凝视那些精美地描绘在画板上的十二幅耶稣受难图时,你也就进入了美丽壮观的用视觉讲故事的世界。今天有许许多多的电影创作人员坚持认为线性叙事方式——也就是故事的叙事线从开场到结尾以直线的方式运行——已经落伍,或已经过时了,已不再是"场景的组成部分"。他们大声疾呼三幕结构的叙事方式已经死亡,无论从哪个方面来讲,它都已经不再适合"现代电影"了。有一位电影人甚至公开表示说:"好莱坞式的电影叙事方式现在正在走向坟墓,而同时人们已经在寻找其他的方式。传统三幕结构的整个流派已经被解构成为一种繁荣旺盛,蓬勃发展的电影。"

自从《低俗小说》首创了"现代"电影结构模式以来,已经有许多影片诠释了这种对新电影形式的探索:《记忆碎片》,《2046》(王家卫编导),《暖暖内含光》(查理·考夫曼编剧),以及《非常嫌疑犯》都是此类发人深省的实例。这些影片并不是一定要诠释某种纯理论的观点,就像阿伦·雷乃在《去年在马里昂巴德》和《广岛之恋》里那样的意图,他们只是对三幕结构叙事方式提出了新的挑战。

《罗拉快跑》(*Run Lola Run*,1998,汤姆·提克威编导)很好地说明了这点。影片的展开如同一个电脑游戏。罗拉正在为营救她的男朋友而要搞到一百万美元,而在每次行动失败时,你猜怎么着? 游戏就停止了。她又回到原点从头再玩,直到她赢了为止。

电影工作者总是在不断地寻找新的方式来讲述他们的故事:《杀死比尔》与《杀死比尔 2》,《成为约翰·马尔科维奇》和《改编剧本》(查理·考夫曼编剧),《时时刻刻》,《黑客帝国》(安迪·沃卓斯基和拉里·沃卓斯基编剧),《木兰花》,《第六感》(M·奈特·沙马兰编导),《英国病人》,《特伦鲍姆一家》,《美国美人》,《谍影重重 2》,这里也只列举了一小部分。在形式和内容这两个方面,这些影片都推动了现代电影的形成。一眼看上去这些影片似乎是对线性叙事影片的挑战,但是在实际意义上,它们与自己前辈们的传统并无二致。

回顾一下在最近的二十五年里,电影剧本的创作是如何发展进步的,我们很容易发现剧本的形式有了极大的改变。而电影剧本像影片《神秘河》(布莱恩·海尔格兰德编剧),《铁拳男人》,《指环王》三部曲,《肖申克的救赎》,《杯酒人生》的故事线都是采用线性叙事的方式(也就是说,从头至尾故事线都以"平铺直叙"的方式讲述)。近些年来,存在着一种新的趋势,就是创作某种小说式的结构。一些小说的创作手法,例如意识流,追忆,幻想,主观现实，闪回，旁白叙事等等，都被运用到了电影剧本的构筑上，以便创作出一种新的形式。当然，自从无声电影以来，人们一直在这方面进行着各种尝试。

往往是过去的一段回忆会在现在的境况里涌现，就像在《英国病人》和《冷山》，或是美妙的《2046》里那样，大都是有关爱情和回忆的不期而至的冥想。实质上，这似乎是我们正在试图以某种更为内在的视角去与人物进行沟通，以便更接近人物的思想意识。就是在这里，也就是在人物的主观现实里，过去影响着现在，同时梦想撞击着现实。我将这种时间与记忆的融合，认作是现代电影剧本进化发展的一种标志。

在写这本书的时候，我想我们正处在一个电影剧本创作方式的变革之中，一个电影编剧们正在将它的形式推向新方向的时代。传统的"观看事物"的方式已经发生了变化，而且我们正在寻找途径来适应我们的现代生活和熟悉运用我们指尖的新技术。

电影剧本的这种进化或革命，似乎是建立在一种我们如何看世界的全新的视觉认知方式上的。今天，随着剧本写作和电影创作的普及，它已经成为一种我们的社会文化中不可或缺和不容忽视的组成部分。走进任何一家书店，在众多书架上陈列着各类有关电影制作的书籍。似乎人人都想要成为一个电影人。自己动手写一个剧本，弄一架数码摄像机，拍一部片子，上传到你的电脑里，用 Ipro Edit 或其他软件系统对它进行编辑，加入一些电脑模拟特技效果，从数码音乐库里选出一段音乐为它配上音轨，这样你就制成了一部电影，然后就可以电邮给你的朋友和家人。现在，好多礼物，无论是购得的商品或是艺术品，都具有视觉性特质，既可以是 CD 也可以是 DVD 光碟。随着计算机技术以及电脑图形制作的飞速发展，并伴随以 MTV 娱乐节目、电视真人秀、Xbox 家庭游戏机、PlayStation 电视游戏，无线局域网和蓝牙技术，以及在世界各地涌现的不计其数的各种电影节，我觉得我们正处于电影革命的时代之中。如今，我们已经制作了的电视剧集系列短片，以供我们能在白天用手机观看或在家中点播。毫无疑问，在我们"观看"事物的方式上，我们已经取得了进步并且还将继续发展进步。

就电影剧本方面来看，我们正在尝试去接近我们人物的主观现实世界，这种方式非常类似于那些杰出的画作，它们都是由印象派画家和抽象的表现派画家，取自于客观世界的自然景观和主观世界的宗教形象。我们可以对照一下《谍影重重2》《杀死比尔》《暖暖内含光》《记忆碎片》《生死豪情》、重拍的《满洲候选人》或别的一些影片。

为什么会产生这样的情况呢？我想一部分原因是数字电影技术的发展和应用，它改变和影响了我们的观察方式，以及对经验的认知方式。大多数由好莱坞出品的影片就像棉花糖一样赏心悦目令人愉快。它们看上去似乎像模像样、货真价实，可实际上除了一点糖和水分之外，它别无所有，没有实质性内容。就像好多年以前，格特鲁德·斯泰因（Gertrude Stein）曾经对奥克兰地区所作的评论那样："当你到了那里就会知道，那里什么也没有。"

如果你仔细观看一部影片里闪回的运用手法，例如《卡萨布兰卡》（Casablanca，1942，朱利斯·爱泼斯坦、菲利普·爱泼斯坦以及霍华德·科赫编剧），对它做些记录并将它与《普通人》的闪回片段进行对照，然后将它们与《谍影重重2》里那些回忆的闪回部分进行比较，你就会看到画面的视觉化在风格和处理技巧方面的发展和进步。《卡萨布兰卡》里的闪回显示了那段美好的时光，当时里克（亨弗莱·鲍嘉饰）与伊尔莎（英格丽·褒曼饰）在巴黎相遇并一同坠入情网。显示他们在巴黎那段时光的闪回场景实际上是一段完整的场景，而且是将它直接插入到故事线的叙述进程中间的。将这种方式与在《普通人》和《谍影重重2》里的电影化表述进行比较会是一个很有趣的练习。用电影化来说，后者视觉特征令人印象深刻，而且情节和人物的展示方式也使得影片更加具有客观经历的感觉。

在《普通人》里，故事的建置是围绕着片片段段的回忆来展开的。它是融入到故事中去的。青年康拉德痛苦的情感经历是：他将怎样从由于兄长的溺水身亡引发的痛苦中康复，并且接受这个事实，以便能够从长期不断地缠扰着他的内疚中挣脱出来。有关正处于成长期的一个年轻人如何处理自己的身份认同是一个令全社会强烈关注的主题。影片的激发事件是发生在故事开始之前，当时两个年轻兄弟在一个湖中遭遇到了暴风雨，他们的小船由于凶猛的暴风而倾覆了，哥哥因没能抓住舷板被巨浪卷走而身亡。康拉德的母亲贝思因为最爱这个长子，所以不能原谅康拉德。正是母子之间的这种关系,以及由此引发的冲突,驱动了整个故事的发展。

在影片的进程中,我们只能看到溺水事故很短的一个片段。这是在开篇场景里有关事故的一小段镜头,同时显示出躺在床上的康拉德正被这个噩梦缠身。他对于自己能够存活下来感到非常的内疚,而且也不能接受这样一个事实:为什么活下来的那个人是自己。在故事开始之前,他对自身的存在毫不觉得有价值,所以他企图割腕自杀。影片使我们身临其境地与康拉德一同感受到了那个渗透在他整个生命中的隐蔽事件的影响力,它促使他感到自己毫无价值。哥哥的溺水身亡作为激发事件被视觉化地融入到影片中,并且似乎预示了威力巨大的时间和回忆的力量,这也作用于《谍影重重2》中的人物贾森·伯恩的身上。

如果说有哪一部影片能包容并准确地刻画出这种电影剧本创作的"新风格"的话,那就是由保罗·格林格拉斯(Paul Greengrass)导演的《谍影重重2》。不仅是它快速的节奏和强烈的刺激,还有对人物的成功塑造,强有力的故事,以及一系列动作戏都给人留下深刻的视觉印象。当我第一次看到它时,我是整个地被惊呆了,它深深地触动了我的情感和身心。在我走出电影院时,我对影片卓越的视觉化才智感到十分地惊奇与茫然,同时在问自己:这部影片是如何和为什么能够如此强烈地打动我。

所以我回过头来看了第二遍,我对编剧托尼·吉尔罗伊(Tony Gilroy)的卓越才能惊叹不已,他生动地描绘了一位总是处于反抗状态的人物,并将其融合到整部电影剧本里。不断有人试图置主人公于死地,然而作者总是能够从更深和更本质的层面上准确地刻画他的人物。不仅如此,吉尔罗伊还以风格化的手法,将时间和回忆的片段恰到好处地接切进整个情节中,使电影剧本的创作也带有了"摩登"的风格。

你观看《谍影重重2》就会发现时间和回忆的碎片被植入进了整个情节里,并且通过感人和适当的救赎行动来结尾。随着伯恩终极的救赎行动,我对亨利·詹姆斯的问题有了新的更进一步的认识:"人物就是他对事件的决断,而事件就是对人物的诠释。"

贾森·伯恩是一个失忆症患者,被一个普遍性的问题"我是谁?"所驱动。设想一下,在某天清晨醒来而搞不清"你是谁?"和"你在哪里"? 你不知

道自己是怎样到那里的，或者甚至不知道为什么你会在那里？你在做的是
什么或你说的是哪种语言，以及任何与你身份认同有关的东西。任何与你
身份认同有关的信息就像一张空白的稿纸。在罗伯特·鲁德鲁姆（Robert
Ludlum）1970 年的小说原著里，伯恩既是一个受害者同时又是个拯救者，在
他当时的经历中所涉及处理的政治和社会问题，现在早已成了老古董。所
以，假如你是一位想要改编伯恩的故事的电影编剧，而当时的情境已经时过
境迁，并且围绕着的是一个没有过去，对现在又无法确认，或许又不属于将
来的人物，你将怎样着手去创作人物和故事呢？

　　这是我打算向托尼·吉尔罗伊提出的好多问题中的一个。在与他交谈
之前，我上网下载了他所有影片的目录。我得知他从事电影剧本的写作已
经好多年了，他的杰出作品有《热泪伤痕》（*Dolores Claiborne*，1995，改编自
斯蒂芬·金的小说）、《非常手段》（*Extreme Measures*，1996）和《魔鬼代言人》
（*The Devil's Advocate*，1997），他其他的改编作品有《世界末日》（*Armaged-
don*，1998），在此之后他还完成了《手到擒来》（*Bait*，2000）和《生命的证据》
（*Proof of Life*，2000）。这就是在他获得创作《谍影重重》的机会时的情况。

　　我搞到了他在纽约的办公室的地址，当时他正在那里创作第三部贾
森·伯恩影片《谍影重重 3》。在如此关键的时期他仍然抽出了时间，当时他
处在一种局促不定的状态下，正在对故事进行彻底的全面考虑，以便能妥当
地安排故事并把它确定下来。在我看来，这是最有趣的阶段——局促不定
是厘清思维的第一步。

　　我问了有关他个人的背景情况。他是作家兼导演弗兰克·D·吉尔罗
伊的儿子，在纽约上流社会中长大，而且最初是向音乐人方向发展的。他曾
在好多乐队中演出，也进行过一些音乐创作，他告诉我说："只是对音乐感到
厌烦了。"他移居到纽约并开始创作一些短篇小说，进而发展到写长篇小说，
然后又"对写作散文一见钟情"。

　　当他的兄弟迪恩——也是一位电影编剧——大学毕业后，吉尔罗伊说：
"迪恩他选定了一本书并将它改编成一部电影剧本，因为看上去它里面有些
有趣的东西。我当时已经停止了音乐演出，并且想，没错，我也不必急着将
那部长篇小说写完。我打算先去写一部电影剧本来弄点儿钱。这很快可以

搞定,然后我再回头把那本书写完。在此后的五年里,我一边在酒吧打工一边自修学习怎样写作电影剧本,从此就爱上了这种艺术形式而无法自拔。"

"从音乐中我真是受益匪浅,"吉尔罗伊继续说道,"我不读乐谱,而是在录音室里演奏乐曲,与乐队一起排练并且对歌曲进行编配。从根本上说,只要想一想创作歌曲的情况,总感到似乎与剧本创作过程极为相似。"

"您是怎样想到要将《谍影重重》改编成电影剧本的?"我问道,因为当时的国际政治背景情况和现在极为不同,眼下这些都已经过时了。他停顿了片刻,然后回答说:"我是从人物着手的。假如我处于这样一种境况,我会怎样去做呢?我的意思是说,假如我患有失忆症,并在醒来后竟然不知道自己是谁,或不记得我以前是在哪里,而眼下又在一个谁也不认识我的陌生的地方,甚至不懂当地的语言,我或许只能通过先知道要做些什么才能弄清楚我是谁。"

"所以,"他继续说道,"我与贾森几乎同时发现了自己是谁。在他出场时,他的头脑里一片空白——一个新生的人。他处于一个完全没有可供参照的经验体系的环境之中。所以你对自己说,假如我是他,我会做些什么?我怎样才能弄清自己是谁?唯一的答案似乎就是:做那些我已经知道怎样做的事情。我知道怎样给婴儿换尿布吗?我会折叠洗好的衣物吗?我会给汽车更换轮胎吗?我说哪种语言好呢?对于我认为自己已经知道应该怎样去做的那些事情,如果实际做的结果事与愿违时,又会发生什么情况呢?如果情况的确是这样,那就形成了一部影片。这些就是我的出发点"。

我们在《谍影重重》第一集里看到了这些内容。当贾森睡在公园的椅子上时,两个巡警粗暴地要查看他的证件。他试图用德语解释他的处境时,发现自己竟然能够说德语。可是巡警则不吃这一套,并按规矩办事,伯恩没有犹豫,他猛烈出击并迅速打倒了那两个警察。他是怎么知道自己会采取这样的行动的呢?

行为就是人物,对不?

伯恩逐渐地发现自己具有一种极强的自我保护能力,甚至包括杀人。他熟练掌握各类武器并且精通数门语言。而且他还得知有人正准备杀死他。所以他强行招募了玛莉(弗兰卡·波坦特饰)和她的汽车,随后他们就开车前往安全之地,无论哪里只要安全都行。

在吉尔罗伊接手《谍影重重2》时,他面临一个更为棘手的问题是:不仅小说早已过时,而且他在这部影片里的情境状况与上一部影片的差距是如此之大,以致他甚至不可能在情节元素与原始素材之间建立最基本的联系。那么他将如何着手建置和构筑一条崭新的故事线呢?

托尼·吉尔罗伊是从两个方面着手的。在《谍影重重》的结尾,贾森追寻玛莉来到希腊,在他们重新相聚在一起后,影片就结束了。所以,吉尔罗伊要问自己的第一个问题就是:在这些年里在伯恩和玛莉身上发生了什么事情。"他们将要去哪里?"吉尔罗伊问道,"在他们身上将会发生什么事情?我想他们的蜜月期将会结束,因为在他的逃亡过程中,实际上并没有为他们之间的这种关系付出情感上的代价。和玛莉相处是如此的轻而易举,所以我想对伯恩而言,其间一定会有太多的心理纠葛尚未了结。我确信观众们会很想知道伯恩还会记起多少东西。而且我们要让这些事情发生。所以我想为自己弄清楚:在他们逃亡的路上他们的身上还会发生什么事情。

"首先,我要确定他们将要前往的地方。伯恩肯定是想要找个'安全'的地方——孤立,远离人烟,但是这个地方必须能使他们有机会亲密相处。所以我着手寻找某个世外桃源,那里的人们看的电影不多。最后,我找到了印度的果阿,而且我认为这的确很酷。

"一旦我落实了地点,接着我就可以着手为他们勾勒场景,用一个很长的场景让他们开口交谈,看看会发生什么情况。他们会很快地一同去那里,现在他们又在一起之命天涯了,同时伯恩则不停地左顾右盼,我认为他们并不快乐。如果头痛的病情加重时会发生什么情况呢?如果他的多疑和恐惧真的开始激怒她了会发生什么情况呢?像他们两人那样的关系所要面对的现实又将是什么呢?"

这些都是他所要面对的问题。除了一个正在逃亡的且又患有失忆症的人物之外,从故事角度看也算不了什么。"所以关键是,将会发生什么事情?"吉尔罗伊自问自答地说着,"就故事本身而言,我回到了基本的问题:这是一部什么样的影片?根据直觉,我感到自己不想在这条故事线里再牵涉到玛莉,因为在《谍影重重》里我已经这么做了。我觉得最好的办法就是将她杀了。那样一来,就没有可能重蹈前一部影片的覆辙了。

"但是怎样去实施呢?而且是为了什么呢?我知道我需要某些主题性质的东西,但是由于在我最初的想法里并没有这些,我想我需要顺着这条线索,进而看看它能将我带往哪里,或许随着这个过程我会大有所获。我写了一个场景,内容是他们进行了激烈的争吵——他觉得他看到了有个人在跟踪他们,可她已经为此而不停地在东逃西窜,而现在她再也不想动了。正是由于伯恩的多疑和恐惧害得他们不停地逃命,至今已经不下五六次了。而现在他还想再转移。他坐立不安,提心吊胆,并且感到自己都快要精神错乱了。所以他们之间有了这次激烈的争吵。她怒气冲冲地跑出屋去,冲到街上,因为愤怒而没有查看周围。我让她被一辆汽车撞死。这样的事情似乎在印度发生是司空见惯的。她死了。就那样地死了。对这样的影片而言,这种处理方式令人震惊又别出心裁,而且出乎人们的预料,但恰到好处。对她的死亡伯恩的反应——他要负极大的责任——似乎是一个很有趣的起始点。但是也仅此而已,其实我仍然在为找寻一个更好的创意而困扰。"

我问他:他是怎样解决这个故事方面的问题的呢?他回答说:"在小说里,事情发在共产党统治的中国,那里有一个与伯恩相貌极其相似的人(一个替身,或某个人的翻版)在冒充贾森·伯恩。我想我或许可以利用这一点——或许某人正在冒充他。但这是为了什么?况且假如我让他们杀死玛莉,然后让伯恩为了玛莉的死去找他们复仇,这样一来不就又成了一部复仇的类型片了吗?我开始考虑,当他和玛莉在印度果阿时,为什么有人想要假冒他。

"大约在写到接近三十页时,我意识到我需要另一位人物,某个追踪着伯恩的人。所以,我创造了帕米拉·兰迪(琼·艾伦饰)这个人物。她为什么要追踪他?就是在那时,我着手去发展了在柏林的盗窃事件。只是在这一点上,我真的感到有点懊恼,因为我意识到如果这时克里斯·库珀扮演的人物仍然还活着的话,这会有很大的帮助。但是我已经在《谍影重重》第一集里将他杀了。如果我当时知道我们还会接着拍这部影片的续集,我肯定会让克里斯·库珀仍然活着。

"我仍然是在这里进行某种勾画,所有这些就像我自己在进行自我折腾,尝试着各种活动领域和生活模式,试图获取某种启示,以使我能够领略人生多变幻。在玛莉死了之后,我接着写了一个完整的段落,内容是帕米拉·兰迪领导的团队开始追寻伯恩。我还勾勒出另一个段落,描述他正待在印度的监狱里,同时帕米拉·兰迪他们知道了这些情况,也意识到他不可能会在柏林偷盗他们的钱财。"

托尼·吉尔罗伊停顿了片刻,然后继续说:"但是,你知道,我仍然感到自己还是没有任何够分量的主题。我无法说清楚影片到底讲的是什么。所有我已经写了的都是些鲜艳花哨的东西,它们运转得不错,但是我能够看到在前进的路上将会出现不少的麻烦。所有元素都毫无疑问地表明这将是一部平庸的复仇类型的影片。这就是当我认识到自己并没有创作出一部真正的好作品,而且它将回过头来朝我的屁股狠咬一口时的情况。我知道现在我们必须去应对这种局面。"

"所以,我停止了写作。就像那样,我对所有的人说我的确一个字也没写。我写信告诉马特·达蒙说,我觉得我们彼此都不希望只是搞出一部复仇影片。但是我们现在却正在朝这个方向进发,它似乎也不会有出彩的可能。而且我并不想让玛莉复活。曾经有那么一段时间,我设想自己不应该将她杀了,或许我可以让她回来。但是对此思考得越多,我更感到这样做不会奏效。

"所以我不断地在问自己:'我到底想让贾森·伯恩做些什么?'你知道,这家伙还没付出过什么代价。这可是一个双手沾满鲜血的家伙,正是为了这个他才不断地东逃西窜,而且一直都能轻易逃脱。你是否真的能够在某天早上醒来并且说:'嗨,我已经不记得我是谁了,不过我很喜欢有个全新的自我,并希望自己是一个好人?'在开头的阶段,他并没有正面应对那些纠葛,这就是为什么他总是在四处查看,始终感到自己必须不断地逃命。这就是为什么他是如此的惊恐不定。为此他失去了玛莉。所有这些事情接连不断地在萦绕着他,因为他从来不曾直面:自己究竟错在哪里——而且在他最终自己了结此事之前,他将永无宁日。

"就在这时我认识到这部影片的内容其实应该是有关赎罪的。我怎样去找到一个特殊的事件使他得以弥补罪过呢?某种强而有力的激发事件。

所以我考虑：他应该向谁谢罪呢？也正在这时我头脑中涌现了奈斯基在柏林被杀害的事件。伯恩原本只是想杀死这位父亲，但是当母亲出乎预料地出现时，他不得不也将她杀了。然后，为了掩盖自己的罪行，他将现场收拾得看上去似乎是母亲枪杀了父亲然后自杀的样子。而在世界的某个角落，有个孩子由于伯恩的行为，从此失去了父母而成了孤儿。"

在对剧本进行研究时，我反复考虑了这个问题，我开始认识到这个主题性的视角驱动了整个电影剧本的叙事线。它是基础性的关键事件（在柏林杀害奈斯基），现在被融入整部影片中。一旦这个关键事件被确定了下来，它就成了构筑和固置整部影片其余元素的结构要点。在影片的结尾，伯恩前往莫斯科去向奈斯基的女儿谢罪，以此来为自己的罪行忏悔。

在这里，吉尔罗伊说他不得不制造一些区别：首先，"踏脚石"小组和美国中央情报局暗杀组织就像"战士，而且他们的任务具体而明确。这就是区别所在。那些'踏脚石'小组暗杀的对象同样也是某类或别的组织的'战士'。但是奈斯基的妻子却是无辜的牺牲品，原先并没有想到她会在那里出现。但是伯恩的临场应变措施——谋杀和自杀假象——为这个悲惨事件添加了另一个全新的维度。"吉尔罗伊继续说道，"我认识一些自杀身亡者的孩子，那些阴影将永远地跟随着他们。毫无疑问，这个世界上有好多人需要获得像贾森·伯恩这类人的谢罪，但是我创作奈斯基这个人物的出发点，是因为我想通过此类赎罪来唤起某种期待的可能性，从而引发真心忏悔的行为。毕竟，仅仅说句'我很抱歉'是远远不够的。

"我想让他实实在在地'付出'点东西，所以这并不仅仅是为了赎罪的自我拯救。而且伯恩知道如果能够找到被害夫妇的女儿，他至少能够让一件事情变得更好。而当我意识到这点时，我立即跳到结尾部分并且勾勒出最后的场景，这些内容涌现得非常非常快。它似乎从最开始就得到了落实。我知道自己已经获得了最主要的地标来引导故事向前发展。而这正是在整部影片展开之时。"

我问吉尔罗伊，他是如何将柏林事件的段落，构筑进伯恩的记忆中去的。我是通过自己的生活认识到这个的，我曾经有过类似的经历，一些发生在很久很久以前的事情，而且自己对这些事件也没有什么印象，或至多也仅对它有一个模糊的感性形象。然而，有一天，我发现自己处于某种似曾相识的情形之中，而且突然回想起在那个特别的时刻和地方所发生的事件的细微的记忆碎片。记忆能够唤起某种被深深埋藏的东西，激发它们的既可以是一段情景、一句对白、或者甚至是一片留在杯底的茶叶，就如同马塞尔·普鲁斯特（Marcel Proust）在《追忆似水年华》中所描述的那样。

杀害奈斯基和他的妻子事件是故事线的基础。正是这段探索的历程将整部影片结为一体。它是源泉，是故事线的轴心，由此才引发出所有的其他元素。一旦吉尔罗伊弄清楚这点，然后他就着手将这个关键事件的某些片段，借助伯恩的回忆植入到整部影片之中。这就是记忆碎片的段落，作为开篇戏对于《谍影重重2》是如此重要的原因。

它是以一个梦境开场的：在一辆车内，雨水打在汽车的挡风玻璃上，挡风玻璃上刮雨器刮刷的声音透过了车窗，一束朦胧的黄色灯光从旅馆照射到了大街上，压抑的声音，残缺的画面。我们通过一个伴随着尖叫声的梦境看到了这未被展开的突兀的画面，似乎刚好恢复到清醒状态。

伯恩一惊而起并且试图清醒自己的头脑。他尝试着回忆但不成功。玛莉想要安慰他，但是也不奏效。我们是在印度的果阿市。然后，我们接切到柏林。夜。一起闯入事件。当我们看到两个男人闯入一间办公室，并且在地下室布置塑料炸弹时，我们无法确切地知道发生了什么事情。灯光熄灭。枪械交火。而在帕米拉·兰迪领导的中央情报局弗吉尼亚州兰利的总部内，则乱成一团。

我们再切回到果阿。玛莉正在趁机迅速翻看伯恩的日记。这是一个很好的手法，用来向我们显示我们对伯恩知之甚少的有关情况。随着伯恩手写标记的街道、城市，及各种信息片段，一个醒目的词条："我是谁？"跳出来，这就是《谍影重重2》有关的全部内容。

伯恩结束了他沿着果阿沙滩的跑步，而且我们目睹了一个俄国人柯里尔（卡尔·厄本饰）抵达果阿，他正在追杀伯恩。与此同时伯恩和"踏脚石"的名字突然出现在中央情报局里，帕米拉·兰迪正在发出指令要搞清楚正在发生什么事情——毕竟，有两个她手下的特工被杀了。回到果阿这边，柯里尔盯上了伯恩，而疯狂的追杀接踵而来，最终导致了玛莉的死亡。这个事件将我们引导到第一幕结尾处的情节点。

伯恩决定要去弄清楚到底发生了什么,以及在幕后指使的人是谁。在这个时刻,似乎表明这将会是一部复仇影片。伯恩将玛莉的回忆埋在心底并动身出发到那不勒斯,决心要搞清是谁以及到底是为了什么缘故导致了这些事情的发生。他被阻挠、被审讯,后又逃脱,他知道了"踏脚石"的身份,而且在慕尼黑事件之后,他来到了柏林,在这里他才真正地与帕米拉·兰迪进行"正面交锋"。这是影片的中间点。

在第二幕的后半部分,他发现了是艾伯特(布莱恩·考克斯饰)负责策划了将伯恩的指纹留在柏林谋杀案的现场。在第二部的末尾,艾伯特供认了罪行并自杀身亡之后,就只有一件事情留待伯恩去完成。他要为自己的行为承担责任,为此他搭乘列车启程到莫斯科去寻找奈斯基的女儿。赎罪的时刻来到了。在莫斯科街道上的一段惊心动魄的汽车追逐场面之后,伯恩最终找到了他要寻找的那位年轻姑娘,请求她的宽恕,然后返身离去。

这就是影片的结构。精炼、整洁,并且紧凑,运用一个基础性的主题将时间和记忆的元素结合到一部快节奏的动作影片的情境脉络之中。这是一部杰出的影片,是一部将电影剧作的技艺向前推进和发展进化的伟大的榜样之作。

将这部影片紧密地结合在一起的是两个事件:一个是作为激发事件:玛莉的死亡。另一个是作为关键事件:伯恩发现了在柏林所发生的事情,以及自己在其中扮演的角色。在柏林发生的事件是这个剧本的潜在性基础。"一旦我想出了在柏林所发生的事件这个场景,此后我就开始了每天工作,着手进行写作。"托尼·吉尔罗伊这么说,而从那里开始,就可以顺着趋势并运用电影技巧和视觉敏锐,将时间和记忆融合进故事线之内。

"当我弄清楚那个事件是什么时,我考虑的东西就非常实际了。是什么样的暗杀行动使得伯恩必须寻求某种形式的赎罪呢?以及是什么样的暗杀行动使得一个人如此地与众不同呢?这些就是我必须向自己提出的问题,而且很快地作出了解答。这就是伯恩的第一个暗杀行为,而且对此根本没有留下任何记录。除了艾伯特和克里斯·库珀扮演的那个人物,没有人知道任何有关这方面的情况。

"出于直觉,我认识到自己利用了两件事情,它们实际上成了这部影片的试金石。第一件事情是:有孩子的存在,而他们就构成了一个强大的母题并贯穿了两部影片。在《谍影重重》里,那个非洲独裁者让自己的孩子和他一起待在游艇上,而在后来,当玛莉和伯恩在逃亡途中,他们在农庄看到了孩子们。每当孩子出现的时候,似乎表明在影片里,他们拥有巨大的力量。我想这个母题仍然会十分突出地反映在《谍影重重3》里。

"第二件事情是:在影片开头我就让玛莉死了。这不是很像杀害奈斯基太太吗?她不也是一个受害者吗?她不就是一个无辜的牺牲品吗?而这些使我认识到事情正在奏效,它们全都被紧紧地连接在了一起,而我倒是没有刻意这么去做。一部影片里的每一秒钟都是十分宝贵的,哪怕是无关紧要的一微秒也不会存在。每件事都被赋予了某种意义。这里面所有的闪回,是由于他试图恢复他的思想,知道他是谁。"

伟大的电影剧作家瓦尔度·绍特总是将闪回称之为"闪现"(flashpresent)——闪(映)现(在),因为人物只能是在现在的时间里存在,是在一个特定的情境里存在,而且是在现在这个环境之内的某件事触发了一段过去的记忆。吉尔罗伊表示认同并作出补充说:"我们并不打算在《谍影重重》里运用任何形式的闪回。我们曾经尝试着在整部影片里不出现一个闪回的镜头。所以当我在《谍影重重2》里想出这个关键事件时,我想它的形式和意义将不仅仅是一种闪回。与闪回相反,我是想借助于它来让过去和现在全都在具体行动中发生相互碰撞。我接下来要写一部片名是《热泪伤痕》的影片,在那里我将有机会尝试运用各种类型的闪回技巧,所以在这里,我暂且将它放在一边。在写作的过程中,我试图寻找一种方法能将每个闪回以书面的形式表现出来,所以我着手将它们用斜体字书写。"我告诉他,我在初次阅读这个剧本时就注意到了这点,而且它也给我留下了非常深刻的印象。他将它称为他的"接切"(cut to)式文体。大约在剧情发展到第二幕的一半,这时伯恩劫持了妮可(朱丽娅·斯蒂尔斯饰),以便能获取有关"踏脚石"的信息以及弄清他们为什么要跟踪自己,他将枪口抵在妮可的脑袋上,"几乎就要扣动扳机——突然间——闪回!一个女人——记忆残片——一个女人的面部——逐渐退去——祈求——向我们祈求——对着镜头祈求——为了她在俄罗斯的命运而恳求——这种模糊呈现的绝望和惊恐——害怕——太快了——太恐怖了"然后,我们切回到现在,这里我们"急速回到伯恩身上——迟疑——后退——对突然涌入他脑海中的画面猝不及防,感到不知所措,"我们接切到下一个场景,这是在一座房子的内部,是电影开始时的谋杀事件发生的地点。阅读《谍影重重2》的剧本令人惊叹不已,它运转得快如闪电。

这就向我们提出了一个问题:在什么情况下可以在电影剧本里运用闪回。在我遍及全球的编剧讲习班和培训课程中经常听到这样的提问:它在什么时候和什么情况下会发挥最大的效果?

闪回是一种工具,或策略,电影编剧们借助它来向读者和观众传达视觉化了的信息,任何其他手段,都无法使他(她)将这些内容在电影剧本里表达出来。闪回的目的非常简单:它是一种技巧和手法,用来将时间、地点和动作联结起来去揭示有关人物的信息或是去推动故事向前发展。

很多时候,一个作者随意地将一个闪回运用在电影剧本里,因为他(她)不知道用其他方法来推动故事向前发展。有时,对于有关主要人物的某些东西,电影编剧断定通过展示它们一定要比借助对白要好,而在这种情况下,闪回只是将注意力引到了自身并且显得勉强突兀。这样做并不能起作用。

将闪回看作是一种工具,能用它来揭示有关人物或故事的信息,而这些信息是你无法用其他方式来揭示的。它能够揭示情感方面和身体方面的信息。它能够表现思想、记忆或者梦境,就像在柏林所发生的那样,当时伯恩正在试图回忆,或是像《普通人》里的溺水事件,或是在《英国病人》里奥尔马希的片片追忆,或是像《冷山》里的英曼在回忆时那样。

闪回实际上不是构筑故事而是塑造人物的一项功能。正如前面已经提到过,瓦尔度·绍特认为一个闪回应该被看做是某种"闪现",因为我们看到的是人物在现在时刻里所思所感的视觉性的画面,无论它是一段记忆、幻想、事件,或任何能够说明一个人物的观点的东西。《谍影重重2》可以作为这方面研究的理想样板。我们在闪回里所看到的正是通过人物双眼所看到的东西,所以我们之所见也就是他(她)在现在时刻之所见、所想或所感。这就是在《谍影重重2》里所发生的——大多数的情节是发生在现在,并伴随着伯恩试图在他的过去生活中追索和追忆某些记忆。闪回就是我们所看到的有关人物现在的所想和所感的任何内容,无论它是一个想法、梦想、记忆或幻想,因为时间是没有限制或极限的。在主要人物的心中是没有时间限制的,而闪回的内容可以是在过去和现在,甚至将来的某个特殊的时刻。

这就将我们带回到这样一个问题上:什么时候适宜于运用或者不宜用闪回?

当然,在这方面是不会有具体"规则"存在的。这完全取决于你是否将闪回设计成为是故事的一个不可缺少的组成部分,就像《非常嫌疑犯》、《记忆碎片》、《特工狂花》(*The Long Kiss Goodnight*,1996,沙恩·布莱克编剧)、《生死豪情》、《英国病人》、《普通人》以及《谍影重重2》。或者,你可以展现一个事件的发生以及它是怎样发生的。请记住,一个闪回要么是推动故事向前发展,要么就是揭示人物的有关信息。

要牢记电影剧本是利用画面来讲述故事的。对白只能作为那些视觉性信息的辅助工具,这些信息推动了故事向前发展或是揭示了人物的有关信息,它们与闪回具有相同的目的。假设你想展示某个作用于你的人物的事件,而且你打算将它结合进剧本之中。为此,你查看了场景并且发现一个很好的可以引入闪回的转切点,自然就从这个场景的中间迅速地切入了想要插入的闪回。

在《谍影重重2》的实例里,到底是什么使得这部影片运作得如此完美?因为伯恩处于罹患失忆症的情况下,他试图记起他是谁以及在柏林发生了什么事情。这是一个神秘事件,所以我们与他一同了解到情况,对作用在他身上的力量一同作出反击或反应,这都是在现在时刻进行的。

你可以有无数个理由来运用闪回,但是它最基本的目的是为了联结事件和地点并且去揭示影响着人物的一个往日的情感上或身体上的矛盾冲突。有时,它能够对人物的行为作出深刻的洞悉和解释,或者解决一段过往的疑案,就像约翰·塞尔斯编剧的《小镇疑云》(*Lone Star*,1996)那样。

有时一个闪回可以极为有效地将一个想法、期待或白日梦用视觉表现出来——记得在《真实的谎言》(*True Lies*,1994,詹姆斯·卡梅隆编剧)里的一个场景吗？其中哈里·塔斯克尔(阿诺·施瓦辛格饰)正驾驶着一辆克尔维特牌跑车,与他同行的是个二手汽车商人,哈里认为此人与自己的妻子有染,从而用拳重击那人的鼻子。其实这只是一个白日梦。这是一种绝妙的轻触。你也可以运用闪回来显示一个事件是如何以及为何发生的,或许还可以运用闪进来反映一个在不久的将来也许会或不会发生的事件。有好多种可以用来将闪回融合进你的剧本中以及使它奏效的方法。

如果你决定采用一个闪回,就从"闪现"的角度对其进行思考,问一下你自己你的人物是在现在时刻进行思想或感受吗?假如你能进入你人物的头脑中,并且发现某些反映现在时刻的思想、记忆或事件,尝试着去展示它是怎样影响你的人物的。这种方法对你而言是最有益处的。如果需要,可以进入你人物的人生轨迹(参见第七章)并看看你能从中找到些什么。

有些影片将闪回以一种书档的形式结合进它们的故事主线中,其含义是以一个现在的事件或事变来作为剧本的开篇,然后闪回到故事的开始,最后以现在时刻让它结束。这样的效果会是很出彩的。请看一看影片:《廊桥遗梦》、《日落大道》、《安妮·霍尔》、《公民凯恩》和《低俗小说》。

一旦你完成了你电影剧本的准备工作,然后你就可以决定你想怎样来写它,无论以线性或是以非线性的叙事方式。

这样就将我们带到了电影剧本的实际写作阶段。

Part 2

写作电影剧本

《一球成名》（*Goal !*, 2005）

Chapter 9
构筑第一幕

STRUCTURING ACT I

霍华德："这不是终点线，我的朋友，这是比赛的开始。将来才是终点线……"

——《奔腾年代》

写作最难的事情就是知晓要写什么。接下去的难点就是找出最佳的方法去写它。

这就是剧本创作进程的下一个步骤。我们将会领悟到，空白的稿纸不仅是新旅程的起点，而且也是一个旅程的终点。我们已经从为写作剧本而作必要的预备性工作，到达了实际准备好着手写作剧本的阶段。

到目前为止，我们已经由一个三句话长的想法，进一步将它扩展为着重强调戏剧性结构的一个四页的剧本阐述。我们已经确定了结尾、开场、情节点Ⅰ和情节点Ⅱ。我们已经写就了人物传记，界定了我们的主要人物的戏剧性需求，决定了他（她）的观点和态度，以及在其人生轨迹中是否有过或经历过某种情感方面的转变。我们已经做了与主题以及他（她）所身处的历史时期相关所需的调查。

那么，下面该做些什么呢？剧本创作进程的下一个步骤该是什么？

构筑第一幕。

　　既然故事的叙事线已经成形,我们可以着手安排故事内容了。第一幕是戏剧性行为的一个单元,一个组块。它从第一页开始,一直发展到第一幕结尾处的情节点。它大约三十页长,并由被称之为建置的戏剧性脉络所紧密相连。我们需要建置我们的故事,介绍我们的主要人物,确立他们间的相互关系,设置戏剧性前提,也就是这个故事是关于什么的。切记,情境脉络就是可以妥帖地容纳一些东西的空间,就像一个玻璃杯将内容妥帖地容纳于其内部空间,情境脉络不会改变,只是内容会有变动。

　　第一幕将这些内容——主要人物、对白、地点、场景、段落——作了适当的安排。通过第一幕这个戏剧性行为单元中的所有这些元素,我们建置了故事:包括人物、情境、戏剧性前提。这就是为何第一幕是如此的重要;所有这些都涉及到创建你的故事和人物。正是这个通过戏剧性行为单元,将我们从开场带领到第一幕结尾处的情节点。这既是一个整体也是一个部分,所以你必须小心谨慎地对它进行"设计"。

　　亚里士多德曾经谈及过戏剧性行为的三个要件:时间、地点和动作。所以这首个行动单元,即第一幕,确立了这个故事是关于什么事和关于什么人的。影片《奔腾年代》就是个很好的例子。我们通过一个真实故事里的四个人物,他们深受所处的时代——二十世纪三十年代美国的经济大萧条——的影响。他们团结成一个团队共同奋斗,创造了一个激励了整个国家的传奇。编剧兼导演加里·罗斯(Gary Ross)的第一件事,就是必须确定故事发生的时间。影片开始于T型福特车的一个镜头,以及汽车将很快彻底变革美国的文化和伦理规范的预言。以下引述的是剧本的开场描述和旁白:

> 淡入:
>
> 　一辆T型福特车。
>
> 　　与其说是一辆车倒不如说是一个象征符号。越过凝滞、粗糙的黑白画面,我们听到的叙述声已经变成了我们的历史……
>
> 讲述人
>
> 　　人们将它称之为人人的汽车。福特先生本人把它叫做,"普及车"它功能齐备且操作简单,就像你的缝纫机或是你的铸铁炉

> 子……在历史上这是第一次：一个工人不再需要自己去拿零
> 件——零件自己来到了他的身边；一个工人不再需要装配整
> 台汽车，而他只需装配防撞器……或者排档变速器……或者
> 车门把手……，当然，真正的发明并不在汽车本身——而是建
> 立起来的组装线。很快地，其他行业也借用了相同的技术：女
> 裁缝成了缝纽扣的……家具师父成了做把手的……那是人们
> 的想象力全都在同一个年代开始与结束。

在一个场景里，通过讲述人的画外音和静止、陈旧的照片，以及新闻影片，我们概略地了解了故事的年代、地点和境况，以及对汽车工业远景的展望。它提供了故事的背景和戏剧性情境，并且形成了一个将会改变一个国家的某种力量，这样也为故事搭建了一个舞台。

这些都是在电影剧本开篇的最初几页里建立起来的。你或许会认为《奔腾年代》是一个真实的历史故事，而不是虚构的小说，为此它没有按照小说的规律来叙事。不仅如此。如果你看一下由劳伦斯·卡斯丹（Lawrence Kasdan）编导的《体热》开篇的那几页，第一页上的那些描述性词语就将整部影片建立了起来："在夜空中燃情。"纳德·拉辛（威廉·赫特饰）被塑造成一位漫不经心、虚有其表、不称职的律师，他只想着一夜暴富。在最前面的十页里，他邂逅了麦蒂·沃克（凯瑟琳·特纳饰），然后我们看到他在寻找她，并在最后找到了她。他们在一起喝了一杯，然后她同意让他一同回到她的住处（她坚持认为不会发生任何事情）去欣赏"她搜集的风铃"。

他们两之间的性能量非常强烈，让人可感可触，但是在要离去的时候，他踌躇、迟疑、极不情愿。他想得到她。他走向自己的车然后停下来盯看着麦蒂，透过宽大的前门玻璃她清晰可及。音乐逐增渐强，强烈的淫欲在他体内快速扩散，而且无法抑制。他猛然穿过被砸开的玻璃门，一把将她搂在怀里，随即与她在地板上疯狂地做爱。

第一幕的整个单元都是通过人物的行为建立起来的：他们的邂逅，他追寻到了她，他们一起喝了一杯、回到她的住所欣赏她的风铃，而在第一幕结尾处的情节点就是他们的做爱。第一幕是一个大约长达二三十页的戏剧性

行为单元。

　　劳伦斯·卡斯丹是《体热》的编剧兼导演,他从剧本最开头的词语就将故事建立起来。《体热》的故事是关于淫欲、性爱和色诱,而所有这些就将人物和故事在第一幕里都建立,或建置了起来。

　　当你着手构筑第一幕时,你所要做的第一件事情就是建立戏剧性的情境脉络。你将要建置人物,戏剧性前提和情境。主要人物是谁,你的故事是关于什么的,以及是个什么样的情境和周围环境? 你将在这里设立一个方向,一条从开篇镜头直到情节点 I 的故事发展线。

　　《安妮·霍尔》是这方面很好的一个榜样。当剧本开始时,艾尔维·辛格(伍迪·艾伦饰)面对镜头站着进行长篇独白。在最后他说道:"安妮和我分手了,而我——我自己对此仍然耿耿于怀。你知道,我——我一直想梳理出点头绪来,在心里拾掇着我们之间关系的点点滴滴,检讨着自己的生活 试图弄明白究竟哪儿出了问题了。你知道,一年以前,我们还……相爱着……"整部影片就是依着这个简短的告白为基础的。什么是"关系的点点滴滴"? 以及究竟是在哪儿"出了问题"? 而我们在影片中所看到的就是对这些问题的回答。

　　你需要为你的故事建置些什么内容呢? 是像在《杯酒人生》里出发去加州圣巴巴拉的葡萄酒乡进行一周的旅游吗? 就像杰克(托马斯·哈登·丘奇饰)那样即将步入婚姻的殿堂吗? 或是需要设置像离婚对迈尔斯(保罗·吉亚玛提饰)的影响那样的事情吗? 像是在《不结婚的女人》里吉尔·克雷伯格扮演的人物的婚姻吗? 像是在《外星人 E.T.》中设置小外星人 E.T.错过了搭载外星飞船回家,现在不得不留在完全陌生的地球上那样情形吗? 你想塑造像《奔腾年代》里查尔斯·霍华德(杰夫·布里吉饰)那样一个意志坚强的人的形象吗? 或是设置类似《指环王》里中土世界的情境脉络,以及甘道夫和霍比特人的形象吗?

　　这完全取决于你想要展示的是什么内容,而且只有在此之后你才能弄清楚怎样去展示它。不过在目前这个阶段,对你来说重要的是对它进行明确地说明和清楚地描述。

　　你将怎样着手构筑第一幕的结构呢?

首先,我们打算采取的方式是将内容固置在第一幕的情境脉络——建置之内。为此我们可以运用几种手法:坐在电脑前用少许的词语来描述每个场景,或者在标准稿纸簿上勾勒各个场景的大纲,或是列出情节条目。我需要特别提出告诫的是不能仅仅罗列一份场景列表,然后依各个场景数字的顺序来写作剧本。或许这种方法对某些人有用,但是我自己则尽力在写作过程中对创意想法和内容保持开放的心态,所以对我来说,那种方式一点儿也不管用。它太过死板而且也没有多少可供调整的余地。

我喜欢灵活机动的写作方式,因为我希望在写作时能够对场景进行随时变更和灵活操控,尤其是在创作过程的这个阶段。所以我运用卡片略述每个场景的梗概,3×5英寸的卡片是较为有效,不过也可以用其他尺寸的卡片。根据我多年的经验,十四张卡片是最有效的,这样你就可以用一张卡片写一个场景(尽管这种说法有点自相矛盾,我们将在后面对此作出解释),从开篇场景或段落直到第一幕结尾出现的情节点Ⅰ,从而使你可以对第一幕的内容进行妥帖的安排。

人们会问:"为什么一定是十四张卡片呢,我不可以用十二或十六张吗?"我的回答是基于我多年的经验——只要让我看看卡片,我就能说出这些素材对这一幕来说是太多了,或者是数量不够。如果一个作者正在进行第一幕的结构安排,而他仅有十三张卡片材料,那么通常会面临缺乏足够的素材的问题。而当你准备了十五张卡片时,通常这对第一幕来说又太多了。十四张卡片正好管用,对于第一幕来说,它是很有效的构筑工具。如果你对我仍存疑问的话,你可以去试一试,看看会有什么情况发生。

现在你已经准备好进行第一幕的结构安排了。还记得"结构"的第一个定义吗?"构筑某种东西,或将某些东西结合在一起",这就是我们现在要做的事情。取一叠3×5英寸的卡片,并在上面写出你已经为你的故事想好的那些场景,每张卡片写一个场景。但不必按时间的前后顺序排列地来写。你的故事是在哪里开场的? 是像在《断背山》里,由你的人物恩尼斯·德尔玛来到招工房那样?或是像《谍影重重2》那样,用一个闪回开场? 假设你想要写一条连续的动作线——或许你想让你的三个主要人物在清晨醒来,如同在《时时刻刻》里那样? 或许,你打算像编剧艾伦·鲍尔在《美国美人》

那样设置你的人物和情境,让莱斯特通过画外音讲述说:"我叫莱斯特·伯哈姆,今年四十二岁而且我将在一年内死去。当然,我现在对此还一无所知。这条是我住的街道……"或许你想通过你的人物在办公室开始一天的工作作为你剧本的开场,也许你想写一个激发事件(那种能启动故事的事件,详见《电影剧本写作基础》第八章)作为你故事的开场,这里你可以展示某项罪行、谋杀或是非法闯入。

在一张 3×5 英寸的卡片上写上开篇场景的想法,不是完整的场景,而仅是关于场景的几个描述性词语。你已经知道了卡片一,也即是开场,以及卡片十四,即情节点 I 的内容了。所以你只需要再有其余的十二张卡片。展开自由联想,将你预先想好的有关第一幕的那些想法放到一边,对它们你不必太在意。每张卡片上只写少许的词语,不必多。很多时候,我的学生将他们的整个场景写满了卡片的正面和背面,而在他们着手写电影剧本时,他们只是将卡片上的东西抄搬到稿纸上。这样出来的东西不会奏效。在写作的这个阶段,你仍然需要对那些在你头脑里突然涌现出的新想法和主意保持一个开放的态度。否则的话,你的创造性进程将会变得太过于自我束缚和挑剔。

然后将下一个场景写在另一张卡片上,同样也不要使用过多的词语。接着是下一张和再下一张卡片。就这样写下去,直到你对自己写好的那些场景和段落感到完满为止。举例来说,假如你的故事是有关一个在巴黎执行采访任务的美国记者,他爱上了一位年轻姑娘并且与之产生了强烈和炙热的爱情关系,后来他在允诺会回来后,就离开巴黎回国了。这样你的第一张卡片读起来或许是"到达巴黎";第二张卡片是"入住旅店,往家里打电话";第三张卡片是"与采访任务的编辑会面";第四张卡片是"简介他的采访对象和任务";第五张卡片是"在接待处与采访对象会见;第六张卡片是"拜访文化部";第七张卡片是"对受访者进行采访";第八张卡片是"遇到了某人并被她吸引",就这么一个场景接着一个场景,一张卡片接着一张卡片地写下去,一直写到第一幕结尾处的情节点 I(第十四张卡片),这时他与那位将会让其坠入情网的"年轻姑娘相遇"。如果你对是否要将某个场景写在卡片上有所疑虑的话,应该将它写下。当有疑问时,最好还是写下来。到最后结束时,你或许会有十张、十二张、十四张,或者是十八张卡片。在这个最初的写作阶段,无论你写了多少张卡片,你都将要对它们进行反复定夺,直到最后你整理出十四张卡片为止。

下一步是将卡片一一铺开来,对从第一个场景直到第一幕结尾处的情节点Ⅰ的场景进行安排。展开自由联想。发生了什么事情?接着会发生什么?然后又发生了什么?这都是些具有魔力的词句,因为它们会在创作过程中不断激发出新的想法和创意。如果需要,你可能想为一些卡片上增加两句对白或者一两个词语,以便为情节的流畅性进行润色。在大多数卡片上的场景里将会有你的主要人物。不要过于详细具体。当你在粗线条地进行情节安排的这个阶段,最好保持某种不确定性和笼统性。所有这些你都可以在十四张卡片里完成。

看一下《杯酒人生》的实例。卡片一:迈尔斯开车去接杰克时迟到了。卡片二:迈尔斯正在开车。卡片三:迈尔斯在杰克的未婚妻家里与他会面。卡片四:在前往圣巴巴拉的高速公路上。卡片五:迈尔斯在和杰克讨论他们的这次旅行。卡片六:杰克在给未婚妻打电话。卡片七:迈尔斯看望母亲。卡片八:他们与母亲共进晚餐。卡片九:迈尔斯从母亲那里拿钱。卡片十:迈尔斯和杰克偷偷离开母亲家。卡片十一:杰克的诉求是去泡妞。卡片十二:到达圣罗萨村。卡片十三:迈尔斯给杰克讲授有关葡萄酒品尝的知识。卡片十四:迈尔斯与玛雅相遇,这就是情节点Ⅰ。

如果你想写一个动作的段落,可简单地写作"追逐段落"、"抢劫段落"、"婚礼段落"、"交火段落",或"角逐段落"。在写作过程的这个阶段,你没有必要比这些写得更多了。

必须竭力抗拒想要将3×5英寸卡片的正反两面写满的诱惑。你无需对场面进行详尽地描述,或者甚至包括写出对白。正如前述,现在还不是着手进行电影剧本写作的时候。当你在操作卡片时,就只需操作卡片。当你进行电影剧本写作时,你就写作电影剧本。一个是苹果,另一个则是橘子。

电影剧本写作是一个过程。它是不断地在发展变化的。不能对它进行严格地界定和僵化地限制。必须保持它的自由、开放和不受限制。

现在进行第一幕卡片的实际操作。进行自由联想,迅速展开你的思想。

你总是可以在随后对它们进行调整。当你写完之后（通常这需要花费数个小时），反反复复地阅读卡片，对词语进行修饰以使在阅读时顺畅地从一个场景过渡到下一个场景。按你的想法对卡片进行修改，如有必要，可以对卡片的顺序进行调整以使故事线有更佳的阅读感。每张卡片都必须能推动故事向前发展，一步接一步，一个场景接着一个场景。

很多时候，人们直接就动手写作剧本的第一个场景，但是却根本不知道他们的发展方向和目标。在大多数情况下，他们甚至不知道他们的人物来自何方或要去往哪里。他们会漫无目的东拉西扯地写上十或十二页，而不知道错在哪里，只是感到它似乎"单调乏味、陈腐老套"并且弄不清到底要去哪里。他们想让这最初的几个场景就这样胡乱地应付过去，并企图能抓住某个方向从而能就此搭上故事线。

避免出现这个潜在问题的方式是创作一个背景故事。背景故事就是在你的故事开始之前的一天、一周或一个钟头，在你的主要人物身上的所发生的事情。

你知道你电影剧本的第一个场景或段落。如果你审视你的开篇场景或段落，在这个场景展开的即刻之前，在你人物的身上发生了什么事情呢？这可以是发生在一小时之前，或者一天、一星期之前。在你人物的身上发生了什么事情，从而将对这第一个场景增添某种情感压力和张力吗？那是些什么事情？对你的人物产生了怎样的影响？看看你是否能将这个已经发生的特殊的偶然事件、插曲或事情讲清楚。这是一起意外事故吗？一场争执？某种类型的突发事件？发生了什么？它是在何时、何地以及如何发生的？而且最重要的是它对你的人物的情感和身体产生了什么样的影响？

我最钟爱的影片的开场是安东尼奥尼的经典之作《蚀》。开篇镜头是在拂晓时分一所公寓较大的起居室里。帷帘低垂，灯还开着。一个男人坐在椅子里，只手托着他的下颚。一个女人（莫尼卡·维蒂饰）站在那里茫然地看着他，然后将头扭开，她就好像已经无法忍受再去多看一眼。沉默寂静，唯有一架小电扇在显眼的地方呼呼作响，不停地来回转动。她神志恍惚地徘徊着，想要说些什么，但却欲言又止，看上去似乎始终是迷茫和绝望的。

在故事开始之前他们之间所进行的交谈即是背景故事。背景故事可以是任何东西,只要具有某种情感性或戏剧性内容都可以。举例来说,背景故事不是诸如准备赴约,或不想开那辆车,或者是你无法与想要见你的人取得联系之类的事情。它并不是关于你的人物打算上商场购买食品杂货。我是在谈论某种对你的人物产生影响的事件、插曲或事情,从而使他(她)在进入那个最初的场景或段落时,能够带着某种情感性或戏剧性的负荷。

我这里有一个背景故事的例子,它是从我自己的人生经历中获取的。很多年以前,我养了一只很好的名叫罗斯的宠物猫。当时它大约已有十七岁了,并且不断遇到某些健康方面的严重问题。一天傍晚,我要出席一个非常重要的晚宴聚会。对这次聚会我已经期待了很久,而且我还有很多重要的事情要借此机会来处理。届时将有制片人,导演和两位故事部门的业务主管出席,我们打算在加州圣摩尼卡一家高级饭店会面。正当我为会见做好了准备时,我听到了一阵强烈的叫声并且发现罗斯呼吸十分困难。我立即意识到它需要接受紧急医治。

我以最快的速度穿好了衣服,抱起罗斯,带它前往急救医院,医院就在去那家饭店途中。我致电那家饭店告诉他们我可能会晚一点儿到那里。当对罗斯的各项检查结束以后,兽医告诉我说罗斯的病情很严重,我必须让它留院接受二十四小时的医疗监护。

我走出了这所动物医院,忐忑不安地急匆匆赶往那家圣摩尼卡饭店去出席宴会。现在,你可以设想,在整个宴会期间我脑海中考虑的是什么事情。

这就是背景故事的威力和效果所在。如果你为你的人物准备了一个背景故事,你就可以从你剧本的最打头的地方,从第一页、第一个词语起就展开故事。背景故事使你能够在文稿的第一个词语开始就直接进入到故事线里。所以,去写一个效果不错的背景故事,并且向你自己提一些基础性的问题。在你故事开始的一天、一个星期或一个小时以前,你主要人物的身上发生了什么事情? 你能描述它吗? 能将它说清楚吗? 在第一个场景里,它将对你的人物产生怎样的情感性或身体方面的影响?

一个效果不错的背景故事能够影响整个电影剧本。请看一下《肖申克的救赎》的开篇场景。

安迪醉醺醺地坐在一辆车内,掏出一把枪试图装入子弹,同时猛喝着一瓶威士忌。他跨出那辆车,然后手里提着枪,摇摇晃晃地向那座房子走去。你认为这会是怎样的一个背景故事呢?或许当时他发现他的妻子正与一位网球教练发生性关系。这是一件对主要人物影响极大的事件,从而建置了启动影片故事的激发事件。他企图将他的妻子及其奸夫一杀了之,而正是这个场景推动了故事的发展运行。

在一个电影剧本里,你必须从第一页、第一个词语起就迅速抓住读者,就像《特伦鲍姆一家》、《黑客帝国》、《指环王》或《体热》那样。你没有时间去寻找第一个场景的内容是关于什么的,你应该知道它的内容是关于什么。

因为如果连你都不知道,那还有谁会知道呢?

背景故事将会帮助你从淡入开始就进入到你的剧本故事中。它会迅速地激发出一股强烈的戏剧性或喜剧性的张力。那么,在故事开始的一天,一个星期或一个小时之前,在你的人物身上发生了什么事情?在故事开始的时候,在你的人物身上发挥作用的是个什么样的事件、插曲或事情?

假设你的剧本是以你的主要人物在星期一的早上到达工作场所而开场的。这个背景故事或许是在星期五的下午,你的人物到他(她)的老板那里要求增加薪酬并且被老板回绝。

你的人物回到家中而且在整个周末期间都感到不痛快。你可以想象在故事开始之前你人物的想法和感受是什么。然后就以你的主要人物在星期一的早上到达工作场所来开始你的剧本。设想她正从电梯里走出来:她心灰意懒、双唇紧闭,还是轻松诙谐、满不在乎?或者她穿着很酷而且举止潇洒,显示出她与同事们关系融洽,所有的一切都不错,但是这只是一种表面现象,因为在假相的后面隐藏着愤恨、不满,以及看不起自己的情绪在不停地翻涌。而且随着故事线的进展,说不准在什么地方它们就会迸发出来。

这就是一个出色的背景故事的力量。它能使你在第一页,第一个词语起就进入到情节中。通过这种方式,你懂得了开篇场景的目的,你也无需再去"寻找"它,无需再去弄清一开场即会发生什么事情。这种开篇场景或段落似乎永远是最最难写的部分。知道你的背景故事可以帮助你从电影剧本最最前面的一页起就获取最大的戏剧性效果。

一次,我的一位学生正在写一个有关一位舞台剧导演故事,这位导演在为她的首个非百老汇的戏剧作品做准备。我的学生在如何确定她的人物的情感状态方面遇到了麻烦，而且她也不知道从哪里和怎样着手开始她的故事。她应该用一个彩排或首演之夜来开场吗？每一次在她构思出一个开场方案后，都感到它冗长唠叨，过于说明解释，并且充满了不必要的对白和毫无意义的冲突。

她被搞得不知所措，一筹莫展。我建议她去写一个背景故事并且包括某些这位主要人物的婚姻状况的内容，这些东西或许会对剧本里的那出戏剧的内容产生影响。当我问起她的人物正在执导的那部戏剧的内容是关于什么时，她说她不知道。好了，我说，如果连她自己都不知道，那还有谁会知道呢？

这样她就回到家里并开始写一篇人物短文，内容是关于主要人物和她丈夫的关系——他们是在哪里相遇的，他们结婚有多久了，以及在故事开始时对主要人物产生作用的那些情感性力量。然后她着手写了一个背景故事，它实际上就展开了整个剧本的故事。她在她的背景故事里所"发现"的东西是：婚姻关系出了麻烦，因为主要人物的丈夫想要生一个孩子，但是她还没有为走到这一步做好准备。她的事业刚有起色而且她也害怕会失去这个机会。当机会来临让她来执导这部非百老汇的戏剧时，她就全身心地投入其中。她的丈夫变得妒忌猜疑和愤恨不满，这样在这位主要人物与她的丈夫之间的鸿沟就逐渐扩大了。

这个背景故事大约发生在戏剧首演的一个星期之前（首演之夜是情节点Ⅰ），此时这位导演感到戏剧不会成功。紧张和挫败感导致她与丈夫为了有关希望生一个孩子的事进行了"又一场争吵"，而这事就发生在举行彩排之前的最后一个星期。愤怒和心烦意乱使得她气冲冲地离开公寓并直接开车冲上了高速公路。正当她驶向非闹市区时，她的思绪忽然开朗，认识到为什么这部戏剧没有出效果，并且懂得了她应该作出怎样的修改。她立即直奔剧场去和彩排的演员们面谈。

这就是背景故事。现在，我的学生是以她的那位主要人物驶离高速公路，并且带着一个刚刚获得的新见解直奔彩排现场作为她的电影剧本的开场的。

　　这个背景故事使她能在伴随着某种强烈的戏剧性张力的情形下展开她的电影剧本。这样她就能够从开篇镜头就直接"跳"进她的故事线，而且也不再需要在剧本的前面几个场景里为她的故事探路。她经历了从对怎样让自己的故事开场一筹莫展并怏怏而归，到明确地懂得了她应该做些什么才能获得一个戏剧性、视觉性和有效的开场。

　　如果你的电影剧本里面有一部"戏中戏"，比如一出广播剧，一部肥皂剧，一出戏剧或一部电影，你就必须能够仅用几句话就将这出"戏中戏"的戏剧性前提描述清楚。那样，你才能够将一个推进性的"戏中戏"故事组织结构到你剧本的故事里，并对主要人物的戏剧性需求产生情感上的影响。假如你正在写的是一部非线性结构的电影剧本，就像《英国病人》或《时时刻刻》那样，那么这一点就特别地重要。在《英国病人》里，你有两个故事同时在推动影片向前发展：一个是发生在过去的故事，在奥尔马希（拉尔夫·费因斯饰）和凯瑟琳（克里斯汀·斯科特·托马斯饰）之间发生的爱情故事；另一个是发生在现在，这时奥尔马希已经严重受伤并且被绷带严实地包裹着。两个故事各自都采用了线性结构，从开场发展到结尾，它们的各个部分被相互交织地编排进了一条连续不断的叙事线中。

　　这就说明了背景故事是怎样帮助你设计第一个场景或段落的，以便你能在第一页起就展开你的电影剧本。在你故事开始的一天，一个星期或一个小时之前，你的人物身上发生了什么事情？请记住，你仅能用大约十页的篇幅来拽住你的读者。

　　有时你或许会发现你非常喜欢自己的背景故事，你甚至想用它作为你电影剧本的开篇。这很好，如果你决定这样做的话，你仍然需要去写另一个背景故事来引领你新的开场，以赋予这个开场一个强有力的戏剧性张力。的确有这样的事情，当一个作者写了一个背景故事，很喜欢它，然后作者为此而写了另一个背景故事，对此作者也很喜欢，就这样又写了另一个背景故事。很快，剧本最初的开场变成了第一幕结尾处的情节点Ⅰ。如果此类情况发生了，那就顺其自然吧。剧本的结构具有很强的柔韧性，它就像在风中的一棵树那样，它会弯曲但绝不会折断。

　　所以，如果发生这样的情况，而且你决定采用那个或那些曾经的背景故事来作为你剧本的开场,那就只需再另写一个背景故事,以使你总是清楚了解你的人物是出自何方。演员们一直都是这么做的,每当一个演员进入一个场景以前,他必须知道他是从哪里来的,这个场景的目的是什么,以及在这个场景结束时他要去哪里。这是一个极好的准备工作。

你也要以相同的方式来写背景故事。

有些时候背景故事会成为电影剧本的一个组成部分,有时则不会。这取决于每个剧本各自的内在特性。

练习

第一幕是一个戏剧性行为的单元,它的长度大约在二十至三十页之间,并且由一个被称为建置的戏剧性情境脉络所结合在一起。请记住,你正在建置你的故事、你的人物,以及这些人物之间的相互关系。

然后,借助于十四张 3×5 英寸的卡片来组织结构第一幕的情节。

你已经知道了开篇场景或段落,以及在第一幕结尾处的情节点Ⅰ,所以你就知道了第一张卡片和第十四张卡片的内容。从你的故事的开篇开始,通过情节的推动一直发展到第一幕结尾处的情节点Ⅰ。进行自由联想。你知道你要去哪里,所以你所要做的全部事情就是直奔目标。通过卡片来安排你的故事线,每个场景或段落用一张卡片,在每张卡片上不要用太多的词语。在你完成了卡片的工作后,一遍一遍地反复阅读这些卡片,非到"万不得已",不要进行任何改动。然后,根据你的意愿,这里那里地修改某个词语,以使这些卡片读起来流畅和简洁。对故事线进行广义和总体性的描述。

在你做完了卡片工作后,把背景故事写出来。记住,它将对剧本前十页的情节产生影响。查看你的开篇场景。它是在什么地方发生的? 对它进行清楚地描述和具体地说明。

在剧本故事开始的时候,你的人物是从哪里来的? 在故事开始的一天,一个星期或一个小时之前,在他(她)的身上发生了什么事情?

　　进行自由联想。充分地将它展开，不要顾及语法、标点或任何你可能会有的构思。你或许还要依照开场，中段和结尾对背景故事进行安排，甚至为了使背景故事有种舒服自在的感觉，你或许还要写一篇人物的短文。任何觉得必须要做的事情都要做，因为如果你都不知道自己的故事，还有谁会知道呢？背景故事一般只需写上几页即可，不过如果你需要更多页的话也无不可。它的长短是无关紧要的。背景故事是电影剧本写作过程中的一个工具，是借以引导出一个戏剧性和强有力的开场的许多工具中的一种。

Chapter 10

剧本的前十页

> 马尔雷太太（假冒的）："我的丈夫，我确信，看上了另一个女人。"
>
> ——《唐人街》

　　在我作为希尼莫比尔影业系统故事部门的负责人的那两年或更长的一段时期里，我阅读了超过两千多份的电影剧本和近百部小说。我阅读了太多我并不看好的东西。在我的桌面上总是堆有大量的剧本，而且无论我的阅读速度有多快，后面总还是会有七十份剧本在等我。每当我认为自己赶上了进度时，我的老板就会走进来并告诉我说有一批新剧本正在送来，因此如果我不希望落得太后面的话，我"最好要赶紧"了。这就意味着在接下来的几天里，我准保会收到一百份剧本。

　　我会寻找任何借口以逃避去阅读一份剧本。如果送来的一份剧本附有一页剧情梗概的话，我就会只去读这页剧情梗概。如果哪位作者给我讲了他（她）递交上来的剧本的故事内容，那么我就会看最前面的几页，中间的一二页和最后的三页。如果我喜欢它的故事线、故事情境和叙述方式的话，我才会去阅读整个剧本。如果我不喜欢它，我就将它扔进退稿文堆里——实际上就是废纸篓里。如果那天我的午餐吃得太多，或喝得过头了，我就会仰靠在椅子上，阅读最前面的几页，将它搁在大腿上，然后关了电话机小睡十分钟至一刻钟。

我的工作，正如我经常提及的那样，就是"寻找素材"。然而大多数我读到的剧本都不尽如意。它们要么是模仿其他影片或老的电视连续剧，要么最初的创意只是简陋的单条线，这就意味着整部影片只讲了一件事情——就如同最近的《老大靠边闪》(*Analyze This*, 1999, 彼得·托兰、哈罗德·雷米斯和肯尼斯·罗纳根编剧)，影片内容仅仅是在精神病医生诊所里所发生的事情，以及人物的反应性行动。或者像是《四个婚礼和一个葬礼》(*Four Weddings and a Funeral*, 1994, 理查德·柯蒂斯编剧)，影片讲的只不过就是聪明和讨巧的"小伙遇到姑娘"的故事。多半情况下，剧本总是显得单薄，虚弱和不可信，而且似乎都是些我以前看到过的东西。这还都是些"不错的东西"，其他的剧本则简直写得糟糕透顶。

我开始仔细回味让·雷诺阿多年以前对我的教诲：写作电影剧本是一门手艺，有时甚至可以将它认作是一门艺术。要写好一个电影剧本，你必须通过画面来讲述故事，而不是运用词语。据我所知，电影剧本的创作艺术真谛就在于探求"此处无声胜有声"的境界。

在我阅读的那些超过两千份的电影剧本里面，我仅仅找到了四十份剧本值得推荐给我们的投资伙伴，它们可能值得投拍。为什么会这么少？作为一个以电影剧本写作为职业的作家，我很想知道究竟是什么原因使得这些剧本要好于我读过的其余剧本。

在随后的几年里，我目睹了影业公司和制片人将好多我发现的剧本拿去，然后将它们投拍成电影。在我选出的这四十个剧本里，其中有三十七部最终得以拍成了电影，其中不乏一些经典影片，像《教父》，《美国风情画》(*American Graffti*, 1973, 乔治·卢卡斯编剧)，《猛虎过山》(*Jeremiah Johnson*, 1972, 约翰·米利厄斯、爱德华·安哈特、戴维·瑞福尔编剧)，《再见爱丽丝》(*Alice Doesn't Live Here Anymore*, 1974, 罗伯特·吉赛尔编剧)，《黑狮震雄风》(*The Wind and the Lion*, 1975, 约翰·米利厄斯编剧)和《出租车司机》(*Taxi Driver*, 1976, 保罗·施拉德编剧)等，除此以外还有好多。

究竟是什么原因使得这四十份电影剧本要好过我读过的另外那一千九百六十份剧本呢？我开始着手研究这些剧本，这样迅速提升了我自己对电影剧本创作的特性和技艺的认识和理解。不久以后,我开始将某些风格特点归类成为独特具体的类型:动作—冒险、浪漫喜剧、科幻虚构、剧情类、神秘悬疑和侦探类影片,而且我着手探索是什么原因使得它们会物以类聚。我开始理解了段落的动力学原理,段落就是由一个单一的主题所连接的一系列场景,而且它具有明确的开场、中段和结尾。

当我还处在观察研究阶段的时候,我有幸获得机会去给舍伍德奥克斯实验学院开讲一个电影编剧课程,在此之前我从未想过教授任何此类的教学班,而且在我的记忆里我对自己的老师也不敢恭维。唯一能作为我的出色榜样的教师是让·雷诺阿,以及六七十年代我在加州伯克利分校的英语教授,正是他们这样的教师激发了我学习的积极性。我还记起来雷诺阿曾经给过我的一些教诲:优秀的教师是那些能够教会学生认清事物之间联系的人。我能够做到这样吗?我想要这么做吗?而最大的问题是我要教授些什么以及我将如何着手去做。我认识到,我唯一能做的就是从我自己的写作和阅读经历入手,并将我对有关电影编剧艺术的观察认识和大家分享。

作为一个阅读者,我想找到什么呢?首先,我注意到了写作风格——它是否积极主动,用现在时态写作,并运用精炼的文笔和视觉性的描述。这种风格应该从第一个词语,第一页起就必须确立。举例来说,这里有一段关于一座废弃建筑的简短描述,它演示了一种有力量的、积极主动和视觉感强的风格:"刺眼的阳光从铁皮屋顶锈蚀的破洞中穿透而入。污浊的地面已被掘过,一个敷设了塑料薄膜的深坑业已经过挖掘。边上有一个打开的军用手提箱。"如此视觉性的描述迅速攫取了我的注意力。

作为一个阅读者,我认识到的另一件事情就是我必须在前十页知道故事是关于什么的。戏剧性前提是什么?它可以是很简单的一句话,就像在《唐人街》(*Chinatown*,1974)最前面的几页里那位假冒的马尔维太太的那句谎话:"我的丈夫,我确信,看上了另一个女人。"对这句话的解答,毫无疑问地导致了一场重大的夺水丑闻和几起谋杀的真相被揭开。

我还需要知道故事的内容是关于谁的。主要人物是谁?然后我才可以确定在最初的几页里人物和动作是否已经"建立起来",以及一个强有力的戏剧性情境脉络是否已得到确立。在《唐人街》里很明显杰克·吉蒂斯就是这样的人物。

第三件必须确定的事情就是戏剧性情境，也即发生动作的周围环境。在《唐人街》里，在最初的几页中就展现和描述了戏剧性情境：洛杉矶正处于严重的干旱时期，因此水源就成了稀缺的物品。杰克·吉蒂斯是一位私人侦探，他受雇于某位大人物的妻子去查清她对丈夫风流韵事的猜疑，她的丈夫是洛杉矶市政府水利部门的负责人。所有的三件事情：主要人物，戏剧性前提和戏剧性情境被连接在一起并且在故事最前面的这几页里就建立起来了。

没过多久我就发现我能够在最前面的十页之内说出一个剧本是否会出彩。如果不能在这个行为单元之内就将故事的发展趋向让我弄明白，我发现我的兴趣就会游移并且去寻找中断继续阅读的借口。

你仅有十页左右的余地来攫取你的读者或观众的注意力。电影编剧的责任就是在前十页之内就将剧本故事建置起来，从而能使故事的基本信息得以确立。这前十页的设计需要技巧、耐心和想象力。你根本没有时间徘徊转悠来为你的故事探路。如果你无法在这前十页之内就吸引住你的读者，你就将失去他们。在前十页的内容里，你必须建置和确立三个基本要素：

第一个要素，你的故事的内容是关于什么人——也就是，主要人物是谁？第二个要素，戏剧性前提是什么——你故事的内容是关于什么？第三个要素，戏剧性情境是什么——发生行为动作的周围环境是什么？换言之，就是在故事开始的时候，是什么力量作用在你主要人物的身上？一旦你确定了怎样着手处理这三个要素，然后你就能将这十页的内容设计和构筑成为一个戏剧性行为的单元或组块。

你的开篇场景是什么？它是发生在什么地方？这是一个对话场景或是一个动作场景，或者就是用一个简单的系列镜头来建立某种情调？你想唤起某种情绪吗，就像《冷山》或《角斗士》（*Gladiator*，2000，约翰·洛根、大卫·弗兰佐尼、威廉姆·尼克尔森编剧）那样吗？或者你希望为人物、时间和地点创造出某种质感，就如同《美国美人》，《指环王3》或是《甘地传》那样吗？或者你是希望像《你妈妈也一样》（阿方索·卡隆、卡洛斯·卡隆编剧）

那样来建置人物和情境？也许你计划通过一个激烈的动作系列来开场，就像《黑客帝国》或《谍影重重2》那样？你想让开场是喧闹嘈杂并充满噪音，或是令人紧张和悬疑的情况？你想让一辆汽车疾驶在夜晚废墟之城的街道上吗？或者是让一个男人在一个风和日丽的周日下午带着一个孩子在拥挤的公园里游荡？

你的人物正在做什么事情？他（她）是从哪里来的？背景故事的内容是什么？他（她）打算去哪里？好好地考虑这些事情。请明确地说明它，清楚地解释它并对它进行组织结构。

如果有必要的话，你可以将最初的场景或段落构筑成独特和性质不同的几个部分：开场、中段和结尾。具体如何操作呢？先另取一张稿纸，写下一些常规的动作线，诸如一场追逐或婚礼的段落，或者就是早上起床的动作，并且列出场景或段落"开场"的一些活动。记住，场景是由镜头组成的，而且被时间和地点这两样东西联系在一起。如果你改变了其中的任何一样，你就需要有一个新的场景（如果需要，可以参阅《电影剧本写作基础》第十章和十一章）。

对场景的中段和结尾进行相同的操作——只需列出场景或段落里面发生的动作的数目即可。例如，如果第一个场景是发生在办公室里，开场或许就要显示你的人物正在为会议做准备，或是集中整理办公室里的报告文件。他（她）没准正在和一个同事审阅这些文件材料。或者你想展示你的人物正在家里，刚刚结束了与某个朋友、恋人或配偶的争吵，他（她）正在趁出门上班之前审阅这些文件材料。

没准你的人物正在某天的晚些时候为出差而赶一个航班，而在他正在准备行装时我们见到了他。或许他已经有了家庭而且我们看到他已经准备迎接新的一天，就像《美国美人》的开篇场景那样，或者在某天早上醒来时怀着某种严重地影响了他身心的情绪，比如不顾自身严重的疾病而要去取得实验的结果。

有效把握场景的方法就在于明确界定你的人物的戏剧性需求。这个场景是否能将故事向前推进或者揭示出人物的某些特质？仅就故事的关系方面而言，这个场景的目的是什么？请记住我们正是要竭力去激发矛盾冲突，无论是内在的还是外在的，或者是这两者的某种程度的结合。在这个场景开始之前，你的人物正在做什么，而在场景结束以后，他要做什么和打算去哪里？在这个场景的开端和结尾发生了什么？在这个阶段，你或许打算勾勒出一些视觉性的态势和细节，以便能用在这个场景里。

这里有一个可以作为样板的实例，它是来自一份片名叫《身后事》的原创电影剧本的激发事件，这部科幻影片将故事的发生时间设定在三百年后的将来，一起外太空事件引发了一场灾难性的连锁反应。主要人物的妻子最近刚去世，他极不情愿地接受了这次太空飞行任务，因为他是处理这类紧急事件的最佳人选，所以命令带有强制性。以下是开篇场景：

我们从黑色的画面开始：

　　一行铅笔字迹写在纸上，我们看到：

莱特博士（画外音）

　　看看后面，很容易就能看清我们的世界已经完全改变了它此前的模样。

　　但是发生了什么事情，以及这是如何发生的……那还是个难解的奥秘。

淡入：

外景。深层外太空。

　　黑暗，令人生畏，无法预测……然后，随着柔顺的涟漪逐渐扩散，在亮丽的气相、星团和星云的背景下，展现出浩瀚宇宙数亿的星系。我们看到两颗中子纺锤星体旋转入位，以它们最后的毫微秒生命一同迸发出向心聚爆，呈现出光和物的引人入胜的壮观场面。

从阿尔法到奥美伽：开场和结尾。

莱特博士（画外音）

　　微小旋转的命运安排是多么的神奇啊，设法赶着时钟嘀嗒的节拍奔向其归宿。然而……

白底淡出：

一个巨大的爆炸突然迸发，以惊人的巨大毁灭性能量快如闪电地撕裂了黑暗的夜空。

这是一种被称之为伽玛射线突爆的天文现象。

莱特博士(画外音)(继续讲述)

这是在很久以前，追溯到开天辟地之初。

镜头轻轻抖动随着致命的巨大脉冲辐射横扫星空，燃烧着的星云，爆裂的星体——实际上将一切都在它的轨迹上湮灭。大气层、星云、物质和行星体随着它的横扫而消失殆尽。它已经横行了数千光年，留下了一条令人难以置信的毁灭之路。

外景。冥王星。

冥王星，在远离太阳光的地方闪烁，沿着自身的轨道静静地运行。致命的伽马射线逼近了我们的太阳系。突然这颗微小的行星被毁灭了，就像你或我去吹灭一支烛光那样，它的存在就这样被轻易地吹没了。

黑底淡出：

淡入：

内景。亚利桑那州，美国国家航空航天局太空机构——日。

超大字幕：公元 2323 年 2 月 23 日

一盏闪亮的红灯在无声地闪烁。通过镜头后拉使我们注视着计算机的黑屏。

一个夺目的计算机讯号在银屏上猛然闪现，监视程序迅速启动，同时一幅我们太阳系的图景呈现在我们的眼前。但是有些东西还是紊乱和不正常，有些东西灭失了。

这是冥王星。

它轨道的轨迹线仍旧维持原样——但是，行星自身已经不在。冥王星死了，永远地消失了。

查韦斯·莱特博士坐在计算机面前正在编写程序。四十五岁左右，健康整洁且行动敏捷，他是一位太空科学家，对编程工作已感到不耐烦。对一些存在的程序漏洞他已经无计可施。

他按键接通了内部联络对讲装置。

莱特博士

舒迪赫！

舒迪赫（画外音）

是的，莱特博士。

莱特博士站在那里，仰天长叹一声，走向巨大的窗前，面对环抱着凤凰城郊外闪光的荒芜沙漠群山。在晌午的阳光下，分布各处的巨形仙人掌点缀着沙粒和岩石的大地。

莱特博士（继续说）

熬夜了吧？我觉得监视器又出现了一个程序漏洞。

舒迪赫（画外音）

是的……不过，你又迟到了。让我告诉他们你已经来了吗？
或者让我告诉他们你再次迟到了？

查格里德，莱特博士前去拜访她。

内景。实验室长廊——日。

莱特博士和他的助手舒迪赫·帕纳基，他长相英俊，三十五岁左右，快步走出过道。然后，我们……

切至：

这些是这部电影剧本的前面两页的内容。每一个场景基本上是关于一件事情——一条必要的信息以维持故事向前推进，或者揭示有关主要人物的某些我们必须知道的信息。在电影的术语里，我们将它表述为揭示。在每个场景里都有揭示——你知道它的具体涵义吗？你能够明确界定它吗？是通过动作和人物性格来进行揭示吗？记住，人物性格就是一个人所具备的人性和伦理道德的行为；人物塑造就是这个人物如何向周围世界展示自己——他们如何穿着，他们开哪种类型的车，他们住在哪里，他们在艺术、时尚和音乐方面的品味是怎样的。这些全都展示了他们是个怎样的人的某个方面。

有一个很不错的电影编剧的工具，它能帮助和引导你写作场景，这就是：迟进早出。威廉·戈德曼——这位杰出的电影编剧著有《虎豹小霸王》、《总统班底》、《公主新娘》以及其他许多作品——讲述了一个有关如何把握进入一个场景的时机和位置的故事。戈德曼设置了这样一个假想的情境：一位新闻记者正在为某家报社或杂志社对某位人物进行一次采访。开场显示了这位记者为采访做准备以及到达了约定地点；中段是让记者向采访对象致意，以使其感到轻松自如，然后拿出他（她）的盒带录音机，并开始进行访谈；结尾是结束采访活动，打包收拾并向被访人表示感谢，穿上他（她）的外套后向房门走去，然后突然记起了什么事情，转身又对被访人说："噢，附带问一句——最后一个问题。"这就是这个假设场景的开场、中段和结尾。

电影编剧应该从什么地方进入到这个场景里呢？戈德曼问道。是在新闻记者抵达现场时吗？是在向采访对象致意时吗？是在采访过程中吗？这些都不是正确的答案。进入这个场景的最佳时机，戈德曼说，是在最后的那个时刻，就是在显示记者刚刚要问"噢，最后一个问题"之前。这应该是进入这个场景最佳的地方，因为这能让你省略之前发生的所有不必要的素材，并且将重点集中在这个场景所要揭示的内容上。迟进早出。

在《木兰花》里有一个极好的短场景，当时卡拉迪奥（梅罗拉·沃特斯饰）正坐在一家酒吧里，一个家伙走过来并对她说："哈罗。"她回答："嘿。"然后我们就接切到卡拉迪奥的住地，这时他们两人刚刚"走进公寓的房间"，聊了几句,然后他盯着她说:"那么?"接着我们切入到他们正在做爱的场面。

这真是了不起的剧作。观众们自己能将省略的空白填满。我们知道正在发生什么事情,而且无需再要什么解释。这是一个带有开场、中段和结尾的"迟进早出"的出色典范。

当你在为写作这前十页的戏剧性行为单元进行自己的方案选择时,你是否考虑过,自己可以在这首个场景里面就将戏剧性前提建立起来吗?或者你打算是在第五个场景里建立戏剧性前提?假如你打算用一个动作段落作为你的开篇场景,就像《黑客帝国》,或是《第三类接触》(史蒂文·斯皮尔伯格编剧)里那么做,你能够将这个动作构筑成为开场、中段和结尾吗?或者你是想运用一个系列的镜头,就像文森特(汤姆·克鲁斯饰)在《借刀杀人》里抵达洛杉矶国际机场那样吗?或者你是想创造一个激发事件来展开你剧本,就像《本能》、《红潮风暴》或《钢琴家》(The Pianist,2002,罗纳德·哈伍德编剧)那样吗?

这些都是创造性的选择。你需要挑选场景或段落里最刺激的部分,并让它作为你的起始点。你必须迅速抓住你的读者的注意力。你想过用第一个场景里最后的那个镜头,或者是在整个场所只用一个主镜头,例如在餐馆或是在起居间里来操作实施吗?你的目的应该是创造出最好的视觉印象从而使这个场景或段落产生最佳的效果,以及最大的戏剧性价值。

将你的故事线迅速地建立起来是极为重要的,而且是要从第一个词语,第一页就开始。你仅能用十页的空间来抓住你的读者或观众的注意力,所以你必须仔细认真、擅用技巧和细致精确地对它进行设计。

《指环王1》的开篇场景是一个杰出的榜样。在最前面的几页里建置了魔戒的历史,我们看到当年它在末日火山中的烈焰中被铸就,看到了正义和邪恶势力之间进行的战争,并且了解到现在必须在当初创造它地方将它毁灭。一旦这些被建置了起来,我们就接切到甘道夫来到了中土世界,这样故事就随之展开了。

剧本的开场是一个动作段落,这是一个激发事件,而且听到一个由精灵盖拉迪尔(凯特·布兰切特饰)讲述的画外音,它向我们介绍了魔戒的历史。"这一切都从铸造这只伟大的魔戒开始……精灵族得到三只戒指,他们能够长生不老也是最有智慧、最公平的种族。矮人族分到七只戒指,他们很会挖掘矿坑,是山洞的巧心工匠。而人类……则分到九只戒指,他们比其他族类更贪图权力。每只戒指都拥有统治每个种族的力量。但他们全都受到了欺骗。因为还有一只被铸造了……在魔多的末日火山的烈焰中,黑暗魔君索伦暗中铸造了可以奴役世界的至尊魔戒……他在魔戒中注入他的邪恶、残酷,以及统治天下的可怕欲望。一只驾驭其他所有一切的至尊魔戒……"

在开场争夺魔戒的战斗中,那个激发事件发生了:这只魔戒丢失了,然后在剧本第五页被重新找到。"但是出乎最不幸生灵的意料之外……它被一个人——一个霍比特人,夏尔的比尔博·巴金斯捡到。"我们遇到了咕鲁姆,因为丢失了他的"宝贝"而极度痛苦,而且在剧本的第六页我们得知"魔戒再度现身的时刻即将来临,霍比特人将决定世界的命运"。

在接下来的场景里,我们随着甘道夫(伊恩·麦克莱恩饰)到来并受到了弗罗多(伊利亚·伍德饰)的欢迎而进了夏尔村,接着甘道夫拜访了比尔博·巴金斯(伊安·霍姆饰),然后在剧本第十页里,比尔博告诉了甘道夫自己是多么的疲惫和厌倦:"我需要一次休假——一个长长的假期,而且我没有想过要回来——事实上,我并不打算回来。"

现在来看看在这前十页里我们所得悉的内容:我们建立了魔戒的历史,引介了咕鲁姆,展示了比尔博是如何发现魔戒的,遇到了两位主要人物(甘道夫和弗罗多),介绍了夏尔村的生活状况,以及由比尔博向甘道夫讲述了那枚魔戒的事并告诉他自己打算离开并永久地消失。我们建置了一切我们必须了解的东西,以便能推动故事向前发展。它精炼、简洁和紧凑,以视觉化的设计紧紧抓住了读者和观众的注意力。它所起的效果真是妙不可言。这个前十页的完整的行为单元也就是全部《指环王》三部曲的建构基础。

在《美国美人》里我们认识了简和瑞克,当时简煽动性地问瑞克是否能将她的父亲杀了。然后我们接切到一个高俯角的街区交代镜头,并且在莱斯特·伯哈姆和他的家庭的住地结束。我们看见了房屋并听到莱斯特通过画外音的讲述："我叫莱斯特·伯哈姆，我今年42岁，一年之内我就会死去。当然，现在我对此还一无所知。"我们被引导着认识了莱斯特的妻子，他的女儿，以及他的邻居。通过这样一个简单的笔触，我们得悉了主要人物是谁和故事的内容是关于什么——莱斯特正在找回自己的"生活"——而且我们也准备好迎接关键事件，也就是情节点Ⅰ——他遇到了安吉拉，至此故事才真正地开始了。

开篇场景的另一个出色典范是《红潮风暴》。我们站在一艘航空母舰的甲板上，目睹喷气战斗机的起飞升空，然后接切到一段新闻影片，报道一群俄国反叛军人控制了科密林号并威胁要向美国发动核弹攻击。然后我们的镜头后拉，从一个电视银屏转入到一个为海军军官洛·亨特（丹泽尔·华盛顿饰）四岁女儿庆祝生日的晚会现场。这是一个既开拓了情境又揭示了人物的场景。它是一个视觉性的段落，还是一个激发事件的优秀榜样。

无论你是打算写一部戏剧或是喜剧，还是惊悚影片或爱情故事这都没有关系。这种方式是不会改变的。《安妮·霍尔》是以艾尔维·辛格滔滔不绝的长篇独白开场的，他告诉我们他与安妮的关系结束了，以及他是多么的"想梳理出点头绪来并在心里拾掇着我们之间关系的点点滴滴……"，而这实际上就是整部影片的内容，因为此后都是以闪回的方式讲述"我们之间关系的点点滴滴"。它在第一页里就将整部电影剧本建立了起来。

卡斯丹的经典黑色影片《体热》是又一个在前十页里完成了故事建置的出色典范。影片的开场是纳德·拉辛（威廉·赫特饰）站在窗前望着远处的熊熊烈焰，他刚结束了他的一夜情正要穿衣。拉辛说这把火"没准是我的委托人"放的。在第三页里，他在庭审现场，而我们得知他是个很懒散和"不称职"的诉讼代理人。法官对他的行为非常恼火，并告诉他"下次你再上我的法庭，希望你能有好一点的答辩，或者是档次高一点的委托人"。

在剧本第四页里，他正在和他的朋友洛文斯丁（特德·丹森饰）一起用午餐，我们知道了拉辛是一个"一直在找能一夜暴富的方法"的人，至此我们对他已经有了足够多的认识。

在第六页里，我们看到他在自己的法律事务所里和一位年长的委托人在一起，拉辛曾带她去过一位不愿为其作证的医生那里，所以他告诉她最好找一位"比较通情达理的"医生，并补充说"我们一定会把那些王八蛋搞垮的"。

后来，在第七页里，这是在晚上而拉辛显得厌倦。他去酒吧喝了一杯，然后闲逛到了海滩边的摇滚乐露天演唱会场。他听着音乐，看到了马蒂·沃尔克（凯瑟琳·特纳饰），"这位勾人心魄的美女"正向他走来，"她近得几乎与他擦肩……当她经过时，拉辛整个的身体顿感振动，就像被某种力量猛烈地击打着。"

他尾随着她，而在他们交谈时，她告诉他说自己是有夫之妇，他则告诉她应该回答"我是一位快乐的已婚女人才对"。她打断了他并说："你也不怎么聪明，是吧？"然后，似乎是事后补充说："我喜欢男人这样。"

他评论说她看上去"被侍候得很好"，然后补充道："我也需要被人照顾，不过只要今天晚上即可。"我们了解到拉辛是这么一种人，"他们的好色会让其麻烦不断"。当马蒂将一杯樱桃冰激凌洒落到了她的衬衫上后，拉辛赶紧到厕所里去弄些纸，但是在他回来时她已经离去，消失在夜色里。

这几页很好地展示了一个设计精良的开场。

你应该领会到电影剧本的前十页对于故事的建置而言有多么的重要。它们需要被构思酝酿和精心设计，从而去追求最高的戏剧性价值。

如果你能够正确地建置这前几页，你就可以将故事通过简洁明了，引人入胜和合乎常情的方式展开。

练习

你业已做好了准备工作。你已经厘清了你的故事线，做好了你人物的功课，在 3×5 英寸的卡片上构筑了第一幕，写就了背景故事，以及设计好了剧本的前十页。你已经准备好着手去写作这个戏剧性行为单元，从而引介你的主要人物，建立戏剧性前提，以及创建戏剧性情境。

请观看一些影片以便能帮助你理解前十页的一些实际效果。例如影片《借刀杀人》、《美国美人》、《指环王》、《公民凯恩》、《彗星美人》、《唐人街》、《谍影重重》、《肖申克的救赎》和《本能》。你可以从某些网站上获得这些影片的剧本，这些网址包括："simplyscript. com"或"Drew's-script-O-Rama. com"或"dailyscript. com"。或者你只需简单地在"Google"上键入"screen-plays"然后看看能得到什么。

最前面的十页没准是你写作得最困难的部分。毕竟，你是首次将你的词语白纸黑字地写了出来，之前你还从没有见识过自己的才能，所以你可能会经历一些怀疑，困惑和把握不定。请不必在意，只管坐下来照着去做，而且要心悦诚服地写出一些糟糕透顶的文稿。

根本不要去想它。坚持去写。全身心地投入进去。信赖过程是金。不要在乎结果是什么，是优良还是糟糕，正像让·雷诺阿曾经告诉我的那样，"艺术的真谛在于它的创作实践"。

可能出现的最坏的结果也就是写出一些糟糕的稿页。那又怎么样？如果它们真的很糟糕，将它们扔了不就完了吗！没人强迫你将它们拿给任何人看。

假如你问自己你的这几页初稿是好还是坏，你根本不用去猜答案会是怎样。很明显，它肯定好不到哪里去。你应该知道它一定会是单调乏味、枯燥无趣、老套陈腐和平淡无奇的，而且你以前都曾读到过它们。或许这是一个中肯的评价。或许这的确如此。但是究竟是谁作出了这样的评判呢？是你自己！

让我们继续。这不就是一个判断吗？它说明不了任何东西。伟大的穆克达难陀尊者说过："人心是个奇怪和有趣的东西。在夏天的时候它渴望着冬天；在冬天的时候它渴望着夏天。"

但是评价判断的确是电影编剧过程中的一个组成部分。可以期待它，但不能让它影响你去经历写作的过程。电影剧本的形式绝不能妨碍你的剧本创作。它之所以复杂就在于如此地简单。

　　当开始动笔写作时，你只需按照你的故事线，一个场景接着一个场景，一个镜头接着一个镜头地铺展开来。你或许会觉得运用主镜头来写任何东西都很方便：内景。餐馆内。或外景。停车场。对所犯的错误要乐意接受。你并不能期望从第一页开始就写得完美无缺。

　　请讲述你的故事。

　　当年我在与让·雷诺阿一起工作时，他曾评论说开始着手一项新的创造性工作，无论它是一幅绘画、一部交响乐或一本小说，都和走进一家服装店并去试穿一件新的夹克上装的情形十分相似。当你初次将它穿在身上时，它看上去总是有点别扭或感到略有不适。你这里拉一下，那里扯一把，直到将它调整服帖为止。当你再次将它穿着上身时，它看上去一定会非常不错，尽管在手臂的部位裹得有点儿紧。你耸耸自己的肩膀让它松弛一些，尽量使双臂感到舒服一些，"但是还是要将它穿着一段时候，才会对它感到舒服自在。"雷诺阿说。

　　这个原理同样也适用于电影剧本的写作过程。你必须尝试着去适应它。

　　要乐意去尝试那些或许不太奏效的方式，写出一些笨拙难堪、呆板生硬或令人生厌的对白来。在写作的这个阶段，这实在是一点关系也没有的。

　　请坐下来动手写出你电影剧本的第一个十页，重点围绕你的主要人物、戏剧性前提和戏剧性情境。

　　请牢记"万里征途，始于足下"。

Chapter 11
剧本的第二个十页
和第三个十页
THE SECOND AND THIRD
TEN PAGES

> 典狱长诺顿:"把你们的灵魂呈给上帝,你们的肉身留给我。欢迎
> 来到肖申克监狱。"
>
> ——《肖申克的救赎》

　　当我初次在我的创作讲习班讲授电影剧本的写作时,我的学生们都十分努力地对他们剧本的前十页进行设计和实践。但是,当他们运行到第二个十页时,就像从白天到了黑夜。添加进来的新人物,构思出煞费苦心的动作段落,还用了不少花招噱头,但是这些东西对故事线根本没有任何效果。在写作前十页时是多么奋发努力的他们,到了要写下一个十页时,似乎不知道怎样去做了。他们似乎是"被硬逼"着去进行复杂场景的创作,以便能"挣脱"开篇段落的"束缚"并释放它们,根本无视这些东西对故事是否合适。

　　结果当然是糟糕透了。尽是些胡扯而且根本没有故事。读者被弄得莫名其妙。故事线则是在徘徊转圈梦游似地寻找着自我,既不知道要去那里,也没有任何方向。

　　所有这些都不奏效。

　　第一幕是一个戏剧性的行为单元,它的长度大约有三十页,并且被一个称之为建置的情境脉络所紧密结合。它必须确立主要人物,戏剧性前提和戏剧性情境。它必须具备某种方向感,并且要随着一条独特的叙事线以及人物特质向前发展。

我期望获得某种洞察力从而能领悟到需要做些什么，以使这个特殊的戏剧性行为单元结成一个有凝聚力的整体。所以我着手仔细研究了一些优秀电影剧本的第二个十页。当我开始用心阅读这些剧本时，我发现在它们的第二个情节单元里，我们对人物有了进一步地了解，他（她）是谁，而且在多数情况下我们会随着他（她）去经历"生活中的一天"。电影即是行为动作，所以如果我们和这个人物一同经历他典型的一天，同时故事线的戏剧性力量也在不断地影响着他们的个人品格和行为动作，这样我们才能够对他们是怎样一个人开始有更多的了解。

在《唐人街》里所有的东西在前十页里面都得到了确立。这样，在第二个十页里，杰克·吉蒂斯就开始着手他此前被雇佣做的调查工作：查清与马尔雷先生有染的人是谁。

吉蒂斯做了些什么事情呢？

首先，在第十一页，他从市政府议会厅一直跟踪马尔雷先生到了洛杉矶河的河床，然后再跟随他来到了海滩，就这样花费了几乎整个下午和晚上的时间，直到这里吉蒂斯才知道生活用水被抽水泵从城市的水库抽入了大海里，而此时城市正遭遇着严重干旱。这时夜已经很深，他将几块廉价的手表放在了马尔雷先生的车轮下面后就离开了。当他次日回转来捡回这些手表时，他知道了那位水利部门的负责人在这个地方一直待到次日的凌晨三点。他对他的助手说"这家伙的脑子进水了"。从"猪哨音"餐馆外面拍摄的画面显示，马尔雷和诺阿·克劳斯（约翰·休斯顿饰）正在进行激烈的争吵。电话铃声响起，吉蒂斯得知在回声公园发现马尔雷正与"那位姑娘"在一起划艇。

"我的上帝，"吉蒂斯说，"又是水。"他来到公园，进入一艘划艇，拍了几张马尔雷和"那位小妞儿"在一起的照片，至此对他来说这活儿可以结案了。

第二天，他惊讶地发现自己所拍摄的那些马尔雷和"那位姑娘"的照片被刊登在了《泰晤士报》的头版上，并被冠以标题"水电局因总工程师公款筑爱巢而震怒"。

他不知道这些照片怎么会被刊登在报纸上。

这些是《唐人街》的第二个十页的内容。行动和反应。吉蒂斯是在前十页里被雇佣的,而在第二个十页里来完成这项工作。请注意情节是怎样被编排进了故事线之中的,着重关注导致了一个夺水大丑闻被揭露的那些事件。

一旦我看清了作为戏剧性前提的情节被如此清晰地界定了,我就发现这对写作第二个十页是个很好的"规则"——让焦点紧跟着你的主要人物。他(她)将会在这第二个十页中几乎每个场景里出现。如果我们在第一个十页里建立并构筑这个故事的内容是关于什么事情和什么人的,那么在下一个十页的戏剧性行为单元里,就必须将焦点集中到他(她)是什么人的问题上。

在《肖申克的救赎》中,第一个十页将三条戏剧性情节线精心编织进了一个段落里:安迪在轿车内喝酒,然后醉醺醺地掏出一把枪,继而摇摇晃晃地走向远处的一所房子。然后,我们看到安迪被控杀害了他的妻子及其情夫。第三条线索显示他的妻子和情人正在做爱。这三条情节线相互交织地被编入了一条行为动作的叙事线中。

在第七页里,我们接切到了肖申克监狱内,这时瑞德的假释请求再次被拒绝了。我们也了解到他是怎样一个人,他为什么被关进了监狱,以及他在监狱的囚犯中所处的地位。在第八页里,安迪来到了肖申克监狱,开始服他连续两个终身监禁的刑期。在第十页里,典狱长诺顿向安迪和其他犯人宣布了监狱的规则:"规则一:不得亵渎上帝,在我的监狱里不得有人亵渎上帝。其他的条例,你们慢慢就会知道了。"这一点很快就由监狱的狱警队长哈德利的行为做了说明,他狠狠地殴打了其中的一名囚犯。"把你们的灵魂呈给上帝,"诺顿说,"把你们的肉身留给我。欢迎来到肖申克监狱。"

这些是前十页的内容。第二个十页的情节单元的开场是安迪和其他一些囚犯被喷水管的水冲洗全身以除虱子,领取囚服和毛毯,接下来他们裸露着身子被带领着穿过监狱大院进了他们各自的囚室。我们随着安迪走了进去,与他一起亲历了他的所见和所闻。我们与安迪一起经历了狱中第一个漫长的夜晚,倾听着另一些囚犯在为新来的犯人中第一位崩溃的将是哪个而打赌。

第二天早晨,这是在第十七页里,安迪遇到了瑞德以及另一些囚犯,而在第十九页上,他被分派到洗衣房工作。在一个镜头里我们看到了他在工作,然后接切到浴室里他被"姐妹帮"骚扰,他试图婉言谢绝但是这伙人就像"豺狼抢夺猎物一样"。这是第二个十页的结尾。

看看这第二个十页的戏剧性行为单元被设计得多么紧凑。安迪出现在每一个场景里,我们与他一起进了肖申克监狱,听的是他所听到的,看的是他所看到的,而且对他将作为一个服刑的重罪囚徒而度过他的余生有了一个直观的印象。这第二个十页的戏剧性情节单元向我们展示了安迪"生活中的一天"。

当你着手创作这第二个行为单元的时候,应该像你对待第一个十页那样,尽量认真和有效地设计这些文稿里的内容。铺开你的卡片。它们依旧合适吗?你是否需要添加一些之前你并没有想到过的新场景呢?如果需要,就将它们放进去。你的主要人物是否在每个场景里面出现?他(她)理应如此。你的主要人物是否积极主动——他(她)是否主动采取行动或反击来应对前十页里的前提和情境呢?记得牛顿力学的第三定律吗:"对每一个作用力都有一个与之力量相等方向相反的反作用力"。

这些都是你应该知晓的东西。你的主要人物必须是积极主动的,他(她)需要自己作出要做什么和去哪里的决定。第一个十页建置了你的人物、戏剧性前提和戏剧性情境。第二个十页的重点是扩展你的人物,他的人际关系,或许还会让我们看到他一天的日常生活。你的故事总是朝着一定的方向沿着一条发展线向前推进,将我们带到第一幕结尾处的情节点。

如果你想在任何方面进行修改,或者脱离卡片的限制,照做就是。试着做些修改,看看会有什么情况发生。没准会奏效,抑或一点效果也没有。在你的写作过程中,有时一个新的场景会突然在你的脑海里涌现。如果这事的确发生了,那就将这个场景写下来。这是创意过程的一个组成部分。它会将你引导到另一个场景,然后又是另一个场景,这样你或许会对接着还会发生什么感到迷惑。其实你只需查看你的卡片,然后你就十分清楚地知道正确的做法,并将你的故事继续向前推进。

如果你在写这些新的场景时出了什么差错,你准能一目了然地看清。

对此最坏的情形也就是你得为此再写几个场景或几页稿纸,但是你必须能够弄清楚它们是否灵验。或许你会因此浪费几天的写作时间。那又怎么样?对新的东西现在尝试总比以后再试要好。在几页之内你就会清楚地知道所做的修改是否奏效。如果它们果真灵验,你就会面临一个新的问题,即无法确定下一步该怎么走。那就问一下你自己:"接着会发生什么?"这可是些有魔力的词语,它将引导你进入下一个场景或段落。假如这几页不奏效,那你就退回到原来的地方,重新着手写作新的场景,在那里开始新的进发。

如果觉得有必要你可以按照你的意愿添加任何场景,做任何的修改。这是你落笔初成的草稿,你必须乐意去探索,心甘情愿地接受写出的一些糟糕透了的稿页。做所有你觉得需要做的事情以使你的故事线条理清晰和简洁明了。

这样我们经历了电影剧本大约二十页的写作过程。现在我们已经准备好着手开始写作第三个十页,这也意味着将要写情节点Ⅰ了。在第一幕结尾处的情节点Ⅰ究竟是什么呢?它可以是一个戏剧性场景,就像在《末路狂花》里路易丝枪杀那个强奸犯哈兰那样,或者是一段对话场景,就像在《肖申克的救赎》里安迪向瑞德购买岩石锤子那样。或者就是一个简单的行动,就像在《指环王1》里面,弗罗多和山姆离开夏尔村舒适安逸的环境,开始他们将魔戒毁灭在末日山中的烈焰里的艰难历程。毫无疑问这些都是名副其实的情节点Ⅰ,因为你所做的第一件事情就是在范式上构筑了你的创意想法和故事线,所以你对结尾、开端 情节点Ⅰ和情节点Ⅱ已经了如指掌了。

然而,自从你在范式上构筑了你的创意想法之后,你的情节点已经有所变更。结构是柔韧可变的,就像一棵在大风中的树那样,它可以弯曲但不会折断。通常,情节点会发生变化,沿着故事线要么是向前要么是往后移动,所以不要感到有义务要遵循自己原始的设想将情节点Ⅰ和情节点Ⅱ保留在原位。所有有益于故事的事情都必须去做。

一旦你清楚地知道了情节点Ⅰ是什么,就问一下你自己为了达到它自己需要做些什么。你需要写些什么样的场景或段落才能到达情节点Ⅰ呢?通常,你只需要写一二个场景即可。你能否将你所要填补的故事空间进行清楚地描述和明确地表达，以便能够使你到达第一幕结尾处的情节点Ⅰ？

在《肖申克的救赎》的前十页里，我们认识了正在接受审判的安迪和刚被拒绝了假释请求的瑞德。在第十页安迪来到了肖申克监狱。在第二个十页里，我们看到了安迪的实际生活。这样就将我们引导至二十页的结尾处。然后我们看到安迪在洗衣房工作，听到了瑞德用画外音在讲述关于安迪的事情，接着在下一个场景里，安迪在操场上遇到了瑞德并请求他帮助购买一把岩石雕琢锤。这就是情节点Ⅰ。

为什么说他们的会面是情节点Ⅰ呢？因为电影剧本讲述的就是关于这两个人之间的关系。而且两人之间友谊的基本性质正是在这个场景里确立的。这就是为什么这个场景是如此的重要，不仅在于对他们人物性格的展示，而且还在于情节本身。场景的目的是为了推动故事向前发展，或是揭示有关人物的信息，而这个场景同时完成了这两个目的。借助于瑞德画外音的叙述，它向我们揭示了安迪的人物性格："他不太谈论自己，言谈举止都不像这儿的普通人，他漫步着，就像在公园里散步，看不出有什么烦恼和担心。似乎他穿了件隐形的外套而将自己与这里的环境隔绝……是的，可以坦白地说，我对安迪打开始就有好感。"

情节点Ⅰ可以是任何偶然事件、插曲或事情，它"钩住"情节并将其转向另一个发展方向。第一幕的长度大约有二十至三十页，它开始于剧本的开场并且在情节点Ⅰ结束，它是一个戏剧性行为单元，并由一个称作建置的戏剧性情境脉络所紧密结合。

《铁拳男人》记叙了重量级拳王詹姆斯·布洛克的人生经历。他曾与格曼，马克斯·巴尔进行过拳王争霸战。影片的开场是布洛克作为一个大有前途的拳击手，令人信服地（尽管他的左手有点儿问题）赢得了他的一场比赛，这使他的妻子和三个孩子过上了富裕的生活。随着经济大萧条的冲击，布洛克为了生存而拼搏。然而，他的能力在逐渐消退，在他的"最后的机会"中，他与一位拳坛老手激战，他的手多处骨折，因此无法继续进行比赛。作为结果，他失去了拳击手的资格，不能再进行拳击比赛了。他还能做什么来维持生计并养活他的家人呢？

这是第一幕的基本情节。情节点Ⅰ是布洛克的手被折断了，进而失去了进行拳击比赛的执照。在前十页里将他塑造成一位成功的拳击手,显示了他与妻子之间的关系。在第二个十页里,揭示了他的性格特质以及他是怎样一个人,我们看到了他对自己的妻子和孩子们的恪守承诺和他的坚强信念,在他得知自己的孩子偷窃食物后,所表现出来的强烈的道德品质。他并没有惩罚儿子,而是教导他的儿子说:"无论发生什么,我们都不偷。决不……如果你偷了别人东西,他们就会挨饿。"

这将我们引导到了第二个十页的结尾。情节点Ⅰ是布洛克的手被折断了,并就此结束了他的拳击生涯。所以,从第二十页到他的手被折断这个情节点为止,一共有三个短场景:布洛克在密闭的房间里接受他的经纪人兼教练杰(保罗·吉亚玛提饰)赛前的临场指示。我们得知他的右手有点儿伤痛。

接下来的场景是他步行了很长的一段路走向拳击场,然后就是拳击赛期间他的手被折断了。在此后的那个场景里,他的拳击执照被吊销。在第二个和第三个十页里,建置并且进一步拓展了人物和故事线的主题。

《普通人》一直被视作是经典的样板,它在前十页里就确立了戏剧性前提,而且一直将重点集中在主要人物身上,从而将我们引导到第一幕结尾处的情节点——第三个十页里的主要内容。

第一个十页建置了故事:我们认识了这个家庭,看到了在厨房里的贝思,见识了她的"整洁利索,有条有理和近乎完美"的持家风格。我们见到了康拉德正在高中的唱诗班里排练,遇到了贝思的丈夫卡尔文·杰瑞特正坐着市郊火车回家。这看上去就像一幅诺曼·洛克威尔的"完美"美国家庭的画作。唯感古怪的是在卡尔文下火车时,他的一位朋友对他说的那句话:"卡尔——对所发生的事情——我们感到很遗憾。"

在第五页里,当卡尔文和贝思从剧院出来返回家中时,我们看到康拉德躺在床上,然后接切到了揭示性的画面片段——在狂风巨浪的海中,一艘小艇,伸出一只求救的手——随即康拉德从噩梦中惊醒。父母回到家中,在第九页上卡尔文问他的儿子:"你想过要给那个医生打电话吗?"

"不用。"康拉德回答说。

"这个月快过完了,我想我们应该有个什么计划吧?"他的父亲继续说。

"计划是如果我需要再打电话给他。"康拉德说。

他的父亲就此离开。"嗯,好吧,不用担心,好好睡觉。"

这些是剧本的第一个十页里的内容。这是一户普通人家完美的画面,只是在什么地方有点儿不对劲,但是我们并不清楚那是什么。

第二个十页是从康拉德在另一个噩梦中惊醒开始的,他"大汗淋漓且惊恐万状"。康拉德走下楼来用早餐,厨房看上去很棒,所有的东西干净整洁,法式面包在烤炉里嘶嘶作响,一份报纸铺展在卡尔文面前。一切显得完美无缺,唯一遗憾的事情是:康拉德并不感到饿。他那自以为是的母亲愤怒且迫不及待地将法式面包倒进了垃圾筒,而父亲则徒劳地试图调和这两个人的矛盾。

在第十二页里,康拉德的"伙伴们"来他接上学,但是当他走进学校时,我们发现他显得神情恍惚和局促不安。他的英语老师对他表示了理解和支持,并说她不想让他感到"这份作业对他有压力"。在接下来第十八页的场景里,康拉德极不情愿地给一位精神分析医生伯格(贾德·赫兹饰)挂了电话,他说:"希尔斯波利医院的克拉佛德医生给了我您的电话号码。"

放学以后,康拉德参加了游泳训练,而且我们听到教练敦促他要努力训练,但是很明显有些东西在缠绕着他。他显得心不在焉和紧张不安。然后是他与父母共进晚餐。他们的谈话温文尔雅,但是康拉德却沉默寡言。

这是第二个十页的内容,一直将重点集中在主要人物的身上。康拉德基本上出现在每一个场景里。在第二十页里,他因焦虑症发作而离开了学校。在紧接着的镜头里,我们看到他站在一座大楼的面前,在内心里争论是否要走进去。他终于走了进去并和医生伯格见了面。在下一页里我们得知康拉德此前曾经在一所精神病院接受了四个月的治疗,因为他说"我想要结束我自己"。他刚出院一个月。我们随着医生伯格的谈话了解了康拉德此前的状况。至此我们明白了在第九页里父亲和儿子的对话中提到的有关看医生指的是什么。我们知道了康拉德的哥哥伯克在不久前的一次航海事故中溺水身亡,而正是这件事决定性地影响了康拉德的精神状态。

当精神分析师问道:"你有什么需要改变的吗?"康拉德答道:"我要自我控制得更好……那样人们就不用替我担心了。"

和医生伯格的对话场景就是在第一幕结尾处的情节点。

在这天晚上用餐的时候,康拉德告诉他的父母自己去看过伯格医生了。他的父亲对此很感到高兴而且还鼓励了他,而他的母亲则略显担心随后就离开了。

这些是《普通人》的前面三十页里的内容。它建置起了整个故事。

在第一个十页里我们看出存在一点问题,在第二个十页里界定了这个问题,而在第三个十页里我们知道了这个问题是什么。如果我们想要将它范式化,它看上去应该是下面这个样子:

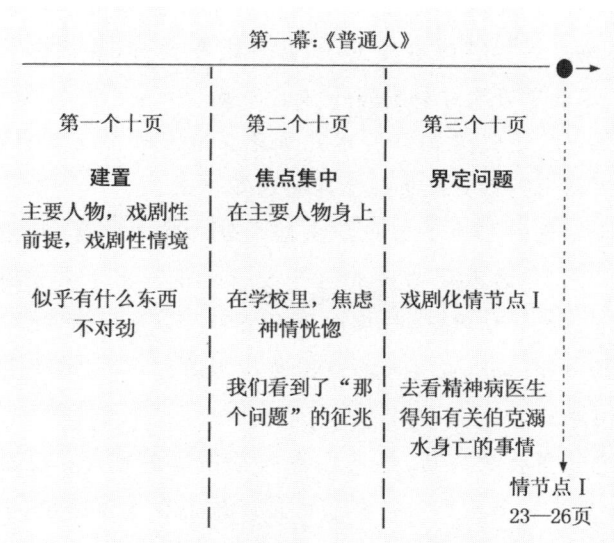

第一幕:《普通人》

第一个十页	第二个十页	第三个十页
建置	焦点集中	界定问题
主要人物,戏剧性前提,戏剧性情境	在主要人物身上	
似乎有什么东西不对劲	在学校里,焦虑神情恍惚	戏剧化情节点 I
	我们看到了"那个问题"的征兆	去看精神病医生得知有关伯克溺水身亡的事情
		情节点 I 23—26页

这就是第一幕,它是戏剧性行为的一个单元,一个组块。它从第一页开始一直发展到第一幕结尾处的情节点 I,并且被一个称之为建置的戏剧性情境脉络紧密结合在一起。

练习

　　将构筑了你电影剧本第二个十页的那三四张卡片铺开。将焦点集中在你的主要人物身上。他（她）出现在每一个场景里吗？如果你用一个接切镜头插入到另一个人物或事件上，看看你是否仍然能够将焦点保持在主要人物身上。在你动笔写作以前对情节进行仔细推敲。弄清它的发展方向。

　　讲述你的故事，展现所有必不可少的内容。假如当你正在写一个场景的时候，某件绝对的"好"的事发生了，某件出乎预料，某件你从未想到过的事情出现了，那就顺着它并将它写下来。不要拒绝，尽管让它发生。可能产生的最坏结果也只不过是你写的这几页不灵验。那又怎么样，不要将它留待今后或者用到别的场景里去。立即将它写出来。

　　不要担心可说的东西不够多。我总是告诫我的学生：如果你有份全职工作而写作只是"作为兼职的副业"，那么一周能写出十页就蛮好了。花几天时间对情节进行仔细推敲，然后就坐下来写。以庖丁解牛的方式，将剧本的写作看作是一些部分，或是一些戏剧性行为单元，那么在写作过程中你就会更感得心应手。

　　如果你觉得更合适的话，那就在周末写作。在周六花上两个小时整理写作材料，然后再写上几页。完成十页应该是个合适地速度，不过如果你只能写两三页，就按你所能利用的时间来写作。你可以在周日里完成和修改你在周六所写得东西。这是切实可行的，很多人都是这样把握它的。

　　现在开始写第二个十页。不要将太多的时间花在调整修饰和"使它完美"方面，重要的是要自始至终地保持向前的进度。不要因为觉得自己有了一个更好的主意，而再回头去对第一个十页里的内容进行修改。这不会对你有所帮助。那些为使它"完美"而花了太多时间的人们，通常都会在写到五六十页时将自己的精力耗尽，以致无奈地将他们的文稿束之高阁。在大多数情况下，他们会就此放弃而且再也不会重新去写它了。

　　假如你对自己的写作进行了任何形式的评估或判断，它通常会是负面性的。你会仇视它。

　　第一份落笔初成的剧本通常都是令人难堪的，所以不必为此担心。一旦你将什么东西写到纸上，你总是能够回过头来对它进行修改和整理，以使它更加完美。我的初稿通常只能达到我预期值的60%左右的程度。当我对它进行第二次仔细检查之后，我能将它提升到75%至80%左右。经过修饰后，我的剧本能达到的最高水准是90%到95%。有时会好些，有时则略为差些。

　　第三个十页将你直接引导至第一幕结尾处的情节点。它是什么，你需要怎样一个或一些的场景来引导你到达情节点I呢？明确地写出任何必不可少的转换性场景来将你引导到情节点I。你已经设计好你的事件、插曲或事情，以便用它钩住情节并将其转到另一个发展方向上（这里指的是第二幕）了吗？

　　你能将它解释清楚吗？请视觉化地设计情节点Ⅰ，然后再将它写下来。你是否总是通过对白，抑或是运用视觉化的手法来讲述你的故事？

　　电影就是表现行为。电影剧本是运用画面来讲述故事的，所以请考虑以这种方式来作为你故事的开场。展示那辆轿车正驶离大楼并开到街上，展示你的人物正跨出的士，他步行进入大楼然后走进电梯。这样就将你的故事展开了，同时赋予它一个视觉性的质感。你总不想将你的剧本写成从内景到内景再到内景吧。将剧本充分展开，将它拓展到外部去。

　　专注于讲述你的故事，而且尽量不要将它讲得太快。有些人只用十来页稿纸就将他们的整个电影剧本写完了，接着就再也没有什么可说的了。请将你第一份落笔初成的文稿当作一次用来找出你自己的声音，你自己的视觉化风格的练习。

　　在你已经写好的内容里，无论如何，你要准备对其中的七八成进行改写。当你完成了第二幕和第三幕之后，你就会确切地知道在进行改写时自己应该做些什么。现在你还不必为此操心。专心写好你现在的文稿。当你完成了第三个十页时，你就为进行第二幕的写作做好了准备。

　　写作是一项日复一日的劳作，需要一个镜头接一个镜，一个场景接一个场景，一个段落接一个段落，一幕接着一幕地逐步完成。只需明白在你的写作过程中，有些日子会比另一些日子写得要好。

　　请享受写作过程。

Chapter 12

找到中间点

FINDING THE MID POINT

乔瓦尼(马塞洛·马斯楚安尼饰)对瓦伦蒂娜(莫尼卡·维蒂饰)说:"现在我确信自己已经没有能力继续写作了。这并不是因为我不知道写些什么东西,而是不知道怎样去写它。这就是他们所说的一个'危机'。但是就我的情况来看,这是我自身内在的某些问题,是某些正在影响我整个身心的问题。"

——《夜》

当我初次在我的创作讲习班教授电影剧本写作时,我将每期培训课程分成数个为期八周的阶段。第一个阶段是将重点集中在第一幕,我们用四个星期的时间来准备创作材料,在余下的四个星期里进行实际的写作。这个阶段的目的是完成第一幕的写作。

在我们完成了第一个八周的培训阶段后,我们会有一个短暂的休假,然后就继续进入到下一个的培训阶段。这个阶段的目标是构筑,设计并完成第二幕的写作。

在短暂休假的这段时间里,大多数学员仍在继续写作。他们不想丧失在前一个阶段里培养出来的写作素养和创作热情。但是在他们回来并进入到第二个培训阶段时,他们给我看了他们在这段时期里所写的文稿,我对其中的内容感到十分吃惊。这些文稿简直糟糕透顶。它们没有方向,没有发展路线,没有生动的故事线,而且几乎没有矛盾冲突。

根据我自己的写作经验,第二幕永远是写作过程中最难把握的部分。光是面对六十页的空白稿纸都会使人望而生畏。当你行进在纷繁复杂的创作迷宫中,很容易被搞得"不知所措"或真想"就此放弃",要不干脆就"迷失了方向"。毕竟,对于写作来说最难的事情就是知道要写什么东西。

在我的学生身上所发生的这类状况清楚地向我显示出不该做什么事。当他们不顾一切地投身到这些戏剧性行为的空白稿纸里,他们就会感到"不知所措"。他们不知道要去什么地方或做些什么。他们失去了纵览的视野并且无法将重点放在讲故事上。我喜欢这样来形容:他们就像是正处在暴风雨里的盲人——他们已经浑身湿透却不知道自己应该去哪里。

第二幕是一个戏剧性行为单元,它的长度大约有六十页并且由一个被称为对抗的戏剧性情境脉络所紧密地结合在一起。第二幕在情节点Ⅰ的结尾处开始,并且在第二幕结尾处的情节点Ⅱ结束。我们是通过精确地界定了主要人物的戏剧性需求来进入第二幕的。如果你知道了主要人物的戏剧性需求——在电影剧本的进程中主要人物想要获取、得到或成就的是什么——你可以为阻止这个需求而制造各种障碍,而这样一来你的故事就成为你的人物持续不断地克服一个接一个的障碍来成就他或她的戏剧性需求。

如果你领悟到正是这种矛盾冲突推动了第二幕的故事线向前发展,它就成为了点燃故事驱动引擎的关键。你故事真正的开场是在情节点Ⅰ,无论故事是采用非线性的讲述方式,像是影片《冷山》、《杀死比尔》和《杀死比尔2》、《谍影重重2》、《美国美人》和《低俗小说》,还是采用线性的叙事方式,像是影片《金刚》、《断背山》、《肖申克的救赎》、《末路狂花》以及《证人》。正如我们在第六章里谈到的那样,无论是内在的还是外在的矛盾冲突,都将引导你进入你人物的心中。矛盾冲突不仅揭示了人物,而且它也影响了人物的形象——他(她)以怎样的行为方式来向外在世界展示自己。

正如我们此前已经多次强调的那样,所有的戏剧就是矛盾冲突——没有矛盾冲突,你就没有行为动作;没有行为动作你就没有人物;没有人物你就不会有故事；而没有故事你就不会有电影剧本。

那么当你实际面临写作电影剧本的第二幕时，你应该从哪里着手呢？你应该怎样从情节点Ⅰ进发到情节点Ⅱ呢？

仔细察看这个范式：

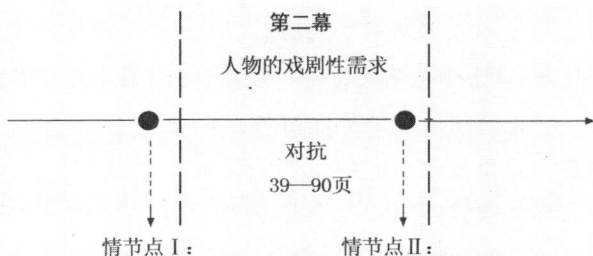

```
                         第二幕

                      人物的戏剧性需求

        ———————●——————————————————●—————————————————→

                          对抗

                        39—90页


        情节点Ⅰ：                情节点Ⅱ：
```

正如前述，我们是通过精确界定了主要人物的戏剧性需求来进入第二幕的——如果你人物的需求发生了变化，它应该发生在情节点Ⅰ。在《末路狂花》里，两位女友出发去度过一个周末假期。但是，当路易丝在情节点Ⅰ枪杀了哈兰以后，她们的需求发生了变化，已经不再是去山中度过一段美好的时光。现在在它已经变成为两个亡命的女人期望安全地逃往墨西哥。你能否精确地解释你人物的戏剧性需求？自从故事开始后它发生变化了吗？在《冷山》里，英曼的需求是在南北战争中参加战斗。但是在情节点Ⅰ，他从艾妲的信中知道了她在思恋他，并且希望他回到冷山，回到他生命中爱恋的家园同时也是他心中的一处圣地——冷山，这个在战前充满了平和、温暖和爱恋的地方。英曼的需求不仅是在身体和地域的层面上，而且更是在情感层面上的回归。这个需求推动他步行了三百英里，经历了恶劣的气候状况，饥饿，被枪击，被俘获和逃脱等无数的艰难险阻。

在《唐人街》里，第一幕构筑了杰克·吉蒂斯被马尔雷太太雇佣，去调查其丈夫是否与别的女人有婚外情。然而在情节点Ⅰ，当吉蒂斯回到事务所发现了真正的马尔雷太太（费·唐纳薇饰），她宣称她并没有雇佣他去进行调查。问题是假如她没有雇佣吉蒂斯，那么又是谁呢？这个就成了吉蒂斯的戏剧性需求，而这也是第二幕开始的地方：查清究竟是谁在陷害他以及为什么。在这个戏剧性行为的时段里,吉蒂斯为了寻求这个问题的真相遭遇了一个接一个的凶险和阻碍。

你知道你人物的戏剧性需求是什么吗?在情节点Ⅰ发生的事件或事变是什么?你人物的戏剧性需求是否发生了变化?是从怎样的需求转变成了怎样的需求?你能对它进行精确地解释,清楚地表达吗?它是否能够并且始终维持住真心相爱的人之间关系,就像《断背山》里那样?或者像在《杀死比尔》和《杀死比尔2》那样是杀死比尔?或者像在《谍影重重2》里那样,使伯恩最终弄清当年在柏林所发生的那起事件。

你的故事是向哪里发展?在你人物的征途上会发生什么变化?你的人物将会遭遇什么样的艰难险阻?它会是发源于内在的矛盾冲突,就像在《断背山》里那样吗?或者是外在的矛盾冲突,就像在《冷山》、《金刚》和《杀死比尔》里那样吗?如果你将情节点Ⅰ认作是你的故事真正的开场,而且你也知道了你人物的戏剧性需求,你就为你进入到第二幕做好了必要的准备。

在我早期教授电影编剧的创作讲习班里,我知道为了对第二幕的情节进行规划,你必须在动笔写作以前先对情节进行构筑,这就意味着我的学生们首先必须先将素材准备好。这似乎是显而易见的,但是在我的学生们看来,他们不想中断写作而去准备第二幕的素材。所以他们就直接进入第二幕并开始了写作。这样一来,他们感到困惑就不足为奇了。当你着手开始写作你剧本的第二幕时,你首先要做的事情就是对素材你要能够有相当程度的把握。你必须知道你的目标在哪里,然后再弄清楚怎样才能达到目的。

我问我自己:我应该做些什么才能创造或营造某种工具,以便能够帮助作者有效地进行第二幕的酝酿和写作呢?也即在他(她)写作这长达六十页的戏剧性行为单元时,使其能够获得某种"支配"性质的手段(尽管对素材的"支配"的说法似乎有些用词不当,就像试图抓住一把水一样)。

正在我仔细琢磨这个问题时,我接到了来自于我的一位老朋友丹宁·佩金法的电话,丹宁和我都曾就读于加州大学伯克利分校,并且在让·雷诺阿的著名的戏剧《帕罗拉》首演时,一起为其工作并参加演出。丹宁当时扮演了主要人物帕罗拉,而我则扮演了她的爱人坎蓬,一位舞台监督。多年以来我们一直保持着联系，但是却已经好久未曾谋面了。她告诉我说她正与她的叔父一起下榻在马里布市区，突然间佩金法这个姓氏提醒了我，我问，你的叔叔是山姆·佩金法吗？她笑着说是的，并邀请我前去会面。

我一直是佩金法的粉丝。自从我在某份电影杂志上发表了我的首篇对《午后枪声》(*Ride the High Country*, 1962)的评论文章以来，我就一直非常敬慕他。几天以后我就迫不及待地驱车前往马里布——尽管路途有一点远，并且似乎有点鲁莽——但是我期待与她重逢而且或许还会见到山姆。在我到达那里时，山姆正在进行一次会晤，所以我和丹宁一同沿着海滩散步，同时相互交流自己的生活在这些年里所发生的变化。在交谈中，我情不自禁地表达了自己是多么喜欢《午后枪声》，以及我也期望能写一部那样出色的电影剧本。她笑道山姆听到这个一定会很高兴的，尤其是眼下。我不知道她指的是什么，但是很快就会真相大白的。

当我们回到房间时，山姆正在屋里，我们一起度过了整个下午，谈论的话题主要是关于电影以及日常生活。我曾经听到过无数有关山姆的传奇故事，当然，是关于他在酗酒后滑稽的丑态，在拍片时与他摄制团队之间的麻烦，他那"完美主义"的倾向，以及他与制片人和电影公司之间的矛盾冲突。所以我在与他本人见面前，其实并不知道自己到底有什么样的期待。

我发现山姆和蔼可亲，他目光敏锐且善解人意。他说自己从不喝"烈性酒"，一天只喝两瓶啤酒。在谈话中我还得知自从拍完了《邓迪少校》(*Major Dundee*, 1965)后这四年以来他还没拍过影片。在拍完了《午后枪声》后不久，他与奥斯卡·索尔合作完成了《邓迪少校》的电影剧本，而这同时也给他造成了精神上的创伤，经历了一段"个人的噩梦"。也正是在拍摄《邓迪少校》的过程中他得到了"难以相处"的名声，按好莱坞的说法其含义是"不适宜被雇佣"。自那以后他得不到任何工作，而且只是现在才获得一个机会来改编和执导一部名为《日落黄沙》的电影剧本。

在接下来的几个星期里，我大部分的时间是待在马里布。一天下午的晚些时候，当山姆结束了他在日间进行的《日落黄沙》的写作工作之后，我们坐在露天平台上欣赏着马里布壮丽的日落美景，同时我向他提问他是怎样来构筑他的故事的。他略为停顿了一会儿,然后告诉我说,他喜欢围绕一个中心事件来"设置他的故事"。具体说来,他接着说道,他是以某个事件作为基础来建立起情节,它的位置大约是在故事的中段,然后让其他的一切作为这个事件的结果。当我与《午后枪声》进行对照时,我觉得这个"中心事件"就是在妓院里的婚礼场景。一旦他将故事和人物建置起来,其他的事件就都是为了迎合这个婚礼的段落,而且影片的其余部分就成了这个段落的结果。这就激起我再次想到了我是否能够做些什么,以使得剧作者们在写作第二幕时略微轻松一些。从理论上来看,我认为我可以构筑起一条故事线,并且也同样地将它"围绕"在某个中心事件的周围。

当我具体地针对我的学生们写作第二幕时的情况,我设想自己是否可以寻找出某类事件,插曲或事情来起到"中心事件"的作用。它不仅能够推动情节向前发展,同时还能够将第二幕分拆成两个相对独立的戏剧性行为单元。如果这种类型的事件发生在六十页左右,它就会将第二幕分拆成两个相对独立的三十页左右的行为单元。第二幕的前一半和第二幕的后一半将由这个中间点事件来连为一体(如下图)。

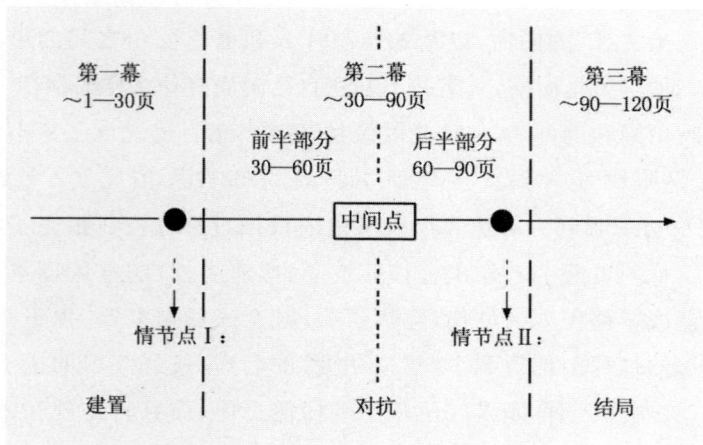

中间点＝戏剧性情节系列链中的一个链接环,它将第二幕
的前半部分和第二幕的后半部分连为一体。

凭着直觉,我感到它正符合要求,而且更重要的是它会十分管用——即在第二幕中间的某个场景或段落能将素材固置在结构性的情境脉络和情节的创作过程之中。正是到了这个阶段,我开始以这个新的眼光来审视影片。根据我自己的电影剧本创作经历,我认识到写作的过程就是向你自己提出正确的问题,然后等待正确的解答。而且是"山重水复疑无路,柳暗花明又一村"。世界上的事情的确就是这样发生的。

回顾二十世纪七十年代,在当时,我将保罗·马祖斯基编导的《不结婚的女人》作为我的教学影片。所以我重新观看了这部片子,仔细研究它,从中寻找出某种洞悉和顿悟来揭示为什么影片的第二幕运作得如此灵验。在前面的章节里已经谈论过,在影片的第一幕里建置了艾瑞卡的长达十七年的幸福婚姻生活。我们见到她时她正和丈夫马丁一同慢跑锻炼;在丈夫去上班离家前与他共享一次"速爱",然后我们看到她送她十一二岁的女儿去上学;在艺术画廊上班,从事她的兼职工作;以及一位画家查理用言语对她进行"性挑逗";我们目睹了她与闺密女友们共享午餐,从所有这一切的外表上看,艾瑞卡的婚姻美满,生活充实。到目前为止,都是非常幸福的。第一幕向我们展示了幸福的生活和美满的婚姻。

然而,在影片大约二十五分钟的地方,她和丈夫马丁在一家餐厅谈论了夏季旅游的设想,在他们起身离开餐厅时,她的丈夫突然崩溃了,并且大哭起来,"我与另一个女人坠入了情网,我想要离婚。"这是情节点Ⅰ。

从第一幕里作为一位已婚妇女,到第二幕里艾瑞卡突然转变成了一位离异的女人。几乎是在一夜之间,她被逼迫着必须去适应她新的生活方式,一个新的开始。可这并非易事。她无法独自生活,与女儿之间的关系处理上也遇到了麻烦,而且她仇恨男人们——所有的男性。她去接受了心理治疗。当一个有眼无珠的人对她打秋风邀约会时,她愤怒地将他扔出了出租车。

她的那位女精神分析师告诉她说,她必须放弃对男性的愤恨,她应该略微地去尝试一下,冒一点风险。"当然,我无法告诉你具体怎么去做,"精神分析师继续说道,"但是我知道自己应该做些什么。"

"做些什么?"艾瑞卡问道。

"我会到外面去找人上床。"

这事发生在第六十页。下一个场景显示艾瑞卡在一个单身酒吧,她遇到了那位画家查理。她和他一同去了他的工作室式公寓并和他在那里过了夜。这并不是最佳的体验。从这里开始一直到第二幕的结尾,在这段时间里她遇到了艺术家绍尔,她通过许多次的一夜情来探究自己的性行为能力。但她并不想进一步发展关系。当绍尔告诉她说想再见到她时,她的回答是"不"。"我只是在尝试……我想知道我在和一个男人做爱却并不爱他时的感受。"

在第六十页上与精神分析师在一起的场景,在第二幕的前半部分和第二幕的后半部分之间建立了连接的桥梁。也就是从大约三十页到六十页里,主要人物的"抵制男性";和从大约六十页到九十页里,她通过一系列的一夜情来"探究她的性行为能力"。

这的确令人感兴趣。

当我将它用范式的形式展示出来时,它看上去即是这个样子:

影片《不结婚的女人》

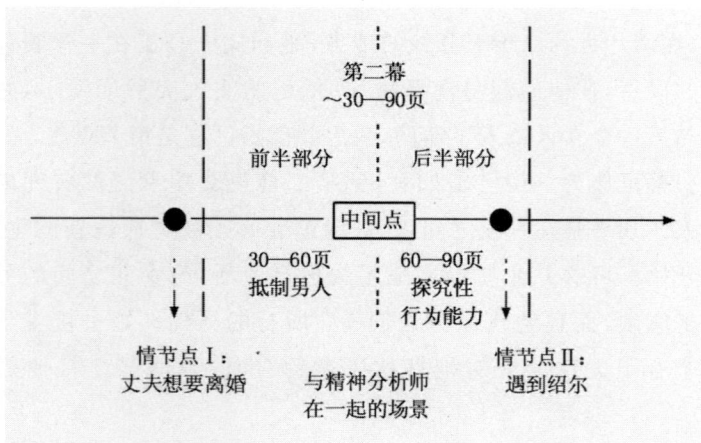

我再次认真思考了佩金法所告诉我的有关"中心事件"的论述。在当时,我还没有把握自己是否应该尝试尽量让某个事件或事变去适应我

的期待，或者我所做的观察分析是否的确是故事讲述过程中的一个自然和直观上的正确时刻。我并不想削足适履地试图将一个圆桩硬嵌入一个方孔内。

但是不久以后在我和保罗·施拉德（Paul Schrader，导演或编剧作品有《出租车司机》、《豹妹》、《美国舞男》等）电话交谈中，他告诉我说，当他在写作电影剧本时"某事的发生"是在第六十页的前后。

在第六十页。这正与山姆·佩金法不谋而合。这似乎显示出他将故事"围绕"在一个中心事件的周围。考虑一下这三件事情之间的联系——山姆的陈述，和保罗·施拉德的谈话，以及影片《不结婚的女人》的例子，我问自己在其他的电影剧本中是否也有类似的现象出现呢？所以我开始仔细探究好几部我曾经作为教学影片的电影剧本，例如：《安妮·霍尔》和《秃鹰七十二小时》(*Three Days of the Condor*，1975，洛伦佐·森普尔与大卫·雷菲尔编剧)等。在《安妮·霍尔》里，艾尔维和安妮在情节点Ⅰ相遇。第二幕的前半部分主要是建立起他们两人之间的关系，然后在第二幕中间的地方，他们决定搬到一起住。这是否就是某种类型的中间点？我问自己。自从他们搬到一起生活以后，他们之间的关系进一步发展到一个新的阶段。

在《秃鹰七十二小时》里，约瑟夫·特纳（罗伯特·雷德福饰）是一位美国中央情报局"情报分析室"的分析员，在他为同事们买回午餐时发现所有的人都被杀害了。这是谁干的？是为了什么？他感到震惊，为了安全起见他跑到了大街上。此后，他不知道能去哪里以及谁可以信赖。而在第二幕中间的地方，他劫持了凯西（费·唐纳薇饰）然后剧情就转变成为他们两人之间的互动关系了。在这两部影片里，这些事件大约发生在第二幕中间的地方。

当我将它用范式的形式展示出来时，它看上去即是这个样子：

影片《秃鹰七十二小时》

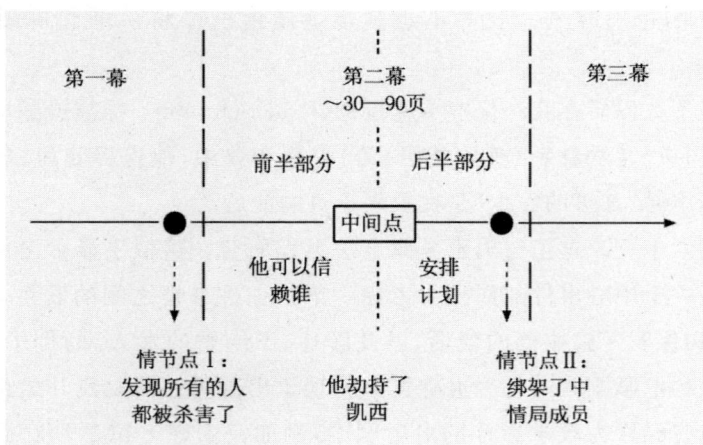

它似乎是言之有理的。而且我看的影片越多,阅读的剧本越多,我对它的思考就越深入,我开始认识到的确有某个事件发生在第二幕的中间,它起到了组织和构筑贯穿第二幕情节的固置点的作用。

所以我将它称之为中间点。它是某种发生在第六十页左右的事件、插曲或事情,并且将第二幕分拆成为两个戏剧性行为单元:第二幕的前半部分和第二幕的后半部分。

这个我称之为中间点的事件是一个情节点,的确是,而且更为重要的是,它在第二幕里的作用是作为戏剧性行为系列链中的一个链接环,并且将第二幕分解成两个区别显著的戏剧性行为单元:第二幕的前半部分是从情节点Ⅰ的结尾处到中间点为止,而第二幕的后半部分是从中间点到情节点Ⅱ为止。

我将中间点的构造理念运用在我的编剧讲习班的教学中,创作咨询中和电影剧本的分析中。在对电影剧本进行教学和评估的工作中,我感到它让我真是受益匪浅。这再一次向我表明,写作最困难的事情的确是知道应该写些什么。

当我开始在我的培训课程和创作讲习班里讲授中间点后,它的效果的确令我惊喜。我的学生们顿时抓住了写作第二幕的要旨。用他们自己告诉我的话来说,他们感到自己掌握了对素材的支配力——而不再是由素材来掌控他们。这样在他们进行创作时他们不再会迷失方向,他们知道自己要去哪里以及怎样才能到达目的地。

自那以来,我已经在世界各地教授了数以千计的电影编剧培训课程,而且将第二幕分解成两个区别显著的戏剧性行为单元(前半部分和后半部分,由中间点联结在一起)的威力,已经被不容置疑地反复证实,它实用,有效并使写作更加轻松自如。

现在再审视一下它在时下流行的影片中的效用。在第八章里我们已经看到关键事件在《谍影重重2》里是如何将整部影片紧密地结合在一起的。那个中间点,即贾森·伯恩与帕米拉·兰迪的对峙,连接了情节而且推动了故事向前发展。这是贾森第一次将一个名字和某个人对应起来。在《金刚》(*King Kong*,2005,彼得·杰克逊、菲利帕·鲍恩斯,弗兰·威尔士编剧)里,影片的前半部分建置了情境和人物,而且叙述了他们的探险航程一直到在情节点Ⅰ时抵达了那个岛屿。这才是故事真正的开场。在第二幕的中间,我们遇到了巨大的猩猩。

金刚在中间点处的出场是一个将第二幕的前半部分和第二幕的后半部分的情节连接在一起的事件。事实上,它正是戏剧性行为链中的一个链接环。它推动了故事向前发展并且强化了第二幕的后半部分的情感和身体行为。

影片《金刚》

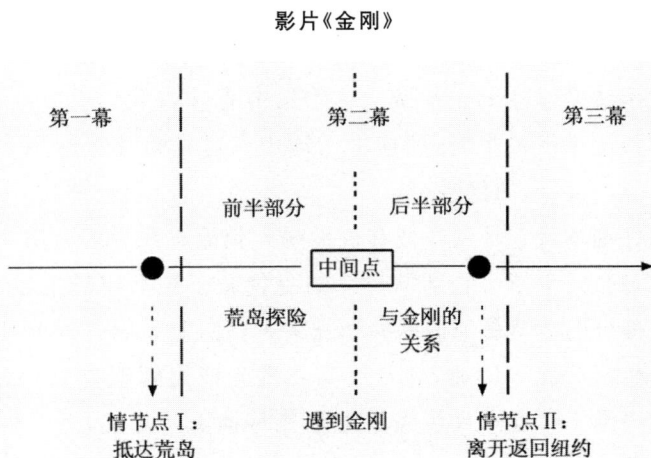

那么确定中间点的最好方法是什么呢？让我们来做一个回顾。首先，我们是通过确定四件事情来开始这个电影剧本的写作旅程的，这就是结尾、开端、情节点Ⅰ和情节点Ⅱ。那么情节点Ⅰ是什么样的事件、插曲或事情能够确保情节向前推进，使得我们能到达情节点Ⅱ呢？最重要的一点是要记住中间点是戏剧性行为系列链中的一个链接环，它将第二幕的前半部分和第二幕的后半部分连为一体。它是一个故事的发展序列，它将我们引进第二幕的后半部分并能使我们沿着轨迹一直推进到情节点Ⅱ。

在你电影剧本的第二幕里，中间点是一个重要的结构性部件。影片《泰坦尼克号》是一个很好的实例。在情节点Ⅰ杰克（莱昂纳多·迪卡普里奥饰）挽救了想从甲板上跳海的罗丝（凯特·温丝莱特饰）。这个事件正是他们之间关系的开始，也正是这个事件主导了第二幕前半部分里的其他的情节——他们得以结识、他们共同面对罗丝的未婚夫和她的母亲。

为了酬谢对罗丝的救命之恩，杰克被邀请出席了上流社会的晚宴。他穿了一件借来的燕尾服，并且在宴席上坦诚地说出自己的观点，在他们之间渐渐地产生了彼此间的爱慕之情。事实上，我认为第二幕前半部分的戏剧性次级主题、次级情境脉络就是相互结识。对这个情境脉络的演绎使得你能够将重点聚焦在将你引导至中间点的情节上。

戏剧性次级主题就是电影剧本在这个部分中驱动情节的情境脉络。第二幕仍然被对抗这个情境脉络紧密连接在一起，但是前半部分和后半部分都有其自身的次级主题。这个"相互结识"的次级情境脉络到他们在船舱里的汽车的后座做爱时达到了高潮。这个情节直接将我们引导到了中间点：正当杰克和罗丝在甲板上时，船撞上了冰山。这是整部电影剧本的中心事件，它确保了故事的向前推进。

你可以仔细察看它是怎样被有机地融入到故事线中的。第一幕建置了罗丝和杰克各自的生活。在情节点Ⅰ杰克挽救了想从甲板上跳海的罗丝。第二幕前半部分的情节是他们俩的相互关系：他们的结识，同时要克服诸如阶级地位和生活状况等障碍，并且一直发展到他们俩做爱——这个他们彼此间关系的高潮。中间点发生在泰坦尼克号撞上了冰山，现在这个事件将我们引入了第二幕的后半部分，并将重点围绕在他们的人身安全和存活上。

但是故事仍然是在讲述罗丝和杰克,在泰坦尼克号沉没过程中的顽强拼搏,以及他俩的关系如何使得罗丝挣脱了家庭的和社会的束缚,完全按照自己的意愿来决定自己的生活。

撞击冰山的情节将我们引进第二幕的后半部分,而且将我们引导到第二幕结尾处的情节点Ⅱ:这时罗丝离开了自己所在的救生艇并且跑回到杰克的身边。即便是死,她也要死在自己的爱人的怀里。第二幕的后半部分的次级主题应该是罗丝和杰克生死相依。

这就是中间点的重要作用——它将第二幕的前半部分和第二幕的后半部分连为一体。中间点是戏剧性行为系列链中的一个链接环。

影片《泰坦尼克号》

中间点之所以如此令我兴味盎然是由于它不仅提供了一种能够从结构方面对第二幕进行处理的新手段,而且还拓展了人物的深度和维度。

在影片《肖申克的救赎》里,安迪在情节点Ⅰ和瑞德相遇。他们就此开始了相互间的关系,而安迪也在适应着监狱里的生活。

当他开始获得了典狱长的信任后,他被指派到监狱图书室工作并且向立法机构要求额外的资金。在长达六年的时间里,他每星期都会写一封,有时是两封信件,以便为扩大图书室而筹措资金。行为就是人物,是吧?

终于,当一张支票和几个纸箱的书送到之后,安迪查对了目录。其中有一张莫扎特歌剧《费加罗的婚礼》的唱片。他迫不及待地锁上了典狱长办公室的门,放上唱片打开唱机,然后开启了监狱里的扩音广播系统,从而使得咏叹调的乐曲传遍了整个监狱。美妙的音乐回荡在监狱围墙内的各个角落,而安迪更是"陶醉入迷,欣喜若狂"。正如瑞德通过画外音所说:"我到现在也没弄明白,那天这两个意大利女人在唱着什么……我宁愿相信她们的歌唱是如此的美妙,美得无法用语言来形容它,美得让你心痛……我要说这些歌声翱翔在空中,比在这个灰暗地方的任何一个人梦想的都要高,都要远。它就像一只美丽的小鸟,飞进了我们这灰色的鸟笼,并让这些围墙消退了……而在那短暂的一刻,肖申克监狱里的每个社会弃儿,都感到了自由。"

正在这个时候,典狱长和狱警们破门而入,冲进了办公室并控制住了安迪。瑞德告诉我们说:"就为了这个小小的愚蠢举动安迪被关了两周的禁闭。"但是安迪似乎并没有把它当一回事。在他从禁闭室出来后,他告诉他的狱友们说"那是我最爽的时光"。他提醒瑞德和其他狱友们说:"在这个世界上有些东西是无法用灰色墙石来阻隔的。在我们的内心深处有一块小小的天地,他们不能把它从你这儿夺走,那就是希望。"

瑞德并不同意,因为以他的观点来看:"希望是很危险的东西。希望会让人发疯,它在这儿没用。你最好接受我这个看法。"安迪播放音乐的这个事件就是中间点,它驱动故事向前发展以便使我们能在第二幕的后半部分里对人物有一个更深刻的认识。

这三个基本元素——情节点Ⅰ,中间点和情节点Ⅱ是第二幕的结构基础,它们对整个第二幕进行了妥帖地安排。在你知道情节点Ⅰ和情节点Ⅱ以前是无法确定中间点的。它的运作方式是这样的:

首先,你要确定你的结尾。其次,你要选择你的开端。第三,选择你的情节点Ⅰ,以及第四,选择情节点Ⅱ。只有这样,在范式上将这四个元素安置好了以后,你才能够确定中间点,当然,电影剧本的所有结构性组件都具有很强的灵活适用性,但是它们必须被安置在适当的位置,从而在你开始之前能为你指明方向。

对我来说,中间点的重要性在于它使我在对第二幕进行组织和结构方面获得了一种更为深刻的洞悉和领悟能力。这个故事节点将为你在设计和构筑第二幕情节的叙事线时提供帮助。

当你身处范式之中时，你是无法看见范式的。

* * * * * * * * * * * * * * *

练习

选取一些你所喜欢的影片然后设法获得这些影片的 DVD 光碟。将它们观看两三遍。第一遍只是以欣赏为主但要投入进去。

当你第二遍观看时，就要对它进行认真地研究。取一叠稿纸并做些记录。厘清并确定情节点Ⅰ和情节点Ⅱ。看看你是否能够认清第二幕的结构。从情节点Ⅰ入手，它应该发生在影片的第二十至三十分钟之间的什么地方。如果需要的话可以用你的手表来掐时间。

在你确定了情节点Ⅰ之后，要紧紧跟住主要人物的行为动作。然后大约在影片的五六十分钟之间，看看你是否可以找到中间点。用你的手表来对时。在看完影片之后再回头看看你对中间点的定位是否准确。

为什么它就是中间点呢？它是将第二幕的前半部分和第二幕的后半部分连为一体的戏剧性行为系列链中的链接环吗？然后再将影片从头至尾看一遍。试试看，你或许还能够将它写入范式中。至此，你已经可以进入下个阶段了。

Chapter 13
第二幕的前半部分
和后半部分

FIRST HALF, SECOND HALF

诺阿·克劳斯说:"你可能以为自己知道是怎么回事。但是,请相信我,其实你什么都不知道。"

——《唐人街》

我始终认为,第二幕是写作过程中最难把握的部分。不仅在于它的长度是第一幕和第三幕的两倍,而且还在于它对素材的需求量更大、复杂程度更高,并且更加需要精心的设计和熟练的技巧。光是寻找你的故事线并且确保它向前推进就是一项挑战。第二幕是一个大约长达六十页的戏剧性行为单元,而且在你的写作过程中始终要将你的结尾点牢记在心。如果你知道了你要前往什么地方,那么你就能够规划出怎样才能到达那里。为了让它有效地运转,你必须精巧地安排和设置你人物的行为轨迹。从情节点 I 到情节点 II 这段时间里,在你人物的身上,无论是身体上、精神上或是情感上发生了什么? 他(她)面临着什么样的艰难险阻? 在这段情节里,你人物的发展轨迹发生变化了吗? 如果发生了,那是什么样的变化呢? 利害攸关的风险性是否足以确保你的故事能够引人入胜、充满悬疑、扣人心弦以及节奏紧凑?

我们是将第一幕作为一个特殊的戏剧性行为单元开始写作的。当你即将着手写作第二幕时,重要的是要确保你的方向始终向前推进。在第二幕的前半部分发生了什么?你人物的戏剧性需求是什么?是什么阻碍了这个戏剧性需求的实现?在你主要人物的身体上、精神上或是情感上发生了什么?从情节点Ⅰ到中间点之间发生了什么?将这前半部分结合在一起的是什么?这就是你首先必须知道的东西。一旦你确定了前半部分的次级戏剧性情境脉络(sub-dramatic context),然后我们就能够提供内容——即为使它能够有效运转所必须的各具特色的那些场景和段落。

情境脉络,请记住,就像是空的玻璃杯的内部空间,它将戏剧性或喜剧性内容妥帖的容纳在其中。

你知道第二幕前半部分里的次级戏剧性情境脉络是什么吗?是什么想法或理由将情节妥帖地进行了安排?你是否能用简单的几个词语对它进行描述?它是某种相互关系吗?一段历程?是假期的开始吗?是突然失去了一份工作,或者是获得了一个职位?或者没准是一段婚姻的开始,要不就是一次离异?

你能否对它进行精确地解释、清楚地表达?将它写到范式上去。

一旦你为第二幕的前、后各部分确定了次级戏剧性情境脉络,你就可以设计一条行为动作线,从而以最戏剧性的方式来完成你的故事线。这就是情境脉络为我们所做的事情:它将情节和内容适当地进行了"安排"。

当我首次开始对我的电影编剧学员们讲述中间点的概念时,我心里明白它是一个很有效的工具,但是在当时,我并没有太多的解释性说法、理由,或者可提供的实例来对第二幕的前半部分和后半部分的次级主题的情境脉络进行说明。

大约是在我接触了两位比利时的电影制片人的时候,他们当时代表荷兰文化部邀请我在夏季到布鲁塞尔开办一个讲述电影编剧的培训课程。在我们讨论的时候,其中一位问我:自从几年以前我的著作《电影剧本写作基础》出版以来,我在剧本的结构方面是否有什么新的发现。我向他讲述了关于中间点的内容,而且我已经开始将这个观点应用在我的电影剧本和编剧创作讲习班里了。

由于我前往布鲁塞尔时随身带着《唐人街》的影片和剧本,他就问我《唐人街》的中间点是什么,以及它是如何对情节产生影响的。我对他直言相告说,我在当时对此确实是一点也不清楚。为了试图掩饰我的疏忽,我对他说我所能做的就是翻看剧本的第六十页,并且看看那里有些什么。所以,我们将剧本翻到了第六十页,那里正好是杰克·吉蒂斯与伊芙林·马尔雷在酒吧里谈话的场景,这是在她的丈夫刚去世不久。他从自己的口袋里掏出一个信封,并为她寄给他支票表示感谢,但是补充说在一些说辞上她对他"撒了谎"。吉蒂斯对她说:"我觉得你有东西瞒着我,马尔雷太太。"他指着写在信封上的几个字母组合 ECM,并随意地问道字母"C"代表了什么。

在回答前她略微支吾了片刻,然后她说:"C 代表克劳斯。"

"这是你结婚前的姓氏吗?"他问道。

是的。

他思索了一会儿,耸了耸自己的肩膀,然后转换了话题。

我将剧本放下,而他却面带疑惑地看着我。这位电影制片人问我:"这就是中间点吗?"如果是的话,理由何在? 我看着他并且试图证明这个场景就是中间点,不过很快就放弃了,因为很明显我自己都不明白我究竟在说些什么。事实上我并不知道这个场景到底是不是中间点,如果是,那为什么是。至此我只能试图一笑了之,然后迅速地转换了话题。

他们离开后,我开始为创作讲习班做准备。我重新阅读了《唐人街》的剧本,并且反复看了几遍影片。最终我确认中间点并不是第六十页上在酒吧里的那个场景,而是在更往后的第六十三页上,在停车场外面的那个场景,在那里杰克·吉蒂斯告诉马尔雷太太说她的丈夫"是遭人谋杀的,如果你有兴趣听的话……有人将城市水库里数以千吨的水放掉,可我们现在正处于干旱之中……而我的鼻子几乎被割掉! 可我喜欢它,我喜欢用它来呼吸。不过我仍然觉得你有事情隐瞒着我。"

以我所见,中间点就是它。我将剧本和影片带到了布鲁塞尔,我播放了影片,谈论着它,在讲演会和创作讲习班上对它进行了分析。它成了我的教学影片。

学习过程就是能够去认清事物之间的联系,我对这部影片谈论得越多我对它的认识也越全面(至今我仍然认为它是在过去三十年间写出的最佳的美国电影剧本之一）。

在一个天色阴沉的早晨，我在世博会巴黎美术馆为一些欧洲的电影制片人放映了这部影片，在放映结束之后，我们围坐在一起面向一大群观众对影片展开讨论。我开始谈论有关中间点的问题，以及它是如何开始在霍利斯·马尔雷，杰克·吉蒂斯和马尔雷太太之间建立起联系的。在这个场景里，吉蒂斯想要获取一些有关水利部门新任负责人尤尔伯顿的信息。秘书告诉他说：尤尔伯顿正在开会，而且不知道要忙到什么时候。"我可以等。"吉蒂斯说。他点燃一根香烟，并使自己悠闲自得地坐在椅子上。"我午饭的时间会很长，"他对秘书说，"有时候会是一整天。"

他开始对自己哼唱着小曲，而那位秘书则被弄得紧张和不安起来。然后，他站起身来并沿着墙壁来回徘徊寻觅，仔细观看那些详细记述了水利部门历史的照片。其中有好些霍利斯·马尔雷和一位名叫诺阿·克劳斯（约翰·休斯顿饰）的人站在一起在各种不同建筑物地点的合影照片。

克劳斯。这个名字像警铃一样在吉蒂斯耳边响起。他拿出伊芙林·马尔雷的信封并看着那几个字母组合："ECM"。他问秘书诺阿·克劳斯是否也在水利局任职。秘书惊慌失措地回答说是，然后又说不是。"诺阿·克劳斯是水电局的拥有者，"她告诉他说，"是和马尔雷共同拥有。"他们是合伙人，她解释说。马尔雷认为水应该属于公众，但是克劳斯不同意，这样他们就闹翻了。

有某样东西在敲击着吉蒂斯。伊芙林·马尔雷是诺阿·克劳斯的女儿，这就意味着她嫁给了她父亲生意上的伙伴。伊芙林站在谁的一边——是她的父亲，还是她死去的丈夫？突然吉蒂斯意识到诺阿·克劳斯应该具有一个非常强烈的动机去杀害霍利斯·马尔雷。

现在事情显得清晰起来。这个信息是第二幕戏剧性情节中一个关键性的链结环，而且是能顺藤摸瓜地解开谜团的第一个线索。最终它引导吉蒂斯证明了克劳斯就是那起谋杀案和夺水丑闻的幕后指使者。它是戏剧性行为系列链中的一个链接环，并且为吉蒂斯提供了重要的线索来揭示事件的真相是什么。

"你可能以为自己知道是怎么回事，"诺阿·克劳斯此前曾经告诉吉蒂斯说,"其实你什么都不知道。"杰克仍然还不知道是谁陷害了他以及为什么,但是他已经找到了线索。这就是使得中间点成为如此重要的故事进展环节的原因。它通过将重点聚焦于吉蒂斯为了能解开谜团而搜寻信息和线索的情节,从而来建置第二幕的前半部分。中间点在伊芙林·马尔雷、诺阿·克劳斯和霍利斯·马尔雷之间建立起了联系,而且它也成为在第二幕的前半部分和第二幕的后半部分之间的戏剧性行为系列链的链接环。在前半部分吉蒂斯发现了"是怎么回事",在后半部分他发现了"幕后人是谁"。

当我将它用范式的形式展示出来时,它看上去即是这个样子:

影片《唐人街》

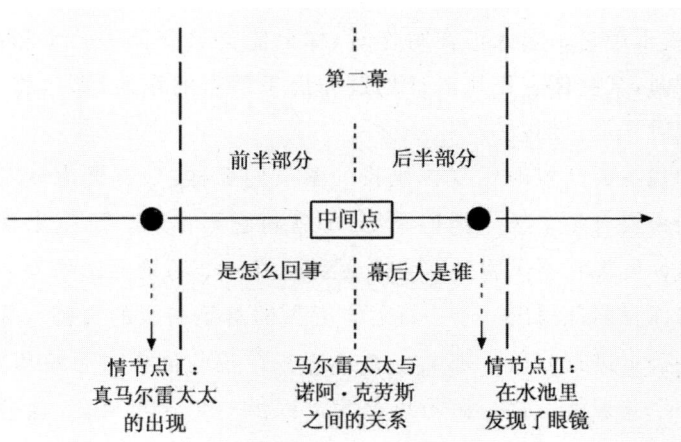

一旦我找到了这个链接环,整个第二幕就变得次序井然了。当我仔细审视它时,所有的元素都紧密地结合在一起,就像一块如十六世纪比利时花式挂布那样错综复杂的编织物。那个作为链接环的信息就是故事的进展环节,它将故事向前推进,一步接着一步、事件接着事件、场景接着场景,将我们引导到第二幕结尾处的情节点Ⅱ。

必须明白中间点是一个重要的工具,它能够使你将你的故事线聚焦到一条特殊的情节线上。有了它,你现在就有了方向,一条推进路线。一旦你知道了你的中间点,也就可以通过建立次级主题的情节脉络为第二幕的前半部分和第二幕的后半部分构筑和组织你的素材。它是一个固置点以便你能"构筑"故事线,使你充满自信且毫无疑虑地知道你要去什么地方。它成为了你故事的进展环节,将你的故事推动向前并进入到第二幕的后半部分。

有些时候,在你为第二幕的前半部分和后半部分组织你的素材时,一个新的想法,新的关系,甚至一个新的人物会涌现出来,而在此前你从未想到过这些东西。当你在写作时,你应该顺着"眼下"所奏效的方式进行。请信任电影编剧的创作过程。它要比你强大得多。要跟着感觉走。请不要为自己很久以前曾作出的某个决策而担忧。

世事难料,糟糕事常发生。人会改变,事物也会发生变化。

唯一与此密切相关的问题是:它是否奏效。如果它奏效,就用它;如果不奏效,就不用它。当你正在写作时,你可能突然获得了一个新的想法,一个新的方向,某些你事先从未计划过和出乎预料的东西,那就将它写下来,然后试试看它是否奏效。

正如我不厌其烦地反复告诫我的学员们那样:如有疑虑就写下来。如果你对是否要写某个场景把握不定,那就将它写出来。可能出现的最坏结果也就是你发现它不灵验。你会体会到删掉一个场景要比增写一个新的容易。请勇往直前并写出一个一百七十五页的落笔初成的文稿。你肯定要回头对某些稿页进行修改。那又怎么样呢? 在我的创作讲习班里,我们曾经达成的一个共识就是这个讲习班是为了提供一个学习机会,这就意味着要乐于发生差错。要勇于尝试那些可能不奏效的东西。这是成长和进化以及提高你的技艺唯一的可行之路。

再重复一下,第二幕的前半部分和第二幕的后半部分每个的长度大约都有三十页。这两个戏剧性行为单元各被一个次级戏剧性情境脉络所紧密结合在一起。对抗是统领整个第二幕的情境脉络,它是不会变的,它将始终维持原貌。无论你的剧本是多么长或多么短,你都能够因地制宜地对篇幅作出调整。

构筑第二幕的最好方式是什么呢? 我们已经知道三个基础性的构造点:情节点Ⅰ、情节点Ⅱ和中间点。我们下一步必须要做的事情是确定第二幕前半部分的次级戏剧性情境脉络——那个将素材紧密结合在一起的主要的情节，或者故事线，或概念是什么？

在影片《断背山》里，第一幕建立了恩尼斯·德尔玛（希斯·莱杰饰）与杰克·特维斯特（杰克·吉伦哈尔饰）之间的关系，这是他们初次相遇并要一同前往断背山牧羊。在那里没有什么能再压抑他们身体的感觉，他们做爱了，但却拒绝或掩饰着他们之间存在的真实情感。在情节点Ⅰ他们下了山并分手，开始了各自的生活旅途。第二幕开始于恩尼斯与阿尔玛（米歇尔·威廉姆斯饰）结了婚并且很快有了两个孩子。他不断地变换着工作而他的生活似乎毫无目的。杰克凭着骑术成为了竞技牛仔，并遇到了露琳（安妮·海瑟薇饰），她是一位拥有一家兴旺的拖拉机公司的老板的女儿。他们结了婚并在不久以后有了一个孩子。

但是两位男人的婚姻仍然留下了太多的渴望。这就是第二幕的前半部分的情节所聚焦的重点：他们的家庭限制了他俩之间的关系，他们无法去相爱。这是次级戏剧性情境脉络。这是一条连接了第二幕的前半部分和后半部分的情节线。在《断背山》第二幕的前半部分里，次级戏剧性情境脉络是揭示他们之间的联系。这个情境脉络构筑了中间点，在经过了很长一段时间的分离之后，当这两位牛仔再次重逢并亲吻拥抱时，他们之间所表现出来的炙热的情感被恩尼斯的妻子阿尔玛所目睹。爱情成了将他俩连在一起的力量，他们回到了断背山，在那里他们才第一次真正地在一起了。这就是中间点。

现在将会发生什么呢？第二幕的后半部分的故事时间延续了好几年，内容包括了他俩各自不快乐的婚姻，以及他俩每年里短暂几天的团聚。但是这根本无法满足他们两人的意愿，尤其是对杰克。我们看到了他们的悲伤，杰克到墨西哥的红灯区去寻找一个恩尼斯的替代者，恩尼斯无法与他的家人分享幸福，甚至逃避与妻子的性爱。最终，他的妻子提出了离婚。恩尼斯成了一个孤独、坏脾气的牛仔，不断地更换自己的工作。他与一位餐厅服务员开始有了交往，尽管她对他十分钟情可恩尼斯对她根本没有感情，因此她带着泪水和伤心离开了他。

由此将我们带到了情节点Ⅱ，这已是二十年之后了，对于恩尼斯抗拒着自己的情感，不愿待在一起的行为杰克已经无计可施。恩尼斯被他自己童年时代的一段记忆所掌控，当年他曾被带领着去看横尸在山沟里的一位"假娘儿们"老年牛仔肢体残缺不全的尸体。就是这段记忆迫使他一直拒绝自己所爱的人杰克。

第三幕的情境脉络解决了这种进退两难的窘境并且展现了这两个男人各自的不幸。正是它赋予了故事力量、激情以及广泛的认同。

在影片《肖申克的救赎》里，第二幕的前半部分将重点聚焦于安迪在监狱里的生存之道（次级戏剧性情境脉络）以及他与瑞德之间关系的发展。第二幕的后半部分讲述了安迪营造了自己的狱中生活，他如何想尽一点绵薄之力向狱友们奉献和传授自己所受到过的教育（次级戏剧性情境脉络）。

在《泰坦尼克号》里，第二幕的前半部分的次级戏剧性情境脉络是罗丝与杰克之间从相识到相知。我们看到为了感谢在情节点Ⅰ里对罗丝的救命之恩，杰克被邀请出席晚宴。这是一个重要的段落，因为我们看到杰克不仅使自己置身于"上流社会"，而且罗丝和其他人对他所表达的价值观和看法惊讶不已。由此就直接引领到了他们做爱这个中间点上，正好在泰坦尼克号撞上冰山之前。第二幕的后半部分讲述了他们的求生和生死相随。

次级戏剧性情境脉络对于决定这两个戏剧性行为单元的内容方面来说是一个重要的啮合件。

因为情节点Ⅰ是你的故事线的"真正的开端"，或许你会发现自己在写作第二幕的后半部分时，可能偶尔会在故事里失去了方向。如果这件事的确发生了，请继续写下去，而且你将会在第二幕的前半部分中部的附近发现自己已经回到了故事的轨迹上。

确定了戏剧性情境脉络，使你处于可进行选择的有利地位——它为你的情节设计提供了一个基础，而这是你讲述故事所必不可少的。这就是戏剧性情境脉络的功能和重要性。它将所有元素结合在一起。它就是结构。

考虑一下你的故事线。在第二幕的前半部分发生了什么？对它进行思考和界定。如果要选择的话，你可写一篇有关发生了什么状况的短文以便于你厘清自己心中的一些想法。一旦你确定了第二幕的前半部分和后半部分的情境脉络，你就能够决定叙事情节的时间架构了。

亚里士多德认为时间、地点和行为是将戏剧的悲剧事件有机结合在一

起的三要素。他在《诗学》里论述了他的观点,他认为行为动作的时间必须
与戏剧的长度相吻合。一出两个小时的戏剧只能涵盖男主人公人生中的两
个小时。这样,戏剧的时间就成了行为动作的时间。这与叙事诗作者的情
况很不相同,他可以在不同程度上采用虚构的多角度的画面来表现长达数
年的行为动作,而一位戏剧作者则被限制在一个单一的时间、空间和行为动
作上。我们无法亲眼目睹俄狄浦斯弑父的场面,我们只是听到某人向我们
陈述有关的情况。

　　戏剧创作的这种情况一直持续到十六世纪,莎士比亚和他同时代的人
通过对人物在各个年代生活的呈现来架起各个时间段之间联系的桥梁,而
"一个在舞台上高谈阔论的可怜演员,无声无息地悄然退下"。通过对此一
场景和彼一场景进行戏剧化的处理,借助于大量的特殊情节,各时间段被连
接、被浓缩并被结合在了一起。

　　莎士比亚的方式是电影性的,但却是为舞台演出设置和写作的。荷马
创作他的史诗所采用的方式,以及莎士比亚创作他的戏剧所采用的方式,在
本质上就是今天乔治·卢卡斯和斯皮尔伯格以及彼得·杰克逊在创作他们
的传奇、通俗和幻想故事所采用的方式。类似于《星球大战》、《指环王》和
《黑客帝国》这样的史诗影片穿越了时间和空间并可以接切到人类所处的任
何时代。

　　如果你打算写一部在时间上持续好多年的电影剧本,比如像影片《断背
山》或《肖申克的救赎》,或者是发生在一个很短的时间段里,像影片《黄金时
代》(*The Best Years of Our Lives*,1946,罗伯特·舍伍德编剧),或是《四十
八小时》(*48 Hrs.*,1982,罗杰·斯波蒂伍德、沃尔特·希尔、莱瑞·格罗斯
和斯特芬·德绍扎编剧)或《美国美人》等,你能够采用什么样的事件来显示
出时间的消逝呢? 你打算加副标题字幕吗? 或者你想通过显示在一个场景
里是阳光明媚,而下一个则是雪天里的圣诞树的方式来说明时间的流逝吗?
或者没准你想在一个场景里让这个人物穿着一件针织背心,而在下一个里
则穿着皮毛大衣吗? 问一下你自己,你所没有显示的是什么。是什么使得
"这个"事件比"那个"事件更为重要呢? 写作一个持续好多年的故事是困难
的,而且电影编剧新手们常常像铅弹那样"散布"事件,并期望机遇,好运和

灵感会光顾他们。他们往往不会成功。

精心规划、周密准备和坚持不懈是写出一部成功的电影剧本的关键。设计出你故事的时间架构。它所涵盖的时间段有多长？影片《肖申克的救赎》持续的时间超过了十九年；而《时时刻刻》则持续了一天多一点的时间，不过却是在三个不同的时代里——1923 年，1951 年和 2001 年。

请对此进行认真地思考。

如果你的情节所发生的时间段超过了三个小时、三天、三个星期、三个月或三年，你可以借助于某些场景转换将时间的流逝视觉化，并使得叙事线的重点集中在某种鲜明的视觉性表现上（有关这个问题的进一步论述请参考《电影剧作问题攻略》）。如果你打算改编什么东西——一部小说，戏剧、人物传记、文章或新闻报道——你可以连接和强化时间。由詹姆斯·格雷迪（James Grady）撰写的小说《秃鹰六日》被改编成《秃鹰七十二小时》，是为了使它有一个更为紧凑，更加视觉化的表现以便能增加故事的张力和戏剧性效果。

你可能会决定让第二幕的情节发生在两个月的时间之内。前半部分或许会有两星期，后半部分就是六个星期。按照前面的叙述，时间的流逝可以有几种标记方式：通过季节的变化，或借助于在对话中特别提到的事件，例如阵亡将士纪念日、劳动节、圣诞节、万圣节，或者利用一个诸如一场选举、一次出生、一场婚礼或葬礼那样的事件。

在第二幕里出现的是什么样的时间架构？考虑一下第二幕的前半部分：你情节的时间架构是什么？确定它需要多长或多短。找到一个有效的并确保能在其中运作的时间架构。请相信故事会告诉你需要什么样的时间段。不要将它看作是洪水猛兽。不要人为地将它弄得太过重要。

时间架构就是能够确保你的故事运转，从场景到场景，段落到段落，幕到幕不断地向前推进的东西。它支撑了行为动作，并且被情境脉络所包容。

当你开始对第二幕的前半部分的情节进行构思时，你已经有了能够将所有的元素结合在一起的次级戏剧性情境脉络和时间架构。你已经有了一个方向，一条发展路线，它能决定在情节中发生什么事情从而引导到中间点，再从那里发展到情节点Ⅱ。

次级戏剧性情境脉络和时间架构的重要性在于为你提供了一个更重要的结构性的支持,以及通过突显你的主要人物为了成就他(她)的戏剧性需求时所必须克服的障碍来加强戏剧性的张力。

在你完成了第二幕的前半部分这些工作以后,再对第二幕的后半部分进行同样的操作。这两个情节单元是分离的和独立的,即使这样它们仍是整个规模更大的第二幕的组成部分,并且被一个中间点所连接。

通过我在国内和世界各地的许多讲习班,我所发现的一个诀窍是在构筑第二幕的前半部分和后半部分时需要用到一个主要的段落以便将各元素结合在一起。

在布鲁塞尔的编剧讲习班期间,我和三位欧洲的电影制片人——联手地协同工作,面对大约百人的一大群听众,他们当中有电影摄制者、编剧、导演、演员和许多制片人。在这个为期两周的特殊课程里,编剧们继续写他们的剧本。他们会探讨自己的故事和下一步的写作,听众们则会提出一些问题,当天课程结束后,他们回家并继续为下一次课程进行写作。再回来时,他们会带着自己的作业,数量不等约为五至十页,这个课程中的每个学员都要聚在一起静静地阅读这些文稿。由于我不懂法语和佛兰德斯语所以他们会为我做翻译。下一步,我会对这些文稿进行评判。提出一些问题并解释一些戏剧性的选择:为什么这个场景用在"此处"要比用在"彼处"更好? 为什么在这里用主要人物而不是另一位人物? 我们是否能够将这个场景调整到别处,或另一幕里? 我们是否必须知道在这些场景之中的这个人物身上发生了什么? 这个场景的目的是什么?

现在我们开始处理第二幕的素材。当我们着手规划和创建从情节点 I 到中间点的素材时,我意识到我们所需要的是一个能够将整个第二幕的前半部分进行统筹安排的关键段落。为什么呢? 因为戏剧性情境脉络对故事进行了统筹安排,此外同时还推动故事向前发展。

请研究这个范式：

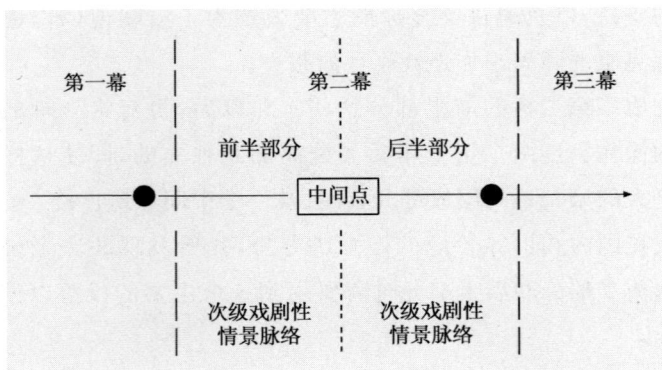

　　你所需要的就是一个发生在前半部分四十五页左右的关键性段落，和一个发生在后半部分七十五页左右的段落，以便对这两个三十页的情节单元进行妥当的固置。这就是你为了将这些稿页的内容"结合"在一起所必须做的工作。对第二幕的前半部分来说，这就意味着你大约需要十五页来到达这个特殊的段落，而且在将它写完后你只需要大约十五页来到达中间点。对于第二幕的后半部分情况同样如此。从中间点到达这个特殊的段落你大约需要十五页，而且一旦你将它写完后，另外十至十五页将会将你带到第二幕结尾处的情节点Ⅱ。这两个事件，每个都是故事的一个进展，一个大约在四十五页而另一个大约在七十五页，而且你现在已经有了两个能对那两个情节单元进行统筹安排的并起稳固作用的段落。

　　《唐人街》是一部我用来作为教学片的电影，在影片中霍利斯·马尔雷的谋杀事件发生在四十五页上，而这个事件就足以将故事向前推进到中间点。那个作为中间点的事件（即伊芙林、克劳斯以及马尔雷之间的联系）足以成为故事的进展，从而将故事向前推进到另一个情节点，也就是吉蒂斯发现了所有东北峡谷的土地都被出售给了某些人，而这些人要么是已经死亡，要么是住在养老院里。它也作为故事的一个进展将故事继续向前推进，直到吉蒂斯发现诺阿·克劳斯就是那起谋杀案和夺水丑闻事件的幕后真凶。

　　在布鲁塞尔讲习班其余的日子里，我建议听我课的编剧们将他们前半部分的素材围绕着那个大约在四十五页上的段落来组织，以及将后半部分的素材围绕着另一个大约发生在七十五页的段落。这两个段落都是故事进展点，而它们的功能只是用来确保故事的在轨运行。编剧们喜欢写作这些场景。他们能够对它们进行构筑和着手操作，并进而将它们推进到中间点。按照我的理解这样的一个段落可以是一个行为动作段落、一个对话段落，或者是任何你想要的东西，只要它能够推动故事向前发展。

编剧们告诉我说我需要对故事的这两个进展点的作用提供验证。所以，当我从国外的讲习班回来之后，我就开始运用这样的两个段落，同时我的学员们也确认了它们的重要性。他们对我说在写作第二幕这是最重要的基本要素。

我决定将这两个段落称作紧要关头Ⅰ（pinch Ⅰ）——在第二幕的前半部分内，和紧要关头Ⅱ（pinch Ⅱ）——在第二幕的后半部分内。我认为分别将它们称为紧要关头Ⅰ和紧要关头Ⅱ①是很恰当的，因为这些段落就是要将故事线"掐"到一起以便确保故事的在轨运行。这也就是它们的功能。

可以这样来定义一个"紧要关头"：它是一个能够确保情节向前运行到中间点，或情节点Ⅱ的段落。它只是稍稍掐住故事线以便确保情节沿着轨迹推动故事向前运行直到中间点或情节点Ⅱ。的确，它是一个情节点，但更重要的是，它是一个确保故事在轨并向前运行的段落。

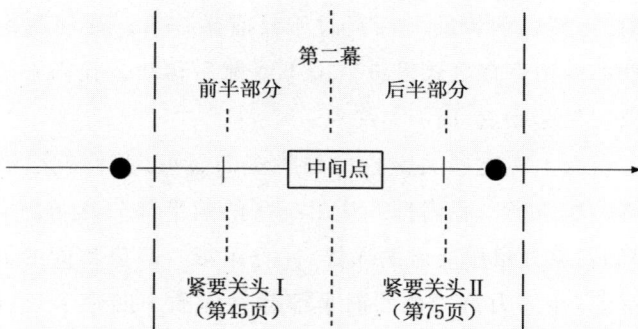

---

① pinch，基本涵义：捏，掐，夹，收缩，箍缩。在这里具体是表示对故事情节进行定位、固置或箍缩的一个特殊的情节点。——译者注

　　有些时候在紧要关头Ⅰ和紧要关头Ⅱ之间会存在某种联系,作为故事的某种衔接。影片《末路狂花》里,在紧要关头Ⅰ那两位姑娘在途中让不良青年(布拉德·皮特饰)搭车,就是为了在中间点让他偷了她们的钱。紧要关头Ⅱ是发生在不良青年被警察拘捕并告诉警察说塞尔玛和路易丝正在逃往墨西哥时。这种对称性的安排并不是普遍现象,它的出现取决于你的故事线和具体情境。

　　当我将紧要关头Ⅰ和紧要关头Ⅱ作为第二幕构架中的固置性段落使用得越多,我越认识到它们的价值。当你着手构筑第二幕时,你通过戏剧性情节来建置故事线,我们先建置第二幕的前半部分,然后再建置第二幕的后半部分。正如前述,我们首先要确定中间点,然后建立起前半部分的次级戏剧性情境脉络,继而是后半部分的次级戏剧性情境脉络。只有当你在获得了这个情节单元的情境脉络以后,你才能够确定紧要关头Ⅰ。是什么事件、插曲或事情能够确保故事在轨运行呢?

　　一旦你建立好了这些东西,你的工作就可以向前推进到第二幕的后半部分了。你已经知道了中间点和紧要关头Ⅱ。能够确保故事继续向前运行到紧要关头Ⅱ的那个情节的主旨是什么呢?那就是你的次级戏剧性情境脉络。请将它填写到范式上。下一步再确定紧要关头Ⅱ,它是保持故事在轨运行并一直向前发展到情节点Ⅱ的段落。

　　就结构而言,其最理想的一点莫过于具有柔韧性。它使我们始终能够将那些关键性的结构点在范式里进行上下或前后移动。我们必须始终牢记在心的是这仅仅是起始点,而不是终点。

　　一旦你在范式上将这些关键性的结构点布置好,我们就已经准备好开始进行第二幕的构筑了。我们打算从第二幕的前半部分开始。取十四张卡片,就按照我们在第九章里所做的那样,并且用第一幕里相同的方式来安排情节。再次强调,在你为第二幕的前半部分对你的十四张卡片进行安排之前,要先确定好中间点、决定次级戏剧性情境脉络并建立起紧要关头Ⅰ。现在着手安排这十四张卡片,对前半部分进行尽情投入的自由联想。现在,你认为哪张卡片应该是紧要关头Ⅰ呢?是第七张卡片。为什么?因为它发生在第二幕的前半部分中部,大约第四十五页的地方。

对卡片进行反复地推敲直到将它们调整到位为止。记住第二幕的中心思想是矛盾冲突,所以你必须善于发现这些矛盾冲突,无论是内在的抑或是外在的,无论何时或是何地。而且要记住,每个场景的目的要么是为了推动故事发展,要么就是揭示有关人物的信息。

假如你迷失在第二幕创作过程的迷宫中,你可能会花上数天,甚至数周的时间,在沮丧和绝望的状态下,试图寻找能让自己摆脱困境的出路。但由于你正处于第二幕的写作过程之中,所以你必须明白此时的你根本就没有客观性可言。假如你对自己准备的素材产生了疑问,你会开始对所有的东西进行删改,那样你就不可能写出任何东西来。如果你不对此随时保持警觉的话,那么你就会成为你自己的牺牲品,并且开始品尝所谓的创作障碍症。千万别让这样的事情发生。

无论你对它的感觉如何,不管你认为自己写得不错、糟糕或是一般般,都不要中断你的写作。只是将你的故事写出来,一页接一页,一个场景接一个场景,一个镜头接一个镜头,并且将你所有的判断和评估都束之高阁,留在你床头柜的抽屉里。

将第二幕拆分成前半部分和后半部分,然后为它俩建立次级戏剧性情境脉络和时间架构,继而是紧要关头Ⅰ和紧要关头Ⅱ,让自己具有一个结构性的纵览眼光并保持你的故事在轨运行。它将指引你穿越障碍并引导你至电影剧本写作过程的下一个阶段——真正动手写作第二幕。

练习

故事梗概:一个年轻女人,是一位身处不幸福婚姻中的画家,她参加了一个艺术进修班并与她的老师有了一段暧昧的关系。与自己的意愿相反,她与之深陷情网,并且得知自己已经怀孕。她在丈夫和情人之间犹豫徘徊,最终决定离开这两个人并由自己独自来养育她的孩子。

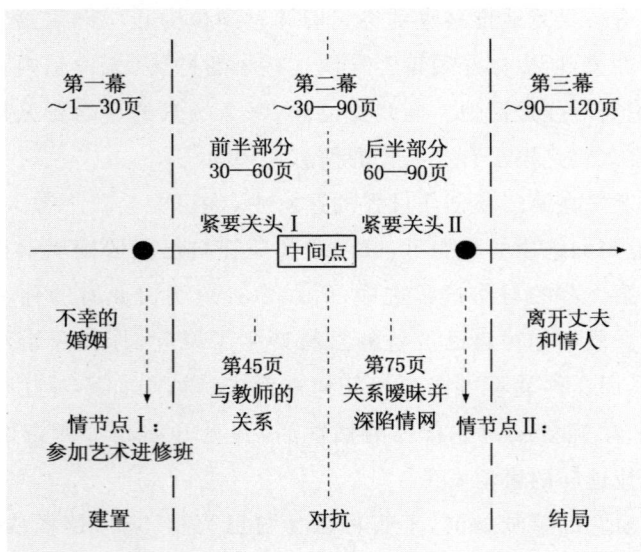

中间点＝戏剧性情节系列链中的一个链接环，它连接了第二幕
的前半部分和第二幕的后半部分。

让我们通过做下面的练习以进行一次"热身活动"。

请看着上面的那个范式：我们有一个故事，这是有关一个年轻女人，她是一位身处不幸福婚姻中的画家，她参加了一个艺术进修班而结果却与她的老师有了一段暧昧的关系。

它的分拆和结构方式与我们前面做过的所有练习是一样的：我们首先选择了结尾、开端，下一步是情节点Ⅰ和情节点Ⅱ，然后是中间点，接着是时间架构，然后我们为第二幕的前半部分建立了次级戏剧性情境脉络，继而为第二幕的后半部分建立了次级戏剧性情境脉络，而只是到了这时我们才能确定紧要关头Ⅰ和紧要关头Ⅱ。

在第一幕里，我们是通过营造我们的主要人物的不幸婚姻来建置我们的故事的。情节点Ⅰ是她参加了艺术进修班。

既然我们知道她与她的老师将会有一段恋情，而且在情节点Ⅱ怀孕了，中间点就将会是在她与他第一次发生了性关系。以这样的安排，前半部分是我们看到她在艺术进修班里的各种表现,她在绘画,她的婚姻生活,以及随着对老师的了解加深她自己的感受。第二幕的前半部分的次级戏剧性情境脉络将重点聚焦于她与老师之间关系的建立。第二幕的后半部分的次级戏剧性情境脉络着重描述她与老师深陷情网。

　　请再仔细审视这个范式。

　　回顾情节。你觉得什么事件,插曲或事情会是紧要关头Ⅰ呢?

　　让我们探讨一下这样的可能性:也许是这位年轻女性和这位老师第一次有机会单独面对面地增进相互之间的了解。也许她想让老师对她的画作进行评价,这样他们在课后去了咖啡馆;或者她的车在停车场无法启动,然后她向他借用他的手机;或者是他开车送她回家,然后他们确认了他们互相间的爱恋;或者他们在一个晚会上相遇。任何诸如此类的情境都可以用作紧要关头Ⅰ。

　　我们的人物并不是马上就会和她的老师上床,无论她与自己的丈夫待在一起是多么的痛苦。她很谨慎,而她的行为要与氛围相称。否则,我们就不会产生对她的任何同情,而你的主要人物是永远必须获得同情的。那么有关那位老师的情况怎么样呢?他是谁?他是什么样的一个人?你需要为他写一个人物传记以便弄清他是怎样的一个人。学生和老师将会有时间待在一起以相互了解,这是需要我们展示的,然后在中间点,他们将第一次发生性关系。这样你大约将用剧本的十五页来视觉性地揭示他们之间的关系。

　　在第二幕的后半部分这位学生与老师坠入情网,这将我们引导到了情节点Ⅱ,这时她发现自己怀孕了。这可以是在医生诊所里的一个场景,或者是一个怀孕测试报告的结果。如果他们有一个强烈和热切的做爱的场景,这或许就是导致她怀孕的那个场景。

　　在这个剧情里,你认为哪个场景是紧要关头Ⅱ?考虑一下这个问题。认真研究上面那个范式。写下一些想法。

- 去医生的诊所。
- 与她的丈夫大闹一场。

- 与老师发生了一次争执。
- 离开她的丈夫。
- 对老师直言表白她爱他。
- 得悉老师已有妻室。
- 在为期一周的旅行中他们做爱并导致她怀孕。

所有这些段落都会产生戏剧效果。你觉得怎么样？

我知道我还要做什么：紧要关头 Ⅱ 应该是她第一次发现没来月经。这个事件迫使你需要作出抉择：她怀孕了吗？发现怀孕导致她必须作出某些抉择：去做人工流产手术；将有关实情告诉丈夫；离开她的丈夫；离开丈夫和情人，让自己生下孩子并且重新开始自己既当母亲又做父亲的一种单身生活。或者她是否想要和老师一起开始一段新的生活？换句话说，在第三幕里她将如何摆脱她的进退两难的窘境？

你没有必要采用我的结局。你可以自己创造一个别的。上面列举出的那些戏剧性选择全都会产生戏剧性效果。最正确的选项应该是让你最出彩的那个。

如果它有效就用它，如果不奏效就别用。这是一条法则。试试看，如果它不奏效，那就看看其他什么会产生效果。不要担心会发生一些错误。在你写作电影剧本的时候，你一定要保持一个开放的心态，乐意接受所有那些小小的"意外"，那些神秘地出现在空白稿纸上的东西。

不要太纠结于自己所想要发生的东西，让它自然地出现。写作电影剧本是一个过程，它不断地需要经历变化和持之以恒。

这就是写作的真正乐趣所在。

Chapter 14

写作第二幕

WRITING ACT II

一个想法涌现出来,而一旦在它酝酿成熟到了写作的阶段,一切就水到渠成了。实际上真正艰苦的工作全都在于先期的准备工作。一旦你到达了这样的阶段,即你可以从容地坐在打字机(或电脑)面前时,那么所有的艰苦工作就都已烟消云散,而且真的只要顺势而为就可以了,这样一点问题都不会有了。

——伍迪·艾伦

正如前述,进入第二幕最好和最有效的方式是来自于人物的戏剧性需求。重要的是你要重新确认你的主要人物在你剧本的演进过程中想要赢得、获取、得到或成就的是什么。是什么驱动他(她)通过行动对自己所处的情感上或身体上的危机或境况来作一个了断。你能对它作出精确的解释和清楚的说明吗?

你人物的戏剧性需求在情节点Ⅰ是否发生了变化?切记,假如你人物的戏剧性需求有所变化,那么它一定是发生在情节点Ⅰ。这是你故事真正的开端。

在为第二幕做准备的时候,你是否考虑过在这个叙事情节的过程中你的人物将会面临什么样的阻碍?为写作第二幕进行准备就意味着你需要知道大约四个重要的阻碍,这是你的人物在沿着故事线前行时所必须面对的。而对于所有的阻碍来说,它们既可以是内在的也可是外在的,可以是身体上的也可以是情感上的,可以是精神方面的也可以是心智方面的。

所有优秀创作的基础是矛盾冲突。对此再做一次强调,所有的戏剧都是矛盾冲突;没有矛盾冲突你就没有情节;没有情节你就不会有人物;没有人物你就没有故事。而没有了故事你也就不会有电影剧本。像有些影片,如《时时刻刻》,《满洲候选人》,《郎心似铁》(*A Place in the Sun*,1951,米切尔·威尔森、亨利·波恩编剧),《冷山》,以及《美国美人》等既有内在的也有外在的矛盾冲突。

外在冲突是那些外在性地作用于人物的矛盾冲突,人物面对身体方面(当然,在某种程度上带有情感性质)的障碍,例如在《冷山》、《借刀杀人》、《阿波罗13号》以及《侏罗纪公园》(迈克尔·克莱顿、大卫·凯普编剧)里。在故事里通过人物和事件来创造矛盾冲突是一切写作形式简单、基础实用的手段,无论它们是小说、戏剧还是电影剧本。

那么什么是矛盾冲突呢?如果你从字面上理解,它的含义就是"相互对立",而任何戏剧性场景的核心就是使人物与某个人或某样东西处于对立的状态。矛盾冲突可以是任何性质的东西,抗争、争执、战斗,或是一个追踪的场面、对生活的担忧、害怕失败或成功、内在的或外在的、任何种类的对抗或阻碍,而且无论它是情感方面、身体方面或精神方面的,其实这些都没有关系。如果你没有足够的矛盾冲突,你就将发现自己时常会陷入一种写作呆滞的困境之中。

矛盾冲突既可以表现为身体上的也可以表现为情感上的。你可以通过对话来谈论它,或者你可以借助于形体动作来表现它,或者你可以让你的人物对它作出反应。无论矛盾冲突采取什么形式,都将成为驱动故事线在第二幕里运行的发动机。

同时也要记住,对白是人物的一种功能。让我们来回顾一下它的目的:

● 推动故事向前
● 揭示有关人物的信息(总之,他们的确有段历史)

- 向读者传达必要的事实和信息

- 建立人物的各种联系；使得他们真实可信、形象自然和积极主动。

- 赋予你的人物们立体感、洞察力和目的性。

- 揭示出故事和人物的矛盾冲突

- 揭示你人物的情感状态

- 对行为发表看法

在写作第二幕的对白时，你最开始的那些尝试或许都会显得不自然、刻板、零散以及牵强附会。写作对白就像学习游泳，开始时你一定会徒劳地在原地踩水，但是只要练得越多就能越容易地掌握它。在写作进入第二幕的前半部分时，你可能需要在写了好几页后才能领会到故事和对白的节奏感。

不必为此担心。在你的人物开始对你说话之前需要有个过程，这可能会发生在四十至五十页的什么地方。而且他们肯定会开始对你说话。要顺其自然地写出几页恶心的东西，以及生硬呆板、过分直白、傻笨愚蠢和无聊乏味的对白。不要中断写作。对白总是能够在修改的阶段得到润饰。"写作就是不断地改写"是一句古老的格言。

向你们中的一些人提个忠告，如果有人企图寻求"灵感"来指导自己的写作过程的话，那么我要说，很抱歉你或许不会找到它。灵感的出现只是在某个瞬间，几分钟或几个小时。一部电影剧本是依赖于勤奋的努力和艰苦的磨炼，而且需要坚持长达数周或数个月的时间。如果写一部电影剧本你需要花费上一百天的时间，那么这期间你能有十天是"有感觉的"就该庆幸自己的运气了。而一百天或二十五天都"有感觉"则不可能发生。在写第二幕时尤为如此。你可能"听说"确有灵感之说，但真实情况是它只是存在于彩虹的尽头——你正在追逐一个美梦。

"但是……"你会说。

但是什么？你的意思是，那些故事、传闻或道听途说就是如此这般地告诉你说他（她）在一两个星期里写就的剧本卖了几百万美元，是吧？或者是你朋友的朋友的朋友的堂兄弟认识的某个人在两天里写完了一部电影剧本？这是否就是那个"但是"所指的？

　　忘了它吧。正像我曾经告诉过所有那些曾经有过创作一部电影剧本的想法的人那样,写作是一项日复一日的劳作,一天两至三个小时,一星期五至六天,不管是在平日或是在周末,一天写上三页或更多,一周完成十几页。一个镜头接着一个镜头,一个场景接着一个场景,一个段落接着一个段落,一页接着一页,一幕接着一幕。而且其中有几天会比另几天要写得好。

　　只要记住,当你身处在范式里面时,你是看不到这个范式的。

　　即使如此,卡片系统会是你的路线图和向导,情节点、中间点、次级戏剧性情境脉络,以及紧要关头Ⅰ和紧要关头Ⅱ是你在途中的校验点,是在你进入高原沙漠这个终点——你的目的地——之前"最后"的加油站。

　　卡片系统的绝妙之处在于一旦做成以后你就可以将它忘掉。但是在现在这个阶段,在我们写作第二幕时,我们将会运用卡片系统来构筑第二幕的前半部分和后半部分。

　　回顾一下,一张卡片相当于一个场景,但是当你处在写作电影剧本的过程中时,就会产生一种自相矛盾的现象。由于你正在写作第二幕,你可能突然"发现"一个你以前从未想到过的新场景,或者是一个比你写在卡片上的那些要更灵验的场景。假如你对是否要用这个新场景而犹豫不决的话,那就用它。这个场景将会引导你改变方向离开卡片的路线,并进入一些你从未考虑过的新的场景或段落之中。我觉得这样很好。就这么去做。把它写下来。紧要关头Ⅰ和紧要关头Ⅱ以及中间点将会是你的结构性引导线,从而确保你始终处在你故事的发展道路上。假如事情的确如此发生了,那就顺势而为,因为重要的是将这些场景或段落写出来。你能够在几页之内就辨认出它们是否的确产生效果。在写完这新的稿页时,你可能会对自己努力的结果感到满意,但是随即会有一个意外的问题向你袭来:接着会发生什么? 而且,你根本没有头绪,不知道该做什么,或该到哪里去。做一次深呼吸,然后看看下一张卡片。你会发现你有一个很好的向导将你引领到你事先已在卡片系统上构筑好的下一个场景。假如那些新场景并不产生效果,只要明白你所损失的只不过是几天的时间而言,但是你却演练了你的创新能力。事实上,你并没有什么损失。你那创意性的头脑已经将那些新的场景充分消化和吸收,从而使你能够抛弃那些你曾经认为或许有效的东西,并且仍旧沿着你故事的方向发展。

请记住,当你操作卡片时,你就应专注于操作卡片。当你在写作电影剧本时,你就专注于电影剧本的写作。将死板僵硬的卡片忘掉。你只是让它来引导你,而不是成为它的奴仆。那什么是重点呢?无论何时,假如在你沉浸于自由畅想的片刻它带给你一个更好,更流畅的故事,将它写出来。

当你对场景作出安排时,你将再次发现实际的写作经历与你运用卡片来安排场景的方式是很不相同的。为了适应故事需要对卡片进行调整,或者为了故事和人物的发展需要增加一些新的场景,对这些你无须顾忌。到了这个时候,你应该开始对这种形式感到得心应手了。

第二幕可以通过对开篇场景或段落的设计来入手。你已经将重点聚焦于你人物的戏剧性需求。现在你可以考虑从哪里进入这个场景。回想一下迟进晚出的道理。也就是说,尽量试着在最后的关头,也即是刚好在揭示场景的主旨之前进入这个场景。"揭示"就是这个场景所体现的一切要义。它或者是推动故事向前运行,或者是揭示关于人物的信息。每个场景必须起到一个效果,必须完成它的一个"节拍"。你知道这个场景的目的是什么吗?你的人物来自于什么地方?他(她)将要前往什么地方?你是否不得不改变他(她)的戏剧性需求?这个场景里的矛盾冲突是什么?它是内在的还是外在的?一直阻碍你的人物去成就他(她)的戏剧性需求的是什么?假如你不知道,还有谁会知道呢?

你打算怎样进入这个场景?在开端,在中段,或者刚好是在结尾?大多数情况下,你会在这个场景的目的被揭示之前一点点进入这个场景。由于你已经在情境脉络里进行了勾勒,这会有助于你找到情节的元素和组件。你正在写的那个场景是否融入了第二幕的前半部分的次级戏剧性情境脉络之中?例如,假设你的情境脉络是一位年轻女艺术家正处于一段不幸的婚姻之中,将她与她丈夫之间关系的情境脉络填补进去并对它进行戏剧化处理。对她的绘画创作、她的朋友(们),以及她本人也进行与前面相同的操作。这四个元素足可以填满一个三十页的完整的行为单元。

设法使故事线显得清晰和简洁。不要让太多的细节和太过曲折的情节使它显得凌乱不堪。再次强调,写作电影剧本就是利用画面来讲述故事,并且找到"此处无声胜有声"的手法。而且还要强调一点，每个场景的目的要么是推动故事向前发展，要么就是揭示关于人物的信息。

现在开始写后半部分的前十页。只管讲述你的故事，不要为雕虫小技而操心。确信你对你的戏剧性情境脉络和时间架构已经了如指掌。回过头来，再写十个稿页的单元，推动情节向前，经过紧要关头Ⅱ并到达第二幕结尾处的情节点Ⅱ。如果你想整理一下你那些个十个稿页的单元，只管去做。然后继续向前进发。永远是向前进，从开端到终点。现在不要在修改上浪费时间。你会在以后做这项工作。

如果觉得有必要，可以复习《电影剧本写作基础》的第十章"场景"。如果一个新的场景从页面上涌现出来，将它写下来。如果你发现自己偏离了你写在卡片上的情节，而你感到自己想要跟随这个新的方向，那就这么去做。所能产生的最坏的结果是你写好了几个场景进而意识到它们并不产生效果。没问题，只要回头并在你离开故事的地方重新开始。你所尝试过的那些不奏效的东西将会永远向你指明哪些东西的确奏效。错误和变更是写作过程中的一个部分。我并不知道它为什么会发生以及它是怎样发生的——我所知道的只是它的确发生了。这就是写作的过程，它要比我们更强大。

务求简洁和紧凑。不要用过多的描述和对白，或者拐弯抹角和故弄玄虚的小技巧来阻滞情节的发展。第二幕的情境脉络是对抗，你的人物将要面对那些阻碍他（她）去成就自己的戏剧性需求的力量。

在你完成了第二幕的前半部分的第一个十页之后，继续写第二个十页。你正在向紧要关头Ⅰ进发，所以要对这个十页进行仔细谋划。这时你的卡片没准会给予你极大的帮助。以我自己的创作经历来看，在我写到这个情节单元时，我总是让我的创作冲动来引导我的方向。

因为我已经设置好了故事的结构，所以我不用为自己写出的内容是否产生效果，或者无法对其进行变更而担心。

你是否清楚在接近紧要关头Ⅰ之前自己需要写哪些场景？对它们进行描述和界定，然后将它们写下来。必须紧随你的故事线。或者跟随一条新的似乎将会在页面上涌现的故事线。在我写作第二幕的前半部分时，我一直觉得它们似乎永远是最难以把握的部分。我想产生这种现象的原因就在于你必须去重新发现你的故事。如果情节点Ⅰ是你故事真正的开端，我们应该怎样来使得在轨运行的故事能够维持足够的张力、节奏和悬念呢？看来我们又遇到了如何开始的问题，这和在前面开场时的情况相同，只是现在是发生在第二幕。所以，当你发现你的故事线或故事的方向开始稍微有点儿徘徊迷离时，你没有必要大惊小怪。大约在第五六十页的地方你会回归到叙事的路径上来——中间点就是那样一个极好的固置点，它确保你的故事线植根于你故事的结构之中。

紧要关头Ⅰ能够帮助你到达中间点。如果你感到你的故事太长了，而且有太多的场景和篇幅，请不必为此担心。在你写作电影剧本的时候，诸如此类的问题似乎总是层出不穷："这个场景有必要吗？我是否要将它写出来呢？"而答案很简单：若有疑虑，写出来。在你写作这份落笔初成的文稿时，如果你开始进行自我审查的话，你就会发现你只是在自己的头脑里进行这样的一个过程，而它对你或你的写作经历不会有帮助。如果你开始对自己进行太多的批评，不断地告诉你自己说，这个或那个场景对你毫无用处。如果出现了此类情况，通常你会发现这种对你自己的作品事后诸葛亮似的忠告或评判将严重影响你的写作进程。如果你对是否要写这个场景有所疑虑的话，尽管将它写下来。对你这份落笔初成的文稿来说，最坏的结果也只是它将有一百七十至二百页长的篇幅。那又怎么样呢？删掉一个场景比增写一个场景要容易得多。在这个方面请你相信我。

保持写作的进程，不断向前，一页接着一页，一个场景接着一个场景，从中间点到紧要关头Ⅰ再到紧要关头Ⅱ。正如我始终不厌其烦地提醒你那样，写作是一项日复一日的过程，一日三页，一周五到六天。如果你有一份全职的工作，先在心里想好你将要在这个星期里写的那十页的内容，然后到周末的时候再坐下来把它们写出来。以这种方式，你能够在一个星期里轻易地完成十页的篇幅。

第二幕的写作应该与第一幕的写作情况大致相同，只是现在略有差异，对剧本形式的处理要更容易些，而到了现在你已经得到了足够的锤炼，以至你每天都可以有数个小时能够坐下来写你的剧本。不过与第一幕相比，现在你已经做了不少的变更。而它们有时会造成一些问题,很容易使你产生困惑并且迷失在自己造就的迷宫里。

你或许意识到自己头脑里经常且持续不断地会蹦出一些意见、判断和评估。你会突然觉得某句对白听上去不真实,而且你会对它耿耿于怀。你会从你内心开始反省自己,觉得你正在写的东西不会产生效果,而且内容也写得不是很好。

你或许会在心里觉得既然这几页是如此的糟糕,那么我已经写好的其他那些东西又会怎样呢?你很可能会从新回头去阅读一些你已经写好了的文稿。而你会看出什么来呢?它们简直是糟糕透顶,令人恶心。

担忧、惊恐和不安占据了你的内心。你的脑海开始翻腾:我都在干些什么?这个故事根本不会出彩。你企图让自己冷静下来,但这是徒劳。做些什么呢?酗酒?嗑药?自我沉沦?寻求性刺激?疯狂购物?度假去?与世隔绝?丢掉你的个性?自感毫无价值?

你会争辩说你需要一些帮助,一个“评估”。你会叫来一个朋友阅读你的文稿。你或许会预料到结果极差,但是打心眼儿里你清楚你想听到的是什么。

你的朋友读了你写好的那些东西,并且证实了你的疑虑和担忧,但他会说:“我觉得你写的东西不错,它们本身也没什么毛病。”当然,他们并没有对你说真话,他们只是出于好意设法让你感觉好受些。

或许你的朋友会对你说:你的文稿力度不足;它们“太啰嗦”;或者是焦点应该集中在另一个人物的身上,而且你应该这么这么做。而且他们会煞费苦心地向你示范他们认为你的故事应该是如何如何。当然,他们并没有弄明白,因为你自己也没有弄明白,该做些什么,怎么去做。

到了这个地步,你都快要发疯了,就像鲍勃·迪伦在歌中唱的那样,你“又一次和孟菲斯布鲁斯一起被塞进了汽车车厢”。

很多人都会在这里就此歇手。他们相信自己的判断、他们自己的评判、他们自己的观念。他们也就成了他们自己的牺牲品。实际上身处这种境况之中的你是看不到任何东西的,因为这时的你已经失去了客观性和纵览全局的眼光。你所写的东西或许并不见得非常出色,那又怎么样呢?第二幕的前半部分大多数都不会出彩。它看上去显得人为不自然、晦涩迟钝、矫揉造作，抑或太过夸张。

这种把握不定的心情就像一个触发器，它激发了那些评判和意见。对你的那些判断和评估性意见，你只要记住一条：是谁作出了这些评论和判断呢？

对此的回答就是你自己。

你可以决定是否要让这些判断和评估来影响你的写作过程。这完全取决于你。你的确有这个选择权。在这方面你的确有发言权，有说话的份儿。你来做主。

假如你的脑子不停地在转，在批评你正在写的东西。这里有一个很简单的练习，你可以用它来让你的头脑安静下来。这就是给这个批评者一个表达意见的机会。

当你在写你的文稿时，作为你的某个部分而存在于你头脑里的这个"批评者"将会冷酷且毫无怜悯之心。它会对你进行纠缠、骚扰并与你争执不休。有时你不得不去对付它——或许眼下就有必要。

具体你该怎么做呢？取一张空白的稿纸。将它命名为"批评者"专页。把它放在你的工作文稿边上，不管你是用计算机或者是传统地用笔书写，还是用打字机。现在，你面前有一份工作文稿和一份空白稿页——一份是用来写剧本的，另一份是为"批评者"准备的。

现在，开始工作。在你写作时，你会注意到一些熟悉的想法或判断或是自我评判涌现出来。将这些负面性质的想法或判断（不幸的是，它们永远不会是建设性的）写在"批评者"专页上。

继续写你的剧本。假如当另一个负面性质的想法、判断或是疑惑突然在你的头脑里出现，你只需将它写到"批评者"专页上去就可以了。你或许还想为"批评者"作出的每项意见进行编号。

给这个批评者一个表达意见的机会。你将继续写作而"批评者"的声音还将出现。暂停电影剧本的写作工作并且写下"批评者"所说的意见。体会一下它给你的感受。当你写满了一页后，再写另一页。如果你的情况和我类似的话，你写的批评专页或许比你写的剧本文稿的页数还要多。

在你做这个练习的第一天里,你可能会完成大约两三页的剧本以及一两页的批评专页。在第二天里,继续这么做。这时你可能会变得更加警觉,这样你或许会完成两页的电影剧本和三四页的批评专页。下一天,进行同样的工作,你会写完三页的剧本和三页的批评专页。

当你做了三天这样的练习之后,将所有那些批评专页放进一个抽屉里并将它们忘掉。

回过头来,花几天的时间继续写你的电影剧本。在你暂时告别"批评者"一段时间之后,打开抽屉并阅读批评专页,只是阅读它们。你会注意到一件很有意思的事情。所有"批评者"所作出的评判说的是同样的东西!它们全都是负面性质的,全都是判断性的,而且它们全都是说你写的东西不好,对白很糟糕,故事和人物疲软虚弱。说你写电影剧本没准是在浪费你的时间。或者还会建议你说,你可能需要找一个合作者,或者干脆外出工作、购物或干些别的什么。

每天在你写作的同时也快速记下"批评者"的想法和评判,基本上它们说的是同样的东西:写好的那些东西他妈的糟透了。

那又怎么样呢?或许"批评者"说得没错,或许那些文稿目前不是太好。可这还只是一份初次落笔草就的文稿。这并不意味着你不可以为使它们更完美而再对它们进行修改和完善。这个练习之所以重要就在于它让你知道了在你头脑里的那个声音所作出的判断和评价,无论你写了或是说了些什么,在你头脑里那位"批评者"说的将会是相同的东西:毫无价值、它不够好,或者这东西早就有了,所以趁早放弃算了。

你绝不能就此放弃。毕竟,你的负面性意见只是你自己的自我判断,它不会比纸上谈兵的东西具有更多意义。每个人都各有所见。我们要么是让它们来干扰我们手头的工作,要么就回避它们。如果我们的反应太过敏捷,太过认真,我们就很容易成为我们自己的牺牲品。

这就是我的经验之谈。

"完美无缺,"正如让·雷诺阿不断告诫我们的那样,"只存在于人们的观念里,而不是在现实中。"它只是某种想象出来的东西。

当你继续写第二幕的场景和段落的时候,务必不要忘记发挥你的视觉化能动性。始终要在心里想着你必须确保自己故事的视觉感和电影化特性。即便是你在使用一个剧本创作的软件程序，例如 Final Draft，也要留意你的场景是不是从内景到内景到内景再到内景，而只配以少量的外景。仔细考虑那些转场——场景转换，那些将你从一个场景带入下一个场景的描述性台词和对白。你是否展示了你的人物正步行走出大楼？正站在街头等候出租车？正在疾驶的地铁车厢里？正驾车在拥挤的街道上穿行？正在乘坐电梯？刚刚到达机场？你是否展现了飞行中的飞机？正在降落的飞机？行李提取大厅的场面？请视觉化地进行思考。展开你的故事。例如，从内景转换到外景，再到内景，到内景，再到外景。而且要始终有意识地进行的视觉性转场。

　　转场（transitions）是那些表现了时间推移的一类场景、段落或蒙太奇。场景或者段落相互之间的连接环节必须以视觉化的手段来表达，因为将情节从一个场景推移到下一个场景需要一个视觉性的转场。转场连接了时间并且将情节快速和视觉化地向前推进。无论你是在写一个原创性的电影剧本，还是在将一部小说、一出戏剧、一篇杂志或报纸上的文章改编成一部电影剧本，每一个场景或段落都能够将某个特定的时间与某个特定的地点连接在一起，以便推动故事向前发展。在一部电影剧本里，从情节点 A 发展到情节点 B 需要进行场景转换来使这两者连接起来。

　　有四种主要的方法来进行转场：从画面到画面、声音到声音、音乐到音乐、特殊效果到特殊效果的接切。它们可以是叠化（dissolve）、淡出（fade out）以及跳接（smash cut）。

　　即使在不久以前，电影编剧们还要依靠导演和剪辑师来创造出这些视觉化的场景转换，但是这其实是电影编剧的责任，他们必须写出所需要的那些转场。一个职业电影编剧的显著特质就是他（她）是否有能力来写出极具视觉性效果的转场。在当前，在转场艺术的风格和技巧方面出现了一个不断发展和完善的趋势。即使是像《低俗小说》那样序列性和插曲式的剧本，其中也运用了有效的转场，从而使得这个由五段插曲组成的电影剧本看起来是连接在一条单一的故事线上。在剧本的首页里甚至宣称这个剧本其实是"关于一个故事的三个故事"。假如塔伦蒂诺和阿夫瑞没有创造出那些转场,剧本就将成为不连贯和插曲式的,也就不会像它现在那样出彩了。

在我看来,电影编剧们有责任去写出那些转换性的场景,用以推动故事向前并连接起时间、地点和情节。而且写出一些出彩的转场也是解决许多问题的一个很好的途径。

例如,在《肖申克的救赎》里,时间的流逝把握得出奇地好。只用了一个镜头就向我们展示了时间的流逝:那些钉在囚室墙上的丽塔·海华斯、玛丽莲·梦露和拉奎尔·韦尔奇大幅的招贴画,视觉化地表现了数十年时间的流逝。在《恋爱编织梦》(*How to Make an American Quilt*,1995,简·安德森编剧)里,芬(薇诺娜·瑞德饰)是一位二十六岁的年轻女人,她正跪着阅读一本书,而我们则通过画外音听到了她的旁白:"两个独立的个体是如何结合成为一对夫妻的? 而且,假如你的爱是非常强烈的,那你又如何确保你能够拥有一片小小的属于自己的空间呢……"这就是整部影片所讲述的内容,而当芬站起来时,我们的视线被接切到她还只是个五六岁的小女孩时的情形,她看着妇女们正在缝制棉被,随着她的旁白叙述来引导我们直接进入故事线。

为什么场景的转换具有如此的重要性呢? 这是因为当你在阅读一份剧本,或是观看一部影片时,必须流畅地经历一个通常不会超过两个小时的时间段。故事线必须是一系列流经页面、银幕,以及时间的无缝连接的画面序列,进而成为一种关联的现象。时日,年月和时代能够被浓缩成分秒,而当一个画面跳到另一个画面时,一些瞬间就伸展成了数分钟。这也是《肖申克的救赎》之所以成为一部杰出影片的原因之一,我们的注意力并没有被吸引到时间自身的流逝上去。转场是电影剧本有机构成的一个不可或缺的组成部分。

转场可以有多种形式而且能像万花筒里的色彩那样千变万化。例如,在《沉默的羔羊》里,编剧泰德·塔里总是将一个场景的最后那句台词续接下一个场景的首句台词。对白常常被用来作为时间和情节的桥梁,而且也展示出一种可以将声音当作两个不同场景之间的连接环节的技法。塔里用一个问句来结束一个场景,然后用对这个问题的回答作为下一个场景的开场。

当然，这种重叠式的转场在此前已被多次用过了，最著名的是埃尔文·萨金特的《朱莉娅》，这部荣获了奥斯卡奖的影片是改编自莉莲·海尔曼（Lillian Hellman）的回忆录《旧画新貌》。但是塔里用于处理他的转场的技法则将这种手段的使用变得无形，以至我们几乎没有意识到它们的存在。假如你在观看一部影片并且意识到了这种视觉性的转场，或者感觉到在每个场景里都有导演的这种"所谓艺术"的影响，那么你碰巧遇到了一部糟糕的影片。

转场的风格和技巧是不断地在发展变化的。在《小镇疑云》里，约翰·塞尔斯将他的转场以一种极为独特的方式来作为时间和情节的桥梁：他让人物维持在现在时刻，然后将摄像机摇镜到一个人物或一个地方，这样我们就使得时间点或者向前或者向后推移了。它的效果极好而且非常视觉化，我认为它向我们显示出约翰·塞尔斯作为一个编剧和导演的杰出的视觉化才能。

《阿波罗 13 号》（*Apollo 13*，1995，小威廉·布罗伊尔斯和阿尔·赖纳特编剧）是一部基于一个真实历史事件的影片，影片的编剧运用来回剪切这种简单的方式架起了时间和情节的桥梁，用这种被称之为交叉剪辑（cross-cutting）的技法，在太空中的三个宇航员与休斯顿火箭发射中心之间进行切换。故事通过动作和反应来向前推进，并且被事件和环境融合在一起。《末路狂花》也是通过在两个夺路狂奔的女人和搜寻她俩的警察之间的交叉剪辑来推动故事前行的。

每一部电影的转场都具有其自身独有的风格和形式。一部动作片通常具有短暂，快速的转场，因为此类影片都以快速的节奏向前推进，这样我们也不得不被卷入快速的情节之中。但是在一些以人物驱动的作品，例如《断背山》中，转场则采用的是无声的，人物之间的对视，或者极少的几句台词。转场的运用不可能存在某种正确的方式。唯一的评判标准就是它是否奏效。

或许有这样的时候，你太专注于将故事写出来，却根本没有好好考虑过剧本中场景转换的流畅性。但是在你完成了初稿之后，你可能会发现自己写了一部一百六十页或更长的电影剧本。在电影剧本的实际创作过程中这也未尝不可,但是它到底还是太长了。所以你必须着手做好些工作来将它删减到适当的长度。一部超过一百四十页的电影剧本是不受欢迎的,除非它的作者是威廉·戈德曼、昆汀·塔伦蒂诺、大卫·库珀,或是埃里克·罗斯。

假如你的剧本太长,或者发生了太多的事情,或者有太多的人物,你可以借助于转场通过连接时间和情节的方式来解决这些问题。转场可以解决电影剧本写作过程中的许多问题,而且有些时候,转换到另一个时间或地点的方式,可以非常简单地采用诸如更换人物的衣着,使用匹配剪辑,或者变更天气,运用假期来压缩时间和情节等方式实现。

不要运用太多的描述或过多的解释,而且不要以"厚实"的段落作为结束的方式。你需要在页面上留出足够的空白处,左右两边以及顶部和底部都要留出较宽的页边距。你的描述语言要力求稀疏和简洁,每一处不要超过五或六个句子。去阅读一份剧本,任何优秀的电影剧本,仔细察看它们运用转场的方式和技巧。

有时你不得不写一个完整的场景——包括开端,中段和结尾——然后你会发现你可以将它删减,而只留下一部分的开端和几段结尾的台词。

将摄影机的角度和技术性的信息忘掉。不要向读者表现你对此有多么的了解和精通。只需要将那些主场景写出来。"内景。办公室——白天",并且从这里起步。

你现在应该感到你的写作情况会舒服些了,而且你的人物也会开始和你说话了,告诉你他们想要做些什么,想要去哪里。请随着进程而自然发展。不要太过教条地死拽住控制权。

始终跟随着你的主要人物的焦点,你必须有意识地让你的人物积极主动,发出动作,引发事端。你的主要人物必须始终处于积极主动的状态,就像在《冷山》里的英曼那样,而不应该消极被动。行动就是人物。一个人的所作所为说明了他(她)是一个什么样的人,而不在于他说了些什么。电影就是行为动作。

如果你需要重新结构你的故事,那就做吧。结构极具柔韧性,就像一棵树,尽管会在风中弯曲但不会折断。同样道理,场景、段落以及对白段落完全可以按照你想要的方式进行移动并重新安置在任何地方，只要这样能产生效果。

直到几年以前，由于连续发生的地震灾难，在洛杉矶和旧金山的建筑物其高度按规定不能超过十二层楼。而现在，高耸的建筑物遍地开花。这完全得益于它们的结构，它们被设计成能在地震时左右摇晃和前后摆动，从而能顺从于大地的振动。自然是非常强大的以致于我们无法与之抗拒，所以我们需要对它顺服。

同样的道理也适用于剧本的结构。记得那个定义吗："建构某些东西或将某些东西结合在一起。"它不是某种坚固死板，牢不可破的基础部件，而是可以按照你的需要而进行调整变化的柔性有机体。如果你顺其自然，结构能够根据你故事的需要而进行相应的变化。这就是为什么范式并不像大多数人所说的那样是一个公式，范式是可以根据你故事的需要而进行调整和适应的某种形式。

我的一位学生正在写一部青春成长喜剧（coming-of-age comedy），其内容讲的是在六十年代一位年轻姑娘，在她粗俗的令人厌恶的初次性行为中失去了她的贞操而且还怀孕了。最终，她为了进行人工流产而长途跋涉去了墨西哥，在她回到美国时正好发生了约翰·肯尼迪遇刺事件。这已经不再是一个简单的"失去贞操"的故事了，这是一个有关一位年轻姑娘在刚刚成年的时候，整个国家也正在经历它的清醒和觉悟的故事。

最初，这个故事的结构是这样的：在情节点Ⅰ她去看望那位她倾心的男孩；在紧要关头Ⅰ她认为这个人就是她想要与之做爱的那个人；在中间点她和这个男孩发生了性关系；在紧要关头Ⅱ她发现自己怀孕了，而在情节点Ⅱ她起身前往墨西哥去接受人工流产的手术。第三幕讲述的是流产的手术，回到家里，以及她经岁月识世故的内容。

当我的学生开始动笔写作并且着手构筑和厘清她的主要人物与其两位最好的朋友之间的关系时，她意识到自己需要更多的时间和篇幅来揭示她们的友谊。但是在当她即将写到她计划中的那个中间点，即主要人物与她的首个恋人发生性关系时，她的主要人物居然未曾想过要采取避孕措施（这事发生在六十年代，不要忘了，当时避孕药物还没问世）。

这位作者变得焦虑和不安,我建议她只需要简单地采用改变结构和扩展她的故事线的方式。最初她坚持己见,但是我告诫她说我们必须去适应故事的需要。尽管不情愿,她还是改了主意。现在情节点Ⅰ变成为这个姑娘决定结束自己的处女状态。紧要关头Ⅰ则成为在舞会上她遇见了那位男孩,而他却一点儿也没想要与她来往。新的中间点是在她下决心要和他发生性关系。紧要关头Ⅱ现在变成了她与这个男孩进行性爱并失去了她的贞操,而在情节点Ⅱ她怀孕了。墨西哥的事情将成为在第三幕里的一个很小的段落。

她所做的一切就是让结构去适应故事的需要。结构就是那个将故事"包容"在一起的东西,但是它是柔性的,是可以容纳你需要增加的任何新的元素的。

当你在写作第二幕时,这是你的故事最有可能需要进行变更和改写的时候。你很可能会在写好了一个场景之后发现你还需要另外再增加一个场景以便对你故事的某个方面进行戏剧性的处理,而这在你当初进行卡片设计的时候是没有考虑到的。那就顺势而为,让它发生变化。只是到了现在,你才能认清你故事的焦点以及它的变动情况,这是因为你在写作的时候是无法真正"看清"的。那时的你缺乏客观性,全局观,你正处在攀登这座大山的过程之中,你只能看见你自己正在写的稿页以及已经写好的那些文稿。

写作永远应该是一个激动人心的冒险活动。那个范式是你创作电影剧本的一个路线图。你可以驶离高速公路的主干道并开始探险的旅程,而在你迷了路或感到困惑,并且不知道自己在哪里或正在奔向哪里的时候,那就请回到这个范式上来。如果觉得需要,你可以选择一个新的情节点、紧要关头或中间点并且在那里重新起航。这只是权宜之计,讲述你的故事才是根本。

你必须学会根据你故事的需要而作出相应的调整。正如雷诺阿经常说的:"学习是一种去发现事物之间的联系的能力。"我花了好多年才真正领会到他的意思。

在我写作的时候,我要洗好多次澡,而我的好多工作是在澡盆里完成的,比如准备新材料,设计新的场景或章节等等。达尔顿·特朗勃(Dalton Trumbo,作品有《斯巴达克斯》,《自古英雄多寂寞》等,这里仅举两例)大多是在他的浴缸里写作的。同样尼古拉斯·梅耶(Nick Meyer,作品有《百分之七的溶液》,《两世奇人》,以及《星际迷航》系列几部电影)也是。

我的洗澡浴盆放在一个大型的三樘面窗户边,窗户的中间是一个固定的大窗格,而两边各有一个较小的平开窗。

有一天我正在洗澡,一只大的黑色熊蜂不知怎么飞进了浴室却无法再飞出去。它在房间里盘旋,然后鼓足力气直接冲向中间那个固定的大窗格的玻璃。它一次次地这么尝试着,得到的结果也次次相同。我竭力抑制住自己的不安,而那只熊蜂也变得越来越愤怒和惊恐。

我目睹着这只熊蜂似乎是无休止地冲撞着窗户,我知道它为了获得自由所需要做的就是停下来,休息片刻,寻找它的方向并看看周围是否有别的出路。那开着的窗户、新鲜的空气,以及出路就在仅仅三英寸之外。

难道它真的没看到吗,我十分怀疑,它目前所做的一切其实都是没有效果的。当这出戏收场的时候,我在寻思我自己以前也干过同样的傻事,追寻着某种东西——某个工作、某份剧本、某个场景、某种关系——竭力想让某些根本不会起效的东西发生作用。我思考着这些事情并回忆起我生活中的好多轶事,那些我曾经追寻的却是毫无作用的东西,尽管我知道它不可能会有作用,但是我却不断地努力企图让它产生作用,这不就像那只冲撞着窗格玻璃的熊蜂的企图一样吗?

我心潮翻涌。是的,我知道我曾经干过那样的傻事,甚至不止一次。而且我仍然在这么做,以同样的方式并且还将会继续这么做。这是天下万物的实际经历,一个我们人类和蜜蜂共同分享的东西。

我目睹着那只熊蜂一次次地冲撞着那块玻璃。我开始愤怒起来。我想要它从我的房间里滚出去。我并不打算捕捉或杀死它,我只想让它出去。我闭上我的双眼,将思绪转向内心并且稳定住自己的呼吸。然后我将自己想象为那只熊蜂,将自己正在做的事情停下来。那是徒劳的,要承认它、正视它、直面它,着手对付它。那扇开着的窗户,你获得自由的安全门,就在几英寸开外。

我集中心思于那只熊蜂，视觉化地想象它从那扇仅仅几英寸之遥的窗户逃生。好一会儿，什么事情也没发生。然后，突然间就像变魔术，那只熊蜂停了下来，栖息在玻璃上。打破寂静的唯有那从浴盆上微微下落的水滴。我屏住我的呼吸，生怕弄出什么动静来。而此时那只熊蜂躬身后退，感觉到了从那扇开着的窗子吹进的一缕新鲜空气，然后就飞走了。

我长长地叹了一口气，犹如自己遭遇过一个情感巨浪的袭击。我已经与蜜蜂感同身受，并从它那里有所领悟，而所有记忆中的悲伤和不幸、失望和痛苦的时时刻刻一下子涌上了我的心头。泪水从我的双眼涌出。这是一个严峻和意义深远的时刻。

"竭力设法使本已不起作用的东西发挥作用"，这是我在写作电影剧本的时候经常发生的现象。我曾有过对自己的故事感到困惑或迷失了方向的时候，此后就会徘徊转悠探寻着要回到故事线上，不知道自己在什么地方或要到哪里去。我所做的一切毫不见效，但是我却继续认为假如我能够坚持下去，并且继续不断地努力、努力再努力，就像我所描述的那样"以自己的脑袋敲击打字机"，我将会在最终找到出路，从乱局脱身。

这样做完全是徒劳。

我的一位学生曾经创作过一出现代浪漫喜剧，关于一个单身母亲，她是一位事业有成的职业女性，曾经与一位精神病医师有过长达四年的交往关系。在故事开场时，这位心理咨询师——也是个成功的作家，同样也是位单身父亲——不想与她结婚。

在背景故事里，他们间的关系曾经有过数次的剧烈波折。在情节点Ⅰ，这位主要人物"一劳永逸地"断绝了这种关系并参加了一个专门为那些婚姻关系亮起红灯的人提供支持的组织。第二幕的前半部分讲述了已经五年杳无音讯的前夫突然间现身。他不想让她再离开，她竭力坚持着，但是最终还是屈从了。

她重新建立起了她与其前夫间的相互关系。在第一个回合里不起作用的东西在第二回合里同样也不会产生效果，所以她最终结束了和他的纠葛。中间点发生在她下决心去"要么促成，要么了断"她与那位精神病医师的关系。

剧本的其他一切都很有效果，就是第二幕的前半部分问题不少。前夫现身的事件在故事线的情境脉络里毫无效果可言，只是显得有些滑稽可笑，抑或是矫揉造作。这个电影剧本是基于一个真实的故事，而且作者为决心要让这个故事出彩而备尝艰辛。她总共为第二幕的前半部分写了四个不同版本，但是其中没有一个可用。那个情境脉络，那段与前夫间的关系，自打开始就毫无效果，既没显示出这位主要人物值得同情，那位前夫也不让人觉得可爱。

最后，我的学生怀着绝望和憎恨的心情扔掉了她的文稿，她感到失落、迷茫、愤怒和惊恐。于是我就向她讲述了那个熊蜂的故事。在第二幕的前半部分不奏效的时候，她最好就此停止，不要再去撞击那扇窗框。

她勉为其难地同意了我的意见。

这样她再回转到了绘图板上，不过从相反的角度发展，当那位前夫出现时，她告诉他说让他滚开。她从新获得的独立性使她变得更加妩媚动人，而且在与男人的交往中也显示出幽默诙谐。中间点则没有变动。

假如你发现你的材料不奏效，那就停下来，对它再作推敲。如果它奏效，它就会产生效果；如果它不奏效，它就不会产生效果。那些你尝试过的不奏效的东西总是会向你表明什么东西是奏效的。你不得不去犯此类创意性质的错误以便确保能让重点集中在你的故事线上。

这个故事的寓意简单明了：假如你确实迷失了方向或感到困惑，或者你竭力想使某些本不奏效的东西产生效果，你只需停下来，然后环顾一下四周。看看自己是否正在撞击某扇窗框。

再回味一下这点。你正在写的这十页是一个三十页的戏剧性行为单元中的一个部分。假如你真的迷糊了，你总是能够弄明白你所在的位置，只要往回转并且在那个范式上查看你的故事线，看看你是否需要对故事结构的构件或戏剧性情境脉络进行调整或变更。不妨问问你的人物们你需要做些什么，他们会告诉你那些你所需要知道的东西。

写作最困难的事情是知道要写些什么内容。基于同样的道理，假如某些东西的确按照你事先预料到的方式产生了效果，那么就请给自己一个鼓励吧。

混乱困惑是走向清晰透彻的第一步。

练习

现在是坐下来并开始"动手写作"的时候了。

你已经准备好了你的素材。

从情节点Ⅰ开始入手，取出那些卡片并以中间点作为参照点。以十页作为一个操作单元，心里牢记着紧要关头Ⅰ，将焦点集中在矛盾冲突上。记得吗，如果你知道你人物的戏剧性需求，你就能够创造出针对这个需求的障碍，这样你的故事就成为你的人物克服所有的障碍去成就他（她）的戏剧性需求。有些时候，你会被某个场景卡住，这时创造一个对立的观点会很有益处。你可以采用其他人物的观点来写一个场景，然后回去再作调整，采用你的人物的观点再来写它。假定你的人物是一位正在谋求出演一个重要角色的女演员，而且她知道自己非常适合出演这个角色，以导演的观点来写这段，他认为她的形象不符，身材也不符，总之她不适宜出演这个角色。你的场景将会让她来说服他，使他相信她很适合出演这个角色。

这就是你如何在剧本中创造矛盾冲突和避免在你的写作过程中让它出现的方法。

Chapter 15

第三幕：结局

ACTⅢ：THE RESOLUTION

> 莎拉(画外音)："不可预知的未来在我们面前展开,我头一次充满希望地面对着它,因为如果一台机器 一名终结者,都能领悟到人类生命的价值,也许我们也可以。"
>
> ——《终结者 2》

第三幕是一个大约有三十页篇幅的戏剧性行为单元,它从情节点 Ⅱ 的尾部开始并一直延伸到你电影剧本的结尾。它由一个被称为结局的戏剧性情境脉络紧密地结合在一起。

结局的意思就是"寻求一种解答;解释清或者澄清;分解成为各种独立的元素或部分"。它不是你故事的结尾,它是你剧本的解决方案。到了电影剧本写作过程的这个阶段,那个结尾,那个你原想用来结束这部影片的场景或段落,或许已经发生了变化。

你最初的那个结局仍然奏效吗?

在当你即将达到你的电影剧本最后的一幕时,这是你首先必须解决的问题。在大多数情况下,你会发现自己最初对结局的创意灵感,那个当初你在为自己的剧本做准备时首先必须作出的创意性决定,现在很有可能仍然是它当时的那个样子,并没有发生变化。现在再对它考虑一番。

现在返回开端,我们选择一个简单的选项来开始这个创意过程:在你电影剧本的结尾处发生了什么?在你的人物身上发生了什么?他或她是活着还是死了?成功了还是失败了?结婚了还是离婚了?赢得了比赛还是输掉了?安全地逃脱并将那个坏家伙送去法办了吗?是否将那枚魔戒毁灭在末日山的烈焰里了?是否与所爱的人重逢?是否宣告赢得世界重量级冠军了?被判有罪还是还以清白?

精彩的影片总是有一个结局——以这样或那样的方式了结。

你是否还记得这些影片的结局:《赛末点》《青春年少》《海底总动员》《蜘蛛侠 2》《邦妮和克莱德》《红河》《虎豹小霸王》《浴血金沙》《卡萨布兰卡》《安妮·霍尔》《荣归》《大白鲨》《肖申克的救赎》《美国美人》《终结者2》。

你的故事的结局是什么?从你开始写你的剧本以来它是否发生了改变?如果改变了,那么新的结局——你故事的新的解决方案是什么?在这方面你的确有选择权:你可以选择保持原来的结局不变,或者你也可以选择改变它。选择权永远属于你自己。在这里我们并不是在谈论结尾,即在剧本最终处的那个特别的场景或段落。我们是在谈论有关你故事线的解决方案。

关键的一点是要记住你的故事始终必须向前发展——它将沿着一条路径,一个方向,一条从开端直到结尾的发展路线,无论它是否采用了闪回的讲述方式。无论它是否以非线性的方式来讲述,就像影片《谍影重重2》,《不朽的园丁》(The Constant Gardener,2005,杰弗里·凯恩编剧),《非常嫌疑犯》,或者《记忆碎片》那样;或者是采用了线性的方式,就像《赛末点》《与歌同行》《杯酒人生》《断背山》,我们将方向定义为一条发展的路线,沿着它就可以达到一定目的的一条路径。这就是故事线。

在电影剧本里所有的东西都是相互联系的,这就像在生活中的情况一样。在你写作你的电影剧本时,你并没有必要对你的结尾要了解得特别详细,但是你的确应该知道发生了什么以及它是怎样地影响了人物。这就是结局。

重要的是要知道你的故事结局的基本推动力。这需要从电影剧本创作过程的最开端开始来考虑。当你在安排你的故事线、建构它,将它联系在一起,场景连着场景,幕连着幕,片段连着片段的时候,你所要作出的第一个决定就是结局,是你故事的解决方案。或许你已经想出了这个创意方案并将它融入了一个戏剧性的故事线里,此外你同时也就作出了一个创意性的选择,一个有关结局将会是怎样的决定。

当你已经站在了第三幕的门槛上并且凝视着摆在你面前的空白稿纸,你将看到那里通常会有一些故事点需要你去解决。你或许已经觉得结尾可能需要做些变动。如果你想要它改变的话,那就改变吧。记得吗,故事的结构是具有柔韧性的,就像一棵树会在大风中弯曲,但是不会折断。

当你完成了第二幕后,停止写作然后看看自己现在身处何方。为了结束你的故事,你需要做些什么?如果你已经为第三幕准备好了十四张卡片,再将它们考虑一番看看它们现在是否仍然强劲有效。在大多数情况下,它们正确有效的可能性会达百分之八九十。尽管有的时候,我看着自己的卡片并觉得自己还能做得更好,因此我会用一些新的场景来重做卡片,有时还会从新构筑整篇文稿。有时,我会抛弃卡片,而只做一份新的"节奏进度表"。例如,我会这么写"轿车里的场景","安排工作","在那所医院的场景","追逐段落"等等。我不需要任何比那更详尽的东西。它通常是奏效的。如果这样不奏效,我就将回头通过写一篇有关在第三幕里会发生什么的短文来重新检查情感和身体的行为动作。

第三幕作为结局通常需要一两个,有时是三个固置点——你故事的解决方案所必须的戏剧性(或喜剧性)元素。当你接触到第三幕时,你首先需要做的就是对那些你所需要的特殊性场景进行界定。结局是什么?它与你最初的设想是否仍然相同?或者它发生变化了吗?如果它已经改变,你必须做些什么才能维持故事线的前后连贯性?结尾是什么,即那个完成整个电影剧本的特殊场景或段落是什么?你是否能够沿着你的叙事情节线的轨迹,从情节点Ⅱ的结尾处一直追踪到故事的结尾?你是否能够找到一个关键的场景或段落,让它将你引导到故事的结尾并且使结局戏剧化?

有时写一篇有关在第三幕里会发生什么事情的两页篇幅的短文对你会有所帮助。以我自己的经验,我发现第三幕是电影剧本写作过程中最容易写的部分。在电影剧本写作过程的这个阶段,我已经厘清并且稳固了故事线,建立了人物形象的新的维度,并且已经感觉到了一股舒缓并顺畅地喷涌而出的创意力的源泉。我也知道为了完成第三幕我所需要做的事情,即完成这份落笔初成剧本,只不过就是在电脑屏幕前再花些时间——尽管我也明白那还是说起来容易做起来难。

在你动手写作第三幕之前,再仔细推敲那些卡片或者节奏进度表,直到你对故事的进程感到满意顺畅为止。确信你对结束第三幕所需要的那些元素已经胸有成竹。或许你将发现自己会以一个自动的,舒服自在和有条不紊的写作状态在故事线上操作。你仍然不会知道它是否奏效,因为你依旧缺乏客观性,但是不管会有什么疑虑或不安,通常它会让你感到它好像会奏效。保持你的写作进程,请相信过程。静下心来,镜头接着镜头,场景接着场景,一页接着一页地去写。

整个第三幕将会由你故事的结局所驱动。正如前述,要么是你的情节驱动了人物,要么就是你的人物驱动了情节。很多时候,你可以将这两项结合起来。伍迪·艾伦的《赛末点》是一个很好的范例,同样《铁拳男人》也是。

有时候会有这样的情况,整个第三幕形成了一个长的行为动作段落,同时还强化和突出了人物。在《铁拳男人》里,詹姆斯·布洛克(拉塞尔·克劳饰)为了成为世界重量级拳王而获得了挑战马克斯·贝尔(克雷格·比尔克饰)的机会。这对詹姆斯·布洛克来说是一个极为难得的机会,但同时也承担着受伤甚至死亡的潜在性危险。至此我们已经到达了情节点Ⅱ,这时形成的局面是已经有两个拳击手被马克斯·贝尔的重拳打死在拳坛上。布洛克就像当时的大多数人一样是经济大萧条的受害者,他为了能够维持自己的妻子和孩子的生计承受着沉重的压力。这是一次一生难遇的机会但同时它的风险也极大。这就是在情节点Ⅱ结尾处的戏剧性情境,因为很多人认为这场拳击赛将会是一次具有合法外衣的谋杀,而另一些人希望到现场寻求刺激,亲眼目睹鲜血的喷涌。

这种进退两难的困境驱动着家庭内部的主要矛盾,而这个矛盾是第三幕里所必须解决的。即使这是基于一个真实的故事,影片的制作者们还是获得允许可以戏剧性地突显那个必须得到解决的情感性困境。在比赛之前,玫(蕾妮·齐薇格饰)告诉詹姆斯说:"直到现在,不管怎样,我一直都支持你。但是这次不行,詹姆斯,我真的做不到。你尽管去训练,你想怎么都行。但是你必须想个办法推掉那个比赛。如果有必要,可以把你的手弄断。但是如果你抬脚走出这扇门去比赛的话,詹姆斯·布洛克,我绝不会再给你半点支持。"

这是最后的高潮。这个冲突将如何得到解决呢?"这是唯一一我知道怎么去做的活儿,"布洛克回答说,"我必须相信有些信念比我们的生命还重要,这就是有时我能够改变命运。假如我不这么去做,那我还不如死了。"拳击场上的激战伴随着死亡或严重的人身伤害,这样拳击赛与家庭之间的矛盾冲突就主导了整个的第三幕。这个既是内在的也是外在的矛盾冲突必须得到解决。

第三幕开始于拳击赛那天的早餐。詹姆斯向他的孩子们和妻子告别后离家前往拳击场。在我们进入为比赛做准备的更衣室之前有几个场景。玫令人意外地走进了更衣室,丈夫和妻子团结在一起了:她告诉他:"我会永远支持你,所以你只要记住自己是什么人……你是我心中的冠军,你是詹姆斯·布洛克。"

这个场景过后,比赛就开始了。十四个回合的拳击赛占据了电影剧本的其余部分。剧本的最后一个镜头,是在他获胜之后,它说明了一切:"詹姆斯站在拳坛的中央,他的双手象征胜利地高举着,泪水从双眼中流了出来……"

它就是这么结束的。而故事和人物所有需要解决的事都得到了解决。在最后的淡出之前有一些字幕叠加在拳击场镜头的上面,但是故事线已经以一种激动人心和悲悯的方式结束了。

《铁拳男人》的结局看上去似乎轻而易举,甚至是预料之中的。毕竟这个剧本是基于一个真实的故事。所以,尽管我们知道将会发生什么事情,知道布洛克会获胜并会成为世界重量级拳王,也即这个事件的实际发生过程是怎样的,故事仍然充满了激烈的动作场面和丰满的人物塑造。尽管故事是基于一个真实的事件,《铁拳男人》就像《阿波罗 13 号》一样,既发挥了故事自身的特质也保留了事件的本来面目。为什么它会如此的出彩呢,这并不能简单地归结为是由于有个什么样的结局，而在于结局是怎样展现的。这就是一个优秀电影剧本脱颖而出的关键所在。

《赛末点》的情况则不同。它是一次关于运气的人物研究——正像讲述人在开篇镜头里告诉我们的那样，有些人能交上好运，有些人则不会。但是"掌握你自己的命运"的现实情况，在影片里的涵义则远不止这些。在情节点Ⅱ，诺拉（斯嘉丽·约翰逊饰）怀孕了，让她怀孕的克里斯（乔纳森·莱斯·梅耶斯饰）已经与克洛伊（艾米莉·莫迪默饰）结了婚。这对于克里斯来说是一个至关重要的问题，使他非常棘手。他应该做些什么？直接向克洛伊坦白自己的不忠行为，或者为了一个前景不明且还需为生存拼搏的生活而放弃自己现在的"幸福生活"？两者都让人难以接受。然后，一天晚上，他发现了解决办法。他做了什么？以及他打算怎样去解决这个问题？（我还不想透露结果，所以我现在不能讲得更多了）。毫无疑问，在个人的运气和外貌上他都是幸运儿，至少，由于命运和所处的环境让他掌握了成功的钥匙。在影片结尾时，将会发生什么，人物的结局会怎样？他将仍然过着"幸福生活"吗？

如果你能查看一下过去几十年间的一些经典的美国电影——从六十年代——影片《日落黄沙》里的每个人都死了，以及《原野铁汉》（哈瑞特·弗兰克、艾文·拉维奇编剧）里面的"英雄"在剧本的结尾时和在开始时一样，仍然是个狗娘养的混蛋；到七十年代——影片《法国贩毒网》（厄奈斯特·特迪曼编剧），《现代启示录》（弗朗西斯·福特·科波拉、约翰·米利厄斯编剧），《荣归》等的结尾大都是暴力血腥或凄凉阴暗或发人深省的；到了八十年代——影片《普通人》《证人》《母女情深》和《军官与绅士》（道格拉斯·德·斯特瓦编剧）；到九十年代——影片《终结者2》《与狼共舞》（迈克尔·布雷克编剧），以及《木兰花》，你可以在它们的结局中看出人们对战争、抗议活动、种族主义，以及社会动荡的态度发生了变化。有些影片的结尾是以正面积极的，或是引人深思的，或是感觉良好的方式结束的，而另一些的结尾则是凄凉阴暗、消极负面的，最终，我们每个人对于死亡都不再会无动于衷了。

电影的结尾是复杂微妙的，而且它们也依赖于许多的变动因素。在柏林墙倒塌的前几个月我正巧在柏林，当时我正为五十位德国电影编剧开设一个培训课程。这个课程在许多大学中的一所开设,那些大学的学生们都在罢课。教室的回廊是空旷的,门厅过道上贴满了标语和宣言,它们反映了罢课的态度。这是一个极其令人激动的时刻,而和我在一起的编剧们都想对他们所处的这个历史时刻发表评说和进行深思。

但是当我阅读了他们的故事之后,却大吃一惊。尽管这些故事都很优秀也很有趣,但是却一致地存在着某种令人不舒服的感觉。在五十个故事之中,有四十八个是以死亡、自杀、毁灭,或暴力致残结尾的。我试图向他们解释:他们正生活在一个历史性的时刻,在这个时候,他们每个人都有一个无与伦比的机会,将重点聚焦于他们所希望创造的是一个什么样的美好将来。但是他们中几乎所有的人都作出了一个创意性的抉择:他们的故事必须是"真实生活",也就是说他们必须以不幸和普遍的"绝望"来结尾。

在对此进行了深入的思考后,我认识到他们都传承了某种通常倾向于悲剧性结局的日耳曼文化传统。然而,他们曾经有机会去引发某些新的东西来反映一个充满了无数全新的可能性的美好未来。我始终主张,作为一个电影编剧,我们有一种责任去改变和影响我们的观众。我将它看作是一种使命誓言:通过选择写作电影剧本这种创造性的活动,我们就有机会去造就一个新的可能性,它以过去的或者原先的行为模式作为基础,但却是着眼于未来并建立在希望、统一和自尊的基础上,以我们的独一无二和个体特征,以我们的人性和博爱为荣,这样我们就能够达到一种更高层次的群体意识。

这就是我的观点。你可以作出一种选择来更加注重你的电影剧本的结局。所以每当你在考虑你电影剧本的结尾,有关你故事的结局时,务请志存高远胸怀大志。你没有必要非得以一种过分简单化的方式,也就是说以死亡、毁灭、自杀或严重伤残来处理你故事线的结尾。我向这些德国电影编剧们指出了这点,尽管他们传承着一种历史和文化传统,同时这也反映了他们对过去的一种眷恋和对未来的一种担忧。未来是由我们来创造的。

我并不是说非要加入一个虚假的、乐观主义的、"上扬"的、"幸福永随"的结局。我所要强调的是要去寻找一种能够与你的故事相适合并且协调一致的,符合我们置身于其中的时代精神并且反映我们人类的价值观念的结局和结尾。例如影片《指环王》,《鲸骑士》(妮基·卡罗编导)、《永不妥协》(苏珊娜·格兰特编剧),《百万美元宝贝》、《铁拳男人》、《肖申克的救赎》,以及《天堂此时》(哈尼·阿布—阿萨德、比洛·贝亚、皮尔·侯德生编剧),它们全都反映了这样一种态度。

在另外一些影片里,例如像伍迪·艾伦的《赛末点》、《不朽的园丁》、《与歌同行》、《断背山》、《你妈妈也一样》、《卡波特》(丹·福特曼编剧),以及《晚安,好运》(乔治·克鲁尼、格兰特·赫斯洛夫编剧),这些影片的结局都与故事结合成了一个整体,它们真实、可信而且准确。但是如果你在这方面做了一个选择,并且设计一个积极正面,鼓舞人心的结局,你就有更多的机会来投拍你的电影剧本。这就是问题的关键所在。如果你对此有所怀疑,并且认为一个上扬的,令人愉快的,或积极正面的结局显得天真单纯或者平庸陈腐,那么请你看看所有的童话故事、传奇、史诗、以及冒险故事,正是它们构成了自从人类开创了写作历史以来的文学的基础。你或许会回答说古希腊的悲剧或者莎士比亚的悲剧全都是以死亡和严重伤残来结尾的。对此我没有异议。但是,在最高的情感和精神层面上,这些艺术作品使得人物的形象显得崇高和丰富,并且弘扬了人类的文明。在正义与邪恶之间的终极较量中,难道邪恶会赢吗?

绝不会。

这就是事物的本质。从长远的观点看,善良永远会战胜邪恶。知道这点非常重要。

你故事的结局是什么?当你建置起结局的时候,你可以决定一个特殊的结尾。但首先,你的结尾仍然能产生效果吗?你的结尾是否会由于你在前面两幕里所作出的一些改动而不得不作出相应的调整?你是否想到过另一个结尾,一个比你原先的结尾更新颖、更具有活力、更充满戏剧性、更加视觉化的结尾呢?

对它不必考虑得太多。假如你试图弄清楚所谓"标准规范"的,或"正确无误"的结尾,你就将一事无成。你只需选择一个奏效的,与你的故事相匹配的结尾。你很快就能够发现它是否会产生效果。

无论你正在写一个什么类型的电影剧本,务必将重点聚焦于你故事和人物的结局上。假如你正在写一部喜剧片,在你剧本的发展进程中你的人物是否发生了变化? 如果发生了变化,那就必须在第三幕里让他修成正果。通过对此进行戏剧化和视觉化的展示来结束你的故事。

在《安妮·霍尔》里,艾尔维·辛格是一个顽固不化的人物——在电影剧本的开场一直到结尾他依然故我。他愤世嫉俗、过度自怜、怀疑一切。他想让安妮·霍尔能够迎合他所期待的那种他理想中的男女关系。还记得发生在厨房里的那个龙虾场景吗? 安妮和艾尔维正在烹饪龙虾,然而他们两个都不敢将龙虾放入沸水里。这是一个了不起的场景,它与马克斯兄弟的《歌声俪影》(*A Night at the Opera*, 1935)或《鸭羹》(*Duck Soup*, 1933)里的那些场景一样令人难以忘怀。在第三幕里,在安妮离开艾尔维去和托尼·莱西(保罗·西蒙饰)交往以后,艾尔维试图与另一位姑娘重温龙虾的场景。同样的背景,同样的情境,同样的动作,只是现在的结果大不相同,十分勉强,做作和尴尬无趣。

这部影片成功的关键因素就在于艾尔维·辛格的人物特性。在开场的独白里,艾尔维说:"我永远也不想加入这样的俱乐部 它的会员是像我这样的人。这是我成年生活的关键笑话,它说明了我和女人之间的关系。"这是一个伏笔,因为这点在结尾的时候得到了揭晓。安妮改变了,但他却没有。

剧本的结尾是让艾尔维来发表一通杂乱无章的独白:"(安妮)搬回纽约来了。她和某个家伙在一起靠自由职业过活。我碰见她时 她正拽着他去看《悲哀与怜悯》(这是一部四个半小时的纪录片,艾尔维曾经借此博得她倾心)我可以将这个算作是我个人的胜迹……我想起了那个老笑话,你知道,有个家伙去看精神病医生 他说:'大夫,我兄弟疯了。他以为他自己是一只鸡。'噢,医生说:'那你怎么不把他带来?'那家伙说:'我是这么想来着,可是我需要鸡蛋啊。'好吧,我想这就是现在我对男女之间关系的感觉。你知道,它是完全非理性的、疯狂的、甚至荒谬的……不过我想我们还一直要经历这一切,因为我们大多数人都需要鸡蛋。"

他的人物性格是始终如一的。在影片的结尾,他孤独一人,依旧像原先那样愤世嫉俗和冥顽不化,并依旧走着他的老路。他不愿意改变和拓展自己,不愿自我成长,这也最终导致他自食其果。这的确令人悲哀,但也令人动容:这是对人类状况的一个洞察敏锐且又普世的诠释。

另一方面,假如你正在写的是一部动作影片,或是动作冒险片,有时会出现这样的情况,第三幕的结局变成了一个很长的动作段落。在《证人》里,约翰·布克(哈里森·福特饰)刚刚才意识到自己对瑞秋(凯莉·麦吉利斯饰)的情意,可正当他们相互表白了彼此之间炙热的爱意的时候,那帮坏警察出现在了布克藏身的那座农场里。他们是前来杀他的。第三幕的开始是那帮坏警察停好了他们的车,打开了汽车车尾的行李箱并取出了枪械,然后步行了一长段路程来到了那座农舍。

在《证人》这部非常值得研究的教学影片中,此时还有三件事有待解决。第一,约翰·布克将会发生什么事? 他是生是死? 第二,他能否将这群坏警察绳之以法? 第三,瑞秋与布克之间的关系将会如何发展? 他们将如何处理他们之间的关系? 这三件事都在第三幕里得到了解决,这是一个扣人心弦的动作段落,它同时也将故事的结局包容在了其中。

一部动作影片可以向你提供多种方式来结束你的故事线。我特别喜欢的一部影片是詹姆斯·卡梅隆的《终结者 2》。在我看来,《终结者 2》是一部我们这个时代最具影响力的影片。不仅在于它通过运用计算机图像成形技术革命性地引领了电影的制作技术,更在于它在动作影片里融入了某种精神层面上的思考,这在此前和之后的任何影片里都是从未出现过的。

《终结者 2》反映了人类生存状况中的某种左右为难的情形。随着技术的不断进步,人类似乎变得更加孤独内向、本末倒置,有些甚至可以说是丧失了人性。更像是机器而不是人类。在《终结者 2》里,莎拉·康纳(琳达·汉密尔顿饰)是一个决意要为自己死去的爱人,也就是她年幼的儿子约翰·康纳的父亲报仇雪恨的女人。她决定要去杀死的那个男人是一位研制出那块电脑芯片的科学家,按照既定局势发展的进程,这块芯片将会把我们人类带到一个机器人控制的时代。莎拉知道如果自己能够在这个人制造出那块小小的电脑芯片以前将他杀死,那么她就能够改变未来,而整个人类或许就有机会得以幸存下来。

"未来并不是预先安排好的,"这是十岁的约翰·康纳(爱德华·福隆饰)在剧本的中间点时说的,"命运这个东西并不存在,需要我们去造就它。"

发展到了这个时候,故事线里仍然还留有两件事情需要得到解决:其一,他们怎样才能够摧毁 T-1000,这个"邪恶"的终结者(罗伯特·帕特里克饰),它似乎是不可摧毁的。其二,为了拯救未来的人类,他们最终是生是死?那个未来制造的终结者(阿诺·施瓦辛格)——也是个机器人——最终的命运会是怎样?这些事情在电影剧本结尾的时候都必须得到解决。

《终结者 2》里的第三幕是一个高速运转的追逐段落,它发生在一座巨大的钢铁厂的内部。卡梅隆安排在这里将 T-1000 摧毁。当卡车倾覆时,液态氮流得到处都是。T-1000 被吞没在其中并凝结成固态。"后会有期,宝贝。"终结者说着,并扣动了扳机,T-1000 被击中并化成无数的碎片。

这看上去像是它的末日而且我们也觉得它完了,直到我们眼看着 T-1000 的碎片熔化并变成溶液,那些液滴开始逐渐聚拢。噼噼啪啪,它们居然融合成了流动的,慢慢滑行的水银状团块。哦,上帝! T-1000 居然再一次活了过来。

"行了,扣紧你的安全带,它来了……"电影剧本读起来就是这种感觉。然后我们处于一场激烈的交火之中,当威力巨大的枪弹将这个机械死神的躯体推进钢铁熔炉的火焰中时,T-1000 终于被撕成碎片。尘归尘,土归土,钢铁归钢铁……这时才是机器人 T-1000 的真正末日。他们三人向下看着那熔化的钢水:"它真的死了吗"? 约翰问道。"一切都结束了。"终结者回答说。"感谢上帝,它真的完了。"莎拉说。

"不,"终结者回答说,"还有另一块芯片。它也必须被销毁……一切都必须在此了结……我就是未来。"在终结者这么说着的时候,他慢慢地下降到钢铁熔炉中。剧本是这样描述的:"他最后翘起了拇指,然后永远地消失了。"我们停格在这片炙热的钢水的海洋上好一会儿,然后叠化到了一小段收尾场景。我们疾行在黑夜中的高速公路上,这时我们听到了莎拉最后的那段画外音:"不可预知的未来在我们面前展开,我头一次充满希望地面对着它,因为如果一台机器,一名终结者,都能领悟到人类生命的价值,那么也许我们也可以。"

值得深思的话语。

当你坐到计算机,或者是书写板,打字机面前,并且专心投入到你故事线的结局的创作过程中时,你或许会发现在写到剧本的最后那几页之前,写作一直进展得平稳和顺畅。然后你就会感到奇怪,发现自己脑子突然"一片空白",不知道该写些什么,或者感到自己缺乏真切的意愿或激情或雄心来完成这部电影剧本。你会去找寻任何一个借口以使你自己可以逃避继续写下去。

　　这的确很可笑。经过了数周和数月的精心准备、调查研究、全心投入、辛苦努力、艰苦操劳,以及烦恼折磨,经过了长达数周的自我怀疑、忧虑和不安,在一连几个星期的拼命写作后,你可能突然想把它扔了,而且,竟然是在只需再写几页即可完成的时候。

　　这的确十分荒唐。你真的不必对此太过认真。

　　你该做些什么呢?

　　首先,这种情况在作者的写作经历中似乎是司空见惯的。它产生的根源是在我们的潜意识层面里。我所认识的每一个作者,包括我本人,都经历过这种现象。在感情上,你并不想结束这部电影剧本。你想将它稍作搁置,不想结束它。这就像一段糟糕的感情关系——无论它多么的糟糕,它总比什么感情关系都没有要强。同样的道理也适用于你写作剧本时的情形。结束总是困难的。它已经成了你生活中的一个重要部分,你每天都在考虑它,你的人物就像你的朋友,你抓住每个机会来谈论有关你故事的内容。对它的辛勤耕耘使你夜不能寐,使你辛劳和痛苦,同时也给了你极大的满足和愉悦。理所当然,你不想就此放手。

　　那是为什么?

　　这只是出于"抓住不放"的天性。

　　我真的不想这样扫你的兴,打破你的美梦,但是对这个电影剧本来说,还有好多事情有待着手去完成。当你结束这份落笔初成的文稿时,你才仅仅完成了这个电影剧本创作过程三分之一的工作。你并没有将所有的事情做完。一项工作的结束永远是另一件别的工作的开始。在你完成这份落笔初成的剧本以前,你至少还必须再写上两稿。

　　写完你的剧本,结束它。并且在你写了最后的"淡出"之后,给予你自己一点小小的奖赏,喝它一杯葡萄酒、香槟,或者任何你珍藏的东西以示庆贺。

　　将你的电影剧本放在你面前的书桌上并看看你写了多少页。将它捧在手里,触摸并感受它。

　　你创造了它。

　　然后放松一个星期。

　　你电影剧本的这份落笔初成的文稿现在完成了。其实现在才是这个工作的开始。

练习

　　离析出两三个第三幕里面可以结束你的故事线的元素。以第三幕为主,仔细查看你的卡片。它们仍然奏效吗?你是否需要对它们进行修改?如果需要,用十四张新的3×5英寸卡片重新构筑第三幕的结构。然后再对它们进行反复推敲仔细斟酌。

　　在你对你的素材感到满意之后,再动笔写作。在这个时候你或许会经历某种抵触情绪。很多时候,在我自己的经历中,我突然会冒出一个新的想法,它是那么的令人着迷和无法抗拒以致我想立即停下自己手头上的工作,直接投身到这个新的想法之中。不能这样。请取出一个笔记本或几页稿纸直接将这个新的创意写上两三页。将你与这个创意有关的想法尽情地写出来,然后将它放到一边,再回头去完成你的第三幕。

　　如果你经历了任何的抵触,怀疑,评判,或者感到你自己已经"精疲力竭",那就"屈服于它"而只要在心里知道这点就行。继续写下去。始终将你的结局——那个解决方案——牢记在心头。

　　假如你想对任何有关结尾的细节进行改动的话,尽管去做。如果你的结尾最终证明与你想要的效果不同的话,一口气将它写下来,然后把它放到抽屉里的什么地方,然后再写一遍,而这一次出来的结尾应该会符合你的意愿。假如你是在写一部喜剧,而出来的却是严肃和戏剧性的东西,把它写下来并锁进抽屉里,然后再以喜剧的形式来写它。这和戏剧的情况相同,如果它变得滑稽可笑起来，继续写下去，自己心里清楚这只是一种抵触情绪而已。当你把它写完了，而且它也从你的脑海里和你的思绪中消失时，将它锁进抽屉里并将它忘掉，然后回过头来再以你所希望的方式来写。

最重要的是必须创造出一个忠实于并守护于你的故事线整体性的结局。如果你企图弄清楚"别人"想要什么，以及你自以为公众喜欢什么，或者制片公司喜欢看到什么，以便你能够卖出你的剧本，那么请忘掉这些，这绝对是徒劳。不存在这样的捷径来让你"弄清"什么是"别人"想要的东西。这是你自己的电影剧本；这个故事就是以这样的方式结束的；这就是你现在选择作为结尾的东西，请以这些作为基础来创作你的电影剧本。

所有的东西都可以在随后进行变更——也就是在你的改写阶段里完善。

Chapter 16

改 写

THE REWRITE

玛雅：那么，你的小说是关于什么的？

迈尔斯：嗯，这个很难归纳。开始是以第一人称叙述一个男人照顾他中风后的父亲。这个有点根据我的个人经历，不过只是在大体上。

……它采用了很多跳跃式的结构。……并且，同时发生了很多其他事情，某种平行叙述的方式。然后，整个事情向前发展——或者转变——成为一种罗伯-格里耶式的神秘影片。你知道的，它没有真正的结局。

——《杯酒人生》

很多年以前，有一次我与我的一位从伦敦来拜访我的作曲家好友驾车行驶在日落大道上，我们看到一块巨型的广告牌上展示着一位加利福尼亚金发女郎正在沐浴着海滩的阳光。在那块广告牌下方的人行道上站着一位年轻小伙，他用手搂着一个年约两三岁的小女孩。这真是一幅美妙的景象。在我们的车驶过的时候，我听到我的朋友喃喃而语着："我是一个孩子。"

我知道这是为一首歌曲作的歌词。他伸手从我汽车仪表板上的小柜子里取出一个旧信封，匆忙地抓起一支钢笔写下了那段歌词，再增添了一些词语，敲打着乐曲的节拍，而就在那一刻整首歌诞生了。仅仅花了几分钟他就填写完了歌词。

当我们回到我的家中,他坐到了钢琴前,弹奏了好多个曲段并试图将它们结合起来。在大约过了十分钟后,他说"听听这个"并且为我演奏了这首歌的乐曲。它听上去很好,尽管略显粗糙和有点笼统。

几天以后,我的朋友打来电话请我到好莱坞的一个摄影棚与他会面。他告诉我说,他正要前去那里录制这首歌曲。当我走进摄影棚时,我看到舞台上有一支大型的管弦乐队,一大群伴唱歌手,和一位大牌录音师。他们开始了排练,而我也第一次聆听了整首歌。

毫无疑问,我被彻底打动了。从潦草地书写在一个旧信封上的几段歌词到这次强烈的音乐体验只用一个星期多一点就完成了,这简直令我难以置信。这让我非常嫉妒,我希望自己也能如此这般地写出一部电影剧本或一本小说。我离开摄影棚,心里充满了一种怪异的感觉,夹杂着个人的怨恨和自我怜悯的情绪。当我想起自己的那些时时刻刻,那些日日夜夜,多少个星期,多少个月,而且在某些情况下,甚至是数年,投入到辛勤和充满艰苦的工作之中去写作一部电影剧本或一本小说,我产生上述的情绪也就不足为怪了。

我当然希望自己能够以那种方式写出一部电影剧本来,但这是不可能的。哦,是的,我的确听说过一些故事,说是有些电影编剧能够在一到两个星期里写完一部电影剧本,或许这都是真的——但是你所没有听到的是在他们能够坐下来真正动笔写作那部电影剧本之前,他们需要花费多长的时间来投入到创意构思、人物设置和情节的准备工作之中。

和我朋友一起的这段音乐创作经历之所以困扰了我,是因为我将他创作一首个别歌曲的经历拿来和我自己写作一部电影剧本或小说的经历相提并论。而且我知道将他的歌曲创作经历与我自己的写作经历相比是毫无意义的。

我对此考虑得越多,我也就越清楚地认识到一部电影剧本的创作过程融合了许多各自不同的阶段,它们的性质有很大的差异。每个阶段是完全分离和各自独立的。你可能会在某个瞬间灵光闪现地获得一部影片的创作灵感,但是着手去创作它则完全是另外一回事。写作是一个详细琐碎、一步一步的过程,一天一天的积累进展,而且你是分阶段地推进的,你必须在前进的过程中不断地进行优化和完善。

只有在自然科学领域里才使用这种方法。这种科学方法自从弗朗西斯·培根时代开创,通过衡量或试验来研究事物,它包括了科学实验和结果验证的方法。一位科学家会尝试不同的事物,富有才智和系统性地探索各种可能的选择方案,并且总是保存着一份那些产生预期效果的事物的记录,同时舍弃那些无效的东西。

有太多的人对我谈起他们会迫不得已对自己的文稿进行修改,但是他们内心却对此很不情愿。毕竟,他们为了写完这份落笔初成的文稿花费了数月的时间和精力,而且他们觉得任何需要作出修改的建议必须是由某个权威人士,即某位打算购买或者投拍这份剧本的人物所提出的。换言之,这些人必须为修改支付酬劳。

没有什么比这事更荒谬的了。常言所说"写作就是进行重写"的道理应该是不言自明的,不管它是否中听。对你的剧本进行修改是电影剧本创作过程中必不可少和极为重要的一个步骤。它能够对你在最初的文稿写作过程中的改动进行校正,而且能够厘清和界定你的故事以及突显你的人物和情境。你想尽你所能使你的剧本成为最棒的——不然的话为什么要花费那么多的时间来写它呢?什么都不做岂不更轻松吗?不管你对修改这个主意是否喜欢,在某种程度上,你必须这么去做。这容不得你争辩,你不必与它为敌。你只要接受它,因为这是你的必经之路。从来没有人会对你说写作一部电影剧本是一件轻而易举的事情。

当你完成了你的这份落笔初成的文稿后,你知道你将会对它进行修改。这是一种规矩。你的电影剧本应该是一个活的生命体,而且它一天天地在发展变化和成长壮大。这是一个过程,而且你今天所写的东西或许明天就会过时,而你明天所写的东西或许在后天又会过时。不要期待创意灵感能够成为你的向导,因为你将会对你在第一轮初稿中所写的很多东西进行修改和订正。

写作电影剧本的初稿需要经历三个区别明显的阶段:第一个阶段是写完这份落笔草就的文稿,也就是你刚刚写完的这份东西。第二个阶段是我称之为"机械规范"文稿,这时你要对你写作过程中所做的变动进行校正。最后是第三个阶段,我将它称作是"修饰"文稿,这时你要对场景和段落进行打磨,直到尽你所能将它做到最佳的程度,最终完成这份初稿为止。

当你写完这份落笔草就的文稿时,你就已经准备好着手进行修改的工作。首先,花几天时间来考虑任何你所写就的内容。你认为剧本的哪一部分最出彩?什么地方不奏效?你的人物鲜灵生动吗?只是将这些想法"过滤"一下。在这期间你不需要作出任何轮廓清晰或界定明确的抉择。

在进行修改的过程中首先要做的事情是弄清你业已完成的工作的真实情况。在这个时候,没准你甚至不知道或记不清你在第一幕里所写的内容。当你身处于范式之中,你是很容易忘记这些的,你不可能看到范式。你失去了对你已经做过的或没能完成的事情进行纵览全局和客观分析的能力。

你需要具备某种纵览全局的能力。你必须厘清你对素材做了怎样的"处理"。你想要以客观的眼光来察看你业已完成的文稿,而且要避免任何带有主观色彩的评论、喜欢或者讨厌、判断或者评估。你必须"摒弃"你持有的主观性视野以便掌握一种"客观性"的全局观。

这么做的具体方法是将整个初稿从头至尾一口气读完。收起所有的钢笔,铅笔,记录本,以及稿纸,关掉电脑,开始阅读且全身心地投入。要抵制任何形式的诱惑,诸如想在页边空白处记录一些你打算进行的修改。这个练习就是为了促使你去阅读自己已经写就的东西。这是获得客观性的最佳途径。

在你阅读这份电影剧本的时候,你将会感到你的情感就像坐上了一辆过山车。你会在阅读了一个场景后感到自己实在是糟糕透顶,没有人会写出如此胡言乱语的傻话;或者,这是我所读到过的最差劲的东西;或者,那些事件或事变是如此地虚假或不可信,以致没有人会相信它们。你会感到彻底的心灰意冷。请继续读下去。然后,你就会读到一个你写得场景并觉得它还是蛮不错的,而接着,你将发现另一个场景真的是非常的精彩。对有些场景你会觉得过于繁琐和对话过多,但是对这些问题你总是可以进行删改和修整。你就像在一架情感的摆锤上来回摇荡,你的情绪在兴高采烈和令人绝望之间不停地转换。专心控制好这辆过山车而不要太过于沉浸在自己的情绪反应里,无论它是令人绝望,沮丧消沉,或者试图自杀。你只需专心阅读你的文稿。

阅读也很容易使你发狂。我的一个学生是一位著名的女演员,在她写完了她的第一份电影剧本的初稿之后的一天深夜,她首次从头到尾阅读了自己的剧本并给我打来电话,我都还没有来得及凑近话机,听筒里就传来了她尖声的哭喊声:"你怎么会让我写这个……这种狗屁……令人恶心的东西。"随后她的情绪突然失控并大哭起来,还猛然使劲地摔了话机。我看着话机听筒,不知道该如何反应,或者是我需要说些或做些什么。所以我没有采取任何行动。

后来她告诉我说,在她阅读了自己所写的那份文稿之后,她彻底绝望地将它扔了,她给我打了电话,然后爬到床上将电热毯温度开到了最高档,像婴儿那样肆意将拇指吸吮在嘴里。她就这个样子躺了两天。

当然,她的反应的确有点儿过头,但这种事也时有发生,当你在阅读自己写的一些东西时,它甚至可以将你的精神压垮。如果这样的事情不幸降临到了你的身上,务必要控制它。我在等待了四天以后才给她打了电话,因为我知道她会努力去克服她所遭遇的所有那些"不切实际"的期待和情绪。我们详尽地讨论了她的文稿,她坦承自己已经麻木得发愣了,简直失去了任何感觉。我建议她先等几天,然后再去面对自己的文稿,并且"只需去做那些你认为能使它奏效的工作"。

当她最后终于坐下来重新处理那份文稿时,她告诉我说自己就像一部机器,已经没有了任何情绪。当她终于能够从一个主观性的视角转变为客观性地纵观全局,当她不再对她的任何评判和期待作出反应,而只是专注于写作她的故事时,事态就完全改观了。她大约花了两个星期的时间才使自己重新恢复了自信。毕竟,她获取了一个创意想法,将它形成了一条故事线,然后进行写作并且完成了一份落笔初成的文稿。这可是一个了不起的成就啊!

所以,在你结束了初稿的阅读后,花一点时间对它进行一番认真的思考。将你自己对有关故事、人物以及情节方面的总体性的感觉进行深入透彻的考量。在你从开场到结尾穿越故事线开始一次精神上的"游历"时,你就会上升到一个纵览全局的地位,从而对存在于人物以及人物之间的相互关系进行协调和平衡。

故事建置得恰当吗?有关人物之间的相互关系怎样呢?人物的形象真实可信吗?他们是否说得太多,或者存在太多的解释?你的人物在第二幕里所经历的矛盾冲突和各种阻碍是否给予了清楚的展示?第二幕的某些部分是否显得拖沓和松弛?你结尾的效果是否很好?

是否还有任何你想要修改的地方?

好好地考虑一下。

在你阅读完了之后,修改阶段的下一个步骤就是坐下来写三篇短文,进行自由联想或者随意畅写。撰写这些短文能够使你脱离素材的束缚同时也提供了一个极为有效的大局观。每一篇短文的篇幅必须长达数页。十分关键的一点是要让意识流自然和自发地喷涌。绝不能迫使你的故事线来依照或符合你自己预设的目标。

第一篇短文是回答这样一个问题:最初这个创意想法吸引我的原因是什么?是怎样的一个想法促使你不惜倾注了那么多时间和精力来创作这部电影剧本?是主要人物所处的那个情境吸引了你,或在于戏剧性前提,还是人物的处境?请仔细考虑一下。如果你追忆起那个最初的瞬间,当你的思绪感触到那首个创意的"引线",尝试着去弄清楚它是如何将你吸引到这个题材上的。必要的话,你可以闭上双眼,然后看看自己是否能够回想起最初促使你写出这个故事的那一刻的情形。任凭你的思绪自由地驰骋,不要试图在这个时候进行任何形式的束缚。你正在追寻那激动人心的一刻,那种情不自禁"啊哈"的快感,最初就是它抓住了你的心。

然后,在这篇自由联想的短文里,倾注所有那些吸引你到这个创意上来的思想、词语或想法。不必在意语法,拼写或者标点符号。只是尽情地将你的思想倾注到稿纸上或者电脑里。当我在做这个练习时,我采用常规随意的书写方式,以片段的形式,随着我思绪的意识流,而没有遵循任何的规范格式。这是一种自由联想的过程。只是为了捕获那个创意想法吸引你的地方是什么。这样写上两三页。不要审查你写下的那些东西,尽量让它自由自在地流淌。就这样写满数页稿纸,并在你写完这第一篇短文之后,接着再写下一篇。

第二篇短文是在另一张稿纸上回答这样的问题：我最终写就的是怎样一个故事。通常我们是从一件事情出发去写一个故事，而在写作过程中它往往会发生变化，因此在我们结束时实际所写出的东西与我们最初的意愿会有一定差距。例如，或许你开始是打算写一个刑事犯罪惊悚剧，但是在你写完了这份落笔初成的文稿时，它却转变成一个浓烈的浪漫惊悚剧，这与紧张的刑事惊悚故事形成了极大的反差。或者，你可能打算去写一部爱情喜剧而结果却变成一部带有喜剧意味的正剧。詹姆斯·L·布鲁克斯是影片《母女情深》和《广播新闻》的编剧兼导演，他采用音乐喜剧的形式写了《家有娇娃》（*I'll do anything*，1994），但是音乐的效果出不来，而且在他去掉了音乐之后也仍然没有产生出喜剧的效果。在写作的过程中，这样的情况是司空见惯的，往往是你从某类故事出发而在结束的时候却变成了另一个不同类型的故事。所以请深入研究你已经写好的故事，并且查看它与你最初的想法有怎样的一种关系。你曾经打算要写的是什么，以及你最终写就的是什么？

再次强调，用一两页的篇幅以自由联想的方式写这篇短文。发挥自由联想将你的思想、词语和想法尽情地倾泻出来。

第三篇短文。另取一张稿纸在上回答这样的问题：为什么我一定要修改我已经写好的东西，将它改成我所要写的东西。例如，或许你曾经想要写一个刺激的动作冒险题材的爱情故事，但是结果写出的却是一个以爱情故事作为背景的刺激的动作冒险故事。或者反之亦然。所以你必须改变那些元素。请看一下《不朽的园丁》——一部具有引人入胜的炙热爱情故事的惊悚影片。那位妇女领袖在故事开始不久就被杀害了。影片的编剧杰弗里·凯恩不得不通过一系列复杂的闪回来营造这个爱情故事。我们是通过她的丈夫追寻谁是杀害自己妻子的真凶的过程中来认识她的。同样的道理，或许你可以加强或者增加更多激烈的动作元素，从而弱化那个爱情故事。

在任何情况下，你都不得不改变和重新加工你原本打算要实现的目标。有些时候，你最终写出的东西要比你原先设想的更好。这当然再好不过了，但是这仍然意味着你还要回到第一幕以及第二幕的前半部分中，调整和柔化你的故事线以便能使你获得一条流畅的情节线。

换句话说,愿望必须要与结果相符。

再次强调,这篇短文必须以自由联想的思路来写。除此以外,你应该最大限度地为你的故事增添戏剧性色彩。那么,你需要采取怎样的方式来将你业已写好的一部分内容改为你所希望的那个样子呢?或许你可以这样来处理:在第一幕里新增加四五个场景,或者移除掉一些对故事没有任何帮助抑或不产生任何效果的场景,或者将确立戏剧性需求的时间略微提前一点。或许你必须将焦点集中在你的人物上,拓展他或她的人物性格,没准甚至要为一些次要人物创作某个次要情节。现在已经是你必须打定主意如何来实施这些修改的时候了。

这些短文之所以如此重要,是因为它们能帮助你认清你业已写就的东西,以便你将它改得更好。进入修改工作过程的最佳入手方式是以戏剧性行为单元或段落进行操作。这就是说,在对第一幕进行修改时,必须有始有终地直到你完成这个单元为止。稍作停顿后再继续着手修改第二幕的前半部分。对场景进行界定,更改,增加或者删减,调整和修饰一些对白,这样一直操作到中间点为止。再作停顿,然后进入到第二幕的后半部分并进行与前面相同的操作。以这样的方式,就不会使你在面对整篇文稿时觉得不知所措,而你也就能以戏剧性行为单元或段落来对修改工作实施有效的操控。继续以同样的方法对第三幕进行修改。

现在,面对这第二稿,或称为"机械规范"的文稿,请再次仔细阅读文稿的第一幕,不过这一次你需要在页边空白处做一些批注:你打算要修改的场景,你想要增加的对白,或者是你打算删除的一些场景。有些场景按照现在的样子就很不错了,而另一些则可能并不如意。任何对场景和对白所做的变更,或者是在动作、情节、人物方面的变动,都必许从一个系统有机整体的观点出发。

我们在前面已经谈到过,对白有两个基本功能:它要么推动故事向前发展,要么揭示人物。请将此谨记在心。当你在写作对白时,可能会注意到某种有趣的现象,即话语会自发地溯源到古希腊,其具体含义是指对白像"一股意义的涌泉"①。在你写作对白的时候,务必将这点牢记在心。你的对白写得流畅吗?抑或你的剧本"太啰嗦",或者有太多的解释?你是否为了情节而削弱了人物,或是为了人物削弱了情节?你必须以视觉化的方式来展开你的故事,充分利用内景和外景的空间,运用画面和对白来讲述你的故事。

继续进行你的修改工作直到第一幕结尾处的情节点Ⅰ为止。始终记住情境脉络,你是在建置你的故事,建置你的人物和他们之间的相互关系,并且是在建立戏剧性前提和情境。

每个单元都是一个独立和完整的戏剧性行为单元。你会发现你在第一幕和第二幕的前半部分中所做的修改更多些。在这两个行为单元里通常需要你进行最大量的修改,因为这正是你的故事开始变化的地方。你可以查验一下,看看我说的是否正确。在大多数情况下,你需要对第一幕大约百分之八十的部分进行修改,或者更多。那也没什么,尽管去做就是了。

你会发现对第一幕的修改要比你想象的更容易些。为什么呢?因为你已经确立了你自己的写作习惯,而且你知道自己所想要的那个故事以及哪些东西是必须作出的修改,所以在写作时就会感到自然和轻松。有时你或许会在该做些什么方面难以作出抉择,尤其是在第一幕较长的情况下。如果遇到了这种情况,你或许需要抽出一些场景并将它们从第一幕移动到第二幕中。故事的结构是柔韧可变通的,对吧?或者,你或许想要在情节发展到稍晚些的时段进入场景并较早地出来(如果你希望对此做进一步的了解,请参阅《电影剧作问题攻略》的第九章至第十一章)。

正如前述,这份第二稿就是我称作"机械规范"的文稿,其含义是说在这个修改工作的特殊阶段,其侧重点更在于将它落实到书面表达方面而不是

---

① 话语会自发地朔源于古希腊(the word itself from the Greeks):古希腊哲人苏格拉底曾经说过:"对话催生智慧。"他并不直接传授知识,而是通过对话,思辨的方式,一步步地启发对方的思考,从而引导出智慧。一股意义的涌泉(a flow of meaning):杰出的现代物理学家大卫·波姆(David Bohm,1917—1992)将对话比作是在两岸之间流动的溪流,即在对话双方之间存在一种思想或知觉的某种流动的能量,对话的溪流在两者之间来回展开同时也向前流动引发灵感,从而搭建起实践智慧和心灵响应之间的沟通桥梁。由波姆倡导的"波姆对话"团体是当今学术界开放式交流的重要形式。——译者注

刻意去追求创作技巧和原创性。它之所以是"机械式的",是因为你只需将剧本以某种规范的形式来呈现叙事线,并且对场景和对白作出安排,尽管你知道这种方式并不完美,但是它却能用来作为最终修饰阶段的踏脚石。同时你可以用它作为基础来对你最初想要写的故事进行调整,并使它最终适合你所写就的故事。通常,我尽量先让那些场景在纸面上呈现出来,而并不在意它们是如何的出色或糟糕。我只是机械地对材料略微做些修整。你总是可以对在初稿里做过的任何变更进行纠正,将剧本调整为适当的长度,强化故事的戏剧性张力,着重突出你的主要人物。

尽管你打算进行大规模的修改,或许第一幕有百分之八十到八十五的部分,没准第二幕的前半部分里有百分之五六十,以及第二幕的后半部分有百分之二十五至三十,第三幕里有百分之十至十五的内容,你也不必将它当作为一种"创意"文稿。这个阶段的文稿所需要花费的时间或精力,并不会与你在面对空白稿页并要写完初稿时的那个阶段相同。

将精力集中于用视觉讲述你的故事。也许你会发现自己更倾向于用对白来讲述你的故事。或许你正在"谈论"你的故事,解释人物的思想,感受和情感。例如,你的人物也许正驾驶着一辆轿车,看到一间珠宝店并说"我需要一枚戒指",从而解释为什么她需要这枚戒指。然后你或许会展现她迈步进入这家商店并且看着那枚戒指,与此同时她向售货员精确地描述她所要买的戒指以及为什么要买它。她会买下那枚戒指,然后你或许就会转切到下一个场景,她正在一个晚会上炫耀她这枚新的翡翠戒指。这基本上是一个解释性的场景。此类场景你可不能用得太多。

与此相反,你完全可以用视觉化的方式显示同样的内容:她看到了这家商店,走了进去,然后接切到下一个在舞会上的场景,现在她正在炫耀她的新戒指。伍迪·艾伦在《赛末点》里采用了与此相类似的手法。我们看到克里斯在情感上陷入了进退两难地困境,他不知道如何向妻子克罗伊坦白他让诺拉怀上了自己的孩子。然后,在一天夜里他突然惊醒,他睁大眼睛似乎已经意识到自己应该怎样做才能解决这个难题。他并没有说什么而我们也不知道此时此刻他心中的谋划是什么。但是在他惊醒的那一刻,他突然明白了自己应该如何采取行动来打破他目前的僵局。这个寂静的场面,无言的时刻就是第二幕结尾处的情节点Ⅱ。在第三幕里，我们接着看到了克里斯是如何解决他那棘手"难题"的。

以视觉性的方式进行思考，当你从一个场景转换到下一个场景的时候始终要有意识地采用各种电影化的转场，而且总是设法寻找进入和离开场景的各种方式，尽可能迟进早出。在你需要对某些东西进行处理的情况下，转场永远是一个很好的删减素材的方法。

在你结束了这个机械式文稿的第一幕之后，如果你愿意，可以再回头对它进行清稿处理。打磨某个场景或者重新打印一些段落，删改几句对白以使它显得更简洁和紧凑。但不要在这个上面花费太多的时间。最重要的是要始终沿着电影剧作的过程不断向前推进。永远保持从头到尾的工作进程，从开头直到结束。

现在进展到了第二幕的前半部分。重新阅读文稿并在页边的空白处做详尽的记录，写下那些你觉得为使剧本更奏效而需要作出的修改。这样的操作要一直进行到中间点为止。你会发现自己或许已经对前半部分百分之六十的内容进行了改动。此后再确认一下哪些改动是你所希望的。然后，根据需要，利用卡片对这个部分的内容进行排列，就像你在第一幕里所采取的相同方式。

你必须在心里始终牢记你的次级戏剧性情境脉络并且要竭力引发矛盾冲突，冲突既可以是内在的或外在的，也可同时是两者，主要取决于是否产生效果。要确保紧要关头Ⅰ的简洁和紧凑同时要将中间点解释清楚。有些时候，你可能会觉得你的人物太多了从而需要将两个人物缩合成为一个人物，或者将第四十页上的一个场景的前半部分作为第五十五页上另一个场景的后半部分。为了使你的故事产生效果你可以做任何你所需要做的事情。

你的中间点仍然奏效吗？它是否太长或是太短了？它显得冗长唠叨吗？或者它需要解释、评说，或者视觉性的说明？你是否需要对它进行视觉方面的修改？再次强调，尽量将这些写下来。在这个阶段还没有要求它必须多么的完美。

你可能需要花费一两个星期的时间来修改第二幕的前半部分。在你完成了中间点的工作之后，你可以略作停顿，然后进入第二幕的后半部分。将它通读一遍。记录下任何你想改动的内容。如果需要,而且你也觉得这么做更舒服的话,或许你会借助于十四张 3×5 英寸卡片对这个第二部分的结构进行调整,就像你在第一幕和第二幕的前半部分所进行的类似的操作那样。有些时候你会感到自己乐意这么做,而在另一些时候则不是。你可以自己作出判断。你已经清晰说明和重新界定了你的故事线,所以你竭力想使它尽可能地简洁和视觉化。

一旦你知道了自己所需要做的事情,就干净利落地去落实,并且将戏剧性情境脉络和时间框架清晰地记在心里。你或许想对第二幕后半部分的百分之二十五至三十的内容进行改动。在你紧随你的主要人物在情节之中穿越时,请务必保持你故事的在轨远行,建置起紧要关头Ⅱ,然后再继续行进到情节点Ⅱ。完成这个部分的工作可能只需花费你一周或稍多一点的时间,具体要根据你每天实际能够挤出多少时间,以及你需要做些什么而定。

在你结束了第二幕的工作之后,不要在文稿的修饰方面花费太多的时间。这方面的工作你应该在下一轮,也即第三稿和最后的“修饰”稿中来完成。

当你接近第三幕时,你实际上已经胜券在握了。你知道你故事的结局,你正处在一个很好的创作进程中,而且在此之前你对文稿所进行的那些修改的效果都会在这个行为单元里得到体现。对电影剧本这个部分的修改工作通常较为容易,而且所花费的时间也是最少的。对你所完成的工作你大都会感到满意。在第三幕里,你将要对结局进行进一步的梳理和聚焦,而且你将设法寻找某种方式来增添新的视觉性动力,以便能使你的结尾更强劲、更出彩。在这个阶段,你可能会为你的结尾找到一个更好的创意,而且果真如此的话,那就实施这个创意。到了现在这个时候,你或许想要写一个新的对话场景或者使它更视觉化,但是首先你需要确定你已经结束了你的故事线。实际的写作进程本身在这个时候对你已经一览无遗和操控自如了,而且没准你已经确切地知道自己所需要做的一些事项从而结束你电影剧本的这份第二稿。

你应该能够在大约四五个星期里来完成你的电影剧本的这份“机械规范”的文稿,而且剧本应该在大约一百一十页至一百二十页之间的什么地方结束,不能再长了。合适的长度应该是你最需要优先考虑的几个问题之一。如果你是一位初入门的电影编剧,即被认作是从来没有一部剧本被投拍或出售给过某类人,他们("不管"他们"是什么人)不可能会从你那里接受任何长度超过一百二十页乃至一百二十五页的电影剧本。

客观现实就是这样告诉我们的。你的故事线必须清晰,而且所有部分经过了必不可少的修改全都融入到一条始终充满着生命力的故事线之中,剧本的长度保持在一百二十页之内。目前电影剧本的平均长度大约在一百一十二页到一百二十页左右。

当你完成了这份"机械规范"的文稿之后,休息几天。做些你想做的事情,但是要留给你自己一些时间去消化你已经做过修改的那部分内容。然后,你就可以进入到第三个阶段,你电影剧本的"修饰"阶段。

直到这里你才真正是在写作电影剧本的第一稿。你将对每个场景进行打磨修饰、突出重点和质感渲染,变动一下这里的一个文字,那里的一个句子,有时为使一个场景产生效果甚至要对它进行十到十五次的修改。

你仍然将以戏剧性行为为单元为单位进行操作:第一幕,第二幕的前半部分和第二幕的后半部分,但是你必须以带着显微镜的方式来处理每个场景。你将会进入每个场景,对它进行分析,也许会删掉这句对白,或者将那段对白从场景的开头移到结尾处,从场景中段抽掉一两句对白,逐字逐句地对场景进行精简、浓缩和润饰处理。你也可以对描述性句段进行移动和调整。你应该尽你所能使它成为"悦读"素材。

我在创作电影剧本的过程中为自己制订了一个规则:描述性段落的长度不能超过四个句子。我知道这个规定的确有点武断和严厉,但是我读到过太多这样的剧本,其中充满了"厚重"、"浓密"、"粗笨"的长达半页或四分之三页的描述性段落。你的剧本应该在页面上有较多的留白,因为一份内行写的剧本看上去就应该是这个样子。如果你想看看由内行所写的电影剧本究竟是个什么模样,随手去找一份电影剧本,阅读它。只要在谷歌上在线搜索"screenplay",它将会为你找到许多相关网址,你可以从那里下载各种电影剧本。你将会注意到这些剧本的描述性段落是多么的简洁、紧凑,且具有极好的视觉性,没有太多的解释。

有些时候,你会发现自己想要整个地将一个人物删除,而将他或她的一些台词分派给另一个人物,可在这个部分里你又没有足够的人物可供调遣以致会将剧情搞混。奥利弗·斯通曾经告诉过我说在他写作《野战排》的初稿时,在剧本的前十页里出现了二十六个人物。你可不能这么做。你应该让情节和人物线的运行保持简洁和平稳的态势。

在这个润饰的阶段里,为使一个场景更奏效从而对它进行五到十遍的斟酌推敲之后,或许你会发现它仍然不起效。当你仔细考虑这种进退两难的局面时,你将会意识到你或许应该将第一幕里某个场景中的三句台词插入到第二幕的前半部分里的另一个场景之中。或者,你会舍弃一个看上去不错实际上却并不奏效的场景转换,从而将一个场景和另一个场景直接连接起来。你也许会使用场景相嵌的手法,也就是从第二幕的前半部分抽取一个场景将它与第二幕后半部分的另一个场景相互套叠在一起,从而建立起一个能够在更短的时间里说明同样的一件事情的全新的场景。请记住场景的目的:要么是为了推动故事向前发展,要么就是要揭示关于主要人物的信息。如果你的场景不能至少满足这两个目的之中的一个的话,那就应该将这个场景删掉。你不需要它。

你将会注意到情节的某种节奏感,而且还可能在一些场合看到在一个人物说话前出现一个简明的"休止"或"节拍",从而也就加强了这个场景的戏剧性张力。你会将"他瞥了一眼坐在他对面的那位妇女"改成"他带着疑问的目光看着她"。你可以通过增加形容词来强化画面的视觉性,通过减少讲话中的词语,有时是整个句子,偶尔还会是一些语段,从而达到紧凑和浓缩对白的目的。

再次强调,以行为单元为操作单位。首先,完成第一幕,然后是第二幕的前半部分,第二幕的后半部分,接着就是第三幕。以单元作为操作单位使得你能够有效地控制你故事的进程并且有条不紊地到达结局。

请记住,好的结构就像冰与水、或者火与热之间的关系。因为你正在打磨你的电影剧本,你会对结构的轮廓进行修整,直到那些固置了故事线的事件、插曲和事变几乎无法注意到为止。

这些关键词是:紧凑、调整、精简,打磨,删减,删减,再删减。大多数剧作新手不愿意删减词语——或者段落——但是你必须忍痛割爱。如果你对是否要保留一个场景、一段对白中特殊的台词、一个解释性段落或者是一场戏，感到犹豫不决的话，在这种情况下通常你都应该将其删除。

在这个第三阶段，即在这个"修饰"阶段，你唯一的目的就是尽你所能将这份你已经写好的文稿打造成为最佳的电影剧本。

你怎样才能确认你的修改工作已经完成了呢？

这是一个难以回答的问题。的确，实际上你可能永远无法确切地知道，但是你可以设法寻找这方面的某些迹象。首先，你必须懂得你的剧本绝不可能是完美无缺的。其中永远会存在一些不奏效的场景。无论你对某些场景进行多少次的修改或重写，似乎它永远也达不到使你满意的程度。有些时候，对这些场景你也只能无奈地任其自便了。其实也没有人会注意到这些场景没有产生足够的效果或是达不到让你满意的程度。

也许你还会注意到自己在一些细节的修改方面花费了大量的时间。你或许可以将"只不过有些迹象"变成"因此存在一些迹象"。这就是一个明确的迹象表明你已经可以结束了。也就是在这一时刻你可以放下手中的文稿并说："终于写完了。我完成了我的这份首个电影剧本了。"到了这时你就不必再为它操心了。它将凭借其自身情况决定它自己的成败。

在这个阶段，我建议你让一两位"你的知己"阅读你的这份初稿。以我个人之见，我并不建议你将你的剧本拿给你所爱的那个人，或是某位重要人物看。为什么？因为出于他们对你的爱、好意或者友情，他们将会尽可能地"诚实"坦白。毕竟，他们认为你是出于对他们的信任才请他们阅读并且评判你的文稿。所以，出于他们对你的关爱，他们会硬着心肠告诉你，这个人物呆板、扁平，或者戏剧性前提并不奏效，对白显得单薄和乏味。当你要求你所爱的人们作出评论或者提出批评意见时，你所最担心的所有东西都会出现。所以，在这件事情上请你们务必相信我。

例如，在我的一个电影剧本创作班里，有一位女学员具有一种非同寻常的幽默感和一种稀奇独特的风格。此前她从未写过一部电影剧本，但她想将她的一个创意创作为一个剧本。所以她参加了这个创作班并且学完了全部课程。她设置了她故事的主题线，发展了她的人物，然后写了四页的故事梗概。后来，由于感到对自己写的有关内容不是太有把握，她就让自己的丈夫阅读自己的文稿。当时，她丈夫碰巧是一位已经在好莱坞工作了多年的非常出色的电影创作者。他认真阅读了她的剧本，出于他"发自内心的好意，和对自己妻子的关爱"，他认为必须对妻子毫无保留地诚实坦白。

那么你想结果会是怎样呢？以爱的名义，他毫不留情地将她批得一无是处。他对她说，你的人物单薄，情节平庸，没有人会相信这样的故事。而且你能理解，在他的心里，他认为自己是在做一件正确的事情。他真心想要保护妻子免受来自好莱坞的冷嘲热讽，不希望她受到伤害。她虔诚地倾听着他对她所说的话，然后拿起那份故事梗概，将它放进了一个抽屉的某个角落而且再也没有去看它一眼。时至今日，她从未再拿起那个故事或者坐到计算机前产生另一个要写一份电影剧本念头。其实，那的确是一个好故事并且包含了很多进一步发挥的潜质。

基于这个真实经历，我告诉人们不要将他们的文稿交给自己所爱的某个人、或配偶、或重要的什么人看，以期获得反馈。你必须明白，出于他们对你的关爱和影响力，他们会证实你最担心的结果。或者，他们会对你说他们是多么的喜欢这个剧本，而你又无法搞清他们所说的是真话还是谎言。我们都会感到担忧和不安，因为我们无论如何也不可能真实地、确切地知道我们所写的东西是否会产生效果。而且你并不想让什么人告诉你那些你已经知道的东西。

尤其是在好莱坞。在大多数情况下，无论如何也不会有人告诉你实情。他们或许会说些诸如此类的话，"我喜欢它，不过它的确不是那些我们眼下想要拍摄的东西"，或者"我们已经在开发某些与它相类似的题材"，或者"我们已经拍摄过这样的片子"。

这些对你毫无帮助。你期待获得某种反馈。你希望某个人告诉你有关他或她对你的剧本的真实想法，也就是说它是否奏效，所以你应该非常谨慎地选择让什么来人来阅读你的剧本。

在他们阅读完了以后，你要认真听取他们所说的话。不要为你所写的内容辩解，不要假装在听取他们的意见，而此后自己却觉得无懈可击、愤愤不平或像是感情受到伤害似的。

关键是要看他们是否抓住了你所想要写的那个东西的"原意"。对于他们的那些看法,你必须以一种他们或许是对的,而不是他们一定是对的观点来对待。他们都会发表一些看法、批评、建议、意见和评判。它们正确吗?应该有所质疑和认真对待。他们的建议和意见言之有理吗?他们对你的剧本有帮助吗?使它更完善了,还是他们没有抓住要领?

和他们一起讨论这个故事。找出他们喜欢的和不喜欢的部分,哪些部分对他们来说是奏效的,哪些是不奏效的。在这点上,你仍然无法客观地来看待你的剧本。如果你出于"以防万一",防止陷入疑惑而想获得不同的看法,举例来说,如果你将剧本交给四个人,他们的意见将各不相同。一个会喜欢人物之间的关系,另一位却很不喜欢。一个人会说他们喜欢那件抢劫案,但并不喜欢它的结果(他们要么逃脱了要么就没能成功),而另一位则会向你建议是否能够增强其他人物之间的关系。

让更多的人阅读你的文稿也不会有所收获——至少,在目前这个阶段。你应该以两位你认为自己能够充分信任的人的反馈意见为基础,他们必须对你完全地诚实坦白。当你完成了所有那些你认为能够使得这份剧本更加完美的修改以后,你就可以通过某些机构面向全球发送这份剧本,这些机构包括文学部门、制片人、电影公司、职业代理人或者任何你能够接触到的有关人士。

它将凭借自身情况决定自己的成败。它将不会是"完美无缺"的。

让·雷诺阿说过:"完美无缺只是一种理想,它只存在于人们的思想里,而不是在现实中"。

请相信这点。

练习

你准备好了吗?让我们开始做练习。

首先,坐下来将这份落笔初成的文稿从头到尾一口气地通读一遍。不要做记录,只是坐下来阅读。你的情绪会体验到一种坐过山车似的经历。不要和它过不去,不要否认它,也不要试图"争辩"。专心阅读下去。或许在心里你会有些修改的打算,这也不错。你的情绪会时而低落时而高涨,那就享受一次冲浪的感受吧。在你读完了以后,请用一二天的时间来消化这次阅读过程中的感受。

然后,以自由联想的方式写三篇短文,每篇都需要写上数页。在第一篇短文里,你要回答这样一个问题:最初这个创意想法吸引你的原因是什么?将你记忆里最初的那个灵光闪现以及为什么想要写这份电影剧本的那些只言片语、想法和感受尽情地倾注到稿纸上。不要对你的回答进行判断和评价,只是将它写下来。你在这里只是为了厘清思路和深入理解,所以没有必要担心涉及语法、拼写或者语句结构方面的问题。这只是你做的一次操练,没有别的目的。

当你完成了第一篇短文以后,接着写第二篇短文:你最终写就的是一个什么样的故事?你或许是打算写一个动作惊悚故事,但是你写完的却是一个浪漫惊悚故事。请对你最终写就的是一个什么样的故事给予精确地解释和清楚地表述。用自由联想的方式并以数页的篇幅来完成这个练习。请尽情地将你的思想、词语和想法倾泻到纸面上。不要进行自我限制和审查。

当你完成了第二篇短文以后,继续写第三篇短文。以数页的篇幅回答第三问题:是什么因素促使我不得不对我最初的设想进行了一些修正和变更。正如前述,比起你当初设想中的东西,你最终实际完成的那份剧本应该更为出色。所以,是什么促使你必须要做那些变动呢?也许你需要树立更强劲的人物形象,或是突显和深化人物之间的关系,抑或是视觉化地展开故事。这个练习是为了帮助你澄清应该怎样做才能使得你的剧本具有出色的阅读感。

在你完成了上述三个问题以后,你就可以进入真正的动笔写作阶段了。从第一幕开始着手。将它作为一个完整的戏剧性行为单元来阅读并进行记录,既可以直接写在稿纸的页边空白处也可以单独写在一页稿纸上。将任何新的场景与已经写好的那些原场景进行重新整合与结构调整。然后,如有必要,用十四张 3×5 英寸卡片对你第一幕的新结构进行安排。对卡片反复进行调整直到你对情节的流畅性感到满意为止,然后再动笔书写。你最开始的那几页也许会显得矫揉造作和笨拙，那也没什么。不必为此担心。现在这只是一份"机械规范"式的文稿。对这份文稿你或许将会对其中百分之八十到八十五的内容进行修改。对此你大可不必在意。尽管动手去做。

以行为单元为单位进行操作。对第一幕进行修改的整个过程大约需要一两个星期。如果在工作进程中感到情节不连贯或不自然也不必担心，只需展开你的故事线将重点聚焦于贯穿了你故事的发展线索上。

然后继续操作第二幕的前半部分。阅读这个戏剧性行为单元，在页边空白处做些记录，如果需要的话，可以用 3×5 英寸卡片对它进行结构调整。然后再动笔书写。一次一个场景，一次一页，经过紧要关头Ⅰ后到达中间点。在这个单元里，你或许会对其中百分之五十至六十的内容进行修改。始终清晰地把握住你的次级戏剧性情境脉络，以及为使故事线流畅你所需要做的事情。

在你写到中间点时，必须确保你的故事焦点的清晰和明确。然后再转入第二幕的后半部分。以相同的程序进行操作。阅读文稿，做些记录，或根据需要，在 3×5 英寸卡片上对它进行结构调整，然后再动笔书写。在这个情节单元里，你只需对其中百分之四十至五十的内容进行修改。凡是你认为需要进行改动的地方都要修改。在这个"机械规范"式的文稿阶段对有关韵律节奏、戏剧性张力和场景转换等方面，你不要太在意。

现在转入第三幕。调整好它的篇幅，以故事线的连贯性和一致性为目的进行全面和必不可少的修改。对你的结尾进行检查。它是否能像你所期望的那样奏效？或者，你是否需要对它进行某种程度的修饰，也许甚至对它进行彻底的改写？最重要的是看它是否能产生效果，根据你的需要尽你最大的努力将它打造成为最佳的结尾。

在你完成了电影剧本的这个"机械规范"阶段以后，继续进入到"修饰"阶段。再次强调，以三十页的戏剧性行为单元作为操作单位，对你的文稿进行修饰、打磨、清理、紧凑、突出重点、删减，以及润色。

剧本的标题下写着你的尊姓大名，所以务必请将你最好的手艺拿出来。

请记住，一份电影剧本在拍成影片让人体验以前，它首先是作为一份文稿供人阅读体验的。

Chapter 17

"悦 读"

THE "GOOD READ"

瑞德："我激动得坐立不安心神不宁，我想只有一个自由的人才会有这种兴奋的感觉，一个自由的人正踏上不可预知的漫漫长路……我希望能够顺利地越过边界。我希望见到我的知己，紧紧握住他的手。我希望太平洋的海水如我梦中一般的蓝。我希望着……"

——《肖申克的救赎》

　　当我作为故事部门的负责人，在希尼莫比尔影业系统和电影艺术家制片公司(Cine Artists)的那段时期里，为了替我们的制片公司找寻素材，我阅读了超过两千部电影剧本，并且还读了至少一百本小说。自那以来，在大约二十五年里，我阅读和评估了数以千计的剧本。在此期间，我仅能找出很少的剧本值得投拍。不过，纵使我逐渐养成了犬儒主义的习性，对收到的每份新剧本我仍然期待着：但愿这会是那份能狠踢我屁股的佳作。无论你是否相信，我的确非常期待这样的事情能发生。你可以去和好莱坞任何一位阅读人谈谈，他或她告诉你的情况十有八九会相同。

　　我始终在找寻"悦读"。

　　那什么是"悦读"呢？我不知道怎样给出确切的定义，我只能说这是一种充满激情的阅读经历，以画面展现出的视觉风格击中我。它是一种"观看"的方式,是一种"阅读"的方式,也是一种"感受"的方式。一个好的剧本从第一页,第一个词开始就发挥着作用。

《唐人街》是个"悦读"剧本,同样,《肖申克的救赎》《谍影重重2》和《指环王》也是。

正是词语的独特表述方式迅速引起了我的兴趣:它舒爽、简洁和视觉化。根据最初的几个段落,我就能判定故事是否已被建置。它是以一个强有力的激发事件开场的吗?它拽住我的注意了吗?人物是否魅力动人、圆润多姿并具有立体感?是否在前十页里就已经清楚透彻地建构了基本前提和境况?是否有足够多的信息展示,促使我着迷似的想继续阅读?抑或故事塞满了太多的人物,凝重的情节和次级情节。

每当发现一个"悦读"剧本时,我就能认出它:有某种振奋人心的东西和能量,会从第一页、第一个词就立即拽住我。我所寻求的是某种写作风格,它使情节能闪电般地横扫页面。至此,我就禁不住地不停翻页,当然,这也正是剧作者的职责——使得读者不停地翻页。

无论你是否相信,这的确是个自相矛盾的悖论:在好莱坞没人喜欢阅读,而每个人却都喜欢去读一个好的剧本。

事情就是这样,在这方面事情永远不会改变。

为什么呢?因为有太多差劲的电影编剧,或许千人里仅有一人够格在此行业等级里上升一档。而每当你发现一个"悦读"剧本时,人人都想读到它,因此,借由传真和电子邮件,剧本就被传遍了好莱坞的各个角落。

那么,当阅读人在对素材进行评估时,他或她期待找到什么呢?这其中有几个步骤。我想令人感兴趣的是列举说明这些阅读人在他或她被要求阅读一个剧本时的工作步骤。当你向某个制片厂或电影公司递交一个剧本时,事情大约会是这样发生:当收到剧本素材时,经由经过授权的文学部门,或是代理人、制片人、导演,交给阅读人去阅读。(未经授权的剧本素材通常会由于各类法律事宜,不经阅读就被退还)。阅读人阅读剧本,然后他或她就会写一份简短、详细的剧情概要,并且提出数页他或她对材料的个人意见。它被称之为"内容参考"(coverage)。内容参考是制片行政主管的一项工具,他本人并不阅读剧本但是却要为那些使用剧本的人们服务,那些人士要么是代理人,或是制片商以及导演。内容参考主要包括作者的姓名,具体的类型,一段情节概要(简短的,用一句话来描述故事),以及一份阅读人作出的对剧本品质的评价分析图表,图表中的各类具体查核项目包括:结构、人物、故事、对白,以及总体上的写作水准。评价的指标又分为:优秀、良好、尚可和很差。我获得了一家主流制片公司的许可对阅读人的评判分析表做了一个概括,这份分析表能很好地反映出阅读人在分析材料时的价值取向。

在这个分析样本里,我略去了姓名和片名。首先,在左上角,写上了片名,作者的姓名,以及风格类型,用一个词语来描述故事的类型:动作—冒险片、爱情故事片、西部片、喜剧片、浪漫喜剧片、荒唐闹剧、浪漫故事、正剧、科幻片、动画片,或者未来主义影片。在我这个具体的实例里,它是一部有伤感结尾的浪漫影片。

其次,是对故事作一个简短的概述,一段情节概要,用四五句话对故事是有关什么内容的进行描述。在这个例子里情节概要是:"一位雄心勃勃,年轻漂亮的女律师立誓要在一家芝加哥的律师事务所里获得事业成功。她的那位已婚并已有三个孩子的老板,迷恋上了她。她颇有心计地想借此成为合伙人,而这在政治上使他身败名裂。他的婚姻濒于破裂,他出走并开始独自创业,而且任命她为合伙人。仅仅不到一周,他就回去乞求妻子让他回到她身边。我们的那位姑娘则继续勇往直前"。

这就是故事的有关内容。这是电影剧本的一个主题(如果你想看到一些优秀的情节概要,可以阅读'电视节目单'上的一些情节概要。这是一个很好的方法,你需要它的帮助来"固置"你的故事线)。

第三,在情节概要之后,是一个篇幅为一页半的故事的详细剧情概要,在内容上它更为深入和详细,对它我就省略不谈了。

第四,有一份阅读人的分析报告,其中尤以结构和人物为重点。在这份具体的书面评判里,分析报告又分成了几个特定的栏目:

一 人物

　　a)设计:一位冷酷无情的年轻职业女性勾引了一位已有妻儿的中年男性,而他则为她抛弃了家庭。

b）发展：近乎良好。作者必须营造对这个女人的仇视与恶感，这是一个恶妇人。

以《致命诱惑》，《彗星美人》，或《体热》等影片为鉴，人物塑造很不真实可信。

他们不够充实。

二 对白

尚可。这里似乎是芝加哥，不过它的时间很短。对白是产生问题的根源，它使得一切都显得表面直白。这个故事都是通过对白在讲述。

三 结构

a）设计：一个很有心计的洛丽塔①，她通过操控自己的老板费尽心机地在法律圈里平步青云。而一旦她实现了自己的最初目标就随即抛弃了那位已有家室的男人。

b）发展：尚可。因为一切都是显而易见的并且是肥皂剧式的发展取向。主要人物没有深度，而且她是一位不值得同情的人物。

c）节奏：良好。尽管对于下一步将会发生什么不存在悬念，而且仅有少许戏剧性张力。但是它也没有显得拖沓。

d）结局：很差。剧本结束得相当突然。而我们还留在云里雾里。那位可怜的丈夫蹒跚地回了家而我们也没有再见到那位主要人物。

上述的简短摘要就是阅读人针对这份电影剧本所提交的内容参考里有关的分析和评估意见。此外，还有一份阅读人的建议书，阅读人会在其中加入几句话来说明他或她的总体印象。在这个实例里针对这份电影剧本的是："不建议采用。它在各个方面的表现只称得上是一个二流平庸的浪漫故事。这是一位冷酷无情，野心勃勃，中产阶层的职业女性。整个故事的高潮点模糊不清让人难以理解。它的格调是低落消极的，而又根本没有任何黑

---

① 洛丽塔（Lolita）源自俄裔美籍著名作家弗拉基米尔·纳博科夫（Vladimir Nabokov）于1955年出版的小说《洛丽塔》，这是作者流传最广的作品，绝大部分篇幅是死囚亨伯特的自白，叙述了一位中年教授与12岁未成年少女的纠缠情欲关系，女主角名叫洛丽塔。——译者注

色幽默的成分从而使它能与某种形式的黑色喜剧类型片联系起来。这是一部爆米花肥皂剧，而不是一部有特色的影片。

内容参考应该像这个实例那样言简意赅分析精准。这就是各个影片行政主管部门，代理人，电影制片人所阅读到并进而形成他们看法的东西。

你可能会问你自己阅读人将对你的剧本说些什么。假如你从阅读人的立场出发看待你的剧本，他永远会有别的一些剧本需要去阅读，通常他桌上有待阅读的文稿堆总会有两英尺高。

今天，写电影剧本的人数之多是前所未有的，而写作电影剧本和拍摄电影的普及化已经成了我们的社会和文化生活中的一个不可或缺的组成部分。去年在东部和西部的美国编剧协会登记注册的电影剧本和电视剧本大约有七万五千份。在这些当中，大约有四百五十个被投拍成电影，它们或者是由好莱坞的主流影片公司，或者是由各种各样的独立制片公司来拍摄。你自己可以算算看。

在以后的几年里，专门为影视媒体写作的人数可能会翻倍甚至翻三倍。科学技术的进步和革命将会以指数级的扩展速度影响整个世界和我们观看事物的方式。这似乎是人类历史上第一次出现由我们创造的一项技术却需要由我们的孩子们来教会我们如何使用它。

今天，我们已经进入了一个崭新的用视觉讲故事的时代。商务和电影已经成为当今大学校园里两项最热门的专业。计算机技术和计算机图像技术的急遽发展，以及 MTV、电视真人秀、iPod、Xbox 家用游戏机、PlayStation 家用电视游戏机，新的无线局域网技术影响力的扩张，正在形成一股全球性的视觉性革命。我们已经能够通过我们的手机来制作电影短片，我们可以借助电子邮件将它发送给我们的朋友和家人，然后在等离子显示器上放映它。毫无疑问，我们已经极大地发展了我们观看事物的方式。

我有两个年龄分别为十岁和八岁的外甥，他们在计算机上为父亲制作了一段令人惊叹的生日视频，这段以画面来叙述故事的作品直观易懂非常难得。毫无疑问，我被惊呆了。他们运用的是全新的视觉化思维方式，将他们所熟悉的各种素材融入了一段近六分钟的影片里，影片中包括了图片、视频、电脑图像（自己制作）、现场采访、音频，以及旧式的胶片电影，并将它们全都有机地结合成了一段非凡的视觉体验。

对电影编剧的市场需求正处在剧烈的变化中,并且需要为正处于婴儿期的用视觉讲故事的方式寻求新的发展方向。目前,电视节目发展迅猛并已经可以在我们的手机和 iPod 上播放。各公司都期待生产独具特色的产品提供给正逐步形成的数目众多的各类市场。

好莱坞制片产业链中众多的影业公司为了适应这些新技术也在不断地变化着。要不了多久,整个电影和电视产业的市场状况将和现在的情况大相径庭。没有人确切地知道将来的国内或国际市场将会是个什么模样,但是有一件事情是确定的:电影编剧和用视觉讲故事的方式将会有无限的发展和成功的机会。

如果你投身于电影剧本写作的态度是严肃认真的,那么现在正是提高你的技能和完善你的手艺的绝佳时机。

将来就在眼前。

有很多人告诉我说他们想要写作电影剧本。他们给我打电话,写信,再三地要求,并终于如愿以偿地加入了编剧讲习班,然而在两三个星期之后就不告而别。他们信誓旦旦地对自己和对写作所作出的承诺等于零。行为动作就是人物。人们是以他的行动,而不是他的言说来表明他是怎样的一个人。

假如你打算写电影剧本,就要动笔去写。

这就是本书的有关内容。它既是一位向导也是一件工具。或许你上百遍地阅读了此书,不过,即使是在你放下书本并且开始做练习和直面空白稿纸之时,你也仅仅是正在想要创作一部电影剧本,而不是实际地在动笔写作。

它需要你投入时间、耐心、不懈的努力,以及保证会写出一部电影剧本的决心。你愿意忠实履行你自己关于写作一部电影剧本的承诺吗?你愿意努力学习并且去犯些错误,写出一些糟糕透顶的剧本吗?你愿意尽你所能来创作即使它不是很有效果吗?你所尝试做过的并不奏效的东西总是会告诉你什么东西的确奏效。

对写作一部电影剧本真正重要的就是动手写它。首先,为你自己设定一个目标,然后针对你打算为自己营造怎样的写作体验形成一个明确的意向。接着就动手去做每个章节后面的练习,一次一遍,很快你就会为你所做的获得回报。上述这些就几乎包括了有关的一切。

在我的讲习班里,当学员们完成了他们电影剧本的初稿以后,人人都会鼓掌喝彩。这是我们自我肯定的时刻,我们投入并且恪守承诺地完成了自己的工作。同时在写作过程中经历了辛苦的劳累,艰苦的努力,以及痛苦和喜悦。

《电影编剧创作指南》是一位能够引导你经历整个电影剧本创作过程的向导。你投入得越多,你所得到的回报也将越丰厚。这是一条自然规律。

让·雷诺阿曾经说过:"真正的艺术在于实践"。

写作是一种个人的职责。你要么去履行,要么就不去履行。

这是你自己的选择。

译后记

在好莱坞电影产业界，本书作者悉德·菲尔德已被认作是最负盛名的电影剧本创作教学研究方面的一代宗师。近三十年来，他在电影剧作方面出版的数部专著，以及在美国国内和世界各地主办的数以千计的电影编剧讲习班和培训课程，在理论和实践这两个方面为现代电影剧本的创作奠定了基础。无论是职业编剧还是踌躇满志的新手都从中获得了实质性的帮助，使他们写出的剧本能够达到在好莱坞出售的专业水准。另一方面，菲尔德有关怎样才能写出一个优秀电影剧本的精辟见解也极大地影响了好莱坞的制片人，以至于他们逐渐采用菲尔德的观念作为其选择具有投拍潜力的电影剧本的指导纲领。

悉德·菲尔德专为各国电影编剧们设计开设的培训课程好多是由各国政府及其文化部门委托主办并取得了极好的效果。无论对于职业的电影编剧还是创作新手，最大的问题就是怎样将自己的一个创意想法落实在纸面上，写成一个符合电影产业标准并可进行投拍的电影剧本。因此，悉德·菲尔德将本书称作"怎样做的读本"。

悉德·菲尔德在电影剧作方面的重大贡献是他阐述了"三幕剧作结构"的范式。"对于所有优秀的电影剧本来说，有一点是共同，那就是结构。……所有的电影剧本都归属在情境脉络的结构之中，这就是电影剧本的根本形式。"为了说明情境脉络的结构——它看上去是个什么样子——作者孕育并创建了一个模型，并将它形象地比作一个按比例缩放的建筑物的模型，用以供人们能"看到"将要写出的剧本会是什么模样。作者将它称作"范式"，并通过范式来说明戏剧性结构的情景脉络的构筑状况。作者将范式定义为"一个模型、一个样本或一个概念模式"。它其实是一个工具或指导纲领,一张电影剧作过程中穿越故事的路线图。(范式原文为"paradigm",含义是范例,示范,典范,模范,示例;在语言学上,这个词专指——动词、名词等——词形变化表。但是,"paradigm"这词意义包含极大,而且还没有中文的对应词汇。自15世纪以来,"paradigm"这个词演变至今已经成为西方文本中相当重要的一个词,涉及管理学、心理学、哲学、社会学、科学和计算机技术等众多领域,与之相应的中文词汇也五花八门:思想总体、原始模型、群体潜意识、典型操作方法、范例、价值观等。在中文的学术著作中通常将它译作"范式"。)

在对故事进行戏剧化地表示之前,还必须知道四件事情:(1)结尾;(2)开端;(3)情节点Ⅰ,以及(4)情节点Ⅱ。这四个元素是电影剧本的结构基础,它们是在范式结构的故事线上的四个固置点,只有在清楚知道了这四件事情以后,才能够借助于"范式"着手"建置"或构筑故事。并将整个故事"紧紧缠绕"在这四个元素的周围。情节点Ⅰ是故事真正的开始。它的一个基本功能就是带领我们从第一幕进发到第二幕,而情节点Ⅱ则带领我们从第二幕进发到第三幕。只有在知道了这四个元素之后,你才可能以叙事的方式讲述你的故事。事实上,"叙事"就意味着实际上或意念上的一种安排、一种事件或事变的序列,同时隐含了某种方向性。

出色的人物是一部电影剧本的心脏、灵魂和神经系统。故事是通过人物来讲述的,并由此吸引观众去经历那种融入到我们日常现实中的普世的情感历程。塑造出色人物的目的是为了激发我们人类特有的本性——人性,从而对观众产生触及心灵、打动情感、鼓舞精神的作用。为了创造一个人物,我们首先必须建立人物的情境脉络,行为举止的品味,就是能使他(她)独具特色——成为某个我们能够赞赏和认同的人。一旦我们建立好了这个,我们可以加上他(她)的一些特性,修饰和润色他(她)性格中各种不同的个性和行为特征。

作者提出,在创作一个出色的人物方面,必须具备四项因素:第一,人物必须要有一个强烈和坚定的戏剧性需求;第二,他(她)必须要有一个个人的观点;第三,这个人物个性化的态度;以及第四,这个人物总要经历某种形式的变化或转化。这四项元素或这四个基本素质,就是在电影剧本里创造出一个出色人物的支柱。此外,作者在书中详细介绍了多种人物创作的工具或手段:首先,撰写人物传记是最富洞察力的人物创作工具。其次,能够帮助你拓展人物创作能力的另一项工具是调查。这里有两类调查:现场调查和文本调查。第三,可以通过将人物的生活分成为职业生活、个人生活和私生活三个方面来对人物进行揭示。进一步,可以借助于"矛盾冲突"和"人生轨迹"来深化和拓展人物。

在理论创新方面,作者在此书的新版中,首次提出并花了大量篇幅讲解了他的"中间点"的理论。这样就很好地解决了作者编剧创作理论中一个普遍存在的问题。因为,一直以来,根据作者编剧创作理论,在总共三幕约120分钟的影片中,第二幕长达60分钟占据了二分之一的长度。因此,无论在创作实践和教学,或在影片的分析评论中都遇到体积庞大,运转方向不明等问题。

作者一直认为第二幕永远是写作过程中最难把握的部分,这既是根据其自己的写作经历,同时也是根据讲习班中学员们的实际状况做出的判断。事实上,仅仅是第二幕长达六十页的篇幅就会使人望而生畏。行进在纷繁复杂的创作迷宫中的人们很容易被搞得"不知所措"或干脆就"迷失了方向"。作者通过对大量影片及其剧本的研究发现,在第二幕的中间发生的某个事件起到了组织和构筑第二幕情节的固置点的作用。这个被作者称作"中间点"的事件在第二幕里的作用是作为戏剧性行为系列链中的一个链接环,并且将第二幕分解成两个区别显著的戏剧性行为单元:第二幕的前半部分——从情节点 I 的结尾处到中间点为止;第二幕的后半部分——从中间点到情节点 II 为止。自那以后作者就将中间点的构造理念运用在编剧讲习班的教学中,创作咨询中和电影剧本的分析中。在对电影剧本进行教学和评估的工作中,作者本人和学员们都感到受益匪浅。这样,中间点的功效不仅被反复证实,而且它的实用性和有效性也使电影剧本的写作更加轻松自如。

在改版后,书中分析和引证了大量的经典影片(本书中提到的影片超过160部,作者对其中的十几部影片进行了重点分析),这是悉德·菲尔德在授课过程中最常用和最有特色的部分，他所选用的大都是近年来为人们所熟悉并广受好评的影片，其中绝大部分也为国内观众所熟悉。这就极大地帮助了学员和读者们领会和理解相关的知识、提高理解力和技能，以及电影剧作方面的艺术素养，把握剧本创作这门"手艺"的关键和精髓。学习电影剧本创作的一项重要内容就是大量的观影实践，从电影大师的经典杰作之中汲取营养。法国电影新浪潮的领军人物弗朗索瓦·特吕弗曾经谈到自己早年（六十年代）曾经在一年里观看了一千多部电影。中国有句俗话"熟读唐诗三百首，不会作诗也能吟"，说的也是同样的道理。现在互联网和DVD使得人们的观影条件比弗朗索瓦·特吕弗那时候要好得多。所以我建议本书的读者们，至少应该反复观看作者在本书中多次引证和分析过的那十几部影片，做到心领神会。

　　无论是职业编剧还是业余的新手，对于任何想要创作电影剧本的人来说，必须具备三个基本条件：创意灵感，创作决心以及写作技巧。尽管创意灵感是可遇不可求的，但是只要做一个有心人，热情地投入到生活中，一定会有所收获的，"机会只光顾有准备的头脑"是放之四海而皆准的真理。这里的创作决心并不是坐在那里空想，而是一种实实在在的决心，光有灵感是远远不够的。产生创作决心和努力的前提条件就是你必须具备"对电影的爱"，我非常欣赏另一位电影编剧教学大师罗伯特·麦基在其名著《故事》中的描述："必须有无限的爱：对故事的爱——相信你的观念只能通过故事来表达，相信你的人物会比真人更'真实'，相信你虚构的世界要比具体的世界更深刻。对戏剧性的爱——痴迷于那种给生活带来深刻变化的突然的惊诧和揭秘。对真理的爱——相信谎言会令艺术家裹足不前，相信人生的每一个真理都必须打上问号，即使是个人最隐秘的动机也不例外。对人性的爱——愿意同情受苦的人们，愿意深入其内心，通过他们的眼睛看世界。对知觉的爱——不仅要沉迷于感官的快感，更要纵情于灵魂的知觉。对梦想的爱——能够任凭想像驰骋，随其驱使，并乐在其中。对语言的爱——对韵律节奏、句法语言探究不止，乐此不疲。对两重性的爱——能感知生活的隐藏矛盾，对事物似是而非的表现持有一种健康的怀疑。对完美的爱——具有一种字斟句酌、反复推敲的激情，以追求完美的瞬间。对独一无二的爱——大胆求新,对冷嘲热讽处之泰然。对美的爱——对作品的优劣美丑具有先天的识别力,并懂得如何去粗取精。对自我的爱——具有时常肯定自己,从不怀疑自己写作能力的长处。你必须热爱写作,而且还能耐得住寂寞。"

　　如果说创意灵感和创作决心取决于作者个人的主观条件的话,那么写作技巧就是一种需要通过学习获得的客观技能。罗伯特·麦基认为:"我们(电影编剧)正是利用这些手段来吸引观众深深地卷入你所创造的世界,让他们在其中流连忘返,并最终以一种感人至深、意味深长的体验来报答观众的深情投入。"而这本《电影编剧创作指南》就为你提供了创作一部符合好莱坞标准的电影剧本所需掌握的写作技巧。

　　这里,我想专门对有理工科背景的读者朋友说几句,因为我和你们有同样的背景。比起其他文学艺术的创作活动来,电影剧本的写作更接近于我们平时工作中的产品设计和技术创新设计。在日常生活和工作中我们经常会产生一些有关产品或技术设备方面的创意想法,这时我们就会利用我们所掌握的知识进一步开发这些创意,进而设计完成某项新的产品或技术革新。同样,对于在生活中遇到的一些事情我们也许想通过讲故事的形式,比如小说或剧本,来进行某种文学创作。只是苦于自己没有这方面的技能或"手艺"。比如,当你满怀期待地去看了一部电影,结果却扫兴而归,并向自己的同伴抱怨说:这部片子编导得太差劲了,如果我写的话肯定比这要好……或者,如果将我知道的好几件事情其中任何一件写出来,都要比这个故事更带劲更精彩。你的话我完全相信,但是我要进一步提醒你,你的这两句话分别表明你已经有了"创作的想法"和"创意的灵感",现在你唯一欠缺的就是写作技巧。那么我想对你说,这本书就是专门为你获得这门"写作的手艺"而准备的。事实上,无论是悉德·菲尔德著作的读者或是他讲习班的学员,其中的绝大部分都是来自各行各业的业余编剧爱好者。所以我劝你也应该去试一试,没准你会获得成功。

　　阅读完这本两百多页的小书(它的阅读难度要远远低于你此前学过的任何一门专业课程,而且读起来也很有趣味——从中你会知道怎样欣赏电影,也不需要你掌握专门的知识,只要你喜欢看电影就行),你顶多也就损失了一个星期的业余时间，外加少吃一份麦当劳或肯德基的套餐的代价。那又算得了什么？但是，如果你掌握了这门技巧，它就会带给你的创作无限的可能。人的潜能是无限的，当它发挥出来时往往令你自己都会感到吃惊，所以对自己要有信心。

请加入中国电影编剧的队伍，并祝你成为其中成功的一员。

两年多前我就有翻译悉德·菲尔德著作的打算，并且也得到了作者本人及其代理人的赞同和支持，但是由于各种原因，他们与国内的出版社之间一直没能达成出版协议。所以，我想借此机会表示对后浪公司的敬佩和感激之情，正是基于他们的努力和胆识才使得悉德·菲尔德最负盛名的三部著作的中译本得以出版发行，我相信他们的这一决策不仅仅是出于商业性质的考虑，更是出于他们对发展中国电影事业的支持和奉献。

在此我要感谢陈草心编辑对我的信任。尽管我们未曾谋面，但是她对工作的责任心和认真负责的态度，以及在翻译过程中给我的帮助和体谅，使我能够顺利完成这次翻译工作。最后我要特别向浙江大学广播电影电视研究所所长范志忠教授表达谢意，自我向他谈及翻译悉德·菲尔德的著作之时起就一直得到他的鼓励和支持。

魏枫

2011 年 11 月于杭州西溪河畔

出版后记

　　《电影编剧创作指南》是美国著名编剧，制片人，剧本写作教师以及演讲家悉德·菲尔德的系列编剧教程之一。他的著作《电影剧本写作基础》和《电影剧作问题攻略》曾被翻译为二十多种语言，并被多所世界著名学府选用为影视编剧专业教材。这两本著作我国也曾经翻译出版，并且热销一时，已经成为广大师生、电影爱好者和专业编剧公认的权威编剧教程。

　　悉德·菲尔德曾经说，他编写剧作教程的宗旨是："想要全世界的电影人创作出能够触发、感动和激励人们的不朽影片。"作为一个资深编剧及剧本审读人，超过两千份剧本和数百部小说的阅读量令悉德·菲尔德对剧本和文字拥有极为丰富的判断经验与极为敏感的题材触觉，这使他的教程都具有很强的实用价值。正如在本书中所呈现的那样，在他的笔下，你很难找到夸张和虚饰，取而代之的是真正扎实有用的技巧和创作理念，以最易于阅读者吸纳的教授方式一步一步来为他们扫清障碍，树立信心。难怪在很多读者眼里，悉德·菲尔德的书就是编剧领域的"圣经"。

　　《电影编剧创作指南》秉承了悉德·菲尔德一贯的教学方法，这种教学方法很接近电影《盗梦空间》中的一个概念——"奠基"（Inception），虽然每一章几乎只探讨一种创作理念或写作技巧，但却务求精透入骨，将之植入编剧的创作思维过程中，如同数学公式，1＋1＝2，乘法口诀，最简单，却普遍适用。悉德·菲尔德用一种"三幕"结构的范式，将主题，人物，情节点纳入其中，首先保证了剧本整体的构造齐整，继而用细化到页数与字数的方式分别阐述范式内部各个部分的写作技巧，读者只需亦步亦趋地跟随于他，就能完成一部专业的电影剧本。

　　《电影编剧创作指南》从初版到现在已经在海外热销二十五年，此次我们翻译出版的是其最新修订的升级版，亦是其首个中文译本。新版融入了更新鲜的影片分析和悉德·菲尔德二十五年来在世界各地开办的编剧写作讲习班中所积累的教学经验。正如他在本书导言中所言："当前，我们正站在电影新前沿的出发点上，而且不存在什么能做或者什么不能做的规定。这是一个进化或革命的时代，一个已经将戏剧舞台技术融入数字技术新纪元的变化的时代。我们所看到的和我们怎样去看的方式都已经改变了。"也许不断地研习剧本写作技巧，传授其中真谛，正是悉德·菲尔德创作不懈的源泉。

　　本书的译者魏枫老师为了能为读者奉上最准确优质的译本，曾经与悉德·菲尔德多次联系以交流译文想法，他对译作苦心孤诣的态度令人钦佩和感动，特此表达我们对他的敬意。而我们在编辑过程中则主要统一了影片较为通用的译名，和一些专业电影术语的译法。其中可能仍存在错漏之处，希望读者朋友们不吝指正，以便我们在今后的改版中加以更正。另外，若想了解更多悉德·菲尔德剧本创作讲习班内容，可直接登录以下网址：http://mooc.pmovie.com/course/15，在线观看配有中文字幕的菲尔德亲授课程。

服务热线：133-6631-2326　　188-1142-1266

服务信箱：reader@hinabook.com

后浪电影学院

2016 年 6 月

图书在版编目（CIP）数据

电影编剧创作指南：最新修订版 /（美）悉德·菲尔德著；魏枫译 . — 修订本 . — 北京：北京联合出版公司，2016.7（2021.9 重印）

ISBN 978-7-5502-8059-5

Ⅰ . ①电… Ⅱ . ①悉… ②魏… Ⅲ . ①电影编剧—指南 Ⅳ . ① I053.5-62

中国版本图书馆 CIP 数据核字 (2016) 第 148019 号

THE SCREENWRITER'S WORKBOOK (REVISED EDITION)
BY SYD FIELD
Copyright © 1984, 2006 By Syd Field
This translation published by arrangement with Dell Publishing, an imprint of Random House, a division of Penguin Random House LLC
Simplified Chinese edition copyright © 2016 Ginkgo (Shanghai) Book Co., Ltd.
All Rights Reserved.
本书中文简体版权归属于银杏树下（上海）图书有限责任公司

电影编剧创作指南（最新修订版）

著　　者：［美］悉德·菲尔德
译　　者：魏　枫
出 品 人：赵红仕
选题策划：后浪出版公司
出版统筹：吴兴元
编辑统筹：陈草心
特约编辑：曹　佳
责任编辑：孙志文
营销推广：ONEBOOK
装帧制造：墨白空间

北京联合出版公司出版
（北京市西城区德外大街 83 号楼 9 层　100088）
北京汇林印务有限公司印刷　新华书店经销
字数 261 千字　690 毫米 × 960 毫米　1/16　19 印张　插页 4
2016 年 9 月第 1 版　2021 年 9 月第 7 次印刷
ISBN 978-7-5502-8059-5
定价：58.00 元

电影剧作问题攻略（修订版）

著　　者：（美）悉德·菲尔德（Syd Field）
译　　者：钟大丰　鲍玉珩
国际书号：978-7-5502-8546-0
出版时间：2016 年 12 月
定　　价：55.00 元

　　★《好莱坞报道》所言"世界上最抢手的剧作教师"倾力之作，极具针对性的剧本写作指导手册。
　　★ 向您揭示认识、鉴别和确定电影剧本写作问题要诀之所在，特附明确修改方向的"疑难问题解决指南"列表。
　　★ 根据特别的剧本结构图示发现并定位问题，结合众多著名影片剧本个例分析，分别从人物、情节、结构来"干掉"问题。

　　悉德书中揭示的剧本写作知识对我的影响就像水对巧克力的溶解作用，并促使我创作了《浓情巧克力》。以前困惑的问题现在茅塞顿开，过去阻滞的地方如今游刃有余。

——劳拉·埃斯基韦尔

　　如果我在写剧本……我会把悉德·菲尔德随身携带，随时参考。

——史蒂文·布奇柯

电影学院 024

电影剧本写作基础（最新修订版）

著　　者：（美）悉德·菲尔德（Syd Field）
译　　者：钟大丰　鲍玉珩
国际书号：978-7-5502-8475-3
出版时间：2016 年 11 月
定　　价：58.00 元

　　★ 直击剧本写作关键。怎样搭建结构，塑造具有说服力的人物。
　　★ 揭示剧本入选诀窍。如何有效搭建出剧本的前十页，从第一页第一个词开始抓住审稿人的心。
　　★ 拆解经典剧本段落。以《唐人街》、《教父》、《侏罗纪公园》等名作为例，精细分析情节点的设置、铺设有张力的故事线。

　　悉德·菲尔德是初学者们的导师，《电影剧本写作基础》是他们最好的编剧圣经！

——《洛杉矶先驱观察家报》

　　唯一一本值得你认真对待的编剧工具书。

——托尼·比尔，奥斯卡获奖制片人、导演

　　这本书提供的基本技巧能够让新手们得以将自己的初步构思转化为令人信服的剧本。

——《美国电影摄影师》杂志

电影学院 026

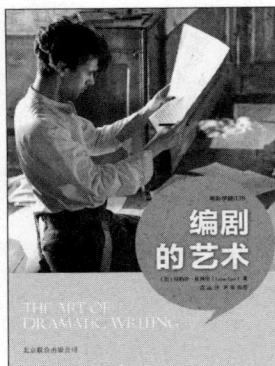

编剧的艺术

著　　者：（美）拉约什·埃格里（Lajos Egri）

译　　者：高　远

书　　号：978-7-5502-1333-3

出版时间：2013 年 6 月

定　　价：35.00 元

《霸王别姬》、《活着》编剧芦苇强烈推荐

用可信有力的人物，整合剧本中的戏剧因素

电影学院 038

　　我非科班出身，亦未拜过师门，自认埃格里先生这本《编剧的艺术》门下弟子。一九八七年，此书在国内初版，读之如灯塔指明，醍醐灌顶，开卷有益，掩书解惑，是我书桌案头上必备的武功宝典。

——芦苇

　　近年来出版了几百种编剧法一类的书，少有尝试分析剧本结构秘密的，这本书做到了这一点。加之对编剧原理阐述得十分精当，因而对短篇、长篇小说和电影均也同样适用。

——M.哈特　美国戏剧家

埃格里的具有高度独创性却又趣味盎然的《编剧的艺术》一书，多年以来一直是剧作家、电影及电视编剧所固守的秘密。同其他有关编剧的书籍（其中一些便为埃格里所批评）不同的是，作者对戏剧创作基本要素的系统分类极为有效地使得创作方法明晰化了。

——约翰·朗格巴赫　作家、书评人

内容简介

　　本书是一部论述编剧方法的名著，曾于 20 世纪 80 年代以《编剧艺术》为译名在我国出版，对当时国内的编剧创作产生了很大影响。同其他一些剧作法书籍不同，它是从戏剧的基本要素出发，深层剖析了戏剧结构的秘密。在作者埃格里看来，一部成功的戏剧必须具有一个逻辑清晰的前提，发源于具有三个维度的人物，并且拥有预示和升级的冲突。全书引用大量经典戏剧剧本如《玩偶之家》《伪君子》《悲悼》《推销员之死》等，对人物性格、冲突类型进行了细致分析，探讨其成功或失败的深层原因。

　　全书结构严谨、例证鲜明，并有一些针对编剧创作中常见问题的答疑解惑，其文风既旁征博引，又平实易懂，本身便是一部优秀的文学作品。阅读本书，对深入理解从易卜生到奥尼尔的编剧创作，对戏剧、电影电视、新闻、小说等叙事性文体的写作均能有所裨益。